BIGGI RIST /
LILIANE SKALECKI
Rotglut

TOTGEGLAUBT Während des WM-Spiels Deutschland – England 2010 wird ein Mann schwer verletzt aufgefunden. Bevor er stirbt, haucht er einen Namen. Hölzles Ermittlungen ergeben, dass der Mann seit mehr als 35 Jahren als tot gilt. Der Tote besitzt gefälschte Papiere, die ihn als französischen Staatsbürger ausweisen, stammte aus Bremen und hatte in den 70er-Jahren Kontakt zur linksradikalen Szene. Warum kehrte er nach Jahrzehnten zurück? Hölzle und Kollegen tauchen tief ein in die damaligen Geschehnisse und finden Verbindungen zu einem Entführungsfall sowie zum Bombenattentat auf den Bremer Hauptbahnhof 1974. Ein Selbstmord erweist sich als Mord. Ein weiterer Teil des Mosaiks, welches die Polizisten zusammenfügen müssen. Dann sieht sich Hölzle auch noch mit dem Verfassungsschutz konfrontiert, der sich für den Fall zu interessieren scheint. Die Lage spitzt sich zu, als zwei Frauen entführt werden. Für den Kommissar beginnt ein Wettlauf mit der Zeit …

Biggi Rist, geboren 1964 in Reutlingen/Baden-Württemberg. Nach der Ausbildung zur PTA an der Naturwissenschaftlich-technischen Akademie in Isny/Allgäu, arbeitete sie lange Zeit in der Labordiagnostik sowie zwei Jahre in der Forschung. Zwei Jahre lebte sie in Melbourne/Australien, 2005 zog sie mit ihrem Mann nach Lilienthal/Niedersachsen am Rande Bremens.

Dr. Liliane Skalecki, geboren 1958 in Saarlouis im Saarland. Nach einer Banklehre studierte sie Kunstgeschichte, Klassische Archäologie und Vorderasiatische Archäologie an der Universität des Saarlandes. Seit 2001 lebt sie mit ihrer Familie in Bremen. Sie schreibt für die Zeitschrift »Pferdesport – Bremen« und veröffentlichte, neben einem Kriminalroman, zahlreiche Fachartikel, Sachbücher, Chroniken und Unternehmerdarstellungen.

Bisherige Veröffentlichungen im Gmeiner-Verlag:
Schwanensterben (2012)

BIGGI RIST /
LILIANE SKALECKI

Rotglut

Kriminalroman

GMEINER *Original*

Die Handlung dieses Kriminalromans ist frei erfunden, das Bombenattentat am Bremer Hauptbahnhof im Dezember 1974 hat sich aber tatsächlich ereignet.

Besuchen Sie uns im Internet:
www.gmeiner-verlag.de

Im Ehnried 5, 88605 Meßkirch
Telefon 07575/2095-0
info@gmeiner-verlag.de

1. Auflage 2013

Lektorat: Claudia Senghaas, Kirchardt
Herstellung: Julia Franze
Umschlaggestaltung: U.O.R.G. Lutz Eberle, Stuttgart,
unter Verwendung des Fotos von: © travelguide – Fotolia.com
Druck: GGP Media GmbH, Pößneck
Printed in Germany
ISBN 978-3-8392-1442-8

Für Ralf und meine Eltern. Biggi
Für meine Familie. Für meine Eltern. Liliane

In memoriam Heinz

Wir leben alle vom Vergangenen und gehen am Vergangenen zu Grunde.

Johann Wolfgang von Goethe

Fuchs, du hast die Gans gestohlen,
gib sie wieder her, gib sie wieder her!
Sonst wird dich der Jäger holen
mit dem Schießgewehr,
sonst wird dich der Jäger holen
mit dem Schießgewehr!

Seine große, lange Flinte
schießt auf dich das Schrot,
schießt auf dich das Schrot,
dass dich färbt die rote Tinte und dann bist du tot,
dass dich färbt die rote Tinte und dann bist du tot.

Liebes Füchslein lass dir raten,
sei doch nur kein Dieb, sei doch nur kein Dieb!
Nimm, du brauchst nicht Gänsebraten,
mit der Maus vorlieb,
nimm, du brauchst nicht Gänsebraten,
mit der Maus vorlieb!

Ernst Anschütz 1824

Prolog

Juli 1961, Bremen

Die Welt liegt zu seinen Füßen. Er ist unbeschwert, fühlt sich frei. Ein gutes Abitur in der Tasche wird ihm alle Möglichkeiten eröffnen. Seiner Zeit bei der Bundeswehr sieht er mit einer Mischung aus Spannung und Vorfreude entgegen.

Der Junge liegt auf dem alten, mit Segeltuch bespannten Liegestuhl und überfliegt noch einmal seine Einberufungspapiere. Holzminden, Pionierbataillon 1, keine drei Stunden von Bremen entfernt.

Es ist heiß. Er greift nach seiner Cola, trinkt das Glas in einem Zug leer. Irgendetwas hat ihn eben beim Rasenmähen gestochen und er reibt sich den rechten Knöchel. Er geht seiner Mutter zur Hand, verdient sich ein paar Mark. Gerade schneidet sie die verwelkten Rosen ab, dabei kann sie ihn nicht gebrauchen, er schneidet immer an der falschen Stelle. Der Junge liebt seine Mutter, aber manchmal geht sie ihm doch auf die Nerven mit ihrer Pedanterie.

»Schatz? Schaaatz?«

Träge öffnet er die Augen, die Einberufungspapiere sind ihm aus der Hand gefallen und liegen auf der Terrasse. »Hmmm«, brummt er schläfrig.

»Schau, dass du heute Abend zum Essen da bist. Papa kommt rechtzeitig von seiner Dienstreise aus Wiesbaden zurück und er wird sich so freuen, wenn er hört, dass du womöglich in seiner alten Kaserne unterkommst. Vielleicht sogar noch in seinem alten Bett.«

Er rollt mit den Augen, was seine Mutter natürlich nicht sehen kann. »Ach, Mama, die alten Flohpritschen gibt's schon lange nicht mehr.«

Er hört ihr unbeschwertes Lachen und es wird ihm einmal mehr bewusst, wie sehr er sie liebt. Natürlich liebt er auch seinen Vater, aber auf eine andere Weise. An ihm schätzt er seine Ehrlichkeit, seine Geradlinigkeit. Sein Vater tut in seinen Augen immer das Richtige, er möchte einmal so sein wie er.

»Schaaatz, auf dem Dachboden der Garage steht der Behälter mit dem Läusegift, sei so nett und krabbel eben mal hoch. Die Läuse fressen mir bei der Hitze noch die ganzen Rosen auf.«

Er stemmt sich aus dem wackeligen Liegestuhl. An das Garagentor angelehnt, steht die alte Holzleiter. Die beiden untersten Sprossen müssten endlich einmal ausgetauscht werden. Irgendwann würden sie durchbrechen. Der Junge steigt gleich über die dritte Sprosse auf die Leiter, drückt die Luke auf, klemmt sie fest, damit sie ihm nicht auf den Kopf kracht, und schiebt sich durch ein Spinnennetz auf den Dachboden. Suchend schaut er sich nach der Flasche mit ihrem giftigen Inhalt um. Plötzlich erstarrt der junge Mann. Sein Herz setzt einen Schlag aus.

Die Sonne schickt ein paar Strahlen durch einen losen Dachziegel, goldene Staubpunkte tanzen darin, umgeben seinen Vater, hüllen ihn ein.

Der Junge schreit nicht. Ganz ruhig steht er da, als betrachte er ein Bild im Museum. René Magritte. Sein Vater hängt da am Balken wie ein Melonenhut-Mann von Magritte. Dunkler Anzug, rote Krawatte, die Arme seitlich am Körper hängend, die Beine baumeln über einem

Koffer, lächerlicherweise hat er noch seinen braunen Hut auf dem Kopf. Warum ist der nicht heruntergefallen, als sein Vater den Koffer, auf dem er gestanden hat, weggeschubst hat? Es ist nicht sein üblicher Reisekoffer. Der Inhalt dieses Koffers hier wurde nie in die Schubladen eines Hotelzimmers in Wiesbaden eingeräumt.

Der Koffer, den der Junge registriert, ist uralt. Aus braunem Pappmaschee gemacht, aufgesprungen, als er umgefallen ist. Sein Inhalt liegt zu Füßen des baumelnden Vaters. Der Blick des Jungen fällt auf eine aktuelle Ausgabe des ›Spiegels‹, der Eichmann-Prozess beherrscht zurzeit die Presse. Sein Vater hat doch nie den ›Spiegel‹ gelesen, wundert sich der junge Mann. ›Linke Kampfpresse‹, so des Vaters Wertung.

Der Junge weiß, dass es keinen Sinn mehr macht, den Vater von dem Strick um seinen Hals zu befreien. Er macht einen Schritt nach vorne, hebt ein Bündel Briefe auf, alt, mit Briefmarken darauf, die er noch nie gesehen hat. Er sieht die Umschläge durch. Alle an seine Mutter adressiert. Annelie Höffner, ihr Mädchenname. Die Schrift eindeutig die seines Vaters. Riesige Anfangsbuchstaben und dann die Buchstaben, immer kleiner werdend, so schräg nach rechts, dass sie fast liegen. Alle stammen aus dem damals besetzten Lothringen, sind chronologisch geordnet. Die Stempel sind verblasst, doch einen einzigen kann er entziffern. Natzweiler. Sofort werden in seinem Kopf Bilder lebendig, die er noch vor Kurzem im Fernsehen gesehen hat, Bilder von einem der grausamen Konzentrationslager. Der erste Brief stammt von 1941, der letzte von 1945.

Seit dem Beginn des Prozesses in Israel um Adolf Eichmann verfolgt der Junge alle Nachrichten aufmerksam.

Die Namen der Konzentrationslager sind ihm seit ein paar Monaten geläufig. Natzweiler-Struthof gehört dazu.

Was hat sein Vater dort zu suchen gehabt? Er als Wehrmachtsoffizier, als Nachschubführer in Lothringen. Stolz hat sein Vater ihm erzählt, wie vielen Kameraden er dort aus dem Schlamassel geholfen hatte. Dass er sich nie wirklich mit dem Nazi-Regime identifiziert hatte.

Der Junge stößt den Koffer mit dem Fuß an. Ein großer brauner Umschlag lugt darunter hervor. Vorsichtig öffnet der Junge ihn, als fürchte er sich davor, dessen Inhalt kennenzulernen. Ein offizielles Schreiben steckt darin. Er überfliegt es: SS-Obersturmbannführer Martin Gottfried Weiß ernennt SS-Hauptsturmführer Alwin Reddersen zum Schutzhaftlagerführer des Konzentrationslagers Natzweiler-Struthof, datiert 2. Februar 1941. Wer, um alles in der Welt, ist Alwin Reddersen und warum hat sein Vater dieses Schreiben aufbewahrt?

Seine Hand greift noch einmal in den Umschlag. Sie zieht einen alten Ausweis hervor. Bräunliches Papier, die Unterschrift Himmlers auf der rechten Seite springt ihm ins Auge. Noch verarbeitet sein Gehirn nicht, was seine Augen sehen:

Schutzstaffel der NSDAP, Ausweisnummer, ausgestellt auf Alwin Reddersen, geboren am 4. Februar 1904. Das Foto auf dem Ausweis zeigt eindeutig seinen Vater.

Das Bild seines Vaters, das er bisher in seinem Herzen getragen hat, zerbricht in 1.000 Stücke. Die Welt scheint stillzustehen. Jetzt ist es an der Zeit zu schreien.

11. Dezember 1974, Bremen

Nur noch fünf Stunden. Dann wird er im Flugzeug sitzen, das ihn in seine neue Heimat bringt, wo er die Chance hat, noch einmal ein neues Leben zu beginnen. Es tut ihm nicht leid. Zumindest nicht um seine Ehe, seine alte Heimat, Freunde oder womöglich um seinen Job. Den einzig bitteren Preis, den er wirklich bezahlen muss, ist die Trennung von seiner kleinen Tochter. Er ist nicht sentimental oder gläubig und religiös schon gar nicht. Trotzdem. Weihnachten steht vor der Tür.

Seitdem die Kleine auf der Welt ist, genießt er die Festtage mit ihr. Sein letztes Weihnachtsgeschenk für sie wird der Spielwarenladen kurz vor dem Fest ausliefern. Lange hat er vor den Regalen gestanden und nach einem geeigneten Geschenk Ausschau gehalten. Sein Blick war schließlich auf eine nostalgische Puppenstube gefallen, riesig und ganz aus Holz. Sechs Miniaturzimmer, fein möbliert mit Biedermeiermöbelchen. Die Küche mit kleinen Delfter Kacheln hinter dem Herd, den man sogar mit den Fingerspitzen öffnen konnte. Die Wäsche auf den kleinen Bettchen war mit echter Spitze besetzt. Passende Bewohner gab es auch dazu: Vater, Mutter, ein Dienstmädchen, ein kleiner Foxterrier und das kleine Mädchen, knapp drei Zentimeter groß, mit einer winzigen blauen Schleife im Haar.

Schluss damit. Jetzt ist keine Zeit für traurige Gedanken. Er muss schauen, dass er es hinter sich bringt und seine Spuren perfekt verwischt, denn er befürchtet – nein er ist sich sicher –, dass man nun auch ihn im Visier hat und er auf der Abschussliste steht. Im wahrsten Sinne des Wortes. Nur gut, dass er schon länger vorgesorgt hat, falls etwas passieren sollte und er verschwinden muss.

Die Zeit kriecht dahin, immer wieder sieht er auf die große Uhr, die über der Anzeigetafel hängt. Noch drei Stunden. Hoffentlich geht alles glatt.

Ein letzter Blick in seinen Pass, in dem seine Bordkarte steckt. Beste Wertarbeit. Yves Renard, langsam spricht er den Namen vor sich hin, genießt den Klang. Ein guter Name. Der Fuchs. Der Mann hält sich selbst für so schlau wie dieses Tier. Yves Renard ist geboren am 22. November 1941. Das Französisch des Mannes ist fließend und absolut akzentfrei, ebenso sein Englisch. Ein weiterer Blick auf die großen schwarzen Zeiger. Noch eine knappe Stunde bis zum Abflug.

Er verfügt über genügend Geld. Dass dafür ein Mensch sein Leben lassen musste, beeindruckt ihn nicht sehr. Das Schicksal anderer ist ihm völlig gleichgültig.

Da hatte er schon fast mehr Mitleid mit dem Penner gehabt. Mit Bedacht hatte er sich den Obdachlosen herausgesucht, der ihm am meisten heruntergekommen erschienen war. Er kennt die Brücke über der Kurfürstenallee, unter die sich die Männer, geschützt vor der Kälte durch Zeitungen und Pappe, zurückziehen. Glückliche besitzen einen Schlafsack.

Im Schutz der Nacht war er dort hingefahren, hatte dem Penner eine Flasche Korn unter die Nase gehalten und ihn mit dem Versprechen, eine zweite für ihn zu haben, zu seinem Auto gelockt. Die 100 Meter zu seinem Golf hatte er den Alten, der sich kaum auf den Beinen halten konnte, stützen müssen. Dann war es schnell gegangen, ein gezielter Schlag ins Genick, und der Mann, den niemand vermissen würde, war hinter dem Auto zusammengesackt. Dann lag der Tote im Kofferraum seines Wagens und verströmte den Geruch von Alkohol, Verwahrlosung und Tod.

So früh am Morgen war es noch dunkel gewesen und auf der einsamen Landstraße war er allein unterwegs. Eichen ohne Laub bildeten eine bizarr aussehende Allee. Ganz ruhig und voll konzentriert hatte er den Wagen aus der Stadt gelenkt. Die Landstraße hatte er sich genau eingeprägt und den Baum direkt hinter der lang gezogenen Kurve ausgewählt. ›*Infolge nicht angepasster Geschwindigkeit …*‹, würde es später im Polizeibericht heißen.

Noch einmal überprüfte er den Sicherheitsgurt – wie gut, dass jede Neuzulassung seit Anfang des Jahres mit Gurten ausgestattet sein musste –, versuchte, unverkrampft zu sitzen und steuerte gezielt auf die dicke Eiche zu. Zügig, aber nicht zu schnell, er wollte das Verletzungsrisiko so gering wie möglich halten.

Der Wagen knallte mit der Beifahrerseite gegen den Baum, sein Körper wurde nach vorne gerissen und sofort wieder nach hinten geschleudert. Ohne Gurt hätte er das nicht überstanden. Der Aufprall war härter, als er angenommen hatte. Mit Nacken- und Kopfschmerzen würde er jetzt wohl eine Weile klarkommen müssen.

Er schnallte sich ab, schälte sich aus dem Auto und streckte sich. Der Wagen hatte ganz schön etwas abbekommen, der Baum hatte die Beifahrerseite trotz der niedrigen Geschwindigkeit komplett eingedrückt. Er nahm einen Hammer, um dessen Kopf er ein Handtuch gewickelt hatte, aus dem Kofferraum und lehnte sich weit in den Wagen hinein. Dann schlug er von innen auf die Windschutzscheibe ein, bis ein feines Netz von Rissen entstand. Tod durch Genickbruch beim Aufprall auf die Windschutzscheibe – die Polizei warnte nicht umsonst. ›*Erst gurten, dann starten …*‹ – so ähnlich würde man es später im Weser-Blitz lesen können.

Die Leiche des Penners zerrte er aus dem Kofferraum und wuchtete sie auf den Fahrersitz, drapierte den Kopf auf dem Lenkrad, den Gurt ließ er hängen. Jetzt kam noch eine unangenehme Sache. Auch wenn er vorhatte, das Auto mitsamt dem Penner anzuzünden, war es doch besser, ihm eine Kopfverletzung beizubringen, nur für den Fall, dass dieser nicht vollständig verbrannte. Angewidert verzog er das Gesicht und schlug mit der flachen Seite des Hammers frontal gegen die Stirn des Toten.

Zufrieden mit seinem Werk, zog er sich seinen Ehering mit dem eingravierten Heiratsdatum und den Vornamen ab und schob ihn über den knochigen Ringfinger des Alten. ›Bei welcher Temperatur schmilzt Gold eigentlich?‹, dachte er. ›Möglicherweise ist der Ring dann nur noch in Spuren zu sehen. Egal.‹

Zufrieden betrachtete er sein Werk. Unter einer dicken Plane im Kofferraum verbarg sich ein Benzinkanister. Er war aus Plastik, leicht und handlich.

Sorgfältig übergoss er seinen Golf mit der hoch entzündlichen Flüssigkeit und achtete darauf, keinen Spritzer abzubekommen. Bis auf den letzten Tropfen entleerte er den Behälter und stellte ihn dann neben den Hammer, um den noch das Handtuch gewickelt war. Die Sachen würde er mitnehmen und sich ihrer später irgendwo entledigen.

Aus seiner linken Hosentasche fischte er eine Streichholzschachtel. Eines der Hölzer riss er an und ließ es nahe am rechten Vorderreifen des Wagens fallen. Sofort stand alles in Flammen. Eine enorme Hitze, die ihn zurückweichen ließ, breitete sich blitzschnell aus. Nun musste er sich beeilen. Ein Feuer in dieser Größenordnung konnte auch auf einer einsamen Landstraße schnell entdeckt werden. Zwar hatte er bei der Auswahl seines ›Unfallortes‹ darauf geachtet, dass auch kein Gehöft in der Nähe lag, die Bauern waren schließlich Frühaufsteher, aber man konnte ja nie wissen.

Kurz starrte er nochmals fasziniert in die Flammen.

›Der Fahrer des Wagens verbrannte bis zur Unkenntlichkeit …‹ – eine weitere Zeile im späteren Polizeibericht.

Er nahm Kanister und Hammer und machte sich auf den Weg zu einem Mietwagen, den er bereits am Tag zuvor, nicht weit entfernt von der ausgesuchten Unfallstelle, abgestellt hatte. Im Kofferraum hatte er vorsorglich einen kleinen Koffer und eine Umhängetasche deponiert.

Das Handtuch schüttelte er aus, faltete es sorgfältig zusammen und legte es in den Koffer. Zwei Minuten später saß er im Auto und fuhr Richtung Flughafen. Unterwegs hatte er noch kurz auf einem Rastplatz angehalten und den Kanister mitsamt dem Hammer in einen Mülleimer geworfen.

Allmählich dämmerte der Morgen, der Straßenverkehr nahm zu, je näher er dem Flughafen kam. Lange dauern würde es wohl nicht, bis das ausgebrannte Autowrack entdeckt wurde. Aber er lag gut in der Zeit.

Am Flughafen suchte er zunächst die Herrentoilette auf,

um sich umzuziehen, denn Pullover, Hemd und Cordhose rochen trotz aller Vorsicht nach Benzin. Die Kleidung stopfte er in eine Plastiktüte, die er anschließend unter dem Berg dreckiger Papierhandtücher, die sich im Papierkorb nahe dem Waschbecken angesammelt hatten, vergrub. Jetzt trug er nur eine leichte Leinenhose und ein langärmeliges Polohemd, die Tweed-Jacke von Yves Saint-Laurent lag lässig über seinem Arm. Im Flughafen war es warm genug und nach draußen in die Kälte musste er nicht mehr. An seinem Zielort würden deutlich wärmere Temperaturen herrschen als in Deutschland.

Zuletzt hatte er den Mietwagen zurückgegeben, die Frau am Schalter hatte ihm noch einen guten Flug gewünscht.

Eine junge Dame am Check-in hatte ihn beflissen angelächelt, einen Blick in seinen Pass geworfen und ihm seine Bordkarte überreicht. »Bon voyage, Monsieur et un séjour agréable à Paris.«

»Merci«, hatte er ihr charmant zugezwinkert.

Die Lautsprecherdurchsage lässt verlauten, dass sein Flugzeug bereit zum Einsteigen ist. Der Mann strafft die Schultern und geht durch die Fluggastbrücke, die direkt ins Flugzeug führt. Sein neues Leben hat in diesem Moment begonnen.

Acht Monate zuvor, April 1974, Bremen

Mit lautem Gelächter verabschieden sich die fünf Studenten von ihren drei Kommilitonen, die noch auf ein Beck's in der Kneipe ›Rote Ameise‹ im Viertel sitzen bleiben. Professor Schlaufheimer ist bereits vor einer halben Stunde gegangen. Er hatte seine acht Studenten auf ein Bier eingeladen. Die jungen Leute sind Teilnehmer seines Arbeitskreises ›Die neuen Partisanen – der Weg in das Unrecht‹. Schlaufheimer, Professor für Jura und Rechtsethik, hat mit ihnen in heißen Diskussionen darüber gestritten, ob sich aus den Studentenbewegungen Ende der 60er Jahre in Italien oder Deutschland zwangsläufig Terrorgruppen bilden mussten.

Der Professor, ein Mann um die 40, ist das große Vorbild seiner Studenten. Mit seinen langen, dunklen Locken, der schlanken Statur und der immer gleichen Kleidung – schwarze Hose, schwarzer Rolli – unterscheidet er sich kaum von seinen Schülern. Der Professor ist einige Tage zuvor aus Chile zurückgekehrt, wo er sich mit Vertretern der Kirche getroffen hatte, um sich über die Menschenrechtsverletzungen und die Zustände in den Foltergefängnissen zu informieren. Sein Bericht hat bei den Studenten großes Entsetzen hervorgerufen.

Und nun besitzen die USA und einige westeuropäische Länder die Frechheit, dem Diktator Pinochet Wirtschaftshilfe zuzusagen. Wobei das eigentlich nicht verwunderlich ist, denn schließlich haben die Amerikaner den Putsch im vergangenen Herbst unterstützt.

Die Kneipe ist, obwohl es bereits auf die Sperrstunde zugeht, immer noch voll, und dichter Zigarettenqualm dringt in jede Ritze der schlichten Holztische und Stühle, bleibt in der Kleidung der Gäste hängen.

»Wir sollten es machen wie der Andi«, tönt einer der drei Studenten, ein Junge von vielleicht 19 Jahren, mit fettigen blonden Haaren und einem Ziegenbärtchen. Das Kinn hat er tief in seinen grob gestrickten Pullover gesteckt, sodass nur die Unterlippe mit dem Bartansatz knapp hervorlugt.

»Was nuschelst du da, was für ein Andi?«, fragt seine Tischnachbarin. Ihre Gedanken sind eben noch bei Schlaufheimer gewesen. Einfach ein klasse Typ. Und diese Augen! Dunkelblau, himmlisch.

»Ja, der Andi eben. Der hat echt Courage. Hat einfach 'ne Bombe ins Karstadt-Kaufhaus geworfen. So etwas sollten wir machen. Und wenn die Bullen uns festnehmen, werden wir der Öffentlichkeit zurufen, was wir von dem Schwein Pinochet halten.« Der Blonde hat sich in Rage geredet.

Das Mädchen stoppt seinen Redefluss. Wie eine etwas zu groß geratene Audrey Hepburn sitzt sie mit übereinandergeschlagenen Beinen am Tisch. Ihre schwarzen Haare hat sie hochgesteckt und mit einer riesigen Sonnenbrille dekoriert.

»Jetzt halt mal die Luft an, Nummer 3. Da gehen doch jede Menge unschuldiger Leute drauf. Und überhaupt. Von welchem Andi faselst du die ganze Zeit? Nummer 6, du bist doch unser Mister Allwissend, von welchem Andi ist denn hier die Rede?«

Der als Nummer 6 Angesprochene rollt mit den Augen.

Mit einer fahrigen Handbewegung schiebt er sich die dunklen Haarfransen, die ihm in die Stirn hängen, hinter sein linkes Ohr. Er zieht noch einmal an seiner Zigarette und drückt sie auf der Tischplatte aus.

»Stehst du heute auf dem Schlauch? Er meint den Baader. Der hat doch mit der Gudrun und noch ein paar Leutchen vor ein paar Jahren Brandsätze in einem Frankfurter Kaufhaus gelegt und gezündet. Ging um die Scheiße in Vietnam.«

»Ach, *der* Andi. Klar. Aber haben sie den nicht geschnappt, zusammen mit dem Jan-Kurt und dem Holgi?« Sie nippt an ihrem Bier.

Nummer 6 stöhnt genervt auf. »Jan-Carl*, nicht Jan-Kurt, und der andere heißt auch nicht Holgi. Das ist doch kein Meerschweinchen. Holger, Hol-geer, hörst du?«

Das Mädchen nickt ergeben. »Andererseits, eigentlich sind das doch richtige Verbrecher«, wirft sie ein, »ich meine, ihretwegen sind doch auch schon ein paar Menschen ums Leben gekommen. So weit darf das Ganze auch nicht gehen. Da hätt ich dann doch Skrupel.« Das Mädchen verstummt leicht verunsichert, als ihre beiden Begleiter sie ungläubig anstarren.

»Das glaub ich jetzt nicht. Wo hat denn unser Prinzesschen die letzten Jahre verbracht? Hat dir nicht eben der Schlaufi berichtet, was gerade in Chile passiert? Man muss auch mal Farbe bekennen. Meinst du, der Benno** ist nur zum Spaß auf die Straße gegangen und hat sich über

---

* Jan Carl Raspe, Andreas Baader und Holger Meins befanden sich in der Realität bereits seit 1972 in Haft

** Benno Ohnesorg, Student. Erschossen bei einer Demonstration gegen den Schah von Persien in Berlin 1967.

den Haufen schießen lassen?« Ziegenbärtchen haut mit der Faust auf den Tisch.

»Er und die anderen haben in Berlin gegen ein Unrechtsregime protestiert. Und was machen unsere Bonzen? Laden den König von Persien ein und knallen den Benno ab wie einen räudigen Köter.«

»Schah«, korrigiert ihn sein Gegenüber.

»Schah, König, Kaiser. Ist doch alles die gleiche Scheiße. Man muss schon für seine Prinzipien einstehen, Nummer 4. Zur Not mit Gewalt. Klar, Unschuldige sollten dabei nicht draufgehen ...«

»Ja, aber ...«, versucht seine Kommilitonin einzuwenden.

»Nix aber. Schau dir doch die Guerillas an. Ich meine unsere Guerillas, die vom 2. Juni.« Er trinkt das Beck's direkt aus der Flasche und wischt sich mit dem Handrücken den Mund ab.

Das Mädchen zuckt hilflos mit den Schultern und schüttelt schweigend den Kopf.

»Kriegst du gar nix vom echten Leben mit?«, der Dunkelhaarige wirft theatralisch den Kopf in den Nacken und hebt die Hände.

»Jetzt pass mal auf, Kleines, es ist dringend an der Zeit, dass du Nachhilfe bekommst. Bei dir hat der Schlaufi ja eindeutig versagt. Oder schläfst du mittwochs immer?« Er winkt der Bedienung mit der leeren Flasche. Sie nickt und bringt ihm ein neues Bier.

»Also«, fährt er fort, »der Benno starb am 2. Juni, so heißen auch die Guerillas – ›Bewegung 2. Juni‹. Die machen auch mit Bombenanschlägen auf sich aufmerksam. Hier mal ein Yachtclub, da mal auf die Bullen höchstpersönlich, alles in Berlin. Bremen ist ein richtig dröges Nest dagegen.«

Das Ziegenbärtchen hebt erneut die Faust und verteidigt seine Heimatstadt.

»Also bitte. So dröge auch wieder nicht. Der passive Widerstand hat hier Tradition. Ich war 68 dabei, als wir in Bremen mit Sitzblockaden die Erhöhung der Bus- und Bahnpreise verhindert haben. Es fing mit wenigen Leutchen an, am Schluss waren wir ein paar Tausend. So eine Demo müssten wir Studenten doch auch wieder hinkriegen. Ist besser, als ’ne Bombe ins Karstadt-Kaufhaus zu werfen. Da hat Nummer 4 recht.« Um seine Worte zu unterstreichen, hebt er seine Flasche und prostet dem Mädchen zu.

Der andere lässt sich nicht beirren. »Du weißt doch selbst, wie sie mit Demonstranten umgehen. Und wenn sie in noch so friedlicher Absicht kommen. Der Benno ist tot, den Rudi* hat es fast ins Jenseits befördert. Und glaubt ihr, wir könnten einfach so gegen Pinochet demonstrieren, wo jetzt die Amis und der Westen den Arsch unterstützen? Nee, da müssen wir uns was Besseres einfallen lassen. Wir müssen dem chilenischen Volk unsere Solidarität bekunden, sie finanziell unterstützen. Eine Bank überfallen oder so. Los, ihr beiden Null-Nummern, macht euch mal ein paar Gedanken.«

»Ich find das mit den Nummern doof.« Das Mädchen trinkt den letzten Schluck seiner abgestandenen, lauwarmen Cola-Cognac-Mischung. »Die Idee von Schlaufi, uns nur noch mit Nummern anzusprechen, damit wir unsere Identität verlieren, so wie die Insassen im Foltergefäng-

* Rudi Dutschke, Wortführer der West-Berliner Studentenbewegung

nis, war ja am Anfang klasse, aber jetzt? Das Seminar ist doch rum, was soll der Unsinn dann noch?« Sie spielt mit dem Bierdeckel, der vor ihr liegt. Ihre Stimme, der sie bewusst eine rauchige Note verleiht, klingt nun nörglerisch, als sie fortfährt:

»Wenn wir uns schon dem Befreiungskampf anschließen, dann brauchen wir auch richtige Decknamen. Ich nenn mich Gretchen, wie die Frau vom Rudi. Dann bist du der Rudi und dich nennen wir Benno.«

»Ach nee, guck mal einer an. Wenn's um die Liebe geht, hört Madame auch zu. Gretchen – sehr schön aufgepasst. Aber ihr seid doch Kindsköpfe. Decknamen, so ein Quatsch«, grinst das Ziegenbärtchen die beiden Freunde an.

»Nix da, wenn schon, denn schon.« Der Dunkelhaarige zottelt seine Haare zurecht und setzt sich sein grünes Wollkäppi auf. Die Zigarette, die er sich frisch angezündet hat, hängt locker in seinem Mundwinkel, sein linkes Auge hat er leicht zusammengekniffen, weil der Rauch das Auge reizt. Aber Hauptsache, lässig aussehen und versuchen, sich nichts anmerken zu lassen.

»Nennt mich fortan Che Guevara«, gibt er großkotzig von sich.

Das Ziegenbärtchen glotzt seinen Freund an, entlässt Kinn und Bärtchen aus dem Wollpulli.

»Also, so brauchst du mir auch nicht zu kommen«, raunzt er den Kumpel beleidigt an. »Du pickst dir wohl immer die Rosinen raus. Wenn schon, dann ist das mein Deckname. ›Seien wir realistisch, versuchen wir das Unmögliche‹, hat Che gesagt. Der Spruch ist auf meinem T-Shirt aufgedruckt. Auf meinem, wie ihr vielleicht mal mitbekommen habt.« Er tippt sich mehrfach mit dem Zeigefinger auf die Brust.

Das Mädchen versucht zu beschwichtigen, legt die Hand auf seinen Unterarm.

»Wisst ihr was, wenn ihr euch nicht einigen könnt, dann teilen wir uns den Namen. Ich taufe dich hiermit auf den Namen Che«, sie weist mit dem Finger auf das Ziegenbärtchen und deutet das Kreuzzeichen an. Dann wendet sie sich dem anderen zu. »Du, mein Lieber, sollst auf den Namen Gue hören, und meiner Wenigkeit sei für immer der Name Vara verliehen. Amen.«

Die beiden Jungs sehen sich an. Was ist denn in die gefahren? Dann prusten sie los.

»Na dann, auf Che, Gue und Vara.« Die drei stoßen an, lachen sich kaputt.

Die so eben getaufte Vara seufzt auf. »Der Deckname Tanya würde mir auch gefallen, aber der ist ja schon weg. Dieses Milliardärsmädchen, diese Patty Hearst, ist jetzt ja auch im Untergrund. Im Februar entführt und jetzt schon so von der Sache überzeugt, dass sie Mitglied der Organisation geworden ist und mit denen zusammen Banken überfallen hat. Und sie heißt jetzt wie die Gefährtin von Che, also dem echten Che, meine ich. Tanya. Wie romantisch.« Sie wird rot.

»Das ist es! Wir machen es wie diese ›Symbionese Liberation Army‹. Die wollten doch ein paar Millionen Dollar für das verwöhnte Püppchen erpressen und das Geld dann den Armen geben. Ihr glaubt gar nicht, wie viele Menschen in den USA so dahinvegetieren. Geld für Waffen haben sie genug, aber nix zu fressen für ihre Armen. Da muss ein moderner Robin Hood ran. Wir schnappen uns irgendeinen Bonzen!« Che reißt begeistert die Arme in die Luft.

»Jetzt mach aber mal halblang, Kumpel. Ich meine, in Bremen wimmelt es zwar davon, aber du kannst ja nicht einfach bei einem klingeln und ihn bitten, sich für den guten Zweck als Entführter zur Verfügung zu stellen«, wiegelt Gue ab.

»Ja, ja, ich bitte um einen besseren Vorschlag, Nummer …, eh, Gue.« Che dreht sich eine neue Zigarette, leckt das Blättchen ab und klopft die Enden auf den Tisch, bevor er sie ansteckt. Dann spuckt er mit gespannten Lippen ein paar Tabakfasern aus.

»Ehrlich gesagt, finde ich die Idee im Grunde gar nicht so schlecht«, räumt Gue ein, »nur dass wir nicht *irgendeinen* entführen. Denk doch mal nach! Allein unsere Eltern haben Freunde und Bekannte, die ein paar Hunderttausend oder Millionen wert sind. Wir nehmen einen davon mit, lassen uns das Geld geben und bringen ihn wieder zurück. So einfach ist das.« Er sieht seine beiden Freunde Beifall heischend an.

»Oder wir pressen Inhaftierte aus den deutschen Foltergefängnissen frei«, schlägt Vara eifrig vor. Sie kommt jetzt so richtig in Fahrt. »Wie die Italiener. Habt ihr das vor zwei Tagen nicht gelesen? Ich hab noch gedacht, das wäre für Schlaufis Seminar noch die Krönung gewesen. Die ›Brigate Rosse‹«, sie rollt das ›R‹ genüsslich, »die haben doch diesen Staatsanwalt aus Genua entführt. Sossi. Und den halten die so lange fest, bis sie die inhaftierten Kämpfer des – lasst mich mal überlegen, irgendwas mit Oktober, ist ja auch egal – freilassen. Das ist doch 'ne heiße Nummer.«

»Hirngespinste. Eine Sitzblockade, das ist reell, von allem anderen lassen wir die Finger. Ich meine, ihr habt zu tief ins Glas geschaut. Mit so was versaut man sich ja seine ganze Zukunft. Ich geb ja gern zu, dass ich eben hier noch groß getönt habe. Aber so was in die Realität umzusetzen, nee, ich weiß nicht. Da krieg ich dann doch kalte Füße. Apropos kalte Füße, ich geh jetzt nach Hause, dieselbigen unter die Decke stecken. Und ihr werdet auch besser wieder nüchtern.«

Das Ziegenbärtchen namens Che erhebt sich, greift seinen Parka und legt einen Zehnmarkschein auf den Tisch.

»Ist ja schon gut. Wir kommen mit raus. War ja nur so eine Idee. Aber trotzdem, die hat was.« Vara wirkt ernüchtert und enttäuscht. Sie und der Dunkelhaarige werfen ein paar Münzen zu dem Geldschein, schlingen sich die schwarz-weiß gemusterten Palitücher um den Hals und verlassen mit ihrem Freund die Kneipe.

»Also dann, bis demnächst. Wir können uns gern mal bei mir zu Hause treffen. Auf ein Tässchen Tee mit Schuss oder so. Wenn ihr wollt, besorg ich noch was zu rauchen. Meine Alten machen bald wieder mal die Flatter.« Vara wirft den beiden eine Kusshand zu, schließt ihr Fahrradschloss auf und verschwindet im Dunkeln.

»Verrückte Nudel. Man könnte fast meinen, die hat es ernst gemeint.« Die beiden Jungs winken ihrer Freundin zum Abschied zu, Gue mit geballter linker Faust.

»Ich glaube, mein Bett kann noch etwas warten. Wie wär's mit einem letzten Bierchen im Stubu, damit wir wieder einen klaren Kopf kriegen?« Che versieht das Wort ›klar‹ mit Lufthäkchen. »Die Füße kannst du auch noch später unter die Decke stecken.« Er sieht seinen Freund aufmunternd an.

»Okay, dann geh, Gue. Aber im Eiltempo, bevor der Laden dichtmacht.« Sie lachen meckernd und sich gegenseitig in die Seiten knuffend, steuern sie die nächste Kneipe an. Doch Varas Idee lässt Gue trotz seiner Vorbehalte nicht los.

Mai 2010, Sassandra, Elfenbeinküste

Yves Renard lehnt sich in seinem Schaukelstuhl, der auf der Veranda steht, zurück. Die Regenzeit, die bis Ende Juni dauert, hat begonnen. In zwei Stunden wird seine Kneipe öffnen und Joseph Kutesa, Barkeeper, Restaurantchef und Koch in einer Person, hat bereits begonnen, die Fische auszunehmen, die er am frühen Morgen auf dem Markt besorgt hat. Die Süßkartoffeln köcheln vor sich hin, Joseph wird sie zu einer dicken Paste als Beilage zum Fisch verarbeiten.

Es ist heute bereits das dritte Glas Weißwein. Yves weiß, dass er nicht so viel trinken sollte, aber in seinem Zustand kommt es auf die paar Flaschen am Tag auch nicht mehr an.

Das kleine Lokal in Sassandra läuft im Moment ganz gut, obwohl die Stadt, etwa 270 km vom Regierungssitz Abidjan entfernt und südlich des Parc National du Gaoulou gelegen, nur ganz allmählich zur Normalität zurückgekehrt ist. Touristen verirren sich nur ab und zu an die wunderschöne Südküste des Landes. Man kann nur hoffen, dass die politische Lage nun einigermaßen stabil bleiben wird. Renard ist trotz der jahrelangen Unruhen im Land geblieben. Der Regierungsarmee im Süden des Landes bringt er auf jeden Fall mehr Vertrauen entgegen als den Rebellen im Norden. Er ist gespannt auf die Neuwahlen Ende Oktober, wenn er sie noch erlebt. Seine Krankheit schreitet fort.

Er liebt dieses Land und auch, als die französische Bevölkerung aufgerufen worden war, die Elfenbeinküste zu verlassen, hatte er sich nicht beeindrucken lassen. Er ist geblieben, hat seine Kneipe mit Joseph mehr schlecht als recht über Wasser gehalten. An vielen Tagen hatten sie gar nicht geöffnet, doch mit Joseph, einem einheimischen Kru, an seiner Seite hat er alle brenzligen Situationen gemeistert. Joseph, der nun fast 20 Jahre bei ihm arbeitet, ist sein engster Freund geworden. Wenn er selbst mal nicht mehr ist, fällt ›La Corne‹ an Joseph. Dies hat er schriftlich niedergelegt.

Viel ist die Kneipe zwar nicht wert, aber er hat sonst nichts, was er Joseph hinterlassen kann. Yves muss unwillkürlich schmunzeln. Bei der Namenssuche für seine Bar hat ihn damals dann doch die Sentimentalität gepackt. La Corne – das Horn. Er hat doch irgendwo seine Wurzeln im Bremer Stadtteil Horn, die er nie zu kappen vermocht hat.

Yves schiebt sich seine Lesebrille über die Augen und blättert die Matin Fraternité auf. Es interessiert ihn nicht wirklich, was die Presse schreibt, aber der Fisch ist in mehrere Lagen Papier verpackt gewesen, und die äußerste besteht aus vier Seiten der Matin von vor zwei Tagen.

Ein riesiges Foto springt ihm ins Auge: gut gekleidete

Damen und Herren beim Empfang dreier neuer Mitarbeiter des deutschen Botschafters Stephan Keller, aufgenommen im Park der Botschaft.

Yves weiß, dass Keller seit zwei Jahren Deutschland an der Elfenbeinküste vertritt. Er überfliegt den Artikel. Er stammt von einem deutschen Journalisten, der als Pressesprecher für die Botschaft tätig ist. Plötzlich kneift Yves die Augen zusammen, reibt die Brille am Hemdzipfel sauber und starrt noch einmal auf den langen Artikel, in den ein kleineres Foto integriert ist: Der Botschafter schüttelt einem Mann die Hand. Ungläubig liest er den Text unterhalb des Bildes.

›Besonders herzlich begrüßte der Botschafter den Diplomaten Dr. Hans-Joachim Teschen, der seit drei Monaten in Abidjan seinen Dienst versieht. Keller und Teschen kennen sich aus ihrer gemeinsamen Zeit in Bremen, als Keller von 1996 bis 1999 Protokollchef der Senatskanzlei der Freien Hansestadt war.‹

Yves wird schwindlig. Nach so langer Zeit … Gut sieht er aus, der Teschen. Der hat seinen Weg gemacht. Ob der wohl verheiratet ist, Kinder hat?

Plötzlich muss er sich vor Schmerzen krümmen. Er sollte doch allmählich auf etwas Stärkeres umsteigen, der billige Weißwein benebelt nur noch ungenügend. Doch guter Whiskey und starke Schmerzmittel sind teuer. Wäre Teschen in seiner Lage, für den wäre gesorgt. Der Staat würde ihm einen angenehmen Lebensabend spendieren, und er hätte genug Geld, um sich in den besten Krankenhäusern behandeln zu lassen.

Der Funken einer Idee glimmt in seinem Kopf auf.

Warum sollte nicht auch jemand für Yves Renard sorgen? Oder besser noch, für seine Tochter? Aus dem Funken wird eine Flamme. Yves rafft sich aus seinem Schaukelstuhl auf, die Schmerzen sind für den Augenblick vergessen. Er hat einen außergewöhnlichen Plan gefasst.

»Joseph«, ruft er, »bring mir mal das Telefonbuch raus!«

16. Juni 2010, zwischen Abidjan und Paris in 12.000 Metern Höhe

Yves Renard hat sich eben einen kleinen Cognac an Bord der A320 gegönnt. Zuletzt ist er diese Strecke vor mehr als 35 Jahren geflogen. Was für einen Luxus diese Flugzeuge heutzutage bieten! Dieser Airbus ist mit der alten Boeing 707 überhaupt nicht zu vergleichen.

Ab und zu ist Yves in Abidjan auf dem Flugplatz ›Felix Houphouet Boigny‹ gewesen und hat die startenden und landenden Flugzeuge beobachtet. Nicht, dass er Heimweh gehabt hätte.

Den Flugpreis von knapp 1.000 Euro hätte er sich unter normalen Umständen gar nicht leisten können. Aber was sind schon normale Umstände. Sein ganzes Leben als normal zu bezeichnen, wäre der reinste Witz.

Yves lehnt sich in seinem Sitz zurück. Neben ihm schnarcht eine dicke Französin, die ihm schon vor dem Start erklärt hat, unter welch unsäglicher Flugangst sie leide, aber dass sie doch ihren neugeborenen Enkel besuchen wolle, denn ihr Schwiegersohn sei als Chirurg in der Polyclinique Internationale Sainte Anne-Marie in Abidjan tätig. Daher hätte sie den weiten Weg von Frankreich angetreten. Ach Gott, ach Gott, wenn nur ihre Tochter und der Enkel in Paris wären, so ganz traute sie der Ruhe im Moment ja nicht. Ihr Schwiegersohn müsse natürlich in Abidjan bleiben, er sei doch so ein begnadeter Arzt, richtig goldene Hände hätte er, und der Kleine sei ja so entzückend. Wenn doch nur nicht dieser Dauerregen gewesen wäre, da würde sie ganz asthmatisch, hat sie ihn angekeucht. Irgendwann ist ihm der Kragen geplatzt.

»Dann halten Sie mal die Luft an, bevor Sie mir hier noch ersticken.« Beleidigt hat sie ihn aus ihren Glubschaugen angeschaut, tief geseufzt, um dann augenblicklich in einen komatösen Schlaf zu fallen.

Yves hängt nun seinen eigenen Gedanken nach. Es hat lange gedauert, bis er endlich Kontakt mit Teschen aufnehmen konnte. Der war zunächst für drei Wochen ins Landesinnere verschwunden. Als er dann wieder aufgetaucht war, war kein Termin zu bekommen gewesen. Erst vor 15 Tagen hatte es dann geklappt.

Er stand Teschen in dessen klimatisiertem Büro gegenüber, schüttelte ihm die Hand und wartete darauf, dass sein Gegenüber ihn wiedererkannte.

»Nun, Monsieur Renard, was kann ich für Sie tun?« Teschens Französisch war fast so gut wie seines, jedoch hört man den harten deutschen Akzent.

»Für mich nichts, aber für meine Tochter«, gab er kurz angebunden zurück.

»Ist sie hier in Schwierigkeiten geraten? Dann ist allerdings die französische Botschaft dafür zuständig.«

Yves musterte ihn einen Augenblick und antwortete in deutscher Sprache.

»Sie erkennen mich nicht, was?« Er sah ihm direkt in die Augen. Teschen runzelte die Stirn, blickte ihn fragend an. Er versuchte, das Gesicht einzuordnen. Alt, zerknittert, krank. Nein, er wusste nicht, wer sein Gegenüber war.

»Wir kennen uns seit über 35 Jahren. Wir hatten denselben Geldgeber.«

Teschen spürte den Sarkasmus in der Stimme des Mannes. Noch einmal blickte er Yves eindringlich ins Gesicht. Dann dämmerte ihm, wer dieser Mann sein musste. In seinen Augen spiegelten sich Angst und Entsetzen.

»Ich dachte, Sie wären tot«, flüsterte er.

»Es spielt keine Rolle, was Sie dachten oder denken. Setzen Sie sich, ich habe Ihnen einen Vorschlag zu machen.«

Und nun sitzt Yves Renard im Flugzeug nach Paris. Morgen früh um 5.55 Uhr Ortszeit wird er am Flugplatz Charles de Gaulle ankommen und direkt im Anschluss um 7.45 Uhr nach Bremen weiterfliegen.

20. Juni 2010, Bremen

Saskia Uhlenbruck stand oder besser saß noch immer neben sich. Bis vor fünf Minuten hatte ihr ein Mann gegenübergesessen, der vor fast 36 Jahren bei einem Autounfall umgekommen war. Zumindest hatte sie das all die Jahre geglaubt.

Sie wollte gerade Feierabend machen, als der Mann in ihrer Praxis auftauchte. Saskia Uhlenbruck war Psychologin und hatte sich einen Raum bei einer Ärztegemeinschaft angemietet. Die Sprechstundenhilfe hatte den Mann einfach zu ihrer Tür geschickt, weil sie wusste, dass Saskia heute keine Termine mehr hatte. Der Fremde hatte angegeben, es handle sich um einen Besuch privater Natur.

Zuerst glaubte sie natürlich nicht, was er ihr erzählte, doch dann zog er ein altes Foto aus seiner Brieftasche. Leicht zerknittert und die Farben verblasst, aber das Foto zeigte eindeutig Saskia an der Hand ihres Vaters Raimund. Sie kannte dieses Bild oder, besser gesagt, ein ähnliches, das in einem Fotoalbum klebte, welches bei ihrer Mutter in einer Schublade lag.

Schlecht sah er aus, todkrank. Auf ihr drängendes Nachfragen gab er schließlich an, dass er an Tuberkulose litt und die Infektion bereits so weit fortgeschritten war, dass keine Aussicht auf Heilung mehr bestand. Nicht nur die Lunge war befallen, sondern auch die Lymphknoten. Der Erreger war multiresistent, was die Behandlung mit teuren Medikamenten langwierig machte und in Afrika sowieso unerschwinglich war. Er sei nur zurückgekommen, um seine Tochter ein letztes Mal zu sehen, sagte er. Dann bat er sie um Verzeihung, versprach, sie würde sich nie wieder Sorgen machen müssen, und ging.

Sie hatte während der ganzen Zeit, in der ihr Vater ihr dies alles berichtete, kaum etwas gesagt, nun bereute sie es beinahe. Aber, was, bitte, hätte sie auch sagen sollen? Und was hatte er gemeint mit ›sie brauche sich nie wieder Sorgen zu machen‹? Sie kannte ihren Vater ja gar nicht. Diesen Part hatte all die Jahre Bertram Uhlenbruck übernommen, ihr Stiefvater. Drei Jahre alt war sie gewesen, als es hieß, ihr Vater wäre bei einem Autounfall ums Leben gekommen. Das hatte ihr zumindest ihre Mutter erzählt. Sie selbst hatte überhaupt keine Erinnerung an diesen Menschen, kannte ihn lediglich von Fotos. Drei Jahre nach dem Tod ihres Vaters heiratete ihre Mutter Hannelore wieder, und Bertram Uhlenbruck war Saskia ein guter Vater.

›Verdammt, Mama, hast du mich vielleicht die ganzen Jahre über angelogen?‹, dachte sie zornig und zugleich tief verletzt. Tränen schossen ihr in die Augen, und sie fühlte, wie sich eine eiserne Faust in ihren Magen krallte. Saskia riss sich zusammen, schnappte ihre Tasche und verließ ihr Zimmer. Ohne einen Abschiedsgruß hastete sie an der Rezeption vorbei, an der eine der medizinischen Fachangestellten noch die Karteikarten des Tages wegräumte. Sie machte sich nicht die Mühe, die Tür hinter sich zu schließen, und rannte die Treppe hinunter.

Als sie schwer atmend auf die Straße trat, taten ihr die Sonnenstrahlen wohl. Dieses Jahr hatte es lange gedauert, bis der Winter vorbei gewesen war und endlich der Sommer ein Einsehen hatte mit Mensch und Tier, die allesamt nach Licht und Wärme gierten. Nun war es herrlich warm und es sollte noch richtig heiß werden, wenn man den Meteorologen Glauben schenken durfte.

Saskia Uhlenbruck wollte noch nicht nach Hause. In den vier Wänden ihres Zwei-Zimmer-Appartements würde sie wahrscheinlich verrückt werden. Sie schlug den Weg in Richtung Bürgerpark ein. Die Praxisgemeinschaft hatte in der Wachmannstraße ihre Räumlichkeiten, und so war es nicht weit bis zum Park. Sie liebte diesen riesigen Landschaftsgarten mit seinen gewundenen Wegen, den Wasserläufen, einem Tiergehege, dem Natur- und Erlebnispfad und seinen Liegewiesen. Selbst reiten durfte man in einem Teil des Parks. In den verschiedenen Lokalen konnte man gut essen und im Sommer wechselten sich Theatervorstellungen, Jazz und klassische Konzerte mit bunten Kinderfesten ab.

Sie spazierte zum Meiereisee und suchte sich auf der Veranda der Meierei einen Platz. Der Blick war einfach grandios, er reichte über das Parkhotel bis in die Stadt hinein, man konnte sogar die Türme des Doms sehen, und mitten auf der Meiereiwiese grasten sieben Schwarzbunte.

Ein Kellner eilte sofort herbei. Saskia Uhlenbruck bestellte ein Glas Grauburgunder und eine kleine Flasche Mineralwasser, nach Essen war ihr nicht zumute und daher winkte sie ab, als er fragte, ob sie denn die Speisekarte haben wollte.

Als sie mit ihrem Glas Wein in der Hand in der Sonne saß, fühlte sie sich etwas ruhiger, doch sie wusste, dass ihr noch ein schwerer Gang bevorstand und die Ruhe nur von vorübergehender Dauer war. Sie zögerte es lange hinaus, den letzten Schluck Wein zu trinken, doch schließlich bezahlte sie und wählte für den Rückweg eine andere Strecke, die sie zu ihrem Auto bringen würde, das sie ganz in der Nähe der Praxis geparkt hatte. Der Weg führte sie über die Hachezbrücke mit ihrem schönen schmiedeeisernen Geländer und sie blieb kurz stehen, um einer Entenmutter mit ihrer riesigen Kinderschar hinterherzublicken. An der Parkallee angekommen, überquerte sie die Straße und ging zu ihrem roten Mini-Cooper, der auf einem der für die Praxis reservierten Parkplätze stand.

Seufzend schloss sie ihr Auto auf und fuhr los. Zunächst hatte sie überlegt, ob sie nicht doch zuerst in ihre Wohnung in Horn fahren sollte. Sie fühlte sich ausgelaugt und erhitzt, und eine kühle Dusche hätte ihr sicher gutgetan, auch, um vielleicht den Kopf wieder klar zu bekommen. Doch dann hatte sie sich entschieden, ohne Umweg ihre Mutter aufzusuchen, die in Oberneuland wohnte.

Saskia Uhlenbruck parkte direkt vor dem hübschen Haus mit den azurblauen Fensterläden. In diesem Haus war sie groß geworden. Bevor sie ausstieg, musste sich Saskia einen Moment sammeln. Dann ging sie entschlossen den gepflasterten Weg zur Haustür, rupfte gedankenverloren eine verblühte Rhododendronblüte ab und warf sie unter den riesigen Busch. Eigentlich hatte sie noch einen Haustürschlüssel für alle Fälle, aber der lag in ihrer Wohnung. Sie klingelte.

»Hallo, mein Schatz«, freute sich ihre Mutter, als sie öffnete. Sie breitete die Arme aus, um ihre Tochter zu umarmen. »Was treibt dich zu mir? Komm mit nach hinten, wir sitzen auf der Terrasse. Es ist so wunder…«, weiter kam Hannelore Uhlenbruck nicht, denn Saskia fiel ihr ins Wort und schob sie einfach zur Seite.

»Ich muss mit dir reden, allein«, sagte sie mit Nachdruck.

Hannelore Uhlenbruck sah ihre Tochter aufmerksam und zugleich etwas ängstlich an. »Ist was passiert?«

»Kann man so sagen«, gab Saskia trocken zurück und wunderte sich über sich selbst, dass sie so ruhig blieb. »Ich hatte gerade eine Begegnung der unheimlichen Art. Schon mal mit einem Toten gesprochen?« Jetzt standen sie in der Küche und lehnten an der Esstheke. Ihre Mutter blickte sie verständnislos an.

»Ach, hallo, Saskia!«, dröhnte Bertram Uhlenbrucks Stimme, der gerade durch die Terrassentür ins Esszimmer gekommen war. Er war auf dem Weg in die Küche, um sich ein Bier aus dem Kühlschrank zu nehmen, und hatte die beiden Frauen sprechen gehört. Uhlenbrucks Glatze war durch einen leichten Sonnenbrand gerötet und sein stattlicher Bauch wogte vor ihm her. »Komm, setz dich mit raus, es ist herrlich.« Er beugte sich über die Theke und gab ihr einen Kuss auf die Wange.

Sie schüttelte den Kopf. »Nee, lass mal. Ich will was mit Mama besprechen und …«

»Dabei störe ich. Schon kapiert. Bin gleich wieder unsichtbar.« Bertram zwinkerte seiner Stieftochter zu, flitzte, soweit es seine Leibesfülle erlaubte, zum Kühlschrank und verschwand mit der beschlagenen Flasche wieder nach draußen.

Hannelore Uhlenbruck fasste ihre Tochter am Arm. »So, und jetzt raus mit der Sprache. Was ist los, was ist so dramatisch, dass Bertram es nicht hören soll? Und was meintest du vorhin mit dem Toten?«

Saskia öffnete ebenfalls den Kühlschrank und nahm ein

Mineralwasser aus der Flaschenhalterung. Wie sollte sie nur anfangen? Im Auto hatte sie genau gewusst, was sie ihrer Mutter sagen wollte. Voller Zorn, voller Enttäuschung und tief verletzt, waren ihr die Sätze nur so im Kopf herumgegangen. Und jetzt? Jetzt wusste sie überhaupt nichts mehr. Komisch, ihren Patienten empfahl sie immer ›nur raus mit der Sprache‹. Es war fast zum Lachen.

»Saskia?« Ihre Mutter hielt ihr ein Glas hin. Schließlich schraubte sie den Verschluss auf und schenkte sich ein. Saskia Uhlenbruck trank einen Schluck, atmete tief durch und fasste sich ein Herz.

»Ich habe Vater getroffen.«

Hannelore Uhlenbruck verstand gar nichts. »Ja, und? Ich versteh nicht, was du mir sagen willst.«

Saskia schnaubte durch die Nase und wunderte sich erneut darüber, dass sie so gelassen blieb. »Ich meine nicht Bertram.«

Selten hatte sie so viele Gefühle sich auf dem Gesicht eines Menschen in so kurzer Abfolge widerspiegeln sehen wie jetzt bei ihrer Mutter: Verstehen, Angst, Wut, Ablehnung.

»Das kann nicht sein. Was redest du da? Dein Vater ist tot, und das weißt du.« Hannelores Gesichtszüge hatten sich verhärtet. Saskia fühlte sich in ihrem Verdacht bestätigt. Ihre Mutter hatte sie all die Jahre angelogen und log immer noch. Sie stieß sich von der Esstheke ab und lehnte sich mit dem Rücken an die Küchenzeile.

»Das ist kein Quatsch. Ich habe ihn gesehen. Er war bei mir in der Praxis. Weißt du, wie sich das anfühlt? Nach fast 36 Jahren kommt mein tot geglaubter Erzeuger und zieht ein altes Foto heraus, auf dem zu sehen ist, wie er mich an der Hand hält. Lüg mich jetzt nicht weiter an! Ich will wissen, warum? Warum hast du das getan?« Mit jedem Satz war sie lauter geworden, der ganze Schmerz, die ganze Enttäuschung über diesen Verrat ihrer Mutter brachen nun aus ihr heraus. Sie machte zwei Schritte nach vorne, fasste ihre Mutter an beiden Armen, schüttelte sie und schrie: »Warum, Mama? Warum?« Sie stieß ihre Mutter von sich, brach schluchzend zusammen, rutschte an der Küchenzeile nach unten und blieb auf dem Fußboden sitzen.

Hannelore Uhlenbruck half ihr auf, führte ihre hemmungslos weinende Tochter zu einem der Esszimmerstühle und drückte sie sanft auf einen Stuhl.

»Was ist denn bei euch los? Man hört Saskia bis nach draußen«, fragte Bertram Uhlenbruck, der wieder hereingekommen war, beunruhigt. Geschockt blickte er auf seine Stieftochter, die wie ein Häufchen Elend zusammengesunken am Tisch saß und sich nicht beruhigen konnte.

»Jetzt nicht, Bertram«, sagte Hannelore leise. »Lass uns bitte allein.« Uhlenbruck zuckte hilflos mit den Schultern und zog sich wieder auf die Terrasse zurück.

Hannelore stand schweigend neben ihrer Tochter, strich ihr nur immer wieder liebevoll über die Haare. Nach ein paar Minuten schien Saskia sich wieder gefangen zu haben, ihre Tränen waren versiegt und sie saß mit dem Taschentuch, das ihre Mutter ihr gegeben hatte, in der geballten Faust wie erstarrt am Tisch. Hannelore stellte zwei kleine Gläser hin und schenkte sich und ihrer Tochter einen Grappa ein. Den brauchten sie jetzt wohl beide. ›Mein Gott, Raimund, du Idiot. Wieso bist du nur wieder aufgetaucht?‹, dachte sie. Sie leerte ihr Glas in einem Zug. Saskia trank nichts. Abwartend betrachtete sie ihre Mutter.

»Es tut mir leid. Ich dachte, es wäre besser so. Für dich. Für uns …«, begann Hannelore ihren Erklärungsversuch.

»Besser? Was soll daran besser sein? Besser als was? Besser, ich glaube, mein Vater sei tot, als dass eure Ehe gescheitert sei?« Nun trank sie doch einen kleinen Schluck Grappa, der wie Feuer ihre Kehle hinabrann.

»Du verstehst das nicht«, hob Hannelore wieder an.

»Dann erklär's mir, verdammt noch mal!«, unterbrach Saskia sie erneut. »Und zwar so, dass ich es verstehe.«

Hannelore Uhlenbruck schwieg. Wie anfangen? Und warum alte Geschichten aufwärmen? Doch sie kannte ihre Tochter gut genug, um zu wissen, dass diese sofort merken würde, wenn sie nach Ausflüchten suchte, und außerdem wollte ihr sowieso nichts einfallen. Sie hätte nie gedacht, dass diese Situation einmal eintreten würde, hatte sich nie Gedanken darüber gemacht, was sie in einem solchen Fall ihrer Tochter erzählen würde. Wozu auch, sie war sicher gewesen, dass Saskias Vater nie wieder in ihrer beider Leben treten würde.

»Ich höre«, forderte Saskia und sah ihre Mutter erwartungsvoll an.

»Also gut, ich werde dir erzählen, was damals alles passiert ist.« Hannelore fuhr sich durch die schwarz gefärbten Haare und begann, ihre Fingernägel zu betrachten. »Du warst grade mal drei Jahre alt, als dein Vater seinen Unfall hatte. Oder besser gesagt, er hat diesen Unfall inszeniert, um aus Deutschland zu verschwinden.«

Saskia schaute ihre Mutter verwirrt an. »Bitte? Wieso das denn? Was hatte er verbrochen?«

Hannelore hob die Hand, um sie in ihrem Redefluss zu stoppen.

»Lass mich einfach erzählen, Kind. Dein Vater war bei einer Sicherheitsfirma angestellt. Er leitete dort die Einsätze bei Großveranstaltungen, also zum Beispiel bei großen Konzerten, Besuchen von berühmten Persönlichkeiten und so. Aber auch, wenn sich Politiker trafen, wie der damalige Bremer Bürgermeister Koschnick, der Willy Brandt empfing. Mitte der Siebziger war ja allerhand los in Deutschland. Helmut Schmidt wurde Bundeskanzler, nachdem Brandt zurückgetreten war, die RAF terrorisierte das Land. Auch in Bremen gab es Sympathisanten. Irgendwann kamen Gelder auf unser Konto, die ganz sicher nichts mit dem Job deines Vaters zu tun hatten, auch wenn er mich dies hat glauben lassen wollen. In was dein Vater verwickelt war, weiß ich nicht. Ich habe nie herausgefunden, woher das Geld kam. Ehrlich gesagt, wollte ich es auch nie wissen. Er hat ja so gut wie nie über seine Arbeit gesprochen. Ich habe eben erwähnt, es war die Zeit der RAF. Auch dein Vater hat schon immer mit der linken Szene sympathisiert. Suchte Begegnungen mit Gleichgesinnten. Ich habe keine Ahnung, was er sich davon versprochen hat. Einmal ist er sogar nach Wolfsburg gefahren, um dort irgendwelche Kontakte zu knüpfen. Ich hatte schon ein ungutes Gefühl, aber er wollte nicht auf mich hören. Zuerst habe ich ja alles für Spinnerei gehalten, aber er hat die Sache sehr ernst genommen. Ich habe wirklich keinen Schimmer, auf was oder mit wem er sich dann doch eingelassen hatte, aber irgendetwas ist verdammt schiefgelaufen. Saskia, du warst ja fast noch ein Baby. Da war es schon besser, wenn ich nichts gewusst habe. Jedenfalls hatte er plötzlich Angst um sein Leben und daraufhin beschloss er unterzutauchen. Es ist ihm offensichtlich gelungen, wie man sieht«, beendete sie ihre Erzählung mit Bitterkeit in der Stimme.

Saskia Uhlenbruck saß sprachlos da. Sie hatte eigentlich all die Jahre nie gefragt, was für ein Mensch ihr Vater gewesen war. Seine Stellung hatte Bertram Uhlenbruck übernommen, als er Hannelore geheiratet und auch ihr, Saskia, seinen Namen gegeben hatte.

Hannelore richtete sich in ihrem Stuhl auf, schenkte sich nach, trank einen Schluck und fuhr fort.

»Er hatte mir, als er verschwand, einen Brief geschrieben mit der Bitte, dir und auch sonst niemandem zu sagen, dass er noch lebte. Gott sei Dank kam der Brief erst nach seiner Beerdigung an, ich glaube, meine schauspielerische Leistung hätte dieser nicht Stand gehalten, mit dem Wissen, dass da jemand ganz anderes im Auto verbrannt ist.« Sie schüttelte den Kopf, nach all den Jahren immer noch ungläubig, was damals alles passiert war. Dann blickte sie ihrer Tochter in die Augen und fuhr fort. »Bevor er verschwand, hat er dir noch ein Weihnachtsgeschenk zukommen lassen. Die Puppenstube. Ich weiß nicht, ob du dich daran erinnern kannst.« Sie sah ihre Tochter fragend an.

»Doch«, antwortete Saskia langsam, »ich kann mich tatsächlich daran erinnern. Ganz aus Holz war die gewesen, und all die kleinen Möbel und Figuren …« Versonnen blickte sie durch die Glastür auf die Terrasse. »Warum hat er dich, uns, nicht mitgenommen?«, fragte Saskia leise.

Hannelore lachte verächtlich auf. »Raimund uns mitnehmen? Daran hätte dein Vater im Traum nicht gedacht. Klar, wie ich schon sagte, dich hatte er sehr lieb, aber mich? Oh, mein Gott, ich war doch nur ein dummes, junges Ding und bin von ihm schwanger geworden. Eigentlich dachte ich schon damals, er lässt mich sitzen, es wäre mehr oder weniger auch egal gewesen, denn ich war ja praktisch alleinerziehende Mutter. Der war doch nie da. Hatte immer nur versponnene Ideen, seine sogenannte Karriere im Kopf. Tja, man hat ja gesehen, wohin ihn das gebracht hat. Ich war irgendwie froh und erleichtert, als er weg war, auch wenn es in den ersten Jahren danach keine gute Zeit für mich gewesen ist.« Hannelores zuvor noch zittrige Stimme war nun klar und selbstbewusst.

Saskia schüttelte den Kopf. »Hast du ihn nicht geliebt? Und wie hast du uns durchgekriegt? Du hattest doch keine Arbeit.«

»Geliebt? Zu Anfang natürlich. Ich war total verknallt in ihn, wollte überhaupt nicht wahrhaben, dass ich für ihn nur ein Klotz am Bein war. Als er weg war, haben mir Freunde mit Geld weitergeholfen, damit ich uns erst einmal über Wasser halten konnte. Die Witwenrente, die ich bekam, war nicht allzu hoch gewesen, wie du dir vorstellen kannst. Dann kam Bertram und der Rest ist Geschichte.« Sie schenkte sich einen weiteren winzig kleinen Grappa ein und trank. »So, jetzt weißt du alles.«

»Wo ist der Brief, den er dir damals geschrieben hat?«, fragte Saskia ihre Mutter.

»Verbrannt.«

»Verbrannt? Weiß Bertram von all dem? Hat er Vater gekannt?«

Die Angst, die Hannelore Uhlenbruck mit jedem Wort von sich abgeschüttelt hatte, kehrte schlagartig wieder zurück. Natürlich hatte Bertram über viele Dinge Bescheid gewusst, aber dass Raimund seinen Tod nur vorgetäuscht hatte, wusste er bis heute nicht. Allein die Vorstellung, dass

Bertram das herausbekommen würde, trieb ihr den Schweiß auf die Stirn. Ihre Ehe wäre ungültig, ihr ganzes angenehmes Leben würde nur noch einem Trümmerhaufen gleichen, wenn bekannt werden würde, dass Raimund noch lebte.

»Ja, er hat Raimund gekannt. Aber nur flüchtig. Und er hat nie erfahren, dass dein Vater noch lebt. Und das soll auch so bleiben.« Hannelore sah ihre Tochter eindringlich an. Saskia hatte mittlerweile das Taschentuch in winzige Streifen zerrupft und diese der Größe nach auf dem Tisch angeordnet. Nun knüllte sie das Papier wieder zusammen und schob es in ihre Hosentasche.

»Ich kann das alles gar nicht fassen. Vielleicht sollte ich doch noch einmal mit ihm reden. Er sah elend aus, krank und einsam …« Ihre Stimme brach ab. Dann holte sie tief Luft. »Aber du kannst beruhigt sein, ich werde Bertram nichts davon erzählen.«

Hannelore legte ihre Hand auf die ihrer Tochter und drückte sie sanft. »Danke. Es ist das Beste für uns alle. Weißt du, wo Raimund hingegangen ist, nachdem er bei dir war?«

»Er hat mir die Visitenkarte eines Hotels ganz in der Nähe des Bahnhofs dagelassen. Ich glaube, es ist dieses günstige Designhotel. Wie lange er dort bleiben wird, weiß ich nicht.« Sie kramte in ihrer Handtasche, zog das kleine bunte Kärtchen hervor und reichte es ihrer Mutter.

Hannelore Uhlenbruck warf einen Blick darauf und gab die Karte zurück. Bei sich dachte sie: ›Ich werde dafür sorgen, dass du verschwindest. Du wirst mir nicht noch einmal mein Leben kaputt machen, Raimund.‹

Mai 1972, Wolfsburg

Raimund Stegmann hat einen Entschluss gefasst und Hannelore ihn daraufhin für verrückt erklärt. Er gefährde sie und das Baby. Sie will einfach nicht begreifen, dass sie und Saskia zukünftig in einer besseren Welt leben würden.

›Du bist ein absoluter Spinner. Weltverbesserer haben wir doch schon genügend. Die haben gerade noch auf dich gewartet.‹ Hannelore ist unversöhnlich geblieben. Hat ihm sogar gedroht, ihn zu verlassen, was natürlich lächerlich gewesen ist.

»Raimund, werd vernünftig. Du hast doch einen Bombenjob. Lass andere die Welt retten«, hat Hannelore ihn angefleht.

Ja, Bombenjob. Wenn's nur so wäre.

In Nordirland haben sie vor ein paar Monaten unbewaffnete Menschen einfach abgeknallt, nur weil sie für ihre Bürgerrechte auf die Straße gegangen waren. Im letzten Jahr sind an der Uni in Kent vier Studenten von der Nationalgarde erschossen worden, nur weil sie gegen die Invasion Kambodschas protestiert hatten. Und in Deutschland – auch nicht viel besser …

Als im letzten Jahr das ›Konzept Stadtguerilla‹ von der Roten Armee Fraktion veröffentlicht worden ist, hat er es verschlungen. Raimund muss zugeben, manches ist ihm auch wenig plausibel erschienen, aber ein paar Sätze haben ihn beeindruckt, er hat sie verinnerlicht und sogar in seinem Notizbuch festgehalten:

›*Wer ein bestimmtes Ding oder einen Komplex von Dingen direkt kennenlernen will, muss persönlich am prakti-*

*schen Kampf zur Veränderung der Wirklichkeit, zur Veränderung des Dinges oder des Komplexes von Dingen teilnehmen, denn nur so kommt er mit der Erscheinung der betreffenden Dinge in Berührung, und erst durch die persönliche Teilnahme am praktischen Kampf zur Veränderung der Wirklichkeit ist er imstande, das Wesen jenes Dinges bzw. jenes Komplexes von Dingen zu enthüllen und sie zu verstehen.‹**

Aber Raimund Stegmann will keinen einsamen Kampf führen, allein kann er nichts verändern. Georg Elser hatte es auch versucht. Was war dabei rausgekommen? Nichts! Hitler hatte überlebt, Elser 1945 einen Genickschuss erhalten.

Als Raimund Stegmann vor zwei Jahren seinen Job angetreten hat, hätte er eigentlich über sich selbst kotzen können. Aber was war ihm übrig geblieben? Zweimal das Studium in Göttingen abgebrochen – Theologie und Germanistik – und dann die Verantwortung für Hannelore und das Baby.

* Originalzitat der RAF 1971 aus ›Das Konzept Stadtguerilla‹

Als er die Annonce im ›Weser-Kurier‹ gelesen hat, dass der BRESIDI, der Bremer Sicherheitsdienst, noch Leute suchte, hat er sich beworben und ist sofort genommen worden. Sein Chef Ronni Bitner ist kaum älter als er, und sie sind sich auf Anhieb eigentlich ganz sympathisch gewesen. Ob er lieber im Bereich Personen- oder im Bereich Gebäudeschutz arbeiten würde, fragte Bitner damals.

Das sei ihm egal, Hauptsache, die Kohle stimme, war Raimunds Antwort. Bitner hat nur gelacht und gemeint, das sei eine gesunde Einstellung.

Und nun verdient er sein Geld damit, Banken zu bewachen und Kaufhäuser vor unliebsamen Besuchern zu schützen. Eigentlich sollten diese Konsumtempel brennen. 1968 ist er zweimal in Berlin gewesen. Ein furchtbares Jahr: Martin Luther King ermordet, Dutschke angeschossen, Ende des ›Prager Frühlings‹. Im Januar noch hat Raimund an der Abschlussdemo des Vietnam-Kongresses teilgenommen – wie hat er Rudi Dutschke da bewundert – und im April ist er ein zweites Mal dort gewesen. Irgendjemand hat ihm einen Zettel in die Hand gedrückt. Noch heute besitzt er das zerfledderte Flugblatt der Kommune 1, in dem aufgefordert wird, auch die Berliner Kaufhäuser brennen zu lassen.

Doch bei aller Überzeugung, einen solchen Schritt würde Raimund nicht wagen. Unschuldige sollten in diesem Kampf nicht geopfert werden. Wenn, dann müsste vorher das gesamte Politikergesocks darin versammelt werden, und dann, krawumm …!

Und nun ist er auf dem Weg nach Wolfsburg. Raimund hat den Zug genommen, Hannelore braucht das Auto, um mit der Kleinen zum Kinderarzt zu fahren. Den Kontakt nach Wolfsburg hat er über einen befreundeten Studenten erhalten, der in den Semesterferien regelmäßig bei VW jobbt und während dieser Zeit bei Ilse wohnt. Kommune K3 hat ihm eigentlich nichts gesagt. Doch die Ilse sei, so Raimunds Studentenfreund Enno, sozusagen die ›Mutter‹ dieser Kommune. Die ›Rote Ilse‹* wird sie von der Presse genannt. Einige Anschläge scheinen auf ihr Konto zu gehen und Raimund hofft, zumindest geistig dort eine Heimat zu finden. Baader und Ensslin und Berlin – alles für ihn viel zu weit weg. Da ist Wolfsburg für ihn näher. Ein paar Brandstiftungen, Anschläge auf Denkmäler, die Entgleisung eines Güterzuges mit Neuwagen (allerdings gescheitert) und Bombendrohungen gegen Polizei und Hotels, alles unter der Regie der K3, das hat schon Aufmerksamkeit erregt.

Er hat sich mit Enno Hardenberg in der ›Roten Ameise‹ im Bremer Viertel getroffen und sie regten sich furchtbar über die Ermordung des jungen Richard Epple auf, der vor zwei Monaten irrtümlich für einen RAF-Aktivisten gehalten und bei einer Verfolgungsjagd von einer Polizeikugel tödlich getroffen worden ist.

»Durch die Staatsorgane, dieses faschistische Pack, eskaliert doch erst die Gewalt. Da muss man doch was tun«, Raimund war dabei so laut geworden, dass Enno ihn warnend anzischte, er solle bloß seine große Klappe halten, auch hier hätten die Wände Ohren. Und dann hat er ihm auf einem kleinen Schmierzettel die Adresse von Ilse in Wolfsburg gegeben samt einer Wegbeschreibung. Schließlich erzählte Enno noch, dass er nun in Berlin weiterstudieren werde. Dort sei alles besser, und man wäre näher an den Leuten, die was in der Szene zu sagen hätten.

---

* Ilse Schwipper saß in der Realität zu dieser Zeit bereits in der Frauenhaftanstalt Vechta

Als Raimund am Wolfsburger Bahnhof aussteigt, nieselt es. Am Taxistand erkundigt er sich, wie weit es in die Breslauer Straße sei. Unwirsch reagiert der Fahrer, antwortet ihm, die Entfernung betrage sechs Mark. Dann kann es nicht weit sein. Er geht zu Fuß, den Mantelkragen hochgeschlagen, steckt sich eine Zigarette an. Bei VW ist wohl Schichtwechsel, denn ein Menschenstrom kommt ihm entgegen. Die neue Schicht scheint schon auf dem Werksgelände zu sein. Ein untersetzter Mann in einem Wildlederblouson stoppt ihn und bittet ihn um Feuer. Raimund muss das Feuerzeug mit der Hand abschirmen, da der Wind die Flamme immer wieder erlöschen lässt.

Zweimal muss er sich nach dem Weg erkundigen. Ennos Kritzelei ist weder maßstäblich noch wirklich leserlich. Als er in der Breslauer Straße ankommt, ist er völlig durchnässt. Er hat nicht nur die Strecke unterschätzt sondern auch die Intensität des Regens. Das sind mindestens drei Kilometer bis zu seinem Ziel. Die Straße zieht sich. Obwohl der Wetterbericht für heute einen sonnigen Frühlingstag angekündigt hat, ist es trüb und wohl, wie die Wetterleute sagen würden, für die Jahreszeit zu kühl.

Raimund bleibt vor einem schmuddelig wirkenden Haus stehen und vergewissert sich, dass die Hausnummer stimmt. Wenn er sein Anliegen einem alten Rentner im falschen Haus vortragen würde, wäre er schneller in Polizeigewahrsam, als er bis drei zählen könnte. Der Typ mit der Zigarette hat wohl denselben Weg gehabt – Raimund hat ihn bis jetzt gar nicht bemerkt –, denn er eilt nun an Raimund vorbei, nickt ihm zu und verschwindet hinter der nächsten Hausecke. Ein Kinderfahrrad liegt im Vorgarten, in dem sich nur mühsam ein paar purpurfarbene Stockrosen aus dem Unkrautdickicht den Weg ins Licht gebahnt haben. Ungepflegt, aber romantisch. Den Blick ins Innere verwehren gehäkelte Scheibengardinen. Das Gartentor ist geöffnet, hängt schräg in den Angeln.

Raimund fallen die hübsch und bunt bepflanzten, verzierten Keramiktöpfe ins Auge, die die Haustür flankieren. Sie passen so gar nicht ins Bild. Er hat keine Ahnung, aber die Töpfe könnten reiner Jugendstil sein.

Noch bevor er an die Tür klopfen kann, wird sie geöffnet. Ein junger Mann steht auf der Schwelle, nur mit einer Unterhose bekleidet. Er ist mager, und eine riesige Nase sticht aus seinem knochigen Gesicht hervor.

»Verpiss dich!« Und schon ist die Tür wieder zu.

Raimund klopft.

»Hallo, Ilse, Enno schickt mich. Ich komme extra aus Bremen und bin klatschnass«, sagt er laut und deutlich.

Er wartet kurz und setzt erneut zum Klopfen an, als sich die Tür wieder öffnet. Eine junge Frau, vielleicht Mitte 30, im Minirock und einer langen bunten Batikbluse steht vor ihm.

»Komm rein, ich koch gerade Wasser für den Tee.« Sie hält ihm die Tür auf und lässt ihn vorgehen. Trotz ihrer Einladung wirkt sie argwöhnisch.

»Also Enno schickt dich. Warum?« Die Frau macht sich an einem Wasserkessel zu schaffen, den sie auf den Gasherd setzt. Ein Holzkistchen mit Teebeuteln steht auf dem Tisch, daneben ein Aschenbecher, in dem schon einige Kippen liegen.

»Ich möchte bei euch mitmachen«, sagt er geradeheraus.

»Mitmachen? Wobei?« Misstrauisch sieht sie ihm ins Gesicht.

›Ja, wobei eigentlich?‹ Raimund betrachtet die junge Frau. Sie ist nicht wirklich hübsch, hat aber ein ebenmäßiges Gesicht. Ihre dunkelblonden Haare sind lang, den Scheitel trägt sie leicht nach links versetzt.

Raimund antwortet nicht gleich, er schaut sich, sorgsam seine Antwort im Kopf formulierend, in der Wohnküche um. Das Mobiliar ist zusammengewürfelt, aber gemütlich. Nicht gerade Hannelores Geschmack, bei der alles zusammenpassen muss und wie aus dem Ei gepellt auszusehen hat. Hier dominiert Holz, bei ihm zu Hause regiert das Resopal.

Ilse hat ihm einen Stuhl angeboten und eine Tasse mit heißem Wasser hingestellt. Sie schiebt ihm das Holzkästchen zu. Den Mantel nimmt sie ihm nicht ab. Raimund fröstelt, aber er traut sich nicht, den nassen Mantel einfach auszuziehen und über den Stuhl zu hängen. Er klaubt einen Teebeutel aus der kleinen Kiste und befördert ihn in die Tasse.

»Also, was willst du?« Nach seinem Namen fragt sie nicht.

»Ich weiß von Enno, dass ihr dabei seid, ein paar Aktionen zu planen. Ich kann euch behilflich sein.« Raimunds Stimme wird eifriger. »Ich arbeite bei einem Sicherheits- und Wachdienst. Ich kann euch Zugang verschaffen zu Banken und Firmen, in die Zentralen der Macht.« Er schluckt, jetzt hat er wohl übertrieben. Ilse grinst, Raimund grinst zurück.

»Steh mal auf und dreh dich um«, fordert die Frau ihn auf. Jetzt wird er wohl gemustert. Ist ja wie bei der Bundeswehr. Raimund steht gehorsam auf und dreht sich einmal um die eigene Achse.

»Und jetzt raus!« Ilse steht auf, fummelt aus ihrer Rocktasche ein zerknautschtes Päckchen Zigaretten, zieht mit den Lippen eine heraus und geht an ihm vorbei zur Tür.

»Ich kenn dich nicht und hab auch keinen Bedarf, dich näher kennenzulernen. Also mach, dass du rauskommst, und lass dich hier nicht mehr blicken. Und sag Enno, er soll mir in Zukunft niemanden mehr schicken. Meine Leute suche ich mir selber aus.« Sie zündet die Zigarette an, inhaliert tief und bläst den Rauch in seine Richtung.

Raimund ist so verblüfft, dass er ihr tatsächlich ohne ein Wort zur Tür folgt, die Ilse bereits geöffnet hat. Draußen dreht er sich noch einmal um.

»Ich verstehe nicht ganz, ich hab dir doch gesagt, dass Enno mich extra geschickt hat. Ihr könnt mir vertrauen.« Seine Stimme nimmt einen nahezu verzweifelten Klang an. Ilse macht eine abwehrende Handbewegung.

»Verzieh dich, du glaubst gar nicht, wie viele Leute ich kenne, die mich sofort verpfeifen würden, wenn ich, wie du sagst, eine Aktion planen würde. Die einzigen Aktionen, die ich im Moment am Laufen habe, sind die, mir Spinner wie dich vom Leib zu halten. Wie hat der weise Lenin doch gesagt: ›Vertrauen ist gut, Kontrolle ist besser.‹« Ilse schnippt ihren Zigarettenstummel in den Garten und schon ist die Tür zu.

Raimund ist fassungslos. So hat er sich seinen Start als Weltverbesserer nicht vorgestellt. Es hat nur noch gefehlt, dass Ilse hinter ihm herträllerte: ›Trau, schau, wem.‹ Vielleicht hat Hannelore doch recht. Er schaut auf die Uhr. Wenn er sich beeilt, ist er zum Abendessen wieder zu Hause in Bremen. Doch dann ist er wütend auf sich selbst. So leicht gibt ein Raimund Stegmann nicht auf. Er wird

Ilse, Andreas, Ulrike, und wie sie alle heißen, zeigen, dass er zu ihnen gehört. Irgendwann.

24. Juni 2010, Bremen

Kriminalhauptkommissar Hölzle hoffte, er hätte sich verhört, aber der hinterste Winkel in seinem Gehirn hatte bereits entschieden, dass dies leider nicht der Fall war, und schon Alarmstufe Rot ausgegeben.

»Wann kommen deine Eltern?«, rief er, wie er glaubte, harmlos in Richtung Küche. Dort befand sich Christiane und bereitete das Abendessen zu.

»Du brauchst gar nicht so einen Unterton mitschwingen zu lassen«, kam es postwendend zurück. »Meine Schwester kommt übrigens auch mit.«

Heiner Hölzle fiel beinahe das Glas aus der Hand, das er gerade vom Tisch nehmen wollte. Carola! Auch das noch. Mit der konnte er ja überhaupt nichts anfangen, und wenn Christiane mal ehrlich wäre, sie nämlich auch nicht. Carola, die personifizierte Lebensuntüchtigkeit, die ohne ihre Familie gänzlich aufgeschmissen wäre. Sie wohnte in einer Einliegerwohnung im Haus ihrer Eltern, gab Yoga-Kurse und betrieb eine Mischung aus Heilpraktik und Esoterik. Hölzle verstand auch nicht, wie sich so eine hübsche Frau, denn das war Carola tatsächlich, so hässlich zurechtmachen konnte. Sie sah Christiane ziemlich ähnlich, nur deren exquisiten Klamottengeschmack besaß sie leider nicht. Carola rannte dauernd in irgendwelchen Schlabberpullis, weiten Hosen oder langen Röcken, die jeweils aussahen, als hätte sie sie auf einem indischen Basar erstanden, und offenen Latschen herum. Sommer wie Winter ohne Socken, die bläulichen Zehen ignorierend, wenn es richtig kalt war. Ihre langen, mit Henna gefärbten Haare ließen den Stufenschnitt, der einmal vorhanden gewesen war, kaum noch erkennen und meist sahen sie aus, als hätten sie tagelang kein Shampoo mehr gesehen.

Während Heiner noch über die riesigen Unterschiede zwischen Carola und ihrer Schwester nachgrübelte, erschien Christiane in der Tür und sagte: »Du kannst schon mal decken, bitte. Ich bin gleich so weit.«

Kurz darauf saßen sie sich an dem gemütlichen Esstisch gegenüber und kämpften mit den überlangen Spaghetti, die Christiane mit Basilikum, Meersalz, frisch gemahlenem schwarzen Pfeffer und natürlich Parmesan zubereitet hatte.

»Jetzt weiß ich immer noch nicht, wann genau deine Eltern kommen«, nahm Hölzle den Faden wieder auf und schob die Gabel in den Mund. »Lecker übrigens, was du da gezaubert hast.«

»Danke«, sie lächelte. »Meine Eltern und Carola kommen am Sonntag. Ich dachte, wenn sie so gegen 17 Uhr da sind, können wir noch schön mit einem Gläschen Sekt anstoßen und dann um 18 Uhr essen. Dann wird's auch nicht so spät. Wir müssen ja alle am Montag wieder früh raus.«

Hölzle erstickte beinahe an einem Bissen, als ihm klar wurde, was am Sonntag, dem 27. Juni, stattfinden würde.

»Was hast du denn?«, fragte Christiane besorgt. »Hast du dich verschluckt?«

Hölzle hatte einen hochroten Kopf, bekam aber langsam wieder Luft und trank erst mal einen Schluck Mineralwasser.

»Das ist nicht dein Ernst, oder?«, krächzte er und nahm einen weiteren Schluck Wasser. »Nicht am Sonntag. Sollen sie doch am Samstag kommen, das ist sowieso der bessere Tag zum Feiern.« Christiane hatte allen Grund dazu. Sie hatte ihre Promotion in Geschichte mit Erfolg abgeschlossen und vor Kurzem eine Volontariatsstelle im Staatsarchiv angetreten.

»Wieso, was ist denn so schlecht am Sonntag? Außerdem haben meine Eltern am Samstag keine Zeit.« Christiane runzelte die Stirn.

»Na, du kannst Fragen stellen. Hör mal, da spielt Deutschland gegen England! Das ist *das* Spiel! Auf gar keinen Fall will ich das verpassen. Im Übrigen habe ich mich schon längst mit Markus zum Fußballschauen verabredet. Er hat im Garten eine große Leinwand aufgebaut und einen Beamer geliehen. Das wird super. Harry, Peter und ein paar andere kommen auch.«

Christiane nahm sich eine weitere Ladung Spaghetti aus der gläsernen Schüssel. »Ooch, Fußball. Mein Gott, so wichtig ist das nun auch nicht. Schließlich habe ich meine Doktorarbeit fertig und eine Volontariatsstelle habe ich auch in der Tasche. Komm schon, Heiner, dieses eine Mal wirst du ja wohl verzichten können.«

Hölzle wischte sich den Mund mit einer Serviette ab

und legte Löffel und Gabel auf den Teller. »Nee, Christiane, bei aller Liebe. Deutschland gegen England, darauf kann man nicht verzichten. Wenn es gegen Griechenland oder so wäre, aber gegen die Pomms? Never.«

»Wann ist denn dieser Kick? Oder, weißt du was? Nimm doch Papa einfach mit. Der schaut bestimmt auch gern. Und anschließend kommt ihr nach Hause.«

›Des wird jo emmer besser‹, dachte Hölzle verzweifelt. »Mal ehrlich, ich glaube nicht, dass dein werter Herr Vater ausgerechnet mit mir Fußball schaut. Außerdem kann ich doch nicht einfach jemanden mit zu Markus schleppen.« Er hoffte, sie würde von dieser unsäglichen Idee abkommen. Doch Christiane tat ihm den Gefallen nicht.

»Ach, Quatsch, Markus ist doch völlig locker. Ich frag ihn einfach. Und überhaupt, was soll das: ›Mein werter Herr Vater und Fußball ausgerechnet mit mir‹«, äffte sie ihn nach.

Hölzle schenkte jedem Rotwein nach. »Das weißt du ganz genau. Ich bin doch deinem Vater nicht gut genug für dich. Das lässt er jedes Mal raushängen. Und mir hängt es zum Hals raus. Das Spiel ist um 16 Uhr. Bitte lass uns das Treffen verschieben.« Er trank einen großen Schluck Wein und seufzte.

Christiane stand auf und begann, den Tisch abzuräumen, Heiner schloss sich ihr an. »Ich red mal mit Papa. Einverstanden?«

Hölzle küsste sie auf die Wange. »Danke, mein Schatz.« Die Sache war geritzt, lachte er in sich hinein, der alte Johannsmann würde nie und nimmer mit ihm zum Fußball gehen.

*

Hannelore Uhlenbruck saß auf der Terrasse und versuchte, sich mit der Lektüre eines Buches abzulenken. Reich-Ranicki war vor ein paar Tagen für sein Lebenswerk ausgezeichnet worden und sie hatte sich in der Stadt seine Biografie ›Mein Leben‹ besorgt. Doch es funktionierte nicht. Immer wieder kehrten ihre Gedanken zu ihrem tot geglaubten Mann zurück. Seither lebte sie in der Angst, dass er einfach hier auftauchen könnte. Sie war nur froh, dass Saskia sich mit den wenigen Informationen hatte abspeisen lassen. Auch dieses Mal war sie nicht ganz ehrlich zu ihrer Tochter gewesen, aber es war besser, wenn man die Vergangenheit ruhen ließ. Bisher hatte sie ihrem Mann Bertram nichts erzählt, aber der hatte schon bemerkt, dass sie irgendetwas beschäftigte. Und er würde nicht lockerlassen, dazu kannte sie ihn zu gut. Unbewusst kaute sie an ihrem rechten Daumennagel, das Buch lag aufgeschlagen auf ihrem Schoß.

Sie schrak zusammen, als Bertram plötzlich hinter ihrem Liegestuhl stand, sich herunterbeugte und sie auf die Wange küsste.

»Gott, hast du mich erschreckt!«, fuhr sie auf und klappte das Buch zu.

»Entschuldige bitte, ich dachte, du hättest mich kommen hören«, gab Bertram schuldbewusst zurück. Dann grinste er. »Hast du ein schlechtes Gewissen?«

»Wieso sollte ich ein schlechtes Gewissen haben«, entgegnete sie aufgebracht. Im Grunde war ihr klar, dass er sie nur necken wollte, aber im Moment hatte sie dafür nicht die Nerven.

Bertram Uhlenbruck zog sich einen Stuhl heran, nahm ihre Hand in seine beiden Hände und sah sie lange an. »So,

Hannelore, jetzt sag mir endlich, was los ist. Seit Saskias Besuch bist du wie ausgewechselt, ja, ich würde sagen, du bist unausstehlich geworden. So kenne ich dich gar nicht. Und rede dich jetzt nicht schon wieder heraus, dass alles in Ordnung ist. Raus mit der Sprache, so schlimm wird's schon nicht sein.«

Hannelore kämpfte mit sich, wie nur sollte sie reagieren? Sie kannten sich jetzt schon so viele Jahrzehnte, waren immer, bis auf diese eine Ausnahme, offen miteinander umgegangen. Nach einem kurzen Moment des Zweifels kam sie zu der Überzeugung, dass sie ihren Mann wohl doch besser einweihen sollte.

»Schlimmer. Raimund ist hier«, sagte sie mit belegter Stimme. Bertram sah seine Frau fragend an. Dann registrierte sie, wie es Bertram ganz langsam dämmerte. Genau diesen Gesichtsausdruck musste sie auch gehabt haben, als sie davon erfahren hatte.

»Das kann nicht sein. Du musst dich irren«, wies er das soeben Gehörte zurück. Hannelore schüttelte unmerklich den Kopf. Sie hatte das Buch neben ihren Liegestuhl fallen lassen und knetete nun mit beiden Händen den Saum ihrer Bluse. »Nein. Er war bei Saskia in der Praxis. Und du hast gesehen, wie fertig sie gewesen ist, als sie hier vor ein paar Tagen ankam.«

Bertram nickte. »Aber ich dachte, er wäre tot. Alle dachten, er wäre tot. Wie kann das sein?« Immer noch stand ihm die Ungläubigkeit ins Gesicht geschrieben. Hannelore schloss die Augen und schluckte. Eine Welle der Erleichterung machte sich in ihr breit, endlich konnte sie dieses Geheimnis, dass Raimund nie gestorben war, ihrem Mann anvertrauen.

Als sie geendet hatte, sah Bertram Uhlenbruck seine Frau lange stumm an. Er musste das eben Gehörte zuerst verarbeiten. So viel hing von diesem Umstand, dass Raimund noch lebte, für sie ab. Er räusperte sich.

»Ich bin dir nicht böse, dass du mir bisher nie davon erzählt hast. Nur fassungslos über diese Nachricht. Ich kann verstehen, dass du mir das verschwiegen hast. Aber was, um alles in der Welt, will er hier? Nach all den Jahren?«

Hannelore zuckte mit den Achseln. »Saskia hat er erzählt, dass er sie noch einmal sehen wollte. Er scheint wohl ziemlich krank zu sein.« Hilflos sah sie ihn an.

»Und du glaubst, das ist alles?« Bertram schien offenbar ebenfalls Zweifel an Raimunds lauteren Absichten zu hegen.

»Ich weiß es nicht, Bertram, ich denke an nichts anderes mehr. Weißt du, was das für unsere Ehe bedeutet? Für unseren Sohn?«

Uhlenbruck nickte langsam. »Ich werde mich darum kümmern, ich versprech es dir.« Hannelore war in ihren Liegestuhl zurückgesunken. Ihr Gesicht hatte einen gequälten Ausdruck angenommen und sie hielt die Augen geschlossen. Sie hatte nur noch mit einem Ohr zugehört. Bertram würde irgendetwas unternehmen, Bertram wusste immer, was zu tun war. »Entschuldige mich bitte, ich muss noch telefonieren. Wir reden später weiter.« Er ging ins Haus, um sich zuerst einen Drink zu holen. Am besten einen dreifachen Whiskey, den hatte er jetzt wirklich nötig. Schwerfällig stieg er dann mit dem gefüllten Glas die Treppe nach oben, wo er sein Büro hatte. Dort suchte er die Nummer von Lutz Niederbeck heraus, der auch prompt abnahm, als Uhlenbruck anrief.

»Was gibt's? Du rufst doch nicht ohne Grund an«, reagierte Niederbeck ohne Umschweife.

»Stegmann lebt und ist in Bremen.« Er hörte, wie der Mann am anderen Ende scharf die Luft einzog. »Okay«, sagte dieser dann. »Ich kümmere mich drum.«

Juni 1974, Bremen

Der Rasen könnte mal wieder einen Schnitt vertragen. Aber Vara hat keine Lust, sich als Gärtnerin ihrer Eltern zu betätigen. Seit sie zu Hause ausgezogen ist, kommt sie eigentlich nur noch in die Villa, wenn ihre Eltern unterwegs sind, um hier nach dem Rechten zu sehen, oder, wenn ihre Eltern mal wieder im Land sind, zu einem sonntäglichen Kaffeeklatsch, der allerdings immer wieder ausartet, weil sie regelmäßig mit ihrem Vater in die Wolle gerät. Er hat nichts dagegen gehabt, als sie nach dem Abitur Jura studieren wollte, am liebsten wäre sie ja nach Berlin gezogen, aber Jura in Bremen war, politisch betrachtet, echt eine Alternative.

Aber grundsätzlich sind die Ansichten ihres Vaters steinzeitlich, und die Studentenbewegung und diese ›ganze rote Bande‹ gehen ihm doch mächtig gegen den Strich. Und ihrer Mutter erst. ›Kind, heirate einen Arzt, Papi kennt doch so viele durch die Rotarier, da ist doch bestimmt ein Sohn aus bestem Hause für dich dabei.‹

›Sind doch alles Muttersöhnchen‹, denkt sie dann jedes Mal. Obwohl, Che und Gue kommen ja auch aus gutem Hause. Das ist das Einzige, was die Eltern tröstet, dass der Umgang, den sie pflegt, doch sehr manierlich und respektabel ist. Mama spielt sogar regelmäßig mit Ches Mutter Bridge. Wenn ihre Eltern wüssten, mit welchen Gedanken ihre Tochter sich trägt, würden sie sie wahrscheinlich einsperren lassen.

Das Mädchen hat die weißlackierten Gartenmöbel auf den Rasen geschleppt und ein paar kalte Bierflaschen zum weiteren Kühlen in einen Eimer mit Eiswürfeln aus der Gefriertruhe unter den Tisch gestellt. Auf Gläser müssen die Jungs verzichten, aber das machen sie ja meist sowieso. Zum Rauchen hat sie nichts, nur ein paar läppische Zigaretten, immerhin die französischen Gauloises.

Sie streicht den Zeitungsartikel glatt, den sie den beiden zeigen will, wenn sie ihn nicht schon selbst gelesen haben. Irgendwie sind die Italiener doch nicht die Machos, für die sie sie gehalten hat. Lassen die den Sossi doch tatsächlich nach 35 Tagen wieder frei und haben noch nicht einmal die Inhaftierten dafür gekriegt. Was für Waschlappen!

Aber übel zugerichtet haben sie den Sossi. Ein Foto zeigt ihn, vor der Fahne der Brigate Rosse sitzend wie ein Häufchen Elend, das Gesicht ordentlich vermöbelt. Sie weiß nicht, ob sie das wirklich könnte, einem Wehrlosen so das Gesicht zu zerschlagen.

Vara ist gespannt, wie die beiden Männer ihren Plan finden werden. Lange hat sie gegrübelt, jeden einzelnen Schritt immer und immer wieder durchdacht. Die ganze Aktion birgt überhaupt kein Risiko, sogar einen Namen hat sie sich bereits für das Unterfangen überlegt. ›Kommando Spartakus‹. Er hat sich immerhin seinen Unterdrückern offen entgegengestellt, dieser Spartakus. Von den Namen der RAF-Kämpfer hat sie nach einiger Überlegung lieber Abstand genommen, nicht dass man ihre eigene Aktion noch mit der RAF in Verbindung bringt. Sie hatte ursprünglich ›Kommando Andreas‹ oder vielleicht auch ›Aktion Inge‹ in Erwägung gezogen, aber ›Aktion Inge‹ hört sich dann doch wirklich eher wie ein Aktionstag für Dauerwellen im Friseursalon an, den ihre Mutter immer besucht.

Nein, Spartakus ist in Ordnung. Außerdem hatte sich vor zig Jahren auch der Spartakusbund den antiken Gladiator zum Vorbild genommen. Somit befindet sie sich mit dieser Namensschöpfung also in einer mehr oder weniger historischen Tradition.

»Moin, Vara, mach schon mal die Bierchen auf.« Zwei kühle Hände legen sich um ihren Hals und drücken spielerisch zu. Che und Gue müssen durch das Gartentor gekommen sein, ohne dass sie es bemerkt hat. Vara greift nach den Händen und befreit sich von ihnen. Als sie sich umdreht, blickt sie in Gues grinsendes Gesicht. Sie schubst ihn von sich.

»Setzt euch, Jungs, ich habe einen Plan. Bombensicher, ohne Risiko, und am Schluss stehen wir mit ein paar Hunderttausend Mark in den Taschen da. Ein paar Kröten behalten wir für uns, sozusagen für unsere Mühe, den Rest schicken wir nach Chile oder so.«

»Stopp, mal nicht so schnell. Du willst doch wohl nicht Ernst machen mit dem Hirngespinst von neulich, das war doch alles Humbug. Träumereien, noch besser gesagt: völliger Stuss.«

Das Ziegenbärtchen, in gelbem T-Shirt mit Peace-Zeichen, lässt sich fassungslos auf einen Gartenstuhl fallen und nimmt einen kräftigen Schluck aus seiner Bierflasche, die ihm Vara geöffnet hingestellt hat.

»Moment mal, lass sie doch erst mal erzählen, was sie sich so ausgedacht hat.« Der Dunkelhaarige hat seine Haare zu einem kleinen Pferdeschwanz gebunden, nun hebt er die Arme, um sich das Haargummi erneut um den kurzen Stummel zu schlingen.

»Uah, Gue, lass mal deine Arme unten, da hängen ja Haare raus, als hättest du junge Katzen drunter.« Che schüttelt sich.

»Wenn du nicht gleich die Klappe hältst, mach ich mir da noch rosa Gummis drum, da hast du dann was zu glotzen.« Gue droht ihm spielerisch mit der Faust.

»Jungs, hört auf mit dem Blödsinn«, geht Vara dazwischen, »setz dich hin, du Affe, und nimm dir ein Bier. Also schaut euch mal das Bild hier an, was sagt ihr dazu?« Sie reicht den beiden den Zeitungsausschnitt.

»Ja, was? Das ist der Sossi auf seinem Entführungsfoto. Nicht gerade Mister Universum. Und was hat die Entführung genutzt? Nichts.« Gue zieht verächtlich die Mundwinkel nach unten.

Vara schaut die beiden abwartend an. Doch zu weiteren Kommentaren scheint keiner bereit.

»Denkt doch mal nach. Was wollten die mit der Entführung erreichen?« Sie wartet keine Antwort ab. »Sie haben einen Oberstaatsanwalt entführt, um dadurch Gefangene vom Staat freizupressen. Und das ist ja wohl gründlich in die Hose gegangen. Ergo, wie kann man es besser machen?« Ihre Augen funkeln. »Wir entführen einen

Privatmann mit viel Kohle und erpressen Geld. Das hat schon immer funktioniert. Denkt an die Entführung des jungen Getty im letzten Jahr. Sein Opa hat über drei Millionen Dollar Lösegeld springen lassen. Zwar mussten sie ihm vorher ein Ohr abschneiden …«

»Wie, dem Opa haben sie ein Ohr abgeschnitten, warum denn das?« Che fühlt sich etwas unwohl bei der ganzen Sache.

»Ach was, doch nicht dem Opa. Dem Jungen, du Idiot. Sozusagen als Druckmittel. Doch so weit brauchen wir gar nicht zu gehen. Schaut euch doch mal das Foto genauer an, wie der da mit seinem verquollenen Gesicht sitzt. Das reicht als Druckmittel schon aus, da ist jede weitere Gewaltanwendung überflüssig. Eine Familie, die so ein Foto bekommt, zahlt doch freiwillig jeden Preis. Mein Vater hat eine Dunkelkammer, da könnten wir die Fotos entwickeln. Und die Rosenbergs wollen ihren Papi bestimmt wieder zurück.« Triumphierend schaut sie in die Runde.

»Rosenberg? Du sprichst von Elvira Rosenbergs Vater? Sag mal, hast du sie noch alle? Der kennt uns doch. Und mich ganz besonders. Was glaubst du, wie schnell der dann bei der Polizei ist, und wir sind dran und sitzen für die nächsten Jahre im Knast. Wir waren doch alle erst neulich dort zum 60. Geburtstag. Du musst echt 'nen Schaden haben! Nee, da mach ich nicht mit. Im Übrigen seid ihr doch befreundet!«

Che ist sichtlich empört.

»Ach, so dicke sind wir auch nicht mehr. Elvira sehe ich ja kaum noch, seit sie in Tübingen Medizin studiert, und wenn, finde ich sie langweilig, die alte Streberin. Und Rosenberg ist doch gerade unsere beste Möglichkeit, dass wir alle, auch er, das Ganze unbeschadet überstehen. Und dass ausgerechnet wir Elviras Vater entführen, also auf die Idee kommt garantiert niemand.« Sie unterstreicht jeden ihrer Sätze mit heftigen Gesten. »Hör zu, Gue, du rufst ihn an und gibst dich als mein Vater aus und bittest ihn zu einer wichtigen Besprechung in unser Haus. Lass dir was einfallen. Wir empfangen ihn hier maskiert an der Tür, zerren ihn in den Keller, setzen ihn auf einen Stuhl, gefesselt, versteht sich, klatschen ihm einen Lappen ins Gesicht, damit er etwas mitgenommen aussieht, schießen – klick, klack – das Foto, und ab damit zur Familie zusammen mit unserer Lösegeldforderung und der Anweisung, wie es zu überbringen ist …« Sie muss Luft holen, und Gue nützt seine Chance, seine Meinung kundzutun.

»Halt mal, er klingelt hier und wird dann von hier aus wieder in die Freiheit geschickt? Dann weiß er doch, wo er festgehalten worden ist. Stell dich doch gleich der Polizei. Nein, da müssen wir schon etwas geschickter vorgehen. Lass mich überlegen. Im Übrigen kann der meine Stimme mit Sicherheit von der deines Vaters am Telefon unterscheiden.«

Das Mädchen ärgert sich, dass ihm dieser Fehler unterlaufen ist. Ihr Plan ist doch so gut durchdacht gewesen, hat sie zumindest geglaubt.

Das Ziegenbärtchen mischt sich ein, obwohl ihm die Sache nicht ganz geheuer ist.

»Ich hab da so eine Idee, aber ich verrat sie euch nur, wenn ihr mir versprecht, dass wir wirklich gemeinsam dafür sorgen, dass da nichts schieflaufen wird.« Jetzt hat er die ganze Aufmerksamkeit seiner Gefährten.

»Ja, los, spuck's schon aus«, fordert Gue.

»Ich weiß von meinem Vater, dass der Rosenberg, so ähnlich wie er selbst, seine Rituale hat, also montags seine Kegelrunde, dienstags die Rotarier, mittwochs Saunaabend und so weiter.« Che trinkt seine Flasche aus. »Also, zumindest so ungefähr. Was ich aber sicher weiß, ist, dass er mit dem Rad zur Sauna fährt, damit er schon mal vorschwitzen kann. Das macht der Rosenberg immer so. Mein Vater findet das nämlich albern, denn Rosenberg fährt so schnell wie eine alte Schildkröte, sagt er, und dann kommt Rüdiger immer furztrocken in der Sauna an. Und er muss am Park ›Höpkens Ruh‹ vorbei- beziehungsweise durchfahren, weil die alten Herren dort im Parkstübchen hinterher immer noch ein Weinchen trinken. Und dann wird's spät.«

»Jetzt komm mal zum Punkt«, mault Vara und stellt Che ein weiteres Bier hin.

»Wenn wir ihm dort auflauern, ihm einen Sack über den Kopf stülpen, ihn in deinen Wagen zerren, Gue, und ihn zu Varas Elternhaus bringen, dann kriegt er doch gar nicht mit, wie ihm geschieht. Oder besser gesagt, wer ihn wohin verschleppt.« So allmählich findet er Gefallen an der Idee. »Wir werden ebenfalls Säcke über die Köpfe ziehen oder irgendwelche Strumpfmasken. Nur die Stimmen müssen wir noch verstellen. Und das war's. Besser, Vara sagt gar nichts, weil Rosenberg sie am besten kennt. Wie sieht's aus, Vara, kennt der Rosenberg sich bei euch aus? Kann er etwas wiedererkennen?«

»Nee, ganz sicher nicht. Wir müssten ihn in den Partykeller sperren, da war er garantiert noch nie. Warum auch? Der wird von meinen Eltern auch nicht genutzt. Meine Mutter empfängt ihre Gäste meist im Wintergarten oder im Sommer auf der Terrasse. Das Einzige, was er vielleicht noch erkennen könnte, ist das Gästeklo. Aber da lassen wir ihn ja nicht drauf. Ihr müsst ihn dann aufs Klo im Keller bringen, wenn er mal muss. Dabei müsst ihr natürlich Masken tragen, logo.« Sie überlegt kurz, dann spinnt sie den Faden weiter.

»Am besten nehmen wir den Sack über seinem Kopf nur ab, um das Foto zu machen. Ansonsten muss er ihn aufbehalten, dann hat er auch keine Gelegenheit, sich umzuschauen. Na, Jungs, was meint ihr? Ist doch für 'nen guten Zweck.«

Die drei schweigen, bis sich das Ziegenbärtchen als Erster wieder äußert. Er hat lange überlegt, doch dann hat er seinen Entschluss gefasst. »In Ordnung, ich bin dabei. Mein Vater hat übrigens 'ne neue Kamera gekauft. Tolles Gerät.« Che hält die offene Hand den anderen hin. »Schlagt ein, Leute, das überzeugt doch – für einen guten Zweck.«

Sofort liegt eine schmale Mädchenhand auf seiner, nach kurzem Zögern folgt die Pranke des Dritten im Bunde. Der Pakt ist geschlossen.

25. Juni 2010, Bremen

Hannelore Uhlenbruck betrachtete ihren sommerlich gedeckten Kaffeetisch auf der Terrasse. Sie faltete noch die Servietten mit dem Rosenmuster und legte sie auf die

Teller. In der Mitte der Tafel stand eine große Schale, die sie mit Wasser befüllt hatte, in der Rosenblüten schwammen. Dieses Arrangement hatte sie in der Zeitschrift ›Living‹ gesehen und war sofort von der Schlichtheit und zugleich Eleganz begeistert gewesen. Noch einmal überprüfte sie den Tisch. Die Zuckerdose war wegen der Wespen geschlossen. Ihr Sohn Simon würde in zehn Minuten mit seiner Verlobten Jana Theuerholz auftauchen. Sie freute sich für ihren Sohn, der aus der Ehe mit Bertram stammte und mit seinen 29 Jahren bereits Tischlermeister mit eigenem Betrieb war. Die Biologin Jana war eine sehr gute Partie. Ihr Vater war Staatsrat beim Senator für Justiz und Verfassung gewesen, nun allerdings seit einigen Jahren im Ruhestand. Janas Mutter, die als Kardiologin am Krankenhaus Links der Weser arbeitete, war eine geborene Rosenberg, und beide Namen waren ein Begriff in Bremen. Zudem kannten sich Ferdinand Theuerholz und Bertram Uhlenbruck seit langer Zeit, denn Bertram war Abteilungsleiter beim Senator für Inneres gewesen.

Es klingelte. Hannelore ging eifrigen Schrittes zur Tür, nicht ohne einen Blick in den großen Spiegel in der Diele zu werfen, um sich das Haar mit den Händen erneut zu ordnen. Sie öffnete und umarmte ihren Sohn und ihre künftige Schwiegertochter. »Hallo, ihr beiden, kommt mit raus auf die Terrasse und macht es euch bequem. Kaffee kommt gleich.«

Sie wollte schon in die Küche enteilen, als Simon sie am Arm fasste und zurückhielt.

»Hallo, Mama, mach nicht so einen Stress, wir sind ja nicht in fünf Minuten schon wieder weg, und außerdem hat Jana dir noch etwas mitgebracht.«

Jana Theuerholz nestelte an einem Papier mit buntem Aufdruck einer Blumenboutique und brachte eine rote Begonie zum Vorschein.

»Wunderbar, meine Liebe, vielen Dank. Die nehmen wir gleich mit auf die Terrasse. Und nun kommt.«

Hannelore schob die beiden hektisch vor sich her in Richtung Garten.

Sie saßen gerade bei der ersten Tasse Kaffee, als auch Bertram sich zu ihnen gesellte. Das Gespräch drehte sich fast ausschließlich um die bevorstehende Hochzeit, und Hannelore Uhlenbruck war froh über die Abwechslung. So fand sie ihre innere Ruhe allmählich wieder. Das Wiederauftauchen ihres ersten Mannes hatte sie doch stärker aus der Bahn geworfen, als sie sich selbst eingestehen wollte. Kurz schweiften ihre Gedanken ab, als sie für einen Moment in die Küche ging, um eine weitere Kanne Kaffee aufzusetzen. Sie dachte an das Treffen mit ihrem Exmann.

Nachdem Saskia bei ihr gewesen war, hatte Hannelore ihn einen Tag später im Hotel aufgesucht. Schlecht sah er aus, aber das kümmerte sie wenig. Wenn er nicht augenblicklich aus der Stadt verschwinden würde, drohte sie, würde sie eigenhändig dafür sorgen. Raimund zeigte sich völlig unbeeindruckt von ihren Drohungen. Es kam zu einem ausgewachsenen Streit, und sie zog, nachdem sie feststellen musste, dass mit Raimund nicht zu reden war, wutentbrannt ab. Vollkommen aufgelöst erschien sie zu Hause und dachte: ›Ich werde noch zur Alkoholikerin, wenn Raimund nicht bald verschwindet.‹ Ihr Nervenkostüm brauchte drei Gläschen Grappa, um sich wieder einigermaßen zu stabilisieren. Gut, Bertram hatte sie später tatsächlich einigermaßen beruhigt und ihr auch versprochen, dass sie sich keine Sorgen machen müsse, er würde sich um alles kümmern. Was Bertram vorhatte und wie er das anstellen wollte, hatte sie nicht gefragt. Nein, sie war noch nie eine Frau gewesen, die Fragen gestellt hatte. Sie wollte einfach nur ihr beschauliches Leben wieder zurückhaben.

Hannelore kehrte mit einem etwas aufgesetzten Lächeln, was allerdings niemand bemerkte, zurück zu ihrer Familie. Mitten im angeregten Geplauder klingelte es erneut an der Tür. Hannelore runzelte die Stirn. Sie erwartete niemanden mehr. Hoffentlich kam heute nicht schon wieder jemand, der ihr eine Hiobsbotschaft überbringen würde. Sie ging zur Haustür und öffnete. Saskia.

»Kind, was ist denn jetzt los? Hast du geweint?«, begrüßte sie ihre Tochter besorgt und nahm sie in die Arme.

Saskia Uhlenbruck schniefte: »Ja, ich komm einfach nicht klar mit dem, was passiert ist. Kann ich reinkommen?«

Hannelore nickte. Hoffentlich riss sich Saskia zusammen und erwähnte nichts von den Geschehnissen der letzten Tage. Simon hatte von all dem keine Ahnung und so sollte es nach Hannelores Meinung auch bleiben.

»Simon und Jana sind da, wir reden über die Hochzeit. Das bringt dich sicher auf andere Gedanken.«

Saskia versuchte ein zaghaftes Lächeln. »Schön. Ich geh nur eben noch zur Toilette und kühl mir etwas die Augen. Die sind doch bestimmt ganz geschwollen.«

Nachdem Saskia sich erfrischt hatte, gesellte sie sich zu ihrer Familie auf die Terrasse. Nach freudiger Begrüßung, vor allem durch ihren Bruder, den sie seit Wochen nicht mehr gesehen hatte, setzte sie sich dazu und schenkte sich eine Tasse Kaffee ein. Simon bemerkte das Zittern ihrer Hände und ihre geröteten Augen.

»Vielleicht solltest du lieber keinen Kaffee trinken, so wie du zitterst. Das macht es bestimmt nicht besser. Geht's dir nicht gut? Deine Augen sind ganz rot.« Er saß neben seiner Schwester und legte ihr die Hand auf den Arm.

»Doch, doch«, wehrte Saskia ab. »Alles okay, Simon. Ich bin nur etwas gestresst und ich glaube, ich habe Heuschnupfen. Muss mich mal testen lassen.«

Doch Simon ließ sich nicht täuschen, dazu kannte er seine Schwester zu gut, und es gab eigentlich nichts, worüber sie nicht offen miteinander sprachen. »Erzähl keine Märchen, was ist los? Wir können uns auch nach drinnen setzen, wenn du willst.«

Seine Verlobte warf ihm einen frostigen Blick zu. Offensichtlich begeisterte sie die Aussicht, das Thema Hochzeit unterbrechen zu müssen und dann auch noch allein mit ihren künftigen Schwiegereltern Kaffee zu trinken, wenig. »Lass sie doch«, sagte sie spitz, »du siehst doch, dass sie nicht will. Und außerdem hat Saskia gesagt, es wäre nur der Stress. Im Übrigen sollten wir uns um die Hochzeit kümmern. Deswegen sind wir schließlich hier.«

Saskia stand auf. »Schon gut, Simon, ich glaube, es ist wahrscheinlich besser, ich gehe wieder.« Hannelore tauschte verstohlene Blicke mit ihrem Mann. Auch ihnen war es lieber, Saskia würde nach Hause fahren. In ihrem jetzigen Zustand würde sie sich vielleicht doch ihrem Bruder anvertrauen, und noch mehr familiäre Komplikationen konnten die Uhlenbrucks im Moment wirklich nicht gebrauchen.

»Ich rufe dich später an, mein Schatz«, sagte Hannelore

und erhob sich ebenfalls, um ihre Tochter zur Haustür zu geleiten. Simon kam mit. »Was, zum Teufel, ist hier los? Ich merke doch, dass ihr mir was verschweigt. Du, Saskia und Vater«, fauchte er leise seine Mutter an.

Hannelore legte ihrem Sohn die Hand auf den Arm. Sie versuchte, einen leichten Ton anzuschlagen. »Du musst nicht alles wissen. Das ist eine Angelegenheit, die nur deine Schwester und uns betrifft. Und es ist wirklich nichts Dramatisches«, wiegelte sie ab.

Simon schüttelte ihre Hand ab. »Ach, nur euch und Saskia. Na super, ich gehöre wohl nicht mehr zur Familie.« Er fühlte sich ausgeschlossen.

»Aber das stimmt doch so nicht«, versuchte seine Mutter, ihn zu besänftigen, »es ist nur …«

»Ja, was denn?«, herrschte Simon sie an.

Hilflos hob Hannelore die Arme. »Es geht nicht, ich kann es dir jetzt nicht erklären.«

Saskia schaltete sich ein. »Lasst es gut sein, ich komm schon klar.« Mit diesen Worten öffnete sie die Tür und lief hinaus in die Sonne. Hannelore hielt ihren Sohn am Arm fest. »Bitte geh ihr nicht hinterher, ich versuche, es dir irgendwann zu erklären. Glaub mir, es ist besser so.«

Doch Simon stieß sie unsanft von sich und rannte seiner Halbschwester hinterher. Am Auto holte er sie ein. »Du sagst mir sofort, was los ist. Und zwar hier und jetzt.« Sein Ton duldete keinen Widerspruch und Saskia bedeutete ihm einzusteigen. Dann fuhr sie los. »Wir fahren zu mir, dann erzähle ich dir alles.«

Draußen auf der Terrasse der Uhlenbrucks herrschte trotz der hohen Temperaturen eisiges Schweigen, als Hannelore zurückkam.

»Wo ist Simon?«, fragte Jana erbost. »Er hat mich jetzt nicht hier allein sitzengelassen, oder?«

»Jana, er hängt so sehr an Saskia, er wollte dich sicher nicht vor den Kopf stoßen und …«, begann Hannelore, im Bemühen, die Wogen zu glätten.

»Vergiss es einfach. Er hat mich tatsächlich hier sitzenlassen, ich fasse es nicht. Na, der kann was erleben, wenn er nach Hause kommt. Ich nehme mir jetzt ein Taxi.«

»Sei nicht albern, Jana«, brummte Bertram, »ich fahre dich nach Hause. Es tut uns leid, so war der Nachmittag nicht geplant. Sei Simon nicht allzu böse, wenn er wieder auftaucht. Kommt doch in den nächsten Tagen noch mal vorbei oder wir setzen uns gleich alle zusammen. Also, ich meine auch mit deinen Eltern. Hm, Mädchen, wie ist die Idee? Hannelore kocht uns was Schönes, ein gutes Glas Wein dazu, dein Vater und ich mit einer Zigarre auf der Terrasse, was meinst du?«

Gleichzeitig betete Bertram Uhlenbruck, dass Saskia vernünftig blieb und Simon nichts vom totgeglaubten und wieder auferstandenen Vater erzählen würde. Dass sie ihm irgendeine glaubwürdige Geschichte auftischte und sich alles, aber auch wirklich alles in Wohlgefallen auflöste. Das Letzte, was er jetzt gebrauchen konnte, war Stress mit der Familie seiner zukünftigen Schwiegertochter. Es war schon schlimm genug, dass Ferdinand Theuerholz, Janas Vater, von der ganzen verdammten Scheiße, die mit Raimund Stegmann gelaufen war, wusste. Schließlich war das alles mit auf seinem Mist gewachsen, wenngleich Lutz auch die treibende Kraft gewesen war.

27. Juni 2010, 14:45 Uhr, Bremen

Kriminalhauptkommissar Heiner Hölzle hatte trotz des herrlichen Sommerwetters schlechte Laune. Manfred Johannsmann hatte nicht, wie Hölzle gehofft hatte, abgelehnt, mit zum Deutschland-England-Spiel zu kommen. Es würde ihm also nichts anderes übrig bleiben, als gute Miene zum bösen Spiel zu machen und Christiane zuliebe die Zähne zusammenzubeißen.

Es läutete an der Haustür. ›Oh Gott, do send se scho‹, dachte Hölzle, ergab sich in sein Schicksal und drückte den Türöffner. Kurz darauf konnte er hören, wie Christianes Eltern mit ihrer ältesten Tochter die Treppe heraufgepoltert kamen.

Christiane fegte um die Ecke, zum Anbeißen hübsch in ihrem luftigen Sommerkleidchen, und sagte: »Ja, jetzt mach doch auf, du hörst doch, dass sie gleich oben sind.«

Er tat, wie ihm geheißen, öffnete die Wohnungstür, setzte ein gequältes Lächeln auf und wollte die drei, die etwas atemlos vor ihm standen, begrüßen. Vor allem Christianes Vater hechelte wie ein Hund nach einem flotten dreistündigen Spaziergang. ›Na, koi Kondition, alter Ma?‹, dachte Hölzle gehässig, mit einem abschätzigen Blick auf den sich hebenden und senkenden Brustkorb seines Vielleicht-Schwiegervaters. ›Der japst wie dr alde Labrador von meiner Oma.‹

»Hallo, mein Schatz«, dröhnte Manfred Johannsmann, übersah Heiners ausgestreckte Hand und rauschte an diesem vorbei, um seine Tochter zu umarmen.

»Hallo, Papa«, freute sich Christiane und machte sich von ihrem Vater los. »Möchtest du nicht auch Heiner

Guten Tag sagen oder hast du deine guten Manieren zu Hause gelassen?«, spöttelte sie gutmütig. Dann schloss sie ihre Mutter und ihre Schwester in die Arme.

»Natürlich, natürlich, aber du musstest zuerst begrüßt werden. Guten Tag, Herr Hölzle«, wandte er sich steif an Heiner, der zwischenzeitlich Ruth und Carola die Hände geschüttelt hatte. Manfred Johannsmann siezte Heiner immer noch, seine Frau Ruth dagegen war schon längst zum Du übergegangen.

»Tag«, gab Hölzle lapidar zurück. »Wollen wir dann gleich wieder los?« Er sah auf seine Uhr. 15 Uhr. In einer Stunde war Anpfiff, und Markus Rotenboom, bei dem sich alle zum Fußballschauen trafen, wohnte in Lilienthal, am Rande Bremens. Da fuhr man nicht mal eben in fünf Minuten hin. Und Heiner wollte sich in aller Ruhe vor dem Spiel in Stimmung bringen. Zumindest in eine bessere, als er jetzt hatte.

»Aber, aber, nur keine Hetze. Schließlich hatten wir genug Stress auf der A1 von Hamburg bis hierher. Diese ewige Baustelle. Ich hätte jetzt gern eine schöne Tasse Kaffee, Christiane.« Manfred Johannsmann ignorierte Hölzles Aufforderung und hakte seine Tochter unter, um sie in die Küche zu schleppen. Christiane warf Heiner einen hilflosen Blick über die Schulter zu und wand sich aus dem Arm ihres Vaters heraus.

»Ach, Papa, setzt euch doch schon mal auf den Balkon, ich mach euch gleich Kaffee. Wir haben nicht so viel Platz in der Küche, das weißt du doch.«

Familie Johannsmann dackelte auf den Balkon, und Heiner nutzte die Gelegenheit, um mit Christiane allein zu sein.

»Hör mal, ich nehm ihn ja jetzt schon mit, aber ich sehe nicht ein, dass ich erst nach dem Anpfiff bei Markus einlaufe, nur weil dein Vater meint, er braucht jetzt noch einen Kaffee. Das ist doch wieder reine Schikane.« Hölzles Stirn lag in zornigen Falten.

Christiane stellte die erste Tasse unter den Auslauf des Kaffeeautomaten und drückte einen Knopf. Die Kaffeebohnen ratterten durch die Mühle, ein Geräusch, das Hölzle sonst liebte, heute nervte es ihn. Wie eigentlich alles heute.

»Jetzt komm schon, das schafft ihr doch locker bis zum Anpfiff. In 20 Minuten bist du bei Markus, das reicht doch noch.« Sie stellte die nächste Tasse unter.

»Wie, in 20 Minuten? Ich werde wohl kaum das Blaulicht einschalten. Du weißt ganz genau, dass man länger braucht bei den 1.000 Ampeln, die natürlich alle rot sind, wenn man's eilig hat. Ich fahre in fünf Minuten los, und entweder er kommt mit oder er bleibt hier bei euch. Wie konnte ich dieser Schnapsidee überhaupt nur zustimmen?«

Die nächste Tasse lief durch. »Gib dir doch mal ein bisschen Mühe. Ich weiß, er ist nicht einfach, aber du weißt doch, wie Väter sind. Glauben, sie wissen immer, was besser ist für ihre Kinder, besonders für ihre Töchter.«

»Mein Vater war nie so«, schmollte Hölzle und drückte ihr einen Kuss auf die Wange. »Fünf Minuten, die Uhr tickt.«

Es wurden 15 Minuten. Endlich saßen sie im Auto und fuhren in Richtung Lilienthal. Manfred Johannsmann hatte offensichtlich ein Schweigegelübde abgelegt, denn er sagte keinen Ton, was Hölzle allerdings nur recht war.

27. Juni, 15:50 Uhr, Bremen

Yves Renard erwachte aus seinem Mittagsschlaf. Er fröstelte trotz der warmen Temperaturen in seinem Zimmer. Stechende Schmerzen durchfuhren seinen ganzen Körper, in seinem Kopf pochte es heftig. Er griff zum Trinkglas neben seinem Bett, goss sich ein Glas stilles Wasser ein und drückte aus der Blisterpackung drei grüne Pillen heraus. Heute Morgen hatte er schon zwei genommen. Eigentlich sollte er maximal zwei Tabletten pro Tag einnehmen, aber ohne die erhöhte Dosis würde er den Rest des Tages nicht durchstehen.

Bereits das Treffen vor einigen Tagen mit seiner Tochter hatte ihn an den Rand des Zusammenbruchs gebracht. Das Wiedersehen mit seiner Frau einen Tag darauf war auch nicht besser verlaufen. Das Gespräch, der erneute Versuch einer Erklärung – alles war kläglich gescheitert. Er hatte gar nicht gewusst, dass Hannelore so rasend vor Zorn werden konnte. Aber gut, er hatte sie ja auch Jahrzehnte lang nicht gesehen.

Renard quälte sich aus dem Bett und schlurfte zur Toilette. Ein Blick in den Spiegel zeigte ihm einen Mann, der gut und gern 90 Jahre alt sein könnte. Er wusch sich das verschwitzte Gesicht und putzte die Zähne. Das Treffen, das er telefonisch vereinbart hatte, sollte gegen Abend stattfinden.

Yves ging davon aus, dass der Park dann menschenleer sein würde, die meisten würden wohl jetzt schon vor dem Fernseher sitzen, schließlich erfolgte in wenigen Minuten der Anpfiff zu einem wichtigen Fußballspiel. Anschließend würden die Menschen feiern, sofern es etwas zu feiern gäbe.

Beide – so war sein Eindruck gewesen – hatten mit seinem Anruf gerechnet. Ihre Reaktion war trotzdem unterschiedlich ausgefallen. Auf der einen Seite eine hasserfüllte Stimme: ›Hast du den Hals immer noch nicht voll genug bekommen?‹, auf der anderen Seite blankes Entsetzen und Angst. ›Können wir die alte Geschichte nicht endlich vergessen und begraben, ich bitte dich!‹ Beide hatten sich dann aber doch bereit erklärt, sich mit ihm zu treffen.

Yves hatte noch etwas Zeit. Er überlegte kurz, ob er noch einmal seine Tochter anrufen sollte. Doch er verwarf den Gedanken und ließ es sein. Allmählich fingen die grünen Pillen an zu wirken, der Schmerz ließ nach, und Yves fühlte sich von Minute zu Minute frischer. Als der Arzt in Abidjan ihm die Diagnose gestellt hatte, war es bereits zu spät gewesen. Sein ewiges Husten hatte irgendwann Joseph auf die Palme gebracht. ›Patron, es hört sich an, als würdest du dir gleich die Lunge aus dem Hals kotzen‹, hatte er gesagt. Und genauso hatte es sich angefühlt. Ladungen von Antibiotika hatten nichts gebracht und nur einen Haufen Geld gekostet. Er war hinüber, ein Wrack, das nur noch wenige Monate zu leben hatte.

Schon bei seinem ersten Gang durch Bremen nach all den Jahren hatte Yves feststellen müssen, wie sehr sich alles gewandelt hatte. Touristenströme bevölkerten die ›Gute Stube‹ im Herzen Bremens, den Marktplatz. Vor allem Skandinavier waren aus der Menge herauszuhören, aber auch eine Truppe Sachsen war ihm aufgefallen. Die Wende vor 20 Jahren hatte Yves in Afrika miterlebt und in der folgenden Zeit, weniger erstaunt als interessiert, die

Meldungen und Nachrichten über die Machenschaften der Stasi verfolgt. Ihn hatte nichts mehr gewundert.

Yves hatte sich am Vormittag eine Stadtrundfahrt gegönnt. Um 10.30 Uhr fuhr am Hauptbahnhof ein Sightseeing-Bus ab, denn er wollte seine alte Heimatstadt bequem neu erkunden. Es war schon sehr warm und der Bus besaß glücklicherweise eine Klimaanlage. In Afrika drängten sich die Leute in den Bussen so eng aneinander, dass man kaum Luft bekam, oftmals schleppten sie Hühner oder Ziegen mit hinein. Yves hatte sich in all den Jahren an den Gestank und die Enge gewöhnt. Klimaanlagen in den Bussen? Ein unbekannter Luxus. Das Fahrzeug wartete bereits, und nach zehn Minuten war es bis auf den letzten Platz besetzt. Ein Stadtführer gab die Route bekannt:

»Historischer Marktplatz, Universität, Universum, Schwachhausen, Bürgerpark, Viertel, das Altbremer Haus, das ›grüne‹ Bremen, Weserüberquerung und Weser-Stadion.«

An jeder Station hing Yves seinen Gedanken nach. Der Marktplatz, heute natürlich proppenvoll wegen des Fußballspiels, eine riesige Leinwand stand auf dem Domshof. Public Viewing hieß das heutzutage.

Die Universität. ›Rote Kaderschmiede‹ hatte man sie genannt. Das Universum, ein interaktives Museum, hatte es zu seiner Zeit noch nicht gegeben. Das Viertel, bunt und laut. Keine Kneipe, die er damals nicht gekannt hatte. Werder. Fußball hatte ihn nie wirklich interessiert. Das Stadion wurde gerade umgebaut, der Stadtführer war deswegen total aus dem Häuschen. In der kommenden Saison wird Bremen Meister, prophezeite er. Nach der Rundfahrt war Yves erschöpft gewesen. Der Bus hatte ihn zurück zum Bahnhof gebracht und er hatte sich in sein Hotel geschleppt, um sich vor dem Treffen noch ein paar Stunden aufs Ohr zu legen.

Jetzt war er gespannt, wie die beiden seine ›Bitte‹ auffassen würden. Teschen hatte zwar gemeint, er sollte sich nicht allzu große Hoffnungen machen, da wäre sicher nichts zu holen, aber was wusste der schon. Die hatten doch alle schon immer Geld wie Dreck gehabt.

Durst quälte ihn und er trank die Wasserflasche, die neben seinem Bett stand, auf einen Zug leer. Von draußen erreichte ihn der misstönende Klang einiger Vuvuzelas. Durchdringend wie ein Hornissenschwarm. Ein Blasinstrument aus Afrika, von dem er bis vor ein paar Tagen noch nie etwas gehört hatte, und jetzt war es, im wahrsten Sinne des Wortes, in aller Munde. Grässlich.

Yves kramte ein frisches Hemd aus einer der bunten Schubladen einer Kommode, zog es sich über, stopfte es in seine Hose. Seine Hände zitterten. Ihn beschlich ein ungutes Gefühl. Dieser Tag würde noch einiges an Überraschungen für ihn bereithalten.

27. Juni, 15:40 Uhr, Bremen

Bei Markus Rotenboom saßen schon alle im Garten, jeder ein Bier in der Hand: Harry Schipper, Peter Dahnken und einige Mitarbeiter Rotenbooms von der Spurensicherung.

Einzige Frau neben Markus' Freundin Sandra war Dr. Sabine Adler-Petersen, die Gerichtsmedizinerin. Hölzle war baff. ›Dass die Fußball guckt, hätt i au net denkt.‹ Er stellte Christianes Vater kurz den Anwesenden vor, ließ Manfred dann einfach stehen und suchte nach Markus, der nach drinnen verschwunden war. In der Küche wurde er fündig.

»Mensch, du hättest doch auch ›nein‹ zu Christiane sagen können, als sie dich angerufen hat«, maulte er und nahm sich ein Bier aus dem Kühlschrank.

Markus grinste. »Was hätte ich denn sagen sollen? ›Nein, Hölzle ist mein Freund und kann deinen Vater nicht leiden, und deshalb mag ich ihn, obwohl ich ihn nicht kenne, auch nicht?‹ Du bist gut. Bleib mal locker, bring ihm ein Bier mit raus und genieße das Spiel. Ich bin überzeugt, das wird der Bringer heute gegen England. Das ist so eine klasse junge Mannschaft, die machen die Fish-und-Chips-Fiffis platt.«

Hölzle ließ sich von Markus' guter Laune anstecken und nahm ein weiteres Bier, um seinem Vielleicht-Schwiegervater einen Gefallen zu tun. Als er hinaus in die Sonne kam, saß Manfred schon bei Adler-Petersen. Offenbar unterhielten sich die beiden blendend. ›War jo klar, dass du zu der hockscht, die hot jo au an Doktortiddel‹, seine Laune sank schon wieder, wobei er sich eingestehen musste, dass der alte Johannsmann noch verdammt gut aussah. So eine Mischung aus Alain Delon und Sean Connery. Kein Wunder, dass die Frauen sich von ihm einwickeln ließen.

Er reichte Manfred das Bier, das dieser nahm und nur mit einem Kopfnicken quittierte. Hölzle konnte darüber nur den Kopf schütteln und gesellte sich zu Harry und

Peter. Im Hintergrund hörte er Adlerblicks silberhelles Lachen. Ruth Johannsmann konnte einem mit so einem Ehegatten nur leidtun.

27. Juni 2010, 16:30 Uhr, Bremen

Yves Renard verließ sein Hotel in der Theodor-Heuss-Allee. Ein herrlicher Tag und trotzdem waren kaum Menschen auf der Straße anzutreffen. Das Achtelfinale zwischen Deutschland und England hatte bereits vor einer halben Stunde begonnen. Yves hatte diesen Zeitpunkt für sein Treffen mit Bedacht gewählt. Er schlenderte an der Stadthalle, die neuerdings Bremen-Arena hieß, vorbei, überquerte die Hollerallee. Sein Blick blieb am schlossähnlichen Parkhotel hängen. Es schimmerte im Sonnenlicht, seine Kuppel spiegelte sich im Hollersee. Den Flügel zu seiner Rechten hatte es früher nicht gegeben. Vielleicht würde er für seine letzten Nächte hier in dieses Hotel ziehen, wenn alles glattging.

Wo zu anderen Zeiten an einem Sonntag Spaziergänger und Jogger den Bürgerpark bevölkerten, traf Yves heute nur vereinzelt auf Menschen, die weder schwarz-rot-goldene Fahnen umgehängt hatten noch ein Nationaltrikot trugen. Wie er selbst, waren sie ganz offensichtlich Fußballignoranten. Hinter dem Hotel orientierte sich Yves nach links. Er atmete tief durch. Vor ihm lag der Emmasee mit seinem kleinen Café. Hier hatte sich auch einiges getan. Das Café erschien ihm frisch renoviert. Dort würde er später noch ein kühles Bier trinken, nahm er sich vor. Über dem Wasser tanzten Libellen, die in allen Farben des Regenbogens schillerten.

Seltsam, trotz der drückenden Wärme kamen ihm heute alle Farben frisch und intensiv wie selten vor. Auf der Wiese vor dem See lag eng umschlungen ein Pärchen. Yves konnte nicht erkennen, ob alt oder jung, und setzte seinen Weg fort. Einen Moment musste er überlegen. Obwohl er glaubte, den Bürgerpark immer noch wie seine Westentasche zu kennen, hatte er sich vorsichtshalber einen kleinen Plan eingesteckt, den er sich an der Rezeption seines Hotels erbeten hatte. Er setzte kurz seine Brille auf und studierte ihn. Zur Amelie-Ziermann-Bank führte der Weg in östliche Richtung.

Yves' Mutter war eine unverbesserliche Romantikerin gewesen. Wie oft war er als Kind mit ihr durch diesen Park spaziert. Diese Bank war ihre Lieblingsbank gewesen: Halbrund, wunderschön geschmiedet, erinnerte sie an die verstorbene Tochter eines Bremer Kaufmanns.

Schwer atmend ließ sich Yves auf die Bank sinken. Der Spaziergang kostete ihn mehr Kraft, als er vermutet hatte. Ein Blick auf die Uhr zeigte ihm, dass er knapp eine Stunde Zeit hatte, sich seine Worte noch einmal durch den Kopf gehen zu lassen, seine kleine Rede noch einmal zu proben, seine müde Stimme noch einmal mit Kraft zu füllen.

Yves' Gedanken schweiften ab. Die Augen fielen ihm zu und, als hätte sein letztes Stündlein geschlagen, zogen einige Stationen seines Lebens an ihm vorüber.

Seine Flucht in eine ungewisse Zukunft. Warum war es überhaupt so weit gekommen? Im Nachhinein betrachtet, waren seine Aktionen doch ganz harmlos gewesen. Na ja, bis auf die Sache mit dem Polizisten. Danach hatte sich alles verändert und er hatte die Seiten gewechselt. Wechseln müssen. Seiner Mutter zuliebe. Gut, dass sie nie von alldem erfahren hat.

Und dann war diese einmalige Gelegenheit gekommen und er hatte sie sofort beim Schopf gepackt.

Die drei hatten sich wie Idioten verhalten. Zumindest einer von ihnen. Es hätte klar sein müssen, dass er die Stimme erkennen würde. Sie konnten heute noch froh sein, dass er sie hatte laufen lassen, sonst würden sie bis zum heutigen Tag im Knast schmoren. Und dafür war die Summe geradezu läppisch klein gewesen, die er von ihnen verlangt hatte.

Ein Summen drang an Yves' Ohr, er schlug die Augen auf, eine Biene tanzte vor seinem Gesicht. Mit einem Taschentuch verscheuchte er sie und wischte sich den Speichel, der sich in seinem Mundwinkel gesammelt hatte, fort. Er hätte sich besser etwas zu trinken mitgenommen. Das war ja übrigens die neueste Mode. Hier liefen alle mit einer Flasche Wasser oder Saft in der Hand herum, vor allem junge Mädchen hatten permanent etwas zu trinken am Hals. Die würden an der Elfenbeinküste verdursten.

Er hatte sie beobachtet: Flasche her, Stöpsel ab, kurzer Zug, Stöpsel zu, Flasche wie eine kleine Keule schwingend in der Hand. Und dies alle paar Meter erneut. Albern.

Yves verdrehte etwas seinen Oberkörper und spähte auf den Weg. Noch niemand in Sicht. Als Treffpunkt hatte er den Findling in der Nähe vorgeschlagen. Der Hermann-

Löns-Stein war von seiner Mutter immer wieder angesteuert worden. Sie war eine glühende Verehrerin des Dichters gewesen, der im selben Jahr starb, als sie das Licht der Welt erblickt hatte. Der Findling stand etwas abseits des Weges.

Yves sah sich für einen Moment als kleines Kind, das mit knubbeligen, verdreckten Fingern die vier Buchstaben, die in den Stein gemeißelt waren, nachfuhr. Es musste mit seinem Alter oder eher noch mit seiner Erkrankung zusammenhängen, dass er dermaßen sentimental wurde. Er stand auf, sein linkes Bein knickte unter ihm weg und er konnte sich gerade noch an der Bank festhalten. Als er den Stein erreichte, war der Schwächeanfall vorüber und er hatte sich schon wieder gefangen. Wie in Kindertagen malte er mit seinem Zeigefinger über die Buchstaben. L Ö N S.

Ein Räuspern hinter ihm ließ ihn herumfahren. Das Gesicht, in das er blickte, hatte sich kaum verändert. Der Mann war lediglich dicker geworden, aber sonst?

Ein wenig verunsichert schaute er drein, so als ob er es nicht fassen konnte, dass Yves leibhaftig vor ihm stand.

»Bist du allein? Ich dachte, ihr kommt beide«, sagte Yves misstrauisch.

»Ich bin allein«, war die knappe Antwort. »Bringen wir es hinter uns. Es reicht, dass ich die erste Halbzeit wegen dir verpasse. Also, was willst du genau?«, herrschte der Mann ihn an. Seine Stimme klang heiser, wie von jemandem, der sein Leben lang zu viele Zigaretten und zu viel Hochprozentiges genossen hatte.

Yves holte Luft, was ihm schwerfiel, und ein Hustenanfall schüttelte ihn. Es hörte sich an wie Hundegebell.

»Ich dachte, ich hätte mich am Telefon klar ausgedrückt.

Nein? Doch? Eh bien. Ich habe nichts zu verlieren. Mein Arzt hat mir höchstens noch ein halbes Jahr gegeben. Also, es geht hier nicht um mich. Ich habe so lange geschwiegen, ich kann weiter schweigen. Vielleicht glaubt ihr, ich wäre senil geworden oder einfach nur sentimental. Nennt es, wie ihr wollt. Ich möchte nur meine Tochter versorgt wissen. Das ist alles, um was ich euch bitte. Nein, was ich von euch verlange.« Er hielt kurz inne. »Eh bien. Ich weiß, dass es euch an nichts fehlt, dass ihr mehr als euer Auskommen habt. Also, ich will nicht gierig erscheinen, aber 50.000 Euro halte ich für angebracht. Natürlich von jedem von euch. Ich weiß nicht, wie lange und ob überhaupt ich in Bremen bleiben werde. Ich gebe euch eine Woche. Danach findet ihr mich auf einem Polizeirevier. Das kannst du so weitergeben, ich vermute, du wirst nach unserem Treffen einen Anruf tätigen.«

Die kleine Rede hatte Yves erschöpft. In den letzten Jahren hatte er nicht viel Deutsch gesprochen. Und auch jetzt war ihm zwischendurch zweimal ein ›eh bien‹ entschlüpft.

Der Mann hatte ihm mit unbewegter Miene zugehört, wirkte fast gelassen. Yves starrte in sein Gesicht, dann auf seine Hände, die der Mann zu Fäusten geballt hatte. Die Knöchel traten schon weiß hervor. Er war wohl doch nicht so gelassen, wie es zunächst den Anschein hatte.

»Wir brauchen Zeit, so schnell geht das nicht. Denkst du, wir schleppen die ganze Kohle in unseren Jackentaschen mit? Alles angelegt in Aktien und Wertpapieren«, erklärte der Mann schroff.

Yves war im ersten Moment irritiert. Sein Gegenüber trug keine Jacke, wozu auch, es war ja warm. Unter den

Achseln des hellblauen Hemdes bildeten sich dunkle, breite Schweißflecken. Yves sah den Puls an der Halsseite des Mannes klopfen.

Er wartete ab. Das alles erschien ihm zu einfach. So mir nichts, dir nichts ging der Mann auf seine Forderung ein? Kein Widerstand, keine Drohung? Aber womit sollte der ihm schon drohen?

Noch bevor er zu einer Antwort ansetzen konnte, durchzog eine altbekannte Welle des Schmerzes seine Brust. Die körperliche und mentale Anstrengung forderte ihren Tribut. Er musste sich an den Stein lehnen, war einen Augenblick lang benommen.

Darauf schien der Mann nur gewartet zu haben. Einer Raubkatze gleich – das hatte Yves ihm gar nicht zugetraut – sprang er auf ihn zu, wie um ihn stützen zu wollen. Doch im selben Moment, in dem Yves sich wieder aufrichten wollte, packten ihn zwei Hände, krallten sich mit Gewalt in seine Oberarme, schmetterten ihn mit voller Wucht gegen den Stein.

Yves hatte in seinem Leben schon viele Kokosnüsse geknackt. Das Geräusch, das nun in seinem Schädel explodierte, klang ähnlich. Die Gestalt verschwamm vor seinen Augen. Er sah sich selbst wie durch einen roten Schleier: Seine Machete köpfte eine Nuss, er saß am Strand, schlürfte die frische Kokosmilch. Ehe er die Besinnung verlor, wurde er noch einmal nach vorne gerissen und wieder gegen den Stein geschleudert. Dann wurde alles schwarz.

27. Juni 2010, 19:30 Uhr, Bremen

»He, Sie beide da, ja, Sie meine ich.«

Die Brünette mit dem wippenden Pferdeschwanz drehte sich um. Fast wäre sie beim nächsten Schritt über ihren Stock gestolpert. Sie blickte in das wütende Gesicht eines alten Mannes, der ihnen auf seinen dürren Beinen entgegenjoggte.

»Bleiben Sie stehen, Sie machen ja mit Ihren Stöcken die ganze Finnbahn kaputt. Da, schauen Sie doch mal hin, das sind alles Löcher, die Sie mit dem ganzen Mist da hineinbohren. Wissen Sie, was das kostet, die Bahn jedes Mal wieder auf Vordermann zu bringen?«

Die Brünette grinste nur und wollte weiter walken. Doch ihre Freundin hielt sie am Arm fest.

»Das lasse ich mir von dem alten Sack doch nicht bieten«, fauchte sie mit hoher Stimme.

»Sie alter Möchtegern-Marathonmann, die Finnbahn ist für alle da, nicht nur für Jogger aus dem vorletzten Jahrhundert, Sie …, Sie Methusalem.«

In der Tat schien der sonntägliche Jogger schon weit über 80 zu sein. Krummbeinig kam er im Schneckentempo auf die beiden zu. Ein dunkelblaues Schweißband umschlang den kahlen Schädel. Doch Respekt flößte er den beiden jungen Damen in keinster Weise ein. Frech baute sich die kleinere der beiden Frauen, eine Blonde mit kurzen, lockigen Haaren, vor ihm auf, als er sie schnaufend erreichte.

»Wir haben hier dasselbe Recht zu walken, wie Sie es haben, hier zu joggen. Wir spenden jedes Jahr für den Bürgerpark, da sind die paar Kröten, die die Ausbesserung der Bahn kostet, ja wohl von uns mitfinanziert, oder? Los, Jule, weiter geht's!«

Sie dehnte ihren Oberkörper, hüpfte ein paar Mal mit beiden Beinen locker auf der Bahn herum und setzte sich dann, ihre Freundin mit sich zerrend, wieder in Bewegung. Absichtlich stach sie mit ihrem rechten Stock tief in die Bahn, um den alten Mann zu ärgern.

Der Greis lief puterrot an und versuchte, den Stock zu fassen, den sie ihm geschickt entwand und ihn damit fast am Kopf traf.

»Sie, ich kenne den Bürgerparkdirektor höchstpersönlich«, zeterte der Greis los, »ich werde mich heute noch über Sie beschweren. Los, geben Sie mir Ihre Namen«, forderte er.

»Das wäre ja noch schöner. Machen Sie sich doch nicht lächerlich. Jule, komm jetzt, wir walken weiter. Ich lass mir von dem alten Labersack doch nicht den Tag verderben. Und grüßen Sie Ihren Parkdirektor schön von uns«, wandte sie sich noch ein letztes Mal schnippisch an den Jogger.

Die beiden Frauen gingen weiter, während der Alte hinter ihnen her schimpfte. Mit Druck bohrten sie ihre Stöcke in die Bahn, die Arme schwangen entgegengesetzt der Beinbewegung, wie sie es im Kurs erklärt bekommen hatten. Den alten Herrn hatten sie in kurzer Zeit hinter sich gelassen.

»Irgendwie hab ich keine Lust mehr«, maulte die kleine Blonde nach weiteren 15 Minuten eifrigen Walkens.

»Das ist mal wieder typisch für dich, Frauke. Du hättest dich mit dem alten Tattergreis erst gar nicht anlegen sollen. Der Tag ist viel zu herrlich, um sich derart herumzuärgern. Komm schon, du übellaunige Kuh, lach mal wieder.« Die Freundin piekste sie grinsend mit ihrem Stock in die Seite.

»Lass das, das Laufshirt ist ganz neu. Wehe, du bohrst da auch noch ein Loch rein. Das muss der Parkdirektor dann aber auch stopfen.« Die beiden prusteten lauthals los.

»Komm, lass uns zurück zum Auto walken. Wir hatten heute schon genug Sport. Allein der Weg bis hierher, dann eine Runde Finnbahn und die ganze Strecke wieder zurück, das reicht. Bei mir ist die Luft jetzt raus. Wir trinken lieber bei mir noch etwas auf der Terrasse.«

Mit strammen Schritten verließen die beiden Frauen die Bahn und den Stadtwald und walkten bis zur Parkallee, wo sie den eigentlichen Bürgerpark wieder erreichten und ein gemächlicheres Tempo wählten. Eine Gruppe durchtrainierter männlicher Jogger – offenbar keine Fußballverrückten – kam ihnen entgegen. Die beiden strafften die Brust, und mit neuer Energie schleuderten sie ihre Stöcke nach vorne. Sie besaßen eine offensichtlich exzellente Kondition, denn trotz der körperlichen Anstrengung stand ihr Mundwerk keine Sekunde still. Die bewundernden Blicke der Männer nahmen sie mit einem leichten Grinsen zur Kenntnis.

Beschwingt überquerten sie die Carl-Schütte-Brücke, setzten ihren Weg fort über die Hachezbrücke und steuerten die Meierei-Weide an. Der ganze Bürgerpark war von Wasserwegen durchzogen und das kühle Nass brachte eine angenehme Frische in die Luft. Nur wenige Leute waren heute unterwegs, nur ein einzelner Mann und ein

Paar mit einem Hund begegneten den beiden Walkerinnen auf ihrem Rückweg.

Jule verlangsamte etwas ihren Schritt, klemmte sich ihre beiden Stöcke unter den linken Arm und nestelte mit der rechten Hand an ihrem Gürtel, den sie über ihr pinkfarbenes, glänzendes Sporttop geschnallt hatte. In diesem Gürtel steckten, wie riesige Patronenhülsen, kleine Fläschchen mit einem Energiedrink.

»Magst du auch einen Zaubertrank?« Sie bot der Freundin eines der Plastikfläschchen an, das sie kurz aufschüttelte.

»Es ist wichtig, dass wir unsere Depots wieder auffüllen. Allein durchs Schwitzen verbrauchen wir mehr als dreimal so viel Magnesium wie ein normaler Mensch«, dozierte sie.

»Nee, lass mal, ich trink nachher lieber ein kühles Mineralwasser, ich halte nichts von deinen Mixturen. Aber ich muss mal kurz in die Büsche, ich schaff's nicht mehr bis nach Hause. Bleib mal da stehen und halt die Augen auf, dass jetzt nicht gerade der Parkdirektor entlangkommt, sonst gibt's noch eine Verwarnung obendrauf.« Sie grinste.

Frauke drückte der Freundin ihre Stöcke in die Hand und verließ den Weg. Ein riesiger, dichter Rhododendron erschien ihr bestens geeignet, denn er sah wie ein großes, grünes Blätterzelt aus. Sich vergewissernd, dass sich niemand von der Wiese aus näherte, kroch sie unter den Busch. Eigentlich waren es drei Rhododendren, die zu einer prächtigen Einheit zusammengewachsen waren. Frauke nestelte an der engen Laufhose herum, war gerade im Begriff, sie herunterzuziehen – da! Hatte sie nicht gerade ein Knacken vernommen? Hastig zog sie die Hose wieder hoch.

Vorsichtshalber spähte sie noch einmal unter dem Busch hervor. Nichts. Seufzend ließ sie die Hose wieder herunter und summte, während sie dahockte, ein Kinderlied vor sich hin. Solche Situationen erinnerten sie doch tatsächlich an ihre Kindheit: Wie oft hatte sie mit ihren Eltern Ausflüge in die Lüneburger Heide gemacht und plötzlich dringend zur Toilette gemusst. Ihre Mutter hatte sie dann einfach hinter einen Busch gebracht, Hose runter und fertig.

Frauke zog sich die Hose wieder hoch und beschloss, den Busch auf der anderen Seite zu verlassen, um Jule einen ordentlichen Schreck zu versetzen, wenn sie sich von hinten anschlich. Dann konnte Jule ihre Adrenalin-Depots auch noch etwas aufstocken.

In halbgebückter Haltung kroch sie aus dem Rhododendron, richtete sich auf und trat noch ein paar Schritte rückwärts, den Hals gereckt, um Jule auf dem Weg zu erspähen. Plötzlich strauchelte sie, fing sich einen Moment lang und kam dann doch zu Fall. Sie stieß einen schrillen Schmerzensschrei aus.

›Scheiße, mein Fuß!‹, fuhr es ihr durch den Kopf. Frauke setzte sich auf und rieb sich den Knöchel. Wohl nicht gebrochen, aber mindestens eine leichte Bänderdehnung, so ihre Eigendiagnose. Mühsam rappelte sie sich wieder auf. Erst jetzt erkannte sie, über was sie da gestolpert war. Neben ihr, direkt vor dem Hermann-Löns-Stein, lag ausgestreckt ein Mann, ein alter Mann.

»Frauke, was ist los, was plärrst du denn da rum?« Jule stakste besorgten Blickes um den Busch herum, vier Stöcke schwingend.

»Jetzt guck dir den mal an, der hat wohl während des Spiels zu tief ins Glas geschaut.« Frauke wies mit dem ausgestreckten Finger auf die Person vor dem Stein. Beinahe verschmolz die Gestalt mit dem Findling. Stein und Mann, beide grau, rissig, verwittert, leblos.

Die beiden Frauen standen etwas ratlos da, keine wagte es zunächst, sich dem Liegenden zu nähern.

Jule reagierte als Erste.

»Da stimmt was nicht, so liegt kein Besoffener da. Hallo, Sie, können Sie mich hören, fehlt Ihnen was?«, rief sie der Gestalt am Boden zu. Nichts.

»Lass das doch, ich bin sicher, der schläft seinen Rausch aus, nachher wird er noch sauer, weil du ihn geweckt hast.« Frauke rieb sich noch immer ihren schmerzenden Knöchel und verzog das Gesicht.

»Guck mal, wie der Hals und die Beine verdreht sind, so liegt doch kein Mensch da, der nur betrunken ist und schläft. Hallo, Sie da! Ist Ihnen übel, sollen wir Hilfe holen?« Vorsichtig näherte sich Jule der Gestalt, stieß sie sacht mit dem Stock in die Seite.

»Du großer Gott, schau dir das an, sein Gesicht ist ja grau wie der Stein, ich glaub, der atmet nicht mehr.« Dann sah sie den dunklen Fleck, der sich unter dem Kopf des Mannes gebildet hatte. Blut.

Erschrocken sprang sie zurück. Der Mann hatte sich bewegt. Leicht drehte er den Kopf, konnte die Augen jedoch nicht öffnen. Er stöhnte. Seine Haare standen am Hinterkopf ab, bizarr, wie ein kleiner Propeller. Blutverklebt.

Jule beugte sich zu ihm hinunter. Wie war das noch mal mit der stabilen Seitenlage? Der alte Mann musste einen Schwächeanfall erlitten haben und dann mit dem Kopf an den Stein geknallt sein. Die Alten trinken ja auch nichts, und wenn es noch so heiß ist. War wahrscheinlich vollkommen dehydriert, der Arme. Vielleicht half ihm ein Schluck aus einem der Depotfläschchen. Sie löste eine Flasche aus dem Gürtel – Wasser, in dem sie eine Magnesium-Tablette aufgelöst hatte –, fasste um den Kopf des Mannes, um ihn etwas anzuheben. Sie erstarrte. Ihre Finger hatten eine breiartige Masse ertastet. Jule konnte sich gerade noch bremsen, den Kopf wieder loszulassen. Bestimmt kam das breiige Gefühl von dem vielen Blut. Das Gesicht des Mannes wandte sich ihr weiter zu und sie hörte, wie Frauke einen spitzen Schrei ausstieß.

»Was?«, herrschte sie ihre Freundin an, die blass und zitternd danebenstand.

»Sieh doch, sein Schädel!«, war alles, was Frauke hervorbrachte.

Jule beugte sich dichter über den Mann, und nun konnte auch sie die klaffende Wunde sehen. Und es war nicht nur Blut, was sie unter ihren Fingern spürte, sondern auch Hirnmasse, wie ihr schaudernd bewusst wurde.

»Frauke«, krächzte sie, »ruf sofort einen Notarzt. Hier ist irgendwas Schlimmes passiert. Sie sollen sich beeilen.«

Der Mann öffnete den Mund, als ob er etwas sagen wollte, doch kein Ton kam heraus. Er stöhnte wieder.

»Bleiben Sie ganz ruhig, ein Krankenwagen ist bereits unterwegs. Können Sie mich verstehen? Alles wird gut.«

Jule kauerte neben dem Mann, immer noch hielt sie seinen Kopf und wunderte sich, dass ihr nicht schlecht wurde. Hitze strahlte von dem Körper des Mannes aus, als hätte er hohes Fieber. Umso erschrockener war sie, als der Mann plötzlich ihren Arm fasste und sie zu sich herabzog. Wieder versuchte er zu sprechen. Doch mehr als ein Flüstern schaffte er nicht.

»Fuchs. Kein französischer Fuchs.« Er hustete. Winzige blutige Speicheltröpfchen trafen Jules Gesicht. Sie widerstand dem Impuls, den Mann loszulassen und sich das Gesicht abzuwischen. Die wenigen Worte hatten ihn die letzte Kraft gekostet. Noch einmal bewegten sich seine Lippen. Jule konnte kaum noch verstehen, was er sagte. »Kein Fuchs«, es war kaum mehr als ein Wispern.

Sie beugte sich noch ein wenig näher herab, ihr Ohr berührte fast seinen Mund. Sie war sich nicht sicher, ob sie ihn richtig verstanden hatte. Ein letztes Mal bewegte der Sterbende seine Lippen. Es schien ihr, als hätte er noch einen Namen gehaucht. Sie schloss die Augen und prägte sich das letzte Wort des Mannes so genau ein, wie sie es glaubte, verstanden zu haben: Stegmann.

27. Juni 2010, 20 Uhr, Bremen

Wie die Hinfahrt nach Lilienthal, verlief auch die Rückfahrt nach Bremen mehr oder weniger schweigend. Manfred Johannsmann hielt die Augen geschlossen und schmunzelte nur ab und zu vor sich hin. Heiner Hölzle war dies mehr als recht. Nur ein einziges Mal hatte Christianes Vater das Wort an ihn gerichtet. ›Bringen Sie mir doch noch ein Bier.‹ Hölzle hatte die bissige Antwort, die ihm auf den Lippen lag, hinuntergeschluckt. Zumindest das Spiel war klasse gewesen, wenigstens aus deutscher Sicht. 4:1 war ein Ergebnis, das sich wirklich sehen lassen konnte. Heiner Hölzle hatte die Zeit mit seinen Kollegen und Freunden genossen, wobei ihm nicht entgangen war, wie Manfred Johannsmann sich wie ein Pfau vor der Rechtsmedizinerin aufführte und wahrscheinlich die Hälfte des Spiels überhaupt nicht mitbekommen hatte.

»Jetzt drehen Sie doch mal die Klimaanlage ab«, meldete sich Manfred nun doch zu Wort. »Sie wollen wohl, dass ich mir eine Lungenentzündung einfange.«

Hölzle hätte sie am liebsten auf Minusgrade eingestellt, aber eine Erkältung konnte auch er sich nicht leisten. Ohne eine Miene zu verziehen, schaltete er die Klimaanlage aus.

Als sie nun zu Hause beim Essen saßen, fand Manfred seine Sprache wieder und schwärmte in den höchsten Tönen von der attraktiven Medizinerin.

»Das ist ja mal eine tolle Frau, sieht klasse aus, charmant, intelligent, erfolgreich und steht mit beiden Beinen im Leben. Also wirklich, da gibt es nichts auszusetzen. Ein absolutes Prachtweib.«

Ruth Johannsmann wurde immer kleiner und grauer, saß nahezu geduckt am Tisch und schwieg.

»Und zudem spricht sie ja auch noch fließend Französisch. Das habe ich gleich ausgenutzt, um meine Französischkenntnisse mal wieder an den Mann, oder besser an die Frau, zu bringen«, schwärmte und prahlte er weiter. »Sie stammt ja aus dem Saarland und promoviert hat sie an der Universität Lausanne …«

Hölzle ärgerte sich. ›Des gibt's doch gar net. Der woiß jo mehr über die Sabine als i. Alter Labersack. Ond dass die aus'm Saarland isch, han i no nie gmerkt. Do braucht die sich gar net so anstella, wenn i mol Schwäbisch schwätz. Die verstoht jo alles.‹

»Ja und? So besonders ist das auch nicht …«, warf er dann ein, um Manfred zu stoppen.

Doch Christiane, die sich über ihren Vater ärgerte und deren Eifersucht aufgeflammt war, als sie hörte, dass die gut aussehende Pathologin auch anwesend gewesen war, fuhr dazwischen.

»Ach, das hast du mir ja gar nicht gesagt, dass Frau Doktor Supertoll auch zum Fußball geht«, giftete sie ihren Freund an. Hölzle rollte mit den Augen. ›Et scho wieder die gleich' Leier‹, dachte er.

»Wusste ich ja auch nicht. Und wenn schon? Wen interessiert's denn?«, gab er muffig zurück.

»Ich kenne diese Frau ja nicht, aber die ist bestimmt im Sternzeichen Löwe geboren«, gab Carola zum Besten, »und dann ist sie nach dem indianischen Sternzeichen ein Lachs. Zielstrebig, steht gern im Rampenlicht und lässt sich anhimmeln. Die Löwin ist eine starke Frau, weiß genau, wie sie auf Männer wirkt, und braucht sie gar nicht, weil sie sich selbst genug ist«, plapperte sie weiter. Hölzle fragte sich ernsthaft, ob Christiane damals als Baby im Krankenhaus vertauscht worden war, denn sie passte so gar nicht zum Rest ihrer Familie. Doch leider sah Carola Christiane zu ähnlich und er verwarf den Gedanken wieder. Er wechselte einen Blick mit Tante Marthe, erfreut feststellend, dass auch sie leicht genervt von der Verwandtschaft war.

Marthe war die jüngere Schwester von Manfreds Vater, der, laut Christiane, ein kleiner Tyrann gewesen war. Das hatte er offensichtlich an Manfred weitervererbt. Doch Marthe war Gott sei Dank ganz anders, sonst wären Christiane und Heiner auch niemals in Marthes Haus eingezogen.

Das Gespräch schleppte sich dahin, Carola gab weiterhin Unsinn zum Besten, Manfred schwadronierte auf unnachahmliche Weise. Hölzle erfasste der blanke Neid, als Marthe aufstand und erklärte, sie müsste mal kurz mit ihrem Hund Theo noch eine kleine Runde drehen. Er wünschte in diesem Moment, er wäre Theo oder doch eher, Theo wäre sein Hund, dann hätte er einen Grund gehabt, aufzustehen und sich davonzumachen.

Doch dann klingelte gnädigerweise das Telefon. Hölzle stand erleichtert auf und ging ins Wohnzimmer, in der Hoffnung, dass der Anruf wichtig wäre und er sich aus dem Staub machen könnte.

»Ja, Hölzle.«

»Männliche Leiche im Bürgerpark beim Hermann-Löns-Stein«, hörte er Jean-Marie Muller am anderen Ende sagen. Der Leiter des Kriminaldauerdienstes brachte ihn kurz und knapp auf den aktuellen Stand, informierte ihn darüber, dass die Gerichtsmedizinerin und die Staatsanwaltschaft bereits verständigt wären, und legte dann auf.

KHK Hölzle empfand fast so etwas wie Freude, zumindest jedoch Erleichterung, denn angesichts eines Toten wäre Freude doch ziemlich pietätlos gewesen. Aber wenigstens entkam er so diesem wenig erquicklichen Abend.

Zurück im Esszimmer, die Autoschlüssel bereits in der Hand haltend, verkündete Hölzle, dass er arbeiten müsse.

»Nee, das kann doch nicht wahr sein«, stöhnte Christiane. »Können nicht Harry oder Peter hinfahren? Ausgerechnet heute!«

»Tut mir leid, meine Süße. Harry hat heute frei und ist bestimmt noch bei Markus und den anderen, um das 4:1 zu feiern. Den könnte ich so eh nicht gebrauchen.« Er küsste sie flüchtig zum Abschied. Den anderen nickte er kurz zu. »Tschüss zusammen. Ist leider nicht zu ändern, dass ich euch verlassen muss.« Mühsam verbarg er ein erleichtertes Grinsen.

»Was ist denn eigentlich so Wichtiges passiert, dass der Herr Polizist nicht mit seiner Freundin den Abschluss ihrer Doktorarbeit weiterfeiern kann?«, fragte Manfred Johannsmann herablassend.

»Mensch, Papa ...«, warf Christiane ein, doch weiter kam sie nicht, denn Hölzle hatte die Nase voll. Jetzt reichte es ihm. Aber endgültig.

»Ich sag Ihnen das jetzt nur noch einmal. Wenn ich gerufen werde, dann ist meistens ein Mensch tot. Selbstmord, fahrlässige Tötung, schwere Körperverletzung mit Todesfolge, Totschlag oder Mord. Suchen Sie sich's aus. Und die Aufklärung solcher Verbrechen ist doch nicht ganz so unwichtig für alle Beteiligten, auch wenn Sie das vielleicht nicht verstehen können.« Mit jedem Wort wurde er lauter, und sein Gesicht nahm eine ungesunde Röte an. »Es geht ja nur um Menschen und nicht um irgendwelche Bauteile für Maschinen. Es ist mein gottverdammter Job, und ich mache ihn gern. Klar so weit? Und Ihre Tochter hat damit kein Problem! Schönen Abend noch!«

»Heiner, bitte ...«, versuchte Christiane, ihn zu beruhigen, aber eigentlich war ihr klar, dass es keinen Zweck hatte.

Im Rausgehen knallte Hölzle die Esszimmertür zu, sodass sie fast aus den Angeln fiel. »Ehrlich, Papa, das war jetzt …«, konnte er Christiane noch vorwurfsvoll sagen hören, dann war er aus der Wohnungstür und rannte die Treppen hinunter.

›Bleeder Hond! Was glaubsch du eigentlich, wer du bisch? Bisch au bloß an kloiner Diblomingenieur, aber sich aufführa, wia wenn du's Auto erfonda hättsch‹, dachte er wütend, als er schnellen Schrittes zu seinem Auto lief. In seinem Zorn bemerkte er nicht einmal Tante Marthe, die mit ihrem Theo gerade vom Gassigehen zurückkam und ihm nachstarrte.

28. Juni 2010, Bremen

Pünktlich um neun Uhr versammelten sich alle, wie immer bei einem neuen Fall, in Hölzles Büro. Schipper, Dahnken, Dr. Adler-Petersen und Staatsanwältin Henriette Deuter, von allen nur Henri genannt. Auch Muller vom Kriminaldauerdienst, der als Erster am Tatort gewesen war, war zugegen, um, wie es üblich war, seine ersten Eindrücke zu schildern. Hölzle hatte die Sekretärin Hilke Maier gebeten, für alle Kaffee zu machen, denn seine Kaffeedose war wieder einmal leer. Heute hätte er wahrscheinlich auch verlangen können, dass sie den Kaffee im Tutu brachte, denn als unerschütterliche Fußball- und vor allem Werderanhängerin schwebte Hilke nach dem gestrigen Spiel auf Wolke sieben.

Harry Schipper hatte den Kaffee am nötigsten, seine Augen schienen kleiner als sonst. Es war gestern wohl recht spät geworden und vor allem feucht-fröhlich. Dankbar griff er nach der Tasse, die Hilke Maier ihm reichte.

»So, dann lasst uns mal anfangen«, begann Hölzle. »Den Todeszeitpunkt haben wir ja quasi auf die Minute genau, nachdem der Mann kurz vor seinem Ableben noch einen Namen genannt hat. Das ist ja mal was Neues. Hoffen wir, dass dies der Name seines Mörders ist, dann hätten wir es einfach. Peter, ich schlage vor, du findest heraus, wer unser Toter ist, und Harry, du kümmerst dich bitte um den Namen, den er genannt hat. Ich gehe mit zur Obduktion, vielleicht verrät uns ja die Leiche noch einiges.« Sein Mund fühlte sich trocken an und er nahm einen Schluck Kaffee, der jetzt leider nur noch lauwarm war.

»Was ist mit den Zeuginnen?«, fragte Henri, »ist denen nichts weiter aufgefallen? Niemand, der ihnen, kurz bevor sie den Mann gefunden haben, entgegenkam oder sich von der Stelle entfernt hat?«

Hölzle schüttelte den Kopf. »Sie sagen Nein. Gut, die standen auch noch unter Schock, als ich gestern zum Tatort kam. Die beiden kommen ja heute noch einmal hier aufs Präsidium, um ihre Zeugenaussage zu machen, da werden wir natürlich nochmals nachfragen. Oft fällt einem ja später noch etwas ein. Markus hat auch gleich Klebestreifen an ihren Klamotten angebracht zum späteren Faserspurenabgleich, denn zumindest eine der Frauen hatte ja näheren Kontakt zum Opfer, als sie ihm helfen wollte.«

Dr. Sabine Adler-Petersen erhob sich. »Wenn Sie wollen, können Sie gleich mit mir in die Rechtsmedizin fahren, ich kann Sie später auch wieder hier absetzen, da ich noch in der Nähe zu tun habe«, bot sie Hölzle an.

›Was isch denn mit der los? Hot die was eignomma?‹, dachte er verblüfft. So zuvorkommend war Adlerblick eher selten, aber er nahm dankend an.

Da so weit alles erst einmal besprochen war, der Papierkrieg würde später geführt werden, brachen alle gemeinsam auf und hinterließen leere Kaffeebecher samt Kaffeerändern auf Hölzles Schreibtisch, wie Hilke Maier später, trotz ihrer guten Laune, etwas missmutig feststellte.

*

Harry Schipper tippte den Namen Stegmann in die Suchmaschine der Datenbank ein, in der alle einschlägig Vorbestraften aktenkundig waren. Es dauerte nicht lange und es erschienen zwei Namen. Tobias und Steffen Stegmann. Schipper las sich die Angaben durch. Die 17-jährigen Zwillingsbrüder waren schon mehrfach wegen kleinerer Diebstähle aufgefallen, vor zwei Wochen jedoch hatten sie ihre zweifelhafte Karriere mit einem bewaffneten Raubüberfall auf eine Tankstelle gekrönt. Dafür saßen sie momentan in Untersuchungshaft.

Schipper nagte an seiner Unterlippe. Die beiden jungen Männer konnten es demnach nicht gewesen sein. Mehr war nicht zu finden. Mist. Der Kriminaloberkommissar wählte die Nummer seines Kollegen Peter Dahnken. Vielleicht war der ja schon einen Schritt weiter.

»Hi, Peter, ich bin's. Wie sieht's aus? Schon irgendwelche Erkenntnisse über das Opfer?«

»Bin dabei. In der Jacke des Toten haben die Spürnasen die Visitenkarte eines Hotels in Bremen gefunden. Vielleicht ist er dort ja abgestiegen. Da wollte ich jetzt gleich mal vorbeifahren und mir gegebenenfalls sein Zimmer ansehen. Wenn du nichts Besseres zu tun hast, dann komm mit.«

Harry ließ sich nicht zweimal bitten.

»Wir treffen uns am Auto«, sagte er.

Kurze Zeit später hielten die beiden Beamten vor dem Hotel in der Theodor-Heuss-Allee. Nachdem sie sich beim Portier ausgewiesen und ihm ein Foto des Opfers gezeigt hatten, bekamen sie die Schlüsselkarte zu Zimmer 87. Harry und Peter nahmen den Aufzug und fuhren in den dritten Stock.

»Hey, die Lobby sieht aus wie die Kommandozentrale bei Raumschiff Enterprise«, meinte Harry.

»Meine Nichte würde jetzt sagen, voll abgespaced«, gab Peter zurück. »Aber mal ehrlich, so schlecht finde ich das gar nicht, ist mal was anderes.« Der Aufzug hielt und gab den Weg zu einem Flur mit hellgrünen Wänden frei.

»Puh, das Muster hier macht einen aber schon ganz wirr im Kopf«, konstatierte Harry und starrte auf das ebenso hellgrüne und davon abgesetzte dunkelviolette Wellenmuster des Teppichs.

Peter grinste. »Das ist ja bei dir nicht weiter schlimm. Du bist ja eh meist neben der Spur.«

»Ja, klar. Selten so gelacht«, gab Harry gutmütig zurück. Er schob die Schlüsselkarte in den Schlitz der Tür Nummer 87. »Hallo, was machen da?« Eine zierliche dunkelhaarige Frau näherte sich mit einem Wagen, auf dem Handtücher und Bettwäsche gestapelt waren, den beiden Männern.

Harry zückte seinen Ausweis.

»Hier können Sie im Moment nicht rein. Wir sind von der Polizei und müssen das Zimmer untersuchen. Verstehen Sie?«, erklärte Harry bewusst langsam.

Das Zimmermädchen schaute ihn aus großen Augen an, nickte und schob seinen Wagen weiter. Bevor es die nächste Tür aufschloss und im Zimmer verschwand, beäugte es noch einmal misstrauisch die beiden Beamten.

Raum Nr. 87 war hell und sauber, an den Wänden hingen zwei futuristische Bilder – Fotodrucke mit Motiven, die entfernt an verzerrte Hochhäuser beziehungsweise an auf Dreiecke reduzierte Rennwagen erinnerten – und ein Flachbildfernseher. In einer Ecke neben dem Bett befand sich eine Stehlampe mit einem Schirm aus durchscheinendem Plastik, der einer geöffneten roten Blüte glich. Die Bettwäsche war ebenfalls in einem hellen Rotton und lag zerwühlt auf dem Bett, das Kopfkissen war zusammengeknüllt. Vor dem großen Fenster standen ein kleiner Schreibtisch und ein weißer Plastikstuhl.

Harry zückte die Kamera und machte einige Bilder, bevor er den kleinen Schrank öffnete. Am Boden des Schranks stand ein schwarzer Hartschalenkoffer, auf den wenigen Kleiderbügeln hingen zwei Hosen und ein Jackett, das seine besten Tage auch schon hinter sich hatte. In den Schubfächern der bunten Kommode lagen einige T-Shirts, zwei Hemden, etwas Unterwäsche und Socken.

Peter durchsuchte das Jackett und fand in der linken Innentasche einen Reisepass.

»Yves Renard«, las er vor, »kommt von der Cote d'Ivoire, so wie's aussieht. 69 Jahre alt.« Er blätterte weiter. »Ist das erste Mal verreist, zumindest gibt es nur diesen einen Stempel. Eingereist in Deutschland am 16. Juni, Visum ist also noch gültig bis Ende September.«

Harry hatte sich mittlerweile mit dem Hartschalenkoffer beschäftigt und war in der Seitentasche fündig geworden. Er pfiff leise durch die Zähne.

»Schau dir das an. Das sind bestimmt an die 10.000 Euro.« Er ließ die Finger durch das Geldbündel laufen.

Peter Schipper runzelte die Stirn. »Das ist so in etwa die Summe, die man beim Zoll noch nicht angeben muss. Aber mal ehrlich, nach Geld sah der nicht aus, dieser Renard, zumindest, wenn man der Schilderung Mullers glauben darf, und daran habe ich keinen Zweifel. Hier ist was faul.«

»Geldwäsche«, mutmaßte Schipper.

Peter zuckte die Schultern. »Schon möglich. Was ich allerdings merkwürdig finde, ist, dass hier kein Flugticket zu finden ist.« Er sah sich um und entdeckte einen kleinen Papierkorb unter dem Schreibtisch. Dahnken bückte sich und zog den Korb hervor, in welchem sich zusammengeknülltes Papier befand. Nach kurzem Durchwühlen zog er ein Ticket hervor.

»Schau mal her. Das ist ein One-Way-Ticket. Renard hatte offensichtlich nicht vor, an die Cote d'Ivoire zurückzukehren.«

Harry schnaubte leise durch die Nase. »Meine Güte, kannst du nicht einfach Elfenbeinküste sagen wie jeder andere auch? Egal, das ist auf jeden Fall seltsam. Am besten, wir starten eine Anfrage bei den Ivorern.« Er grinste seinen Kollegen an. »Das hättest du nicht gedacht, dass ich das weiß. Hast wahrscheinlich geglaubt, ich sage Elfenbeinküstler.«

Peter gab seinem Freund einen kleinen Schubs. »Red nicht so einen Scheiß, lass uns lieber zurückfahren. Hier ist weiter nichts zu finden.«

*

Im Obduktionssaal stand Hölzle neben Staatsanwältin Henriette Deuter und beobachtete Dr. Adler-Petersen bei ihrer Arbeit. Über dem Edelstahltisch, auf dem die Leiche lag, hingen helle Lampen und ein Mikrofon, um das Gesprochene aufzunehmen, damit später der Obduktionsbericht geschrieben werden konnte.

Die Rechtsmedizinerin deutete auf größere, dunkel gefärbte Flecken an den Oberarmen der Leiche.

»Der Täter hat ihn an den Armen gepackt und mit Wucht gegen den Stein geschleudert. Das Letzte, was dieser arme Mensch womöglich mitbekommen hat, war das Geräusch seines knackenden Schädels.« Sie griff zum Skalpell und eröffnete mit dem Y-Schnitt den Brustkorb und die Bauchhöhle.

»Allgemeinzustand und Ernährungszustand sind schlecht«, erzählte sie nebenbei und widmete sich den inneren Organen. »Oh, schau mal einer an. Ich glaube, das habe ich zuletzt während meines Studiums gesehen«, nuschelte sie hinter ihrem Mundschutz, »sieht ganz nach einer Tuberkuloseinfektion aus.« Adler-Petersen hob die abgetrennte Lunge heraus und legte sie in eine Schale. »Schauen Sie mal, Herr Hölzle, diese krümelige Substanz hier, die einen an Frischkäse denken lässt, das sind sogenannte verkäsende Nekrosen.«

Hölzle warf vorsichtig einen Blick auf die Schale und erkannte die von der Pathologin erwähnten weißlichen Krümel auf dem Gewebe.

»Daran ist er aber wohl kaum gestorben, oder?« Er wechselte einen Blick mit Henri, die nur leicht amüsiert den Kopf schüttelte. Sie kannte ihre Freundin Sabine. Adler-Petersen hatte jetzt Blut geleckt, weil sie zur Abwechslung mal etwas Besonderes auf ihrem Tisch hatte und nun natürlich jeden an ihrem Wissen teilhaben ließ, ob derjenige wollte oder nicht. Da kannte der Adlerblick kein Pardon.

»Aber lange hätte er es wohl nicht mehr gemacht. Denn so wie es aussieht, hat er einen multiplen Organbefall. Gestorben ist er auf jeden Fall an einem schweren Schädelhirntrauma nach massiver Gewalteinwirkung auf den Kopf«, sagte sie zu niemand Bestimmtem. »Typisch sind auch die Petechien, die auf der gegenüberliegenden Seite des Ortes der Gewalteinwirkung stärker sind. Weiterhin multiple Zerreißungen intrazerebraler Gefäße und Einblutungen in den Hirnstamm.« Sie sah auf. »Ein Wunder, dass der überhaupt noch einen Namen sagen konnte.« Dann pfiff sie leise durch die Zähne. »Das hier«, sie deutete auf eine Stelle des Gehirns, »hat er aber nicht durch seinen Mörder. Dies sieht aus wie ein Tumor oder ein Abszess. Das werde ich mir später genauer anschauen. Oder auch tatsächlich ein seltener Fall von Gehirnbeteiligung durch die TB. Vielleicht sollte ich meinen Kollegen aus der Neuropathologie hinzuziehen. Das ist richtig spannend heute.« Ihre Augen oberhalb des Mundschutzes leuchteten.

Hölzle und Henri sahen mit leichtem Schaudern zu, wie die Gerichtsmedizinerin einen Teil des Gehirns entnahm, in ein Schälchen gab und beiseite stellte. Sie zog noch eine Blutprobe und punktierte die Blase, um noch einen Rest Urin als Probe zu bekommen.

»So, das war's, Leute. Mehr gibt's nicht. Erst mal. Auf jeden Fall ist der Mann eindeutig an der schweren Kopfverletzung gestorben und nicht an diesem Abszess, welche Ursache der auch immer hat, oder durch die Tuberkulose, wenn es denn eine ist.«

Henri atmete tief durch und verfluchte sich in Gedanken dafür, denn sie ekelte sich vor dem Geruch in der Pathologie. Daran würde sie sich wohl nie gewöhnen. »Alles klar. Was meinen Sie, Herr Hölzle, spricht doch bisher alles eher für eine Tat privater Natur und nicht für einen Raubüberfall, oder?«

Hölzle räusperte sich. »Sehe ich genauso. Sein Portemonnaie war noch in der Hosentasche und es befanden sich 20 Euro und 15 Cent darin. Wir gehen davon aus, dass wir diesen Stegmann in absehbarer Zeit finden werden. Dann sehen wir weiter.«

»Herr Hölzle, Sie müssen die beiden Zeuginnen unbedingt darauf aufmerksam machen, dass sie sich ärztlich untersuchen lassen sollen wegen der möglichen Ansteckungsgefahr durch die TB«, mahnte Adler-Petersen eindringlich.

Er nickte, versprach, daran zu denken, und verabschiedete sich von den beiden Frauen.

»Ach, Herr Hölzle …!«, rief ihm Adlerblick nach. Er

drehte sich um und wurde des belustigten Grinsens der Gerichtsmedizinerin gewahr.

»Grüßen Sie mir Ihren Schwiegervater ganz herzlich. Was für ein charmanter Mann«, fügte sie, für Hölzle überflüssigerweise, hinzu.

Hölzle wurde rot, schnappte nach Luft und machte, ohne ein weiteres Wort zu verlieren, auf dem Absatz kehrt.

Kaum hatte er das Gebäude verlassen, fiel ihm siedend heiß ein, dass er gar nicht mit seinem Wagen hier war. Adlerblick hatte ihn ja mitgenommen und wollte ihn wieder im Präsidium absetzen. Seufzend kehrte er um und ging die Treppen hinunter in Richtung Obduktionssaal. Verdammter Adlerblick. Hölzle war klar, dass dieses heimtückische Weibsbild ihn absichtlich hatte gehen lassen, nur damit er wieder zurücklaufen musste. Er holte tief Luft und machte sich auf ihr süffisantes Lächeln gefasst.

Zurück im Präsidium, griff er zuallererst in die gut gefüllte Schokoladenschublade seines Schreibtisches. Er ärgerte sich noch immer, dass er nicht mit irgendeinem lockeren Spruch auf den ironischen Kommentar von Adlerblick reagiert hatte, als er zurück in den Sektionsraum geschlichen war. Aber ihm fiel selten etwas Schlagfertiges ein, wenn es darum ging, sich mit dieser Frau auseinanderzusetzen. Und so hatte er sich entschieden, besser gar nichts zu sagen, als sie im Auto erneut das Gespräch auf Manfred bringen wollte. Er hatte eisern geschwiegen, auch wenn es ihn juckte, ein paar bösartige Worte über den Vater von Christiane zu verlieren. Schließlich hatte die Pathologin aufgegeben und sie waren beide schweigend bis vor das Präsidium gefahren.

Es klopfte. Im selben Moment ging die Tür bereits auf und seine beiden Kollegen kamen herein. Ohne Umschweife erstatteten sie Bericht.

»Der Mann heißt Yves Renard, ist 69 Jahre alt und stammt von der Elfenbeinküste«, begann Peter Dahnken.

»Cote d'Ivoire heißt das doch«, stichelte Harry. Peter unterbrach ihn mit einer Handbewegung.

»Eingereist ist er am 16. Juni, wohnte seither in diesem Hotel. Kam mit einem One-Way-Ticket, hatte also keine Ambitionen, Deutschland nach Ablauf des Visums wieder zu verlassen.«

Harry zückte einen Plastikbeutel mit Geld. »Und wir haben noch genau 8.430 Euro gefunden. In einem Seitenfach seines Koffers.«

Hölzle nickte. »Besser als nichts. Läuft schon eine Anfrage an die Elfenbeinküste, ob dieser Renard bei denen gemeldet, aktenkundig oder sonst was ist?«

»Logisch«, antwortete Harry. »Was gibt's vom Adlerblick?«

»Im Grunde nichts Neues. Der Mann starb an den massiven Schlägen auf den Kopf, war ja eigentlich jedem klar. Und womöglich hatte er Tuberkulose, aber das nur am Rande. Allerdings hat sie noch irgendwas, so eine Art Tumor, in seinem Gehirn gefunden, das wollte sie sich näher anschauen. Glaube, das ist aber mehr Eigeninteresse, als dass es uns für die Ermittlungen was bringt.«

»Puh«, machte Harry, »die soll sich mal bloß nicht aus dem Fenster lehnen, nur weil sie einen Forschungsanfall hat. Das Budget ist eh schon knapp, wenn sie da noch Untersuchungen macht, die nicht relevant sind, ist der Teufel los.«

Peter zuckte mit den Achseln. »Und? Ist ja nicht unser Problem.«

»Henri war dabei, als Adlerblick sich einen Teil des Gehirns abgefüllt hat und nachsehen wollte, um was es sich dabei handelt. Sie hat nichts dazu gesagt. Also denke ich, dass die Staatsanwaltschaft damit einverstanden ist und es dann auch keinen Ärger geben wird wegen der Kosten. Was hast du eigentlich zu dem Namen Stegmann rausbekommen?«

»In der Datenbank sind nur zwei jugendliche Kriminelle – Brüder –, die momentan in U-Haft sitzen. Ansonsten gibt es den Namen Stegmann in Bremen nur vier Mal, habe ich schon weiter abgecheckt. Zwei alte Männer, ebenfalls Brüder, zwischen 70 und 80 Jahre alt. Schlecht zu Fuß, einer leicht dement. Eine ältere Frau im Rollstuhl, die kommt also auch nicht infrage. Und eine jüngere Frau, die Peter und ich später noch aufsuchen werden. Wobei ich mir nicht vorstellen kann, dass eine Frau jemanden so zurichten kann.«

Hölzle kratzte sich am Kopf. »Sieht aus, als ob wir die Suche ausweiten und im angrenzenden Niedersachsen oder besser gleich bundesweit suchen müssen.«

Peter Dahnken zog eine Zeitung hervor und warf sie auf Hölzles Schreibtisch. »Hab ich eben noch organisiert. Schon gesehen? Unser Lieblingsreporter Thorben Schmink hat schon wieder zugeschlagen, er hat doch immer Freude an einer ordentlichen Schlagzeile«, kommentierte er ironisch.

Hölzle nahm den Weser-Blitz und las.

›Mord im Bürgerpark!‹

›Während fast ganz Deutschland vor dem Fernseher saß

und die überragende deutsche Mannschaft gegen England anfeuerte, fanden am Sonntagabend zwei junge Frauen, die sich im Bürgerpark nur sportlich betätigen wollten, einen schwer verletzten Mann am Hermann-Löns-Stein. Blutüberströmt konnte der Mann noch einen Namen nennen, bevor er an seinen schweren Kopfverletzungen starb. Kannte der Mann seinen Mörder? Die Polizei sucht fieberhaft nach dem Täter, eine heiße Spur, außer diesem Namen, gibt es derzeit aber nicht. Die Identifizierung des Mannes ist noch nicht abgeschlossen. So viel scheint aber festzustehen: Er ist wohl erst vor Kurzem aus dem Ausland nach Deutschland eingereist. Mehr wollten unsere Quellen noch nicht preisgeben. Und eine Frage stellt sich wie von selbst: Gab es möglicherweise Streit um eine verlorene Fußballwette? Hat die Wettmafia auch hier in Bremen Einzug gehalten? (Thorben Schmink)‹

Genervt warf Hölzle das Schmierblatt in seinen Papierkorb.

Der Besuch bei der jungen Frau Stegmann im Stadtteil Lehe sollte ebenfalls nichts zutage fördern, auch wenn deren Lebensgefährte gemeingefährlich aussah, wie Harry sich ausdrückte.

»He, dem möchte ich nicht im Dunkeln begegnen«, berichtete er Heiner Hölzle. »Modell Zweimeterschrank und tätowiert von oben bis unten. Ein wandelndes Bilderbuch sozusagen. Aber der Name Renard hat beiden nichts gesagt, und sie waren zur Tatzeit gemeinsam bei Freunden zum Fußballschauen. Habe ich schon überprüft. Ein Alibi, wie es besser nicht sein könnte. Jetzt stehen wir wieder am Anfang.«

»Tja, Harry, dann streng dich mal an«, antwortete Hölzle nur und drückte eine Taste seiner Musikbox, die an der Wand stand. Als dann die ersten Klänge von ›Ay, Ay, Herr Kapitän‹ erklangen, ergriff Harry lieber die Flucht.

01. Juli 2010, Bremen

Harry Schipper kam einfach nicht weiter mit der Suche nach dem Namen Stegmann. Er und Peter hatten die beiden Zeuginnen nochmals eingehend befragt, die hübsche Brünette und die ebenso attraktive Blonde. Jule Hansmann mit ihren dunklen Haaren hatte es Harry angetan, die Blonde war nicht ganz sein Typ. Vor allem hatte Harry beeindruckt, dass sie nicht hysterisch geworden war, als er den jungen Frauen erklärt hatte, sie müssten sich ärztlich untersuchen lassen, da der Tote höchstwahrscheinlich infektiös gewesen sei.

›Schade eigentlich, dass sie eine Zeugin ist‹, dachte er bedauernd und rieb sich seinen Vollbart, ›mit ihr wäre ich doch gern mal einen Kaffee trinken gegangen.‹

Jule hatte darauf beharrt, dass der Mann eindeutig ›Stegmann‹ gesagt hatte und nicht Sperrmann, Bergmann, Schenkmann oder Ähnliches.

Auf Nachfragen hatten die beiden jungen Frauen angegeben, dass ihnen kaum jemand begegnet sei. Jule behauptete, nur ein Mann mit Hund und zwei Frauen wären ihnen, abgesehen von dem zeternden Opa, entgegengekommen. Frauke hingegen war sich sicher, sie hätte ein Paar gesehen und sowohl den Mann mit dem Hund als auch einen weiteren einzelnen Spaziergänger. Auf weitere Nachfragen bezüglich des Mannes ohne Hund konnte sie aber keine Beschreibung liefern, die auch nur annähernd für einen der Phantombildzeichner von Wert gewesen wäre. Harry war klar, dass es nicht viel bringen würde weiterzubohren, denn er wusste, wie unzuverlässig oftmals Zeugenaussagen waren.

Vor einiger Zeit hatte er das Seminar eines Richters besucht, bei dem es um den Wahrheitsgehalt von Zeugenaussagen ging, und er war überrascht gewesen, dass man gut 50 Prozent davon ›getrost in die Tonne treten‹ konnte, wie sogar der Richter es ausgedrückt hatte. Die Menschen erzählten freiwillig oder auch auf Nachfragen durch die Polizei falsche Gegebenheiten, ohne dabei absichtlich lügen zu wollen. Sie waren wirklich sicher, dass das, was sie beschrieben, sich genauso zugetragen hatte, doch was das Auge wahrnahm und welche Einzelheiten das Gehirn dann hinzufügte, waren völlig unterschiedliche Dinge. Die Lügner gab es selbstverständlich auch.

Er hing seinen Gedanken über die hübsche junge Frau nach, als Peter Dahnken hereinkam. Seine blauen Augen leuchteten in dem sonnengebräunten Gesicht.

»Harry, mir kam gerade eine Idee …«, er stoppte, als er bemerkte, dass sein Kollege offensichtlich mit den Gedanken woanders war. »Harry, hallo, sitzt hier nur deine Hülle und dein Geist hat sich bereits verabschiedet und ist bei der Brünetten?«

Harry schüttelte sich. »Bei mir kann sich wenigstens was verabschieden«, gab er frech zurück. »Was gibt's denn?«

Peter knuffte ihn in den Oberarm. »Pass auf. Was, wenn Renard Stegmann wäre?«

Harry Schipper lehnte sich in seinem Stuhl zurück. »Wie kommst du denn darauf?«

Peter grinste triumphierend. »Deine hübsche Zeugin, der du so nachhängst, hat doch gesagt, Renard hätte irgendwas von französisch und Fuchs gefaselt, bevor er starb. Und Renard ist Französisch für Fuchs. Was sagst du jetzt?« Er klaute sich Harrys Mineralwasser, das auf dem Schreibtisch stand, und trank direkt aus der Flasche.

»Kannst du nicht ein Glas nehmen?«, muffelte sein Freund.

»Lohnt nicht«, konterte Peter und trank den Rest aus der Flasche in einem Zug leer. Harry verdrehte die Augen.

»Wieso soll einer, der im Sterben liegt, noch der Polizei irgendwelche Rätsel aufgeben. So ein Quatsch«, stänkerte er weiter. »Du kannst jedenfalls gleich runter zum Getränkeautomaten gehen und 'ne neue Flasche besorgen.«

»Ja, ja, Alter, schon klar. Ich finde die Idee nicht so abwegig. Überleg doch mal. Renard stammt laut Pass von der Elfenbeinküste, also ist er eigentlich, muttersprachlich gesehen, ein Franzose. Aber er hat seine letzten Worte in Deutsch genuschelt. Ein Sterbender spricht doch in diesem Augenblick keine Fremdsprache.«

»Ja, okay. Das ist ein Argument. Aber im Moment bringt uns das auch nicht weiter. Wir finden weder etwas Konkretes über Stegmann noch über Renard in den Datenbanken. Ich finde, es wäre an der Zeit, ein Foto zu veröffentlichen. Vielleicht meldet sich ja jemand, der den Toten erkennt. Dann wissen wir vielleicht, ob Renard Stegmann ist oder nicht.« Harry reckte seine Arme nach oben. »Und überhaupt, was sollte die Anspielung mit der Zeugin?«

Peter grinste schelmisch. »He, komm, das konnte ja ein Blinder mit 'nem Krückstock erkennen, dass du auf sie abgefahren bist. Wird Zeit, dass du mal wieder eine Freundin findest. Du bist schon viel zu lange allein.«

Harry knüllte ein Blatt Papier zusammen und warf es nach seinem Kollegen. »Musst du grade sagen, Mister Supersolo.«

Dahnken fing den Papierball ab und warf ihn zielsicher in den Papierkorb. »Aber ich habe mehr Gelegenheiten als du, schließlich sehe ich besser aus.«

Harry winkte ab. »Ja, ja, das hat die Stiefmutter von Schneewittchen auch geglaubt. Jetzt aber los, wir schicken ein Foto an die Presse.«

03. Juli 2010, Bremen

Saskia Uhlenbruck schlug den Weser-Kurier auf, schlürfte nebenher ihre erste Tasse Kaffee und knabberte an einem Marmeladenbrötchen. Gelangweilt blätterte sie weiter, Hauptschlagzeilen waren natürlich die Fußballweltmeisterschaft und der heiße Sommer. Zum Viertelfinale gegen

Argentinien war selbst Bundeskanzlerin Merkel nach Südafrika gereist, als ob es in Deutschland keine Probleme zu lösen gäbe. Saskia schüttelte den Kopf. Diese Fußballnarretei hatte sie noch nie verstanden. Sie schlug den Bremer Teil der Zeitung auf und stockte. Das Foto eines Mannes war abgebildet, daneben ein kleiner Artikel und die Suchanfrage der Polizei: ›*Wer kennt diesen Mann?*‹ Sie sah noch einmal genau hin. Kein Zweifel! Das war ihr Vater, und laut Artikel war er vor knapp einer Woche im Bürgerpark ermordet worden. Saskia Uhlenbruck legte das angebissene Brötchen geistesabwesend auf den Teller, stand auf und ging zum Telefon. Dann wählte sie die angegebene Nummer für sachdienliche Hinweise an die Polizei. Der Kaffee wurde kalt.

05. Juli 2010, Bremen

Es war das reinste Bilderbuchwetter, als KHK Heiner Hölzle und KOK Harry Schipper nach Oberneuland fuhren.

Peter Dahnken und Harry hatten die Psychologin Saskia Uhlenbruck bereits einen Tag zuvor aufgesucht, nachdem sie sich aufgrund der Veröffentlichung des Fotos in der Zeitung bei der Kriminalpolizei gemeldet hatte. Die Beamten konnten kaum glauben, was die Frau ihnen erzählt hatte. Zu Beginn des Telefonats hatte sie noch ganz ruhig geklungen, dann aber hatte sie offenbar das soeben Gelesene erst richtig verarbeitet und am Telefon unter Tränen in den Hörer gestammelt, dass es sich bei dem Mann auf dem Bild ganz sicher um ihren Vater handelte. Raimund Stegmann.

Harry und Peter waren gleich zu ihr gefahren, um mehr über Stegmann in Erfahrung zu bringen. Die ganze Geschichte mutete seltsam an, denn laut Aussage der Tochter galt ihr Vater seit Jahrzehnten als tot. Stockend erzählte sie den Beamten, was sie tatsächlich wusste, dass sie ihren Vater vor Kurzem getroffen, genauer gesagt, dass er sie in ihrer Praxis aufgesucht hatte, und sie völlig schockiert gewesen war. Mit dem Namen Yves Renard konnte sie nichts anfangen. Letztendlich hatte sie ihnen die Adresse ihrer Mutter gegeben, die der Polizei vielleicht mehr erzählen könne als Saskia selbst, denn schließlich sei sie erst drei Jahre alt gewesen, als ihr Vater angeblich bei einem Autounfall ums Leben gekommen war.

Nun wollten sich Hölzle und Schipper mit Hannelore Uhlenbruck, Stegmanns Exfrau, treffen. Wie so oft, mussten sie an der Bahnüberquerung der Rockwinkler Landstraße warten. Vor dem Wagen Hölzles staute sich schon eine lange Schlange an Fahrzeugen, und er hatte den Eindruck, wie wahrscheinlich jeder, der diese Straße entlangfuhr, dass die Züge hier im Minutentakt vorbeiratterten und so die Schranken dauerhaft den Bahnübergang blockierten.

Endlich konnten sie weiterfahren und bogen dann nach einigen Hundert Metern nach links in den Modersohnweg ein. Das Haus Nummer 27 war ein für Oberneulandverhältnisse kleines Haus. Das Walmdach hätte eine Renovierung vertragen können, denn das Moos hatte hier bereits überhandgenommen. Dagegen waren die Fensterläden offensichtlich frisch gestrichen und gaben dem Haus mit ihrer azurblauen Farbe ein mediterranes Gesicht. Der Vorgarten war ein reiner Traum aus Rosen, in zwei Rabatten bogen sich die Sträucher unter ihrer pinkfarbenen Last.

Harry parkte und die beiden Kriminalbeamten stiegen aus. Hölzle klingelte, eine Art Gong ertönte im Inneren des Hauses und kurz darauf öffnete Hannelore Uhlenbruck die Haustür. ›Sieht jenger aus, drbei muss die jo au scho Mitte 50 sei‹, dachte Hölzle und stellte dann sich und seinen Kollegen Schipper vor.

»Kommen Sie bitte herein, den Flur entlang und dann rechts«, bat Hannelore Uhlenbruck die Männer höflich ins Haus und schloss die Tür hinter ihnen.

Sie gelangten ins Wohnzimmer, Hannelore Uhlenbruck gab ihnen mit einer Geste zu verstehen, dass sie Platz nehmen sollten und die Beamten setzten sich auf das dunkelgraue Sofa. Auf einem niedrigen Steintisch standen bereits Gläser und eine Karaffe mit Wasser bereit, in dem frische Pfefferminzblätter, Limonenstücke und Eiswürfel schwammen.

»Möchten Sie?«, fragte Frau Uhlenbruck und füllte die Gläser, als die Männer bejahten.

»Vielen Dank«, sagte Hölzle und nahm das Glas entgegen. »Frau Uhlenbruck, Sie wissen ja, weswegen wir hier sind. Wussten Sie, dass Ihr Mann noch lebte und sich zur Zeit in Bremen aufhielt?«

Hannelore Uhlenbruck strich ihren Rock glatt und

setzte sich auf einen der Sessel. Sie nickte. »Ja. Meine Tochter hat es mir erzählt. Glauben Sie mir, das war ein echter Schock. Schließlich habe ich mehr als 35 Jahre lang geglaubt, Raimund wäre bei einem Unfall ums Leben gekommen. Allerdings war der Schock für meine Tochter noch viel größer, wie Sie sich sicherlich vorstellen können.« Sie sah aus dem Fenster.

»Was haben Sie gedacht oder besser, wie haben Sie auf die Nachricht reagiert?«, fragte Harry.

Hannelore Uhlenbruck zuckte mit den Schultern. »Schwer zu beschreiben. Zunächst dachte ich, sie hätte sich von irgendjemandem täuschen lassen. Doch dann hat sie mir von dem Foto erzählt, das er wohl bei sich trug. Als Beweis, sozusagen. Das Foto hatte er damals schon mit sich herumgeschleppt. Es zeigt ihn mit Saskia an der Hand.«

»Haben Sie gestern eigentlich das Foto mit dem Aufruf der Polizei in der Zeitung gesehen?«, wollte Harry noch wissen.

Hannelore schüttelte den Kopf. »Nein, ich habe gestern überhaupt keine Zeitung gelesen. Mein Sohn heiratet bald und ich war den ganzen Tag damit beschäftigt, mich um die bevorstehenden Feierlichkeiten zu kümmern.«

»Frau Uhlenbruck«, hob Hölzle an, »können Sie sich vorstellen, was Ihren Mann nach all den Jahren veranlasst hat, wieder zurückzukommen? Geldsorgen?«

»Nein, das glaube ich nicht. Er hat Saskia erzählt, dass er krank sei, unheilbar. Und er wollte sie wohl vor seinem Tod noch einmal sehen.«

Hölzle versuchte, einen Schluck zu trinken, ohne dass ein Stückchen Limone ihm aus dem Glas auf die Nase rutschte.

»Ein bisschen spät, oder? Ich meine, er hätte seine Tochter ja auch früher kontaktieren können. Haben Sie irgendeine Ahnung, warum er damals seinen Tod vorgetäuscht haben könnte?«

Hannelore Uhlenbruck schenkte sich Wasser nach. Sie umfasste ihr Glas mit beiden Händen und drehte es unablässig. »Was weiß ich, für mich war die Zeit damals jedenfalls sehr schwer.«

»Das glaube ich Ihnen gern«, räumte Harry ein, der ihr kein Wort glaubte und natürlich auch bemerkt hatte, dass sie der Frage ausgewichen war. »Aber schließlich muss es ja einen guten Grund für Ihren Mann gegeben haben, meinen Sie nicht? Hatte er Feinde, Angst vor jemandem, oder hat er vielleicht irgendwelche krummen Sachen gedreht? Frau Uhlenbruck, niemand täuscht seinen Tod vor und lässt Frau und Kind zurück aus Jux und Tollerei.« Hannelore Uhlenbruck stellte das Glas abrupt auf die steinerne Tischplatte. »Unterstellen Sie mir etwa, ich hätte gewusst, dass Raimund gar nicht tot ist? Na, Sie haben ja Fantasie.« Ihre Hände zitterten.

Harry Schipper zeigte sich unbeeindruckt. »Die muss man haben in unserem Beruf.«

Hölzle nickte. »Wir unterstellen Ihnen gar nichts, Frau Uhlenbruck, aber wir müssen natürlich zur Aufklärung des Mordes an Raimund Stegmann alle Möglichkeiten in Betracht ziehen. Das verstehen Sie doch.«

Die Frau hatte sich wieder im Griff. »Natürlich verstehe ich das. Aber, Sie müssen auch mich verstehen. Für mich war Raimund 1974 bei einem Unfall gestorben. Dass er noch lebte und jetzt umgebracht wurde, tut mir leid. Aber ich weiß wirklich nicht, wie ich Ihnen helfen kann.« Sie erhob sich. Offensichtlich sah sie das Gespräch als beendet an. »Das Einzige, was ich mich wirklich frage, ist, wer, um alles in der Welt, damals beerdigt wurde«, sagte sie leise, als sie die Männer zur Tür brachte.

Keiner der Kriminalbeamten wusste darauf eine Antwort. An der Tür drehte sich Hölzle noch einmal um. »Was war Ihr Mann eigentlich von Beruf?«

»Er hat für einen Sicherheitsdienst gearbeitet, nachdem er sein Studium abgebrochen hatte, weil ich schwanger wurde.«

»Wissen Sie noch, wie die Firma hieß?«, erkundigte sich Hölzle.

Hannelore Uhlenbruck schüttelte den Kopf. »Nein, ehrlich gesagt, habe ich mich auch nie sonderlich für seine Arbeit interessiert.«

»Danke. Falls wir noch Fragen haben, melden wir uns wieder bei Ihnen.« Er und Schipper verabschiedeten sich, und Hannelore Uhlenbruck schloss die Tür hinter ihnen.

Harry betätigte die Fernbedienung am Autoschlüssel, um den Wagen zu öffnen. Im Auto war es inzwischen brütend heiß, denn es hatte die ganze Zeit in der Sonne gestanden.

»Lass mal die Fenster runter, Harry, das hält ja keiner aus«, beschwerte sich Hölzle.

»Sag mal, glaubst du, dass sie wirklich nicht wusste, dass ihr Ex noch am Leben ist?«, fragte Harry und drückte die Knöpfe der elektrischen Fensterheber.

»Nein, aber das können wir ihr im Moment wohl nicht nachweisen und wir haben auch nichts, womit wir sie unter Druck setzen können. Was auch immer damals passiert ist, es muss für ihn so bedeutend gewesen sein, dass er die Flucht beziehungsweise die Vortäuschung seines

Todes als einzige Lösung gesehen hat. Etwas muss ihn in enorme Angst versetzt haben. Hat er in seiner Firma Geld unterschlagen, sich auf irgendeine Weise Feinde gemacht? Bis jetzt wissen wir noch gar nichts, aber wir kriegen noch raus, was genau geschehen ist, Harry, da bin ich sicher. Peter wollte ja heute nochmals zu Saskia Uhlenbruck. Das bringt wahrscheinlich auch nicht viel, aber vielleicht hat Stegmann ihr gegenüber ja etwas erwähnt oder wenigstens angedeutet, dem sie bis jetzt keine Bedeutung beigemessen hat. Kannst die Fenster wieder zumachen, es zieht.«

Schipper schüttelte den Kopf. »Weißt du eigentlich, was du willst? Auf, zu, dir kann man's echt nicht recht machen«, maulte er gutmütig.

April 1973, Bremen

Raimund Stegmanns Chance ist gekommen. Vor einem Monat hat Ronni ihm eröffnet, dass die Firma den Sicherheitsdienst während der großen Neueröffnung des Karstadt-Kaufhauses in der Obernstraße übernimmt. Raimund, als einer seiner besten Männer, solle das Konzept entwickeln und, wenn nötig, für diesen Tag noch zusätzlich ein paar Männer einstellen – wer sich bewähre, könne eventuell in Ronnis Firma angestellt werden. Der Bedarf an Sicherheitspersonal ist groß wie nie.

Ronni hat ihm Zeichnungen der Geschossgrundrisse auf den Schreibtisch geknallt, alle Eingänge und die Notausgänge sind bereits markiert, die Gästeliste mit einer Büroklammer dahintergeheftet. Schon beim Überfliegen der Liste hat Raimund das Potenzial erkannt: Bürgermeister, Innensenator, Wirtschafts- und Finanzsenator, Präsident der Bürgerschaft, Präses der Handelskammer, Chef Karstadt Bremen, Deutschlandchef Karstadt und, und, und …

Die feierliche Eröffnung ist für Dienstag zehn Uhr geplant, dem gemeinen Volk wird erst am nächsten Tag Einlass gewährt werden. Im Minimum 15 Mann Sicherheitspersonal werden benötigt, dazu kommen noch einmal etwa zehn Polizisten. Raimund soll seine Leute bereits ab acht Uhr positionieren, die Polizei bietet Geleitschutz für die Prominenz, die ab 9:30 Uhr erwartet wird.

Raimunds Plan ist einfach. Er wird am Abend vor der Eröffnung noch einmal allein – Ronni vertraut ihm voll und ganz – das ganze Gebäude inspizieren. In der Nähe des Buffets im Erdgeschoss wird ein Brandsatz installiert werden, der mittels eines Fernzünders hochgejagt wird. Raimund wird darauf achten, dass sich die Gäste noch auf dem Weg zum Buffet befinden. Er möchte keine Toten. Verletzungen durch umherfliegende Splitter würde er in Kauf nehmen. Allerdings soll der finanzielle Schaden in die Millionen gehen.

Ein Bekennerschreiben hat er bereits verfasst und er hofft, dass ihm Enno für den ›Bombenjob‹ jemanden aus dem inneren Kreis vermittelt.

›Was für ’n innerer Kreis?‹, hatte Enno irritiert gefragt, als er ihn in der ›Roten Ameise‹ getroffen und ihm von seinem Plan, der ihn endlich der linken Szene empfehlen soll, berichtet hat. Außer den Leuten bei Ilse kenne er kaum jemanden, und Ilse sei, seitdem Raimund bei ihr aufgetaucht war, immer noch stinksauer auf ihn, hat Enno erzählt. Außerdem sitze Ilse im Moment im Knast.

Doch Raimund Stegmann will diese einmalige Chance nicht ungenutzt vorbeiziehen lassen. Außerdem glaubt er Enno kein Wort. Der ist erst vor Kurzem wieder aus Berlin zurückgekehrt, und auf Nachfragen, was er dort getrieben habe, hat Raimund lediglich ein Achselzucken erhalten.

»Enno, du musst deine Verbindungen spielen lassen. Du bist doch dauernd in Berlin. Ich brauch jemanden, der weiß, wie man eine Bombe hochgehen lässt. Vielleicht irgendjemand aus der ›Bewegung 2. Juni‹. Ich kann denen das gesamte Sicherheitskonzept unserer Firma für den Eröffnungstag zukommen lassen«, hat er sich ereifert. Enno hat schließlich eingelenkt.

»Hey, Mann, jetzt beruhig dich wieder. Ich werd's versuchen. Wenn du in zwei Wochen noch nichts von mir gehört hast, vergiss das Ganze. Dann hab ich niemanden gefunden oder ich sitz im Bau, bestenfalls bin ich im Ausland. Wie kann man dich erreichen?«

»Die Kontaktperson soll einfach bei mir in der Firma vorbeikommen. Das wird keinem auffallen. Wir brauchen noch Leute. Sie soll einfach sagen: ›Enno schickt mich‹, dann weiß ich Bescheid«, hat Raimund vorgeschlagen.

Enno hat nur mit den Schultern gezuckt.

»Also gut. Aber wenn du mich fragst, ich glaub, du hast sie nicht alle. Was willst du eigentlich erreichen? Dass du bei denen einen Fuß in die Tür bekommst? Die sind alle sehr vorsichtig geworden. Und in diesen ›inneren Kreis‹, wie du dich ausdrückst – wenn ich das schon höre –, kommst du mit deiner Pups-Aktion sowieso nicht rein. Ein paar Politiker, denen ein Splitter im Arsch steckt, das ist doch Mädchenkram. Trotzdem, ich versuche, was ich kann.«

Dieses Treffen ist nun vor gut einer Woche gewesen, und vor drei Tagen ist ein junger Mann in der Firma aufgetaucht.

»Ich bin Peer, Enno schickt mich.« Raimund atmet auf. So ganz überzeugt ist er nicht gewesen, dass Enno Wort halten würde.

Er zieht die Bürotür hinter sich zu, um Peer genauer unter die Lupe zu nehmen.

»Was schlägst du für unsere Aktion vor? Ich will keine Toten sehen, aber der materielle Schaden soll so groß wie möglich sein.«

Peer, dessen lange Beine in einer abgewetzten schwarzen Lederhose stecken, lümmelt sich auf einen alten Holzstuhl vor Raimunds Schreibtisch.

»Jetzt pass mal auf. Wenn wir uns an der Sache beteiligen, dann läuft alles nach unserem Plan«, sagt er in ganz ruhigem Ton.

»Was soll das denn heißen?« Raimund sieht seine Felle davonschwimmen.

»Das heißt, die Aktion geht voll und ganz auf unser Konto, das heißt, was dort zu Bruch geht, ist unsere Entscheidung, das heißt, halt dich raus, überlass alles uns. Du sorgst lediglich dafür, dass wir reinkommen. Alles andere erledigen wir.«

Doch so leicht lässt sich Raimund nicht abwimmeln.

»Der Plan ist meine Idee. Ich bin entweder dabei oder

wir lassen es.« Um seinen Mund erscheint ein harter Zug.

»Klar, du kannst es auch sein lassen«, Peer ist bereits aufgestanden.

»Setz dich wieder«, lenkt Raimund dann schnell ein. »Wie soll das Ganze also laufen?«

Peer grinst zufrieden und zeigt dabei auffallend schöne Zähne.

»Ich besorge den Brandsatz und den Zünder. Du zeigst mir, welche Stelle im Kaufhaus am günstigsten ist, damit der Schaden so groß wie möglich sein wird, und ich bau das Ding ein. Dann hast du ja hinterher etwas, was du noch deinen Enkeln erzählen kannst.«

Raimund gibt klein bei, denn Peer scheint zu wissen, wovon er spricht. Als Raimund ihn nach Referenzen fragt, krümmt der andere Mann sich allerdings vor Lachen.

»Referenzen! Was erwartest du denn? Dass ich hier mit Zeugnissen aufwarte, oder was? ›Herr Peer S. hat immer zu unserer vollsten Zufriedenheit gearbeitet, für seine berufliche Zukunft wünschen wir ihm alles Gute‹«, nimmt der ihn hoch. »Wie naiv bist du denn? Eigentlich sollten wir uns mit solchen Anfängern wie dir gar nicht einlassen.«

Und nun ist es bald so weit. Peer hat gestern Abend den Sprengstoff so platziert, dass ein Maximum an Schaden erwartet werden kann. Raimund hat ihm noch Hose und Jacke mit dem Firmenlogo gegeben, dazu die schweren dunklen Sicherheitsschuhe. Peer würde sich in Sichtweite von Raimund aufhalten und in einem günstigen Moment die Bombe zünden. Dann würde er im Chaos verschwinden. Ein Bekennerschreiben hat er mitgebracht, es würde noch am selben Tag dem Weser-Kurier zugespielt werden. Raimund hat sein Schreiben erst gar nicht erwähnt. Er würde es zu Hause verbrennen.

Raimund Stegmann hat seine Mitarbeiter im ganzen Haus verteilt. Von ihnen würde wahrscheinlich keiner zu Schaden kommen. Die Kollegen von der Polizei werden sich hauptsächlich im Erdgeschoss aufhalten, dort soll nach dem Rundgang durch das Haus den Ehrengästen Champagner gereicht und das Buffet eröffnet werden.

Peer ist an Raimunds Seite. Ronni hat fünf seiner engsten Mitarbeiter mit Waffen ausgestattet. Die Waffen, Walther PPK, sind gemeldet, nach Dienst werden sie wieder an Ronni zurückgegeben und weggesperrt.

Die Gäste sind bereits seit über einer Stunde im Kaufhaus unterwegs. Im Anschluss werden noch vier Reden gehalten, gegen halb eins soll der Sturm auf das Buffet beginnen.

Raimund schaut auf seine Uhr. Seine Erregung wächst, die Nerven sind bis aufs Äußerste angespannt. Eifriges Geplauder kündigt an, dass die ersten Gäste bereits auf dem Weg zum Buffet sind.

Ein junger Polizist tritt auf Raimund zu.

»Hmm, das sieht ja alles verlockend aus.« Er greift nach einem Häppchen und schiebt es sich in den Mund. Dann ordnet er auf der silbernen Platte die Häppchen wieder so, dass nicht auffällt, dass eines verschwunden ist. Gut gelaunt versucht er, mit Raimund ins Gespräch zu kommen.

»Ganz schön viel Prominenz heute hier. Wenn da eine Bombe losgeht, dann kann sich Bremen eine neue Regierung suchen.«

Hinter ihnen öffnet ein Mitarbeiter des Servicepersonals die große gläserne Flügeltür komplett, damit die Gäste schneller in den Saal strömen können.

Bei den Worten des Polizisten ist Raimund leicht zusammengezuckt. Mit einem Wink gibt er Peer zu verstehen, dass es jetzt an der Zeit ist, sich um die Ladung zu kümmern. Peer nickt. Er hat verstanden. In zwei Minuten wird es so weit sein. Die Hände lässig in der Hosentasche, steuert er den hinteren Ausgang an. Vor diesem ist ein riesiger rechteckiger Tisch aufgebaut, überzogen mit einem blütenweißen Tischtuch, der Champagner perlt bereits in den Gläsern.

Einige Servicemitarbeiter haben schon begonnen, schwere Tabletts mit Saft, Wasser und Champagner nach vorn zu tragen. Das Tischtuch reicht auf allen Seiten bis zum Boden, das ideale Versteck für die gestern platzierte Sprengladung.

»Hey, Sie, bleiben Sie mal stehen.«

Peer geht unbeeindruckt weiter.

»Sie sollen stehen bleiben!«, die Stimme des jungen Polizisten ist lauter geworden. Aufgeregt wendet er sich an Raimund.

»Da stimmt doch was nicht, was hat der Typ denn für Schuhe an?«, er deutet auf Peer.

Raimund traut seinen Augen nicht. Alle seine Leute tragen die schweren dunklen Sicherheitsschuhe zur Wachuniform. Nur Peer, dieser Idiot, trägt helle Turnschuhe. Scheiße, wie ist das denn möglich? Er hat ihm doch die Sicherheitstreter gegeben!

Noch bevor er den Polizisten beruhigen kann, zieht dieser die Waffe und schreit: »Stehenbleiben, habe ich gesagt, sofort!«

Raimund, im Moment unfähig, sich zu bewegen, starrt

den Polizisten an. Mein Gott, was soll er jetzt nur machen? Jedes Detail seines Plans ist durchdacht gewesen, aber diese Situation? Unvorstellbar! Ganz langsam, so kommt es ihm vor, aber es können nur Bruchteile von Sekunden vergangen sein, löst sich seine Erstarrung. Er bemerkt, dass der junge Mann zittert, als er seine Waffe hebt und entsichert.

Durch das Geschrei aufmerksam geworden, sind mittlerweile mehrere Polizisten in den Saal gerannt. Sie schieben die Gäste zur Seite, fordern sie laut rufend auf, den Saal zu verlassen. Auch einige von Raimunds Mitarbeitern sind herbeigeeilt. Innerhalb weniger Sekunden ist ein heilloses Durcheinander entstanden.

Peer geht einfach zügig weiter, der Polizist gibt einen Warnschuss in die Luft ab. Statt sich in Sicherheit zu bringen, strömen immer mehr Leute in den Saal. Der junge Polizeibeamte rennt hinter Peer her.

Ein zweiter Schuss knallt, ein dritter. Peer ist verschwunden, und der junge Polizist bricht vor dem Champagnerbuffet zusammen, liegt reglos auf dem Boden.

Zwei Uniformierte packen Raimund an den Armen. Er starrt auf die Waffe, die er in der Hand hält. Eine starke Hand entwindet ihm die Pistole, sein linker Arm wird ihm auf den Rücken gerissen. Raimund wartet auf den erlösenden Knall, auf die Detonation, die ihm Peer versprochen hat. Es passiert nichts. Wie durch Watte nimmt er das Geschrei im Festsaal wahr. Kollegen beugen sich über den jungen Polizisten, dessen Uniform auf dem Rücken ein winziges Loch davongetragen hat. Wo er liegt, breitet sich ganz langsam eine Blutlache aus.

Endlich kann Raimund wieder klar denken, als Fragen auf ihn einprasseln.

»Ich habe auf den Flüchtigen gezielt. Ein Querschläger muss Ihren Kollegen getroffen haben, ich habe nicht auf ihn gezielt, sondern auf den anderen«, rechtfertigt er sich.

»Das stimmt nicht«, widerspricht ein Mann in Zivilkleidung. »Ich habe genau gesehen, wie der Mann hier auf den Polizisten gezielt hat!« Er fasst einen der Uniformierten am Arm. »Das werde ich bezeugen. Nehmen Sie das zu Protokoll«, fordert er.

»Wie ist Ihr Name?«, fragt der Polizeibeamte und zückt Notizblock und Kugelschreiber.

»Gerd Weidner.«

Stegmann versucht, sich aus dem harten Griff der beiden Männer, die ihn festhalten, zu winden. Seine Schulter ist wahrscheinlich bereits ausgekugelt, jedenfalls schmerzt sie höllisch. Raimund beginnt, sich zur Wehr zu setzen. Er tritt einen der Polizisten, der immer noch Raimunds nun gesicherte Waffe hält, ans Schienbein.

»Komm schon, Raimund, ganz langsam. Beruhig dich. Die Jungs machen nur ihre Arbeit.« Sein Mitarbeiter Edmund Bothe, der herbeigeeilt ist, redet besänftigend auf ihn ein.

»Wir kriegen das schon alles wieder hin, Raimund. Mensch, jetzt lassen Sie ihn doch mal wieder los. Sie brechen ihm ja den Arm. Haben Sie nicht gehört, was er gesagt hat? Ein Querschläger muss Ihren Kollegen getroffen haben. So eine verdammte Scheiße!«

Raimund beginnt jetzt, unkontrolliert zu zittern. Er hat tatsächlich einen Menschen erschossen.

»Ganz ruhig, Raimund, wir alle hier können bezeugen, dass es ein Unfall war.« Edmund blickt ihn zuversichtlich an.

In der Obernstraße jaulen die Sirenen von Polizei- und Krankenwagen um die Wette. Noch während der Notarzt zu dem am Boden liegenden Mann eilt, lässt sich Raimund, der nun ganz ruhig geworden ist, von zwei Polizisten aus dem Raum führen.

Peer eilt zwischen den beiden Lieferwagen des Party-Service auf die Straße. Hier hinten ist nichts los. Alle rennen durch die Obernstraße zum Haupteingang. Eigentlich hat er sich seiner Wachdienstkleidung entledigen wollen. Doch dafür bleibt keine Zeit. Gott sei Dank fallen die beige Hose und Jacke kaum auf, das Logo auf dem Rücken wird den wenigsten Leuten etwas bedeuten. Drei Polizisten, die aus einem Einsatzfahrzeug springen, werfen ihm einen kurzen Blick zu.

»Beeilen Sie sich, Ihr Kollege ist schwer getroffen worden. Der Schütze wurde bereits festgenommen.« Die Männer stürmen los.

Eine Stunde später sitzt Peer frisch geduscht mit einem Glas Tomatensaft im Zimmer seiner kleinen Pension. Die Aktion ist nicht annähernd so verlaufen, wie er es sich vorgestellt hat.

Er zieht das Telefon zu sich heran, das in einem grünen Brokatüberzug steckt, passend zu den alten Staubfängern von Vorhängen. Piefig eben, wie die gesamte Einrichtung des Zimmers. Er wählt eine Nummer, lässt viermal läuten, legt auf, wählt erneut. Am Ende wird abgehoben.

»Niederbeck, die ganze Geschichte ist etwas aus dem Ruder gelaufen. Stegmann hat einen Polizisten erschossen. Mach das Beste draus.« Er legt auf.

6. Juli 2010, Bremen

Peter Dahnken ließ sich das Gespräch mit Saskia Uhlenbruck nochmals durch den Kopf gehen. Aber es hatte nichts zutage gefördert. Auf Nachfragen hatte sie erzählt, dass sie erst nach dem Besuch ihres Vaters von dessen Vergangenheit erfahren hatte. Warum sie das nicht beim ersten Mal erwähnt hätte? Saskia hatte angegeben, dass sie immer noch über die Ereignisse schockiert war und der Vergangenheit ihres Vaters im Zusammenhang mit seinem Tod keine Bedeutung beigemessen hatte.

Peter seufzte. Na ja, vielleicht gab es auch keine Verbindung, aber irgendwie kam es ihnen allen spanisch vor, dass Stegmann, kaum, dass er zurück in Deutschland war, mit eingeschlagenem Schädel im Bürgerpark lag.

»Na, was grübelst du?«, fragte Harry, der in ihr gemeinsames Büro hereinstürmte wie ein Derwisch, sich schwungvoll in seinen Bürostuhl warf und durch das halbe Zimmer rollte.

»Ich denke darüber nach, ob Stegmann vielleicht Dreck am Stecken hatte, irgendwas in der Zeit, als er noch in Bremen lebte, was andere so in Rage gebracht hat, dass sie sich jetzt seiner entledigt haben. Vielleicht hat er ja auch von kriminellen Machenschaften gewusst und er sollte für immer schweigen. Keine Ahnung, was genau das gewesen sein könnte. Oder ob seine Vergangenheit eben nichts damit zu tun hat. Hast du schon eine Antwort von der Elfenbeinküste bekommen?«

»Ja, hab ich. Stegmann, oder besser Renard, war all die Jahre Betreiber einer kleinen Strandbar, ›La Corne‹ heißt das Ding, in Sassandra. Reich ist er damit sicher nicht geworden. Ich meine, wer macht da denn schon Urlaub? Ist ja immerhin nicht gerade so das sicherste Urlaubsland. Egal. Er hat dort einen Angestellten oder jedenfalls jemanden, der ihm mit der Bar geholfen hat. Mit diesem Mann, Joseph Kutesa, wird versucht, Kontakt aufzunehmen. Die zuständige Polizei meldet sich dann wieder bei uns.«

Peter lehnte sich in seinem Stuhl zurück und drehte einen Kugelschreiber zwischen den Fingern.

»Ich habe mal nachgesehen, was 1974, als Stegmann noch in Bremen war, in Deutschland so abging …«, weiter kam er nicht.

»Fußballweltmeisterschaft, und wir haben gewonnen!«, freute sich Harry.

»Jetzt bleib doch mal ernst. Kleine Gedächtnisauffrischung: Brandt trat zurück und Helmut Schmidt wurde Kanzler, Richard Nixon ist über die Watergate-Affäre gestolpert, so weit das Deutschland- und Weltgeschehen. In Bremen waren die herausragenden Schlagzeilen die Entführung und Ermordung des Bankiers Rosenberg, und im Dezember des Jahres gab es noch einen Bombenanschlag auf den Bremer Hauptbahnhof. Beides offensichtlich politisch motiviert.« Zufrieden grinste Peter seinen Partner an.

»Rosenberg? Wer war das denn? Ich war damals erst drei und kann mich nicht mehr so gut an politische Ereignisse erinnern«, flachste Harry.

»Rüdiger Rosenberg war Bankier, Mitinhaber der Privatbank Rosenberg, Haller und Co. Er wurde 1974 entführt und schließlich umgebracht. Die Täter wurden nie gefasst, man ging davon aus, dass es die RAF gewesen ist. Aber die hat dementiert.«

»Und siehst du da eine Verbindung zu Stegmann?« Harry runzelte die Stirn.

»Nein. Nur, dass Stegmann, kurz nachdem die Leiche Rosenbergs gefunden wurde, seinen angeblich tödlichen Unfall hatte. Seltsam, oder? Vielleicht gibt es zwischen den beiden ja irgendeinen Zusammenhang. Vielleicht hatte die Sicherheitsfirma, für die Stegmann gearbeitet hatte, auch die Rosenberg-Bank bewacht oder sein Wohnhaus. Jedenfalls ist der Zeitraum zwischen der Rosenberg-Entführung, dem Bombenattentat im Bahnhof, dem Leichenfund Rosenbergs und dem Tod Stegmanns doch recht eng. Rosenberg wurde im Juni entführt, im Dezember war der Anschlag, kurz danach fand man die Leiche des Bankiers, und zwei, drei Tage später fährt Stegmann gegen einen Baum und verbrennt bis zur Unkenntlichkeit.«

Harry hob die Augenbrauen. »Tja, das hat was. Weiß Hölzle schon Bescheid?«

Peter Dahnken schüttelte den Kopf. »Nein, der ist heute mal früher nach Hause. Vielleicht rufe ich ihn später an, wenn ich noch mehr herausgefunden habe.«

Hölzle plagten derweil andere Sorgen. Christiane hatte ihm soeben eröffnet, dass sie den etwas misslungenen Familienabend wiederholen wollte, allerdings im Rahmen einer größeren Fete. Sie hatte sowieso ihre Reiterkameradinnen und Heiners Freunde aus dem Präsidium, Harry und Peter, sowie Markus Rotenboom von der Spurensicherung einladen wollen, um ihren erfolgreichen Abschluss zu feiern. Nun wollte sie gern ihre Eltern und natürlich auch ihre Schwester Carola wieder dabei haben.

»Ich habe übrigens mit Papi ein ernstes Wort geredet«,

hörte er sie aus der Küche sagen, »er solle dir doch endlich das Du anbieten. Das ist ja so was von lächerlich, dieses Gesieze zwischen euch. Findest du nicht?«

Hölzle deckte den Tisch und dachte kurz darüber nach, was er dazu sagen sollte. ›Eigendlich isch mir des grad recht, wenn mir per Sie bleibet. ›Du Arschloch isch schneller gsagt als Sie Arschloch. Wobei Sie Arschloch schlemmer isch‹, erinnerte er sich an einen Spruch seines Vaters.

»Mir soll's recht sein«, brummte er dann schweren Herzens zurück, um nicht schon wieder einen Streit vom Zaun zu brechen. Er fummelte die Servietten unter das Besteck neben den Tellern und betrachtete zufrieden sein Werk.

»Das war mir klar«, gab Christiane zurück. »Deine Mutter habe ich schon angerufen, ob sie auch kommen möchte, aber es ist ihr zu weit von Straßburg, und deine Schwester ist zu diesem Zeitpunkt im Urlaub mit ihrer Familie.« Christiane war in Erzähllaune. »Ach, und weißt du was? Ich hab so das Gefühl, dass Harry und Carola gut zusammenpassen würden. Vielleicht geht da ja was auf der Party.«

Hölzle fiel beinahe eines der Weingläser, die er gerade aus dem Schrank genommen hatte, aus der Hand. Harry und Carola? Wie kam sie denn darauf?

»Sag mal, hast du was genommen? Also jetzt mal ganz ehrlich: Harry und Carola, das ist wie …, wie ein Duett von Wolfgang Petri und Anna Netrebko! Nur in vertauschten Geschlechterrollen. In dem Falle wäre Harry Anna Netrebko«, ereiferte er sich. »Verschon mir bloß den armen Harry mit irgendwelchen Kuppeleien mit deiner Mondscheintarifschwester.«

Christiane kam um die Ecke und lehnte sich lässig am Türrahmen an. »Wie süß«, grinste sie, »du machst dir Sorgen um den armen kleinen Schipper. Der kann sich schon selbst wehren. Außerdem kannst du nicht sagen, dass meine Schwester hässlich ist. Ich gebe ja zu, dass sie einem manchmal mit ihrem Esoteriktrip auf die Nerven gehen kann, aber im Großen und Ganzen ist Carola echt schwer in Ordnung.«

»Falsch. Sie *würde* ganz gut aussehen«, gab er lapidar zurück, »wenn sie sich mal was Anständiges anziehen würde und zum Friseur ginge. Dann würde sie was hermachen.« Er zog Christiane an sich. »Aber so gut wie du wird sie nie aussehen, mein Schatz.« Er küsste sie auf die Nasenspitze. Christiane lächelte ihn an. »Danke für das Kompliment.« Sie machte sich sanft von ihm los und hielt ihn auf Armeslänge Abstand. »Also, ich werde alle einladen, und zwar am 7. August, dann können wir auch gleich nahtlos in deinen Geburtstag reinfeiern. Wie findest du das?«

»Von mir aus«, seufzte er und gab sich geschlagen. »Tu, was du nicht lassen kannst. Aber erwarte von mir keine Hilfe, ich weiß noch nicht, wie sich dieser seltsame Fall entwickeln wird. Ich werde das Gefühl nicht los, dass da mehr dahinter steckt.« Er ging in die Küche und versetzte ihr im Vorbeigehen einen Klaps auf den Po. »So, und jetzt will ich was zu essen, ich sterbe vor Hunger.«

Heiner Hölzle hatte sich gerade den Teller mit der Gemüse-Schinken-Lasagne vollgepackt, als sein Handy klingelte. Christiane verdrehte die Augen. »Kannst du nicht mal einen anderen Klingelton hochladen?« Hölzle sah sie verständnislos an. »Wieso, das ist doch ein anderer als sonst. Vorher hatte ich ›Ohne dich‹ als Klingelton, und gestern habe ich ›Ich wär so gern dein Lippenstift‹ draufgeladen.«

Christiane schüttelte nur den Kopf. »Ohne Worte, kann ich da nur sagen. Jetzt geh endlich ran, damit ich dieses Flippers-Gejaule nicht noch länger ertragen muss.«

Das Handy verstummte in diesem Augenblick. Hölzle stand auf und ging im Flur an die Garderobe. Dort auf dem Schuhschrank lag das Handy. ›Ein Anruf in Abwesenheit‹, stand auf dem Display. Er drückte eine Taste. Peter Dahnken hatte versucht, ihn zu erreichen. Er drückte die Anruftaste und Peter nahm sogleich ab.

»Hi, Heiner, hör zu. Raimund Stegmann, alias Yves Renard, verschwand beziehungsweise starb wenige Tage nach dem Fund von Rosenbergs Leiche und dem Anschlag auf den Bremer Hauptbahnhof im Dezember 1974. Beide Verbrechen hat man damals der RAF zugeordnet. Rosenberg war Bankier, ein knallharter Typ soll er gewesen sein, also genau das, was der linken Szene so verhasst war. Stegmann war zu dieser Zeit bei einem Sicherheitsdienst tätig. Vielleicht besteht da ja ein Zusammenhang …«

»Muss ich das jetzt verstehen?«, unterbrach ihn Hölzle.

»Weiß ich nicht, ich habe nur so eine Ahnung, dass die Ereignisse von damals mit dem jetzigen Fall zu tun haben könnten. Ich meine, vielleicht war dieser Sicherheitsdienst zuständig für Rosenbergs Hausbewachung oder so was, und Stegmann hat bei der Entführung des Bankiers und seiner Ermordung die Hände im Spiel gehabt.«

»Das ist ja alles recht interessant, aber ich sehe da noch keine Verbindung zu Stegmanns Tod, also seinem echten Tod«, sagte Heiner.

»Wir auch noch nicht, Harry sitzt über den alten Akten der Rosenberg-Sache, vielleicht findet er ja etwas, was uns weiterbringt«, gab Peter zurück.

»Gut. Danke, dass du mich angerufen hast, bis dann.« Hölzle legte auf und kehrte zurück an den Esstisch. Die Lasagne war fast kalt und Christiane stellte seinen Teller in die Mikrowelle. Hölzle schenkte sich Wasser nach und trank nachdenklich einen Schluck. ›Wieso isch der Stegmann überhaupt zrückkomme nach Deitschland, wenn's ihm doch an dr Elfenbeinküschte einigermaßa guat gange isch?‹

Er hörte ein feines ›Ping‹ und Christiane kam mit seinem aufgewärmten Essen zurück.

»Danke«, er nahm den Teller entgegen und begann hungrig zu essen.

»Wer war das denn gerade?«, erkundigte sich seine Freundin.

»Peter«, quetschte Hölzle hervor. »Glaubt an eine Verbindung des aktuellen Falles mit einem oder gar mehreren Fällen aus früheren Zeiten.« Er schluckte und schob eine weitere große Portion Lasagne in den Mund.

»Ach so. Hast du ihn gleich eingeladen?«, fragte Christiane.

»Eingeladen? Wozu?« Hölzle war mit den Gedanken völlig woanders.

»Au, Mann, hörst du mir jemals zu? Na, zu der Party Anfang August. Wir haben doch gerade eben noch darüber gesprochen.«

Hölzle legte die Gabel weg und sah sie an. »Also, da hab ich jetzt echt nicht dran gedacht. Mal abgesehen davon, ist das deine Party und nicht meine, also lade die Leute doch selbst ein. Schick 'ne E-Mail oder 'ne SMS. Und wenn wir schon dabei sind: Muss das sein, dass deine Familie mit dabei ist? Deine Mutter ist ja eine Liebe, aber du weißt ja …«

Christiane stand auf, kam um den Tisch herum, stellte sich hinter Heiners Stuhl und schlang die Arme um seinen Hals. »Jetzt komm schon. Mein Papi braucht eben etwas länger als andere Väter, wenn es um die Akzeptanz von potenziellen Schwiegersöhnen geht.«

Hölzle machte sich los und aß weiter. »Etwas länger, so, so. Bei sich selbst ist er da aber nicht so wählerisch. Das hättest du mal erleben sollen, wie er die Adler-Petersen angegraben hat. Ich dachte, ich fall vom Glauben ab.«

»Ja, gut. Ich weiß ja, wie er ist, was Frauen anbelangt, aber er ist nun mal mein Vater und ich mag ihn trotz seiner Fehler. Und meine Mutter ist einfach zu schwach, um sich zu wehren. Sie leidet einfach still. Und da kann ihr keiner helfen. Ich hab's jedenfalls aufgegeben.«

Hölzle legte das Besteck beiseite und lehnte sich satt in seinem Stuhl zurück. »War lecker, obwohl man bei den Temperaturen vielleicht nur Eis essen sollte. Wo willst du denn überhaupt feiern? Unsere Wohnung ist nicht groß genug und Marthes Garten reicht auch nicht.«

Christiane grinste. »Da mach dir mal keinen Kopf. Petra hat angeboten, ihren Garten zur Verfügung zu stellen. Sie meinte, sie müsste sich endlich mal dafür revanchieren, dass du ihr damals das Leben gerettet hast*. Sie hat ja wohl mehr als genügend Platz und freut sich schon.«

»Wenn sie meint. Okay, wie gesagt, mach, wie du denkst, aber ich habe nichts mit den Vorbereitungen und dergleichen zu tun. Das machst du mal schön allein.« Hölzle

* Schwanensterben. Hölzles erster Fall

stand auf, trug die Teller in die Küche und stellte sie auf die Arbeitsfläche. Ihm ging durch den Kopf, was Peter ihm eben am Telefon mitgeteilt hatte. Spontan entschied er sich, nochmals ins Präsidium zurückzufahren. Im Esszimmer setzte er eine zerknirschte Miene auf: »Sorry, ich muss noch mal los. Ich hoffe, es wird nicht zu spät.«

»Aber, du hast doch versprochen, dass …«, hob Christiane an.

»Tut mir echt leid, aber Peter ist auf etwas gestoßen, das will ich mir ansehen.« Heiner drückte ihr einen flüchtigen Kuss auf die Wange und verschwand. Christianes verärgerte Miene nahm er nicht mehr wahr.

Juni 1974, Bremen

»Elvira, wo steckt denn deine Mutter schon wieder? Ich hab ihr doch gesagt, sie soll mir die beige kurze Hose rauslegen. Wo ist denn das verdammte Ding?« Rüdiger Rosenberg durchpflügt die Schubladen seiner Kommode ohne Erfolg. Die beige Hose bleibt verschwunden. »Elvira!«

Von unten erschallt die Stimme seiner Tochter.

»Papa, Mama hat dir doch gesagt, dass sie heute Abend ins Kino wollte. Da läuft ein neuer Film mit Sissi.«

»Was für eine Sissi?«

»Papa, stell dich doch nicht dümmer, als du bist, ein

Film mit Romy Schneider, Mamas geliebter Sissi. Und wo deine Hose ist, weiß ich auch nicht. Wahrscheinlich hat Frau Gerstner sie in die Waschküche gebracht. Zieh halt was anderes an. Für deinen Saunaabend kann's dir doch egal sein.«

Rüdiger Rosenberg seufzt. Ihm kann es tatsächlich egal sein, nicht aber seinem Bauchansatz. Die beige kurze Hose hat einen Gummizug, ein nicht zu unterschätzender Vorteil gegenüber allen anderen kurzen Hosen in seinem Besitz. Solche Dinge verdrießen ihn einfach. Wenn er sich etwas in den Kopf gesetzt hat, soll es auch so sein. Noch einmal durchwühlt er die vier Schubladen, durchstöbert den Wäschekorb im Badezimmer, nichts. Dann muss er sich eben in seine blauen Shorts zwängen. Hoffentlich platzt ihm da keine Naht, wenn er auf seinem Rad zur Sauna fährt.

»Sag Mama, sie soll nicht auf mich warten, sie kann schon zu Bett gehen. Meine Freunde und ich gehen hinterher noch einen Wein trinken, da wird es später. Außerdem müssen wir noch unsere Wetten für die Weltmeisterschaft abgeben. Wenn die Deutschen dieses Jahr nicht Fußballweltmeister werden, fress ich 'nen Besen. Freund Klotz will auf die Italiener setzen. Was meinst du, mein Schatz, auf wen würdest du tippen? Elvira, hörst du mir zu?« Keine Antwort. Wahrscheinlich telefoniert sie schon wieder mit einer ihrer Freundinnen.

Sich ununterbrochen an seiner Hose zupfend, verlässt Rosenberg das Haus. Auf dem Weg zur Garage reißt er noch ein paar Unkräutchen zwischen den Kieselsteinen seiner Einfahrt heraus und muss feststellen, dass die Hose ihm dabei den Magen einschnürt. Tief zieht er die Luft ein, strafft sich, versucht, den Bauch wegzudrücken. Nutzt alles nichts. Er rollt sein Fahrrad aus der Garage und radelt los. Gott sei Dank sind es nur ein paar Minuten Fahrt, lange würde er es auf dem Fahrradsattel nicht aushalten, eingequetscht, wie alles war. Ordentlich schwitzen war genau das Richtige, um eventuell ein paar überflüssige Pfunde loszuwerden. Wobei ihm klar ist, dass er sich dabei selbst belügt. Man verlor dadurch nur Wasser und kein Fett. Leider.

Die Sauna befindet sich in einem exklusiven kleinen Hotel und ist zusammen mit einem Schwimmbad vor einem halben Jahr, ganz im Trend der herrschenden Fitnessbewegung, zum Wohle der Gäste eingerichtet worden. Rosenberg und ein paar seiner Freunde gehörten zu den ersten Gästen, und seitdem sind sie dort regelmäßige Besucher.

Am Hotel Mühlenblick angekommen, wartet bereits sein Rotarierfreund Willi Klotz auf ihn. »Die anderen sind schon drin. Was machst du denn für ein Gesicht?«

»Mich zwackt meine Hose. Los, lass uns reingehen, damit ich das Ding endlich loswerde. Hast du daran gedacht, den Tisch im Parkstübchen für uns zu reservieren?«

»Klar, ich habe sogar ein Schweinchen mitgebracht, in das wir unsere Wetteinsätze stecken können«, grinst Klotz stolz.

Über die am 13. Juni beginnende Weltmeisterschaft sinnierend, spazieren die beiden um das Hotel herum zum neuen Anbau, der Sauna und Bad beherbergt.

Leicht beduselt klettert Rüdiger Rosenberg ein paar Stunden später auf sein Fahrrad. Die blaue Hose zwackt immer noch, der Saunagang hat natürlich nicht wirklich etwas an seiner Figur geändert. Es ist jetzt kurz vor Mitternacht, eigentlich wollte er um diese Zeit schon längst zu Hause sein. Morgen erwartet ihn in der Bank ein wichtiger Termin, Kunden aus Südamerika.

Die anderen sitzen noch im Gasthof, alle haben ordentlich dem kühlen Weißwein zugesprochen, bis auf Willi, den nichts und niemand von seinem Weizenbier im Sommer abbringen kann. Jakob hat auf Brasilien gesetzt. Rosenberg ist bei Deutschland geblieben, Willi von Italien auf Argentinien umgeschwenkt. ›Man weiß nie, was die für eine Überraschung parat halten, auch wenn sich Argentinien für die letzte WM 1970 nicht qualifiziert hat. Die Argentinier sind eine der erfolgreichsten Mannschaften der Welt‹, so seine Argumentation. Der gute alte Willi. Hoch im Kurs stehen noch die Holländer, aber ihnen kann Rosenberg überhaupt nichts abgewinnen. Jeder hat einen Hunderter in das Schweinchen gesteckt, am Ende soll der Gewinner das gesamte Geld bekommen. Das heißt, wahrscheinlich muss er, Rosenberg, sich das Geld mit Edwin und Freund Haberecht teilen, die ebenfalls die deutsche Mannschaft favorisieren.

Es ist kühl geworden, noch ist von einer lauen Sommernacht Anfang Juni nichts zu spüren. Er hätte sich für den Heimweg mal besser eine bequeme Trainingshose mit langen Beinen eingepackt. Rosenberg fröstelt und strampelt etwas schneller durch den Park. Zu seiner Linken führt ein schmaler Fahrweg zur Straße, die Parkbuchten für die Autos der Spaziergänger liegen im Dunkeln. Ein einsamer Igel tippelt über den Weg und verschwindet raschelnd im Gebüsch.

Der Bankier nimmt das Standlicht eines parkenden

Wagens wahr. Wahrscheinlich ein Liebespärchen, das es sich auf dem Rücksitz seines Wagens bequem gemacht hat. Ihm geht das Lied von Insterburg und Co ›Ich liebte ein Mädchen‹ durch den Kopf. Im Moment hört man es alle paar Stunden im Radio, ein richtiger Ohrwurm. Er summt die Melodie vor sich hin. In Gedanken kommt er bis zur Zeile ›Ich liebte ein Mädchen in Spandau, von der war immer der Mann blau‹, als plötzlich eine Gestalt vor sein Fahrrad springt und ihn zum abrupten Abbremsen nötigt. Fast hätte er sich samt seinem Rad überschlagen.

›Merkwürdig, so kalt ist es doch nun auch wieder nicht, als dass man eine Pudelmütze tragen muss‹, denkt Rosenberg noch, dann wird er von hinten gepackt. Arme umschlingen ihn wie Schraubzwingen. Noch bevor er zu schreien anfangen kann, wird sein Mund mit einem klebrigen Band verschlossen und eine übel riechende Tüte oder Ähnliches wird über seinen Kopf gestülpt.

»Pass auf, dass er uns nicht erstickt«, zischt eine Stimme.

Rosenberg strampelt mit den Beinen und versucht, um sich zu schlagen. Keine Chance. In einem letzten verzweifelten Versuch tritt er mit seinem rechten Bein, so fest er kann, nach vorn. Er trifft und vernimmt einen gedämpften Schmerzenslaut. Noch bevor Rosenberg sich darüber Gedanken machen kann, ob dieser Laut einer Frau entfahren sein könnte, verspürt er einen dumpfen Schlag auf den Kopf. Schwärze umgibt ihn.

10. Juli 2010, Bremen

Kriminaloberkommissar Harry Schipper saß seit Stunden über den Akten des Entführungsfalles Rosenberg. Akribisch ging er jede Seite durch, aber bisher hatte er nichts zutage gefördert, was in irgendeinem Zusammenhang mit dem Mordfall Stegmann zu tun haben könnte. Wahrscheinlich war seine ganze Mühe umsonst und Stegmann war irgendwelchen betrunkenen Rowdys in die Hände gefallen, denen seine Nase nicht gepasst hatte. Er merkte, wie seine Augen müde wurden und die Konzentration nachließ. Am besten, er gönnte sich eine kurze Kaffeepause, bevor er sich dem nächsten Aktenordner widmete.

Harry stand auf und öffnete das Fenster, was keine echte Erholung war, denn herein kam ein heißer Wind, der einen glauben ließ, man wäre in der Sahara. Er füllte sich seinen Kaffeebecher, und nach ein paar Schlucken des schwarzen Gebräus ging es weiter. Der Umschlag, der zwischen zwei Seiten geheftet war, war ihm vorher gar nicht aufgefallen. Er zog ihn heraus und öffnete ihn. Ein einzelnes Foto war darin. Das Bild zeigte den entführten Bankier in einem Raum, gefesselt an einen Stuhl. Trotz seiner müden Augen starrte Harry intensiv darauf, blieb an jedem Detail hängen. Was Harry dann innehalten ließ, war die Tatsache, dass die Wände dieses Raums nicht kahl zu sein schienen, wie meist üblich, wenn irgendwelche Idioten Leute entführten und an einen Ort brachten, dessen Umgebung null Wiedererkennungswert besitzen sollte. Doch hier war was an der Rückwand zu sehen. Er war sich sicher. Die Fotografie war von minderwertiger

Qualität, selbst für die damaligen Zeiten. Aber vielleicht könnte er mit einer Lupe mehr erkennen.

Harry zog eine Schreibtischschublade auf und fischte ein Vergrößerungsglas heraus. Er hielt es dicht über das Bild und glaubte, irgendwelche Schemen zu erkennen. Das war keine Tapete, ganz sicher nicht. Eher eine Art riesiges Gemälde, das die ganze Wand einnahm. Das machte ihn endgültig wach. Er sprang auf, schnappte Bild und Lupe und machte sich auf zum Büro seines Chefs.

»Chef, das musst du dir ansehen!«, rief er erregt, noch mitten in der Tür stehend. Fast triumphierend hielt er das Foto hoch. Hölzle sah ihn erwartungsvoll an.

»Was hast du denn? Einen Durchbruch?« Er schob seinen Papierkram und eine leere Tasse beiseite, um Harry Platz zu machen. Der hatte sich einen Stuhl herangezogen, hielt nun Hölzle das Bild unter die Nase und zeigte auf die Wand hinter Rosenberg.

»Was soll da sein?«, fragte Hölzle verwundert.

»Da, schau doch hin. Nimm die Lupe. An dieser Wand sind Malereien, Fresken, was weiß ich. Vielleicht könnte das eine Spur sein zu dem Ort, an dem Rosenberg damals festgehalten wurde.« Harrys Wangen glühten vor Eifer. Hölzle tat, wie ihm geheißen, und musste seinem Kollegen zustimmen.

»Das ist nicht nur eine kahle Wand, sieht auch nicht nach Schmierereien aus. Bring das mal zu den Fotospezialisten, die holen da bestimmt mehr raus.«

Hölzle öffnete seine Schokoschublade, zog zwei Riegel heraus und hielt einen davon Harry hin. »Gute Arbeit.« Harry strahlte.

»Eine Belohnung aus deiner Hand. Ich bin der glücklichste Mensch der Welt. Ach, übrigens, wir wollen uns morgen das Endspiel in der Stadt anschauen. Hast du nicht Lust mitzukommen?«

Hölzle überlegte nicht lange. »Gern. Christiane findet Fußball nicht so spannend, und allein vor dem Fernseher sitzen möchte ich auch nicht.« Er zog fünf Euro aus der Hosentasche. »Ich tippe 1:0 für Spanien. Was meinst du?«

Harry warf seinen Wetteinsatz auf Hölzles Schreibtisch und sagte ein 2:1 für Spanien vorher. Auf die Niederlande wollte keiner der beiden wetten. Am Ende sollte Hölzle mit seiner Vorhersage recht behalten.

15. Juli 2010, Bremen

Harry sehnte sich nach seinem Feierabend, dabei war es gerade erst kurz nach Mittag. Bereits um zehn Uhr war es ungewöhnlich schwül gewesen, kaum ein Lüftchen wehte durch die Stadt, im Büro war es heiß und stickig. Er hatte sich einen winzigen Tischventilator mitten auf den Schreibtisch gestellt, einen Mini-Propeller, der nur dann merklich kühlere Luft erzeugte, wenn man ihn sich direkt vor das Gesicht hielt. Größere Ventilatoren waren in der ganzen Stadt nicht mehr aufzutreiben. Harry lag mehr in seinem Schreibtischstuhl, als dass er darin saß, seine nackten Füße steckten in der untersten aufgezogenen Schublade des kleinen Metallcontainers, in der Hoffnung, dass das Metall Kühlung bringen würde. Seine braunen Mokassins hatte er von den verschwitzten Füßen gestreift, auf Socken hatte Harry heute verzichtet.

Mit einer gerade gebogenen Büroklammer stocherte er sich in den Zähnen, um die letzten Fitzelchen eines Rinderbratens zu entfernen. Harry war vor ein paar Minuten aus der Kantine gekommen. Sich wohlig satt fühlend, was mit einer zunehmenden Müdigkeit einherging, die nun fast schon an Benommenheit grenzte, schloss er die Augen.

Also, das musste man dem Kantinenkoch lassen, er kochte zum einen sowieso nicht schlecht, zum anderen ließ er sich immer wieder etwas Neues einfallen. Den Mittagstisch dieser Woche hatte er der Küche Südafrikas gewidmet. Harry konnte nicht genau beurteilen, ob es Originalrezepte waren, nach denen Günther seine Mahlzeiten kreierte, aber die in bunten Flaschen abgefüllten exotischen Würzketchups gaben dem Fleisch doch eine besondere Note. Der Braten war mit Papayastückchen garniert gewesen, dazu hatte es ein Püree aus Süßkartoffeln gegeben. Harry hatte sich ordentlich Chili-Chutney über sein Fleisch gegossen, das, durfte man dem Etikett vertrauen, dafür sorgte, dass man sich zum Erfrischen in die Hölle wünschte. Hot und Extra-Hot erschienen ihm definitiv zu lasch. Irgendein Witzbold hatte auf die Serviette, auf der die Chili-Chutneyflasche stand, einen Totenkopf gekritzelt und darunter geschrieben: »Warnung. Der Genuss kann tödliche Folgen haben.«

Bis jetzt hatte Harry immer noch nichts von einer übermäßigen Wirkung der diabolischen Sauce bemerkt. War ja gut so, schließlich hatte er nicht vor, frühzeitig aus dem Leben zu scheiden. Gut, es war ihm etwas heißer geworden, eigentlich, wenn er ehrlich war, hätte er sich am liebsten sein Hemd vom Körper gerissen. Er hatte sein Bürofenster geöffnet, aber außer heißer Luft kam nichts hinein. Und jetzt fühlte er sich doch etwas schwindlig. Beim Versuch, die kleine Fleischfaser auf der Spitze der Büroklammer im Papierkorb zu entsorgen, fiel ihm die Klammer aus der Hand, aber Harry fühlte sich außerstande, sie aufzuheben.

Ihm wurde immer heißer und er knöpfte sein Hemd auf. Wie durch Watte vernahm er von der Straße her die wohlbekannten Klänge seines persönlichen aktuellen Nummer-Eins-Hits: Shakiras Waka Waka-Song drang an sein Ohr. Diese Frau war einfach göttlich. In den Gesang mischte sich das satte Brummen eines Motors, wahrscheinlich dröhnte die Musik aus einem Cabrio, das an einer der Ampeln gehalten hatte. Der Wagen musste mindestens zwölf Zylinder unter der Haube haben. Wie in Zeitlupe erhob sich Harry aus dem Sessel und riskierte einen Blick aus dem Fenster. Ein gelber Ferrari, natürlich ein Cabrio, parkte direkt vor dem Polizeipräsidium. Das gab's doch nicht!

Aus dem Wagen schälte sich eine langbeinige Schönheit: Löwenmähne, Leggings im Leopardenmuster, goldfarbenes Bustier, geschmeidige Bewegungen. Irgendwie kam sie Harry bekannt vor. Sie schien sich am Haupteingang nach jemandem zu erkundigen. Harry reckte den Hals und starrte hinunter. Ihre vollen Lippen formten die Worte ›Commissario Schipper‹. Die meinte ihn! Der junge

Polizist, den die Schönheit befragt hatte, zeigte nach oben, zu seinem Fenster, und die Blonde blickte hinauf. Harry hielt den Atem an. Das war doch unmöglich! Shakira. Er konnte nur flüstern: »Shakira, Shakira.«

»Kollege Schipper, geht es Ihnen nicht gut?«

Harry fuhr aus seinem Tagtraum hoch, riss mit den Füßen die Schreibtischschublade fast heraus und fluchte: »Au, verdammt!« In der Tür stand seine junge Kollegin Gunda Winkler mit einem Umschlag in der Hand. Nein, das war ganz sicher nicht Shakira. Ihm war jetzt noch ganz heiß bei dem Gedanken, dass diese Wahnsinnsfrau auf dem Weg zu ihm gewesen war. Leider nur im Traum. Und diese Frau in der Tür war so wenig Shakira wie er George Clooney. Mit ihren kurzen roten Haaren stand Gunda eher wie Pumuckls Schwester vor ihm. Harry fühlte sich betrogen.

»Ihr Gesicht ist ja rot wie eine Tomate, Kollege Schipper. Haben Sie etwa auch von der Chili-Sauce genascht? Waka, Waka?« Sie schwang ungelenk ihre Hüften.

Harry starrte sie an. Das musste es gewesen sein. In der Sauce musste irgendein Halluzinogen gewesen sein. Er hatte absolut keine Lust, sich von seinem Tagtraum zu verabschieden, aber Gunda wedelte bereits mit dem Umschlag vor seiner Nase.

»Hier, dass soll ich Ihnen von den Technikern mitbringen. Die meinten, sie hätten aus dem Foto noch ganz schön was rausholen können. Der Ausdruck würde Ihnen sicher weiterhelfen.«

Sie warf Harry den Umschlag auf den Tisch. Harry, der bis jetzt immer noch nichts gesagt hatte, ließ nur ein Brummen vernehmen. Als seine Kollegin kopfschüttelnd das Zimmer verließ, glaubte er, noch das Wort ›Weichei‹ zu vernehmen, aber vielleicht hatte er sich auch diesmal getäuscht.

Er griff nach seinem Kaffeebecher, in dem noch kalter Kaffee vom Vormittag übrig war, und trank ihn in einem Zug aus. Die ganze Zeit hatte er von dieser Sauce nichts gemerkt, und nun brannte seine Kehle wie Feuer. Sein Feierabendbier musste heute eindeutig mehr als eisgekühlt sein. Er leckte sich über die Lippen. Aber zuerst der Umschlag beziehungsweise sein Inhalt.

Harry zog den Ausdruck aus dem Umschlag. Die Jungs von der Kriminaltechnik verstanden ihr Handwerk. Nur der Hintergrund war jetzt zu sehen, vergrößert, schärfer gemacht. Harry schnappte sich sein Vergrößerungsglas und bewegte die Lupe Zentimeter um Zentimeter über das Foto. Was er auf den ersten Blick als riesiges Gemälde im Hintergrund eingeschätzt hatte, war tatsächlich doch eine großflächige Wandmalerei. So ein Motiv hatte er noch nie gesehen: Halbnackte Amazonen im Lendenschurz und einer Art Blätterbikini ritten im Galopp zwischen Palmen hindurch, eine Hand am Zügel, in der anderen eine Art Speer. Die Haare der Frauen und die Mähnen der Pferde wehten. Das Ganze wirkte sehr farbenfroh.

›Du großer Gott, was ist das denn für ein Machwerk?‹ Harry hatte zwar keine Ahnung von Kunst, aber ein großer Wurf war das wohl nicht. Auf der anderen Seite – er konnte sich aber auch täuschen. Darin war er ja heute besonders stark. Noch einmal inspizierte er das Bild genauer. Keine Signatur, kein Datum. Nur die Horde nackter Weiber. Hier musste ein Profi ran.

Harry durchforstete die Seiten im Internet nach Kunstsachverständigen in Bremen. Die Kunsthalle in Bremen, ja, das wäre so ein Ansprechpartner. Das Museum wurde zwar im Moment umgebaut, aber die Mitarbeiter waren telefonisch zu erreichen. Schon bei der ersten Mitarbeiterin erhielt Harry einen Tipp.

»Nein, Wandgemälde, da können wir Ihnen wohl nicht weiterhelfen, aber für Bauwerke, in denen solche Wandgemälde zu finden sein könnten, sind die Denkmalschützer die richtigen Ansprechpartner. Wenden Sie sich doch bitte an die Kollegen im Landesamt für Denkmalpflege.«

Harry bedankte sich und rief die Seite des Landesamtes für Denkmalpflege auf. Die Sitemap enthielt die Rubrik ›Ansprechpartner‹, welche er anklickte. Hier, das Sekretariat des Amtsleiters, das war es. Landeskonservator Professor Dr. Gregor Malinowski, darunter waren Telefon- und Faxnummer sowie die E-Mail-Adresse angegeben. Harry wählte die Nummer an.

»Landesamt für Denkmalpflege, Corinna Haase.«

»Ja, hallo, hier Harry Schipper, Kripo Bremen. Wir brauchen in einem speziellen Fall die Hilfe eines Fachmannes. Ich hätte gern mit Ihrem Chef, Professor Malinowski, gesprochen.«

»Tut mir leid, Professor Malinowski hat einen Termin am Dom. Er ist aber spätestens gegen 15 Uhr wieder zurück. Um was geht es denn? Kann ich ihm etwas ausrichten?«

»Nun, es handelt sich um einen lange zurückliegenden Fall. Professor Malinowski kann uns vielleicht bei der Identifizierung eines Wandgemäldes behilflich sein. Wir müssten wissen, wo sich das Gemälde befindet oder befand. Ich würde ihm gern ein Foto davon zeigen.«

»Wenn Sie vielleicht kurz nach drei da sein könnten,

dann ist er sicherlich zurück und er hat auch heute keinen Termin mehr, den er wahrnehmen muss.«

»Sehr schön, ich danke Ihnen.« Harry legte auf und schaute auf seine Uhr. Prima, dann würde er im Anschluss Feierabend machen.

Das Amt für Denkmalpflege lag in der Sandstraße, und Harry parkte seinen Wagen im Parkhaus in der Violenstraße. Von dort aus waren es nur wenige Schritte bis zu seinem Ziel. Kurz vor 15 Uhr löste er sein Ticket und spazierte zu dem alten orangefarbenen Gebäude in der Nähe des Doms.

Harry läutete und betrat, nachdem der Summer ihm das Öffnen der großen, grünen Tür signalisiert hatte, die weiträumige Diele. Das Haus musste mindestens 100 Jahre alt sein, schätzte Harry. Staunend schaute er sich um. Das war ja fast wie in einem Museum: alte geschnitzte Schränke, steinerne Figuren an den Wänden. Ehrfurchtsvoll betrat er über den knarrenden Dielenboden das Zimmer der Sekretärin, Frau Haase.

Man hatte ihn wohl bereits erwartet, denn nach einer kurzen Begrüßung verwies sie ihn sofort in einen angrenzenden Raum. Malinowski erhob sich hinter seinem Schreibtisch, an dem er bis eben noch seine Computermaus gesteuert hatte. ›Also doch 21. Jahrhundert‹, dachte Harry. Er wusste nicht so recht, was er eigentlich erwartet hatte. Dass der Denkmalpfleger seine Botschaften in einen Stein meißelte?

»Herr Schipper, wie ich vermute. Bitte nehmen Sie doch Platz. Darf ich Ihnen eine Tasse Kaffee oder ein Wasser anbieten? Und was kann ich für Sie tun?« Der Mann kam gleich zur Sache, was Harry gefiel.

Harry hatte sich ein altes Männchen mit Bart vorgestellt. Was hatte er heute nur für eigenartige Ideen? Malinowski war ein Mann von vielleicht 50 Jahren, schlank, mit struppigen blonden Haaren, die seinen Kopf wie eine kleine Löwenmähne umgaben.

»Ja, ein Wasser bitte, sehr nett, vielen Dank. Am besten, ich erzähle Ihnen gleich, um was es geht, ich will Ihre kostbare Zeit nicht länger als nötig in Anspruch nehmen. Hier ist ein Fotoausdruck«, Harry zog das Foto aus dem Umschlag und reichte es seinem Gegenüber. »Es handelt sich, wie wir glauben, um eine Art Wandbild. Die Identifizierung des Bildes beziehungsweise des Hauses, in dem das Bild auf die Wand gemalt worden ist, würde uns vielleicht bei der Aufklärung eines alten Falles weiterhelfen.«

Malinowski betrachtete das Bild nur kurz, stand auf und ging zum Zimmer seiner Sekretärin.

»Frau Haase, bringen Sie mir bitte die Akte ›Kurfürstenallee 313‹. Sie muss ganz oben auf dem Stapel liegen. Und bringen Sie bitte noch Mineralwasser für meinen Gast und mich.«

Er kehrte zurück und setzte sich wieder, wobei er über das ganze Gesicht schmunzelte.

»Herr Schipper, das werden Sie jetzt nicht glauben. Dieses Wandbild habe ich letzte Woche noch gesehen. Es stammt aus dem Keller einer Villa in der Kurfürstenallee aus dem Jahre 1899, die zurzeit modernisiert werden soll. Scheint heute Ihr Glückstag zu sein.«

Harry beugte sich in seinem Stuhl vor und starrte den Denkmalschützer ungläubig an. Er befand sich noch keine fünf Minuten hier und schon war zumindest dieses Rätsel gelöst. Eine schöne Entschädigung für seinen von Gunda unterbrochenen Shakira-Traum.

»Was stellt das Bild denn dar? Und wem gehört das Haus?«, fragte er dann. Der Professor überlegte kurz und erklärte: »Die Villa stammt, wie gesagt, aus dem Jahre 1899 und wird in den nächsten Monaten modernisiert. Und da sie unter Denkmalschutz steht, werden diese Maßnahmen mit uns koordiniert. Die Besitzer und ich trafen uns letzte Woche zum Ortstermin, und dabei verschlug es uns natürlich auch in den Keller. Dieses Wandbild ist ein riesiges Gemälde im ehemaligen Partykeller der Villa. Es muss in den sechziger Jahren angebracht worden sein. Steht natürlich nicht unter Schutz, ist aber wirklich ein Hingucker.« Malinowski konnte sich ein breites Grinsen nicht verkneifen.

»Und was das Bild selbst angeht – das war eben der Geschmack der Zeit, frei nach dem Motto ›Es gibt kein Bier auf Hawaii‹ und so. Amazonen in Eingeborenen-Kostümen zu Pferd, tja, das regte wohl die Fantasie an. Wenn Sie wollen, das heißt, wenn das Bild in einem Kriminalfall eine Rolle spielt, wie Sie sagen, dann können Sie sich das alles natürlich im Original anschauen.«

Harry nickte. »Natürlich, auch wenn die Geschichte schon mehr als 35 Jahre her ist, wird sich unsere Spurensicherung die Räume noch genau anschauen müssen. Wer sind denn nun die Besitzer der Villa?«

»Die Villa wurde vor ein paar Jahren an einen windigen Investor verkauft, heute gehört sie den Schiffsmaklern Thorsteeg und Thorsteeg, die hier einen Firmensitz einrichten wollen. Wem es vorher gehört hat? Kann ich Ihnen so aus dem Stegreif nicht sagen, aber das geht aus der Akte hervor.«

Frau Haase trat ins Zimmer, unter den linken Arm eine dicke Akte geklemmt, mit der rechten Hand ein kleines Tablett mit zwei Gläsern und einer Flasche Mineralwasser balancierend.

»Frau Haase, Sie sind ein Schatz«, bedankte sich Malinowski.

Sie stellte das Tablett auf den mächtigen alten Schreibtisch, Harry griff sofort zu, und das Wasser verschwand so zischend in seiner Kehle, dass er glaubte, der Professor müsse dieses Geräusch gehört haben.

»Nun, dann schauen wir mal.« Malinowski blätterte in der Akte.

»Aha, da haben wir es ja schon. Das Haus gehörte seit seiner Erbauung 1899 einer Familie Stolze, Ende der Achtziger ging es aus dem Besitz der Eltern als Erbe in den Besitz von Frau Irene Stolze, die es Anfang 2001 an ein Investorenkonsortium veräußerte. Das Haus stand Jahre leer, bis sich Wulf Thorsteeg der Villa erbarmte. Gott sei Dank, denn nun müssen wir nicht mehr fürchten, dass sie vor unseren Augen verrottet.« Er trank einen Schluck.

»Die Eltern von Frau Irene Stolze, sind die auch erwähnt?«, erkundigte sich Schipper.

Der Professor blätterte in der Akte etwas zurück. »Ja, hier. Irene Stolze war offensichtlich die Alleinerbin. Die Eltern waren Uwe und Dietlinde Stolze, angesehene Familie hier in Bremen. Der Großvater von Uwe Stolze hatte das Haus erbauen lassen. Er war damals groß im Baumwollgeschäft, sein Enkel Uwe war Doktor der Elektrowissenschaften.«

Harry hatte sich alles notiert.

»Herr Professor Malinowski, Sie haben uns enorm weitergeholfen. Ich kann mich nur bei Ihnen bedanken. Mehr wollte ich nicht in Erfahrung bringen.«

Harry stand auf, um sich zu verabschieden.

»Gern. Es ist wirklich ein außergewöhnlicher Zufall, dass ich mir gerade diese Villa letzte Woche angeschaut habe. Wenn ich das meiner Frau erzähle! Wissen Sie, sie ist ein absoluter Krimifan. Fast würde ich behaupten, bei uns im Haus herrschen Mord und Totschlag.« Er grinste schelmisch.

Malinowski begleitete Harry noch bis in den Flur und wiederholte: »Nein, wenn ich das meiner Frau erzähle!«

Als Harry das Haus in der Sandstraße verließ, schlug die Domuhr gerade halb vier. Das war nun doch noch nicht die Zeit für den Feierabend. Er war hier schneller fertig geworden, als er sich erhofft hatte, und beschloss, ins Präsidium zurückzufahren.

Wieder in seinem Büro, zeigte ihm ein erster Blick in das örtliche Telefonbuch, dass sich unter dem Namen Irene Stolze drei Einträge fanden.

Harry wählte die erste Nummer, Irene Stolze und Fabian Möllring in Bremen-Nord. Nichts. Niemand hob ab, kein Anrufbeantworter. Auch an der zweiten Telefonnummer scheiterte Harry. Keine Irene Stolze, wohnhaft in der Goethestraße, gewährte ihm ein Gespräch.

Eine letzte Hoffnung blieb. Ach, du großer Gott. Was war das denn? Irene Stolze – das musste die Frau aus der Goethestraße sein – betrieb einen Esoterikladen namens ›Mondenschein‹. Na, hoffentlich war nicht gerade so eine Spinnerin seine gesuchte Person.

Es klingelte bereits zum zehnten Mal durch, und Harry

wollte eben die Hoffnung aufgeben, dass Irene noch an das Telefon schwebte, als jemand in sein Ohr hauchte.

»Willkommen im Mondenschein. Die Elfen mögen mit dir sein. Es spricht Kalina-Safira zu dir. Was kann ich für dich tun?«

Harry hätte am liebsten geantwortet, dass Kalina-Safira ihm mal schleunigst ihre Chefin an die Muschel beamen solle, aber er war ja ein höflicher und toleranter Mensch und zudem Beamter.

»Ja, hier spricht Harry Schipper, Kripo Bremen. Ich würde gern mit Frau Irene Stolze sprechen.«

Es entstand eine lange Pause, und Harry hatte schon die Befürchtung, dass Kalina-Safira einfach auflegen würde. Doch dann räusperte sie sich. Nun klang ihre Stimme deutlich tiefer. »Entschuldigung. Ich bin Irene Stolze, Kalina-Safira ist mein kosmischer Name«, fügte sie erklärend hinzu.

Harry fiel fast das Telefon aus der Hand, und er unterdrückte ein Lachen, das ihm in die Kehle stieg.

»Um was geht es denn?«, erkundigte sich das Wesen am anderen Ende.

»Sagen Ihnen die Namen Uwe und Dietlinde Stolze etwas, Frau Stolze? Sind Sie vielleicht mit denen verwandt?«

»Ja, natürlich, wieso? Das waren meine Eltern. Sie sind schon lange tot, seit mehr als 35 Jahren.«

Harry schnaufte. Es war die richtige Irene. Schien doch sein Glückstag zu sein, wenn man mal von dem Halluzinogenketchup absah.

»Frau Stolze, mein Kollege und ich würden gern morgen bei Ihnen vorbeischauen. Wir haben ein paar Fragen.

Es geht um die ehemalige Villa Ihrer Eltern in der Kurfürstenallee. Passt es Ihnen am späten Vormittag? Wir kämen dann zu Ihnen in den Laden.« Wieder eine lange Pause.

»Ja, warum nicht. Die Adresse haben Sie ja wohl aus dem Telefonbuch. Ich kann mir aber nicht vorstellen, was Sie überhaupt von mir wollen.«

Noch bevor er antworten konnte, hatte Irene Stolze das Gespräch beendet, und Harry starrte auf seinen Hörer.

Mai 1973, Bremen

Raimund Stegmann betritt das Gebäude der Sicherheitsfirma. Seit der Geschichte im Karstadt sind gut sechs Wochen vergangen. Gefühlte 100 Mal ist er von der Polizei befragt worden.

Nein, er habe keine Ahnung, wer der Typ gewesen sei, der geflüchtet ist. Dieser habe zwar bei ihm ein paar Tage zuvor vorgesprochen und sich um einen Job beworben, aber irgendwie wäre er ihm wie ein windiger Hund vorgekommen und er hätte eine Einstellung abgelehnt. Als er dann im Karstadt-Kaufhaus aufgetaucht sei, habe er, Stegmann, vermutet, sein Chef Ronni habe ihn doch noch kurzfristig aus Personalmangel eingestellt. Nein, er könne sich nicht mehr daran erinnern, wie es zu dem tragischen Unfall gekommen sei. Er habe in Richtung des Flüchtigen geschossen, ohne diesen treffen zu wollen, lediglich ein Warnschuss sei es gewesen. Die Kugel müsse sich verirrt haben, niemals habe er einen Polizisten erschießen wollen.

Wie ein Glaubensbekenntnis hat er immer wieder dieselben Worte als Antwort auf die vielen Fragen der Polizisten wiederholt. Am Ende war er selbst davon überzeugt gewesen.

Ronni hat ihm keine Vorwürfe gemacht. Der Mann in den Turnschuhen muss sich die Kleidung der Sicherheitsleute selbst besorgt haben. Vielleicht sogar nach dem Gespräch, als er sich bei Stegmann für den Job beworben hat. Stegmann zeigte sich Ronni gegenüber zerknirscht, er hätte besser aufpassen müssen, aber wer habe denn so etwas ahnen können.

Natürlich wurde auch wegen der Bombe, die nicht losgegangen war, ermittelt. Das Bundeskriminalamt hatte die Untersuchungen aufgenommen. Drei Ermittler waren aus Wiesbaden angereist, sie hatten ihm Löcher in den Bauch gefragt, aber Stegmann war bei seinen Aussagen geblieben, hatte ihnen nichts hinzuzufügen.

In ein paar Wochen würde ein Strafverfahren gegen ihn eröffnet werden, wegen fahrlässiger Tötung. Bis zu fünf Jahre Haft könnte dies bedeuten, mit Glück käme er mit einer Geldstrafe davon. Ronni hatte ihm die Adresse eines guten Anwalts genannt, Dr. Bornemann, und Stegmann ist guter Dinge, dass der ihn raushauen wird. Der Job bei Ronni bliebe ihm erhalten. Doch da ist immer noch dieser Zeuge Gerd Weidner, der ihm Sorgen bereitet. Der Mann behauptet glaubwürdig nach wie vor, dass Stegmann auf den Polizisten gezielt hat.

Raimund knöpft sich seinen Blouson auf. Es ist mild an diesem Tag. Er wirft einen Blick in das Zimmer von Silke Weingarten, dem Mädchen für alles in der Firma.

»Moin, Silke. Ist Ronni schon da? Und kannst du mir bitte gleich einen Kaffee bringen?«

»Nix da, Raimund, den Kaffee musst du auf später verschieben. Ein dringender Anruf von einem Herrn …», sie schaut auf einen Notizzettel und kneift die Augen zusammen, »… von einem Herrn Stock. Es geht um die Sicherung seiner Villa. Ronni meint, es sei ein äußerst lukrativer Auftrag zu erwarten, du sollst dich gleich auf den Weg machen. Dieser Stock hat speziell dich verlangt. Er erwartet dich in seinem Büro in der Knochenhauerstraße, Stock-Seiden-Import, zweite Etage. Mach dich mal gleich auf den Weg.« Sie bedeutet ihm mit einer Handbewegung, dass er zügig verschwinden solle.

Stegmann macht auf dem Absatz kehrt. Je intensiver er wieder im normalen Tagesgeschäft arbeitet, desto weniger macht er sich Gedanken um die Zukunft. Wenn er nun doch zu einer Haftstrafe verurteilt wird? Und schuld an dem ganzen Scheißdreck sind die Roten. Was hat er sich abgestrampelt, um in ihre Reihen aufgenommen zu werden. Je mehr er darüber nachdenkt, desto lächerlicher kommt er sich vor. Was hat er sich da nur eingebildet? Ein Weltverbesserer wollte er sein. Sich gegen die Ordnung auflehnen, denen da oben – wen meint er da eigentlich genau? – mal richtig die Meinung sagen. Endlich aufräumen wollte er. Was hat er unlängst noch im Spiegel gelesen: Allein im Jahre 1962 waren noch 952 NS-belastete Richter und Staatsanwälte in der Justiz der Bundesrepublik tätig gewesen. Aber vielleicht soll es nicht sein, vielleicht soll er seine Brötchen weiter bei Ronni verdienen und die Welt sollen andere verbessern.

Wahrscheinlich hat Hannelore recht. Er wird seine Träume begraben, ein guter Familienvater sein und den echten Profis das Feld überlassen. Vielleicht würde er als letztes Zeichen seiner Solidarität wenigstens noch in einen Hungerstreik treten oder ein Haus besetzen. Wie heißt der Typ noch mal, der kürzlich gerade einen Hungerstreik angemeldet hat? Christian Klar, der mit seiner Aktion auf die Isolation der politischen Gefangenen aufmerksam machen will. In Stammheim sind die Terroristen auch seit dem 8. Mai im Streik.

Stegmann seufzt. Wahrscheinlich wird Hannelore ihm auch das alles ausreden wollen, und wenn er sich doch durchsetzen würde und vor seiner Haustür im Hungerstreik sitzt, dann wird sie alle Stunden mit einem knusprigen halben Hähnchen bei ihm auftauchen. Das Wasser würde ihm im Mund zusammenlaufen und aus wär's mit dem Hungerstreik.

In Gedanken versunken, geht er den Weg von der Neustadt in die Altstadt, seinen Blouson locker über die Schulter gehängt. Er blinzelt in die Sonne und nimmt die Jacke von der Schulter, um aus der Innentasche seine Sonnenbrille – eine Pilotenbrille; wie Hannelore sagt, eine Angeber-Brille – herauszukramen. Es ist ein billiger Nachbau, aber irgendwann wird er sich eine echte Ray-Ban Aviator leisten. Bei dieser Brille ist es ihm egal, ob er damit aussieht wie ein Kapitalist, er findet sie einfach genial.

Nach Überquerung der Weser ist er, dank seines flotten Schrittes, wenige Minuten später in der Knochenhauerstraße.

Er kann sich noch gut daran erinnern, wie öde es hier noch vor ein paar Jahren ausgesehen hat. Doch seitdem im letzten Jahr das Hertie-Kaufhaus nur ein paar Meter entfernt fertiggestellt worden war, haben sich hier etliche Geschäfte angesiedelt.

An einem nichtssagenden viergeschossigen Geschäftshaus entdeckt Stegmann das Schild ›Stock-Seiden-Import‹. Das Gebäude ist aus den fünfziger Jahren und besitzt eine wunderschöne alte geschnitzte Haustür. Wahrscheinlich der letzte Rest vom Vorgängerbau, schätzt Stegmann. Im Treppenhaus riecht es muffig, so als wäre seit Tagen nicht mehr durchgelüftet worden. Ein Blecheimer mit Schaufel und Handfeger steht verlassen unter dem Treppenabsatz. Beschwingt springt Stegmann die Treppe hoch, immer zwei Stufen auf einmal nehmend. In der zweiten Etage gibt es zwei Parteien: den Seiden-Stock auf der linken Seite, rechts eine Zahnarztpraxis.

Stegmann bohrt seinen Zeigefinger in den schwarzen Plastikknopf, ein dumpfes Summen ertönt und die Glastür springt auf. Wenn Stock eine Sekretärin oder sonstige Mitarbeiter hat, so sind diese heute wohl ausgeflogen, und das offensichtlich mitsamt dem Mobiliar. Stegmann hat, bereits die Hand zu einem kurzen Gruß erhoben, in das erste Zimmer geschaut, das, mit Ausnahme von zwei Pappkartons, leer steht. Auch im Nachbarraum gähnende Leere. Noch bevor sich Stegmann weiter wundern kann – womöglich zieht die Firma erst ein –, öffnet sich die letzte Tür auf der linken Seite und ein hochgewachsener Mann mittleren Alters nickt ihm zu. Sein Körper wirkt drahtig, ja, fast asketisch. Graues Haar, extrem kurz geschnitten – ein richtiger Bürstenhaarschnitt –, grauer Anzug, ein dunkelblaues Tüchlein in der Brusttasche, ein Bremer Kaufmann wie aus dem Bilderbuch.

»Herr Stegmann, wenn ich mich nicht irre? Bitte treten Sie doch ein und nehmen Sie Platz. Einen Cognac?«

Stegmann ist etwas irritiert. »Nein danke, nicht bei dieser Hitze«, sagt er und schüttelt den Kopf.

Wahrscheinlich ist dies Herr Stock, der Seidenmann, aber vorgestellt hat er sich nicht.

Das Büro des Herrn Stock ist mehr als karg eingerichtet. Ein plumper brauner Holzschreibtisch, dahinter ein Ledersessel – Kunstleder? – neueren Datums, für den Gast ein einfacher Holzstuhl. Unter dem Schreibtisch steht ein leerer Papierkorb, auf dem Schreibtisch ein altmodisches Bakelit-Telefon, ein grauer Leitz-Aktenordner, ein Metallbecher mit Stiften. Dunkelgraue Lamellenvorhänge aus Aluminium schließen das Sonnenlicht aus dem Zimmer aus. Lediglich durch die beiden mittleren Ritzen zwängen sich ein paar Strahlen durch und bescheinen die Wand hinter Stegmann. An dieser hängt ein verblasster Kalender, wohl mit zwölf Tierfotos, denn auf dem obersten Kalenderblatt blickt Stegmann eine Kuh mit Kälbchen aus großen Augen an. Ein Kalender der Raiffeisenbank Verden aus dem Jahr 1971.

Stegmann setzt sich und rutscht unruhig auf dem Holzstuhl herum. Ein merkwürdiges Gefühl beschleicht ihn.

»Herr Stock, es geht Ihnen um ein Sicherheitskonzept für Ihre Villa in …?« Stegmann wartet ab, aber es kommt keine Antwort von Stock.

»Nun ja, wir haben da verschiedene Möglichkeiten«, fährt er, leicht verunsichert, fort, »zum einen können wir Ihnen anbieten, ein Alarmsystem auf dem neusten Stand der Technik in Ihr Haus einzubauen, wir können Ihnen aber auch einen Wachdienst anbieten, der zwei Mal pro Nacht mit Hund …« Stegmann bricht ab. Offenbar hört der Mann ihm gar nicht zu.

Stock hat den Ordner aufgeschlagen und scheint sich für alles zu interessieren, nur nicht für das Sicherheitskonzept.

»Herr Stegmann …«, Stock legt die Hände über dem Ordner zu einem kleinen Dach zusammen und klopft seine Daumen rhythmisch aneinander, »kommen wir gleich zur Sache. Wir wissen, dass Sie mit der linken Szene mehr als nur sympathisieren. Wir wissen auch von Ihrem kleinen Ausflug nach Wolfsburg, von Ihren Treffen in der ›Roten Ameise‹ mit einem gewissen Enno Hardenberg, Student aus Berlin. Sie haben versucht, im Terrorismus-Milieu«, Stock spricht dieses Wort geradezu genüsslich aus, »Fuß zu fassen, aber unglücklicherweise hat man Ihre Talente nicht erkannt. Oder soll ich sagen, man hat von Ihren Talenten nicht allzu viel gehalten? Und das ja wohl mit Recht, wenn ich mir das Fiasko bei Karstadt betrachte.«

Stegmann sitzt mit offenem Mund Herrn Stock gegenüber. Woher weiß der Typ das alles?

»Ja, Stegmann, und jetzt fragen Sie sich, woher wir das alles wissen. Uns entgeht nichts, aber auch gar nichts. Und wir haben unsere Leute zur richtigen Zeit am richtigen Ort. Doch nun kommen Sie ins Spiel. Auch Sie hätten wir gern, von Zeit zu Zeit, am richtigen Ort.« Stock zwinkert ihm vergnügt zu.

»Herr Stock, ich schätze, Sie verwechseln mich mit irgendjemandem. Klar, mit Enno habe ich mich getroffen, wir sind alte Studienkumpels. Und bei der Karstadt-

Einweihung bin ich mit der Sicherung der Veranstaltung betraut gewesen.«

Stock hört ihm mit unbewegter Miene zu.

»Sind Sie jetzt fertig, Stegmann?«, er klingt gelangweilt.

Der Mann blättert im Ordner und zieht ein Foto heraus: Stegmann im Vorgarten des Häuschens von Ilse in Wolfsburg.

»Wir beobachten Sie schon seit Monaten. Und glauben Sie uns, Sie werden nicht reüssieren. Die wollen Sie nicht, die halten nichts von Ihnen, für die sind Sie der Prototyp eines Versagers. Und die sind für diese Leute gefährlich.«

Stegmann rutscht auf seinem Stuhl herum. Er schwitzt, im Zimmer ist es stickig.

»Stock, wenn das überhaupt Ihr richtiger Name ist«, Stegmanns Gegenüber grinst nur bei diesen Worten, »was genau wollen Sie von mir? Und wen meinen Sie mit ›wir‹?«

»Was wir von Ihnen wollen? Wir bieten Ihnen einen Job auf der Seite der Guten an. Wir geben Ihnen die Gelegenheit, nicht nur von der Weltverbesserung zu träumen, Sie können bei uns etwas dafür tun, Stegmann. Und Sie sollten besser nicht ablehnen. Sonst müssen wir den Karstadt-Ermittlern leider mitteilen, dass bei Ihnen keine ›magische Kugel‹ im Spiel war, sondern dass Sie eiskalt abgedrückt haben. Der Polizist ging auf Ihr Konto.«

Stegmann wird schlecht, er versteht. Und er hat nun eine Vorstellung, mit wem er es zu tun hat. Er reißt sich zusammen.

»Nicht mit mir, Stock. Das lasse ich mir nicht anhängen. In Wolfsburg wollte ich einen ehemaligen Studienkollegen besuchen, hatte den aber nicht angetroffen. Und ich habe auf niemanden gezielt, niemanden mit Absicht erschossen. Ja, einen Warnschuss habe ich abgegeben. Dass der arme Kerl von mir tödlich getroffen wurde, kann mir niemand nachweisen, kann mir niemand nachweisen. Wissen Sie was? Sie können mich mal am Arsch lecken.« Stegmann steht auf, wendet sich zur Tür und dreht sich noch einmal zu dem Bürstenhaarschnitt um. »Suchen Sie sich einen anderen für Ihre Schnüffelarbeit. Ich kann mir sehr gut vorstellen, zu welchem Verein Sie gehören. Also, auf Wiedersehen, Herr Stock, und belästigen Sie mich nicht mehr.«

Stegmann erreicht die Tür, drückt die Klinke herunter.

»Auf Wiedersehen, Herr Reddersen, und grüßen Sie mir Ihre Mutter«, sagt der Mann mit gefährlich leiser Stimme.

Stegmann erstarrt. Er dreht sich um und blickt in das grinsende Gesicht von Stock. Dieser hat die Zähne gefletscht, ein Raubtier, das sich soeben in den Nacken seines Gegners verbissen hat, bereit zum tödlichen Schlag.

Stegmann weiß, wann er verloren hat. Auf gar keinen Fall wird er zulassen, dass seine Mutter noch mehr leiden muss. Vom Selbstmord seines Vaters hat sie sich nie ganz erholt. Wenn nun Journalisten in dessen Nazivergangenheit herumwühlen würden, nicht auszudenken. Das würde seine Mutter niemals durchstehen.

Stegmann dreht sich um und setzt sich langsam wieder hin. Stock – mit bürgerlichem Namen Lutz Niederbeck – ist zufrieden mit sich.

17. Juli 2010, Bremen

Schipper parkte vor Hölzles Wohnung und gemeinsam gingen sie von dort die wenigen 100 Meter zum Ostertorsteinweg im Viertel. Der Laden von Irene Stolze lag etwas versteckt in einem Hinterhof. Bevor sie eintraten, betrachteten sie belustigt die Gegenstände im Schaufenster. Die Dekoration bestand aus vielen bunten Kieselsteinen, aus denen Bücher über Heilsteine und Klangschalenmeditation herausragten, darüber pendelten kleine Elfen an silbrigen Nylonfäden, Glaskugeln, bunte Stoffblumen und Amulette.

Schipper stieß Hölzle mit dem Ellbogen leicht in die Seite.

»Guck mal, hier, das schenk ich dir zum Geburtstag«, er deutete auf ein Buch über Aurareinigung. »Den tieferen Sinn wahrnehmen lernen, Aktivierung der universellen Energie«, las er den Text auf dem Buchdeckel vor. »Hey, vielleicht erkennst du ja dann den tieferen Sinn der Flipperstexte.«

Hölzle brummte nur. »Ja, mach dich ruhig lustig über die Musik. Mal abgesehen davon, höre ich auch was anderes. Los jetzt, lass uns da reingehen.« Er drückte die altmodische Türklinke und feine, sanfte Klänge eines Glockenspiels ertönten. Innen roch es nach Sandelholzräucherstäbchen, und das Licht, das von den Kristalllampen ausging, war etwas schummrig. Auch der Boden war mit bunten Kieselsteinen geschmückt, in einer Ecke des Raumes plätscherte ein kleiner, verwunschen aussehender Brunnen vor sich hin. Links klimperten leise die bunten Perlen eines Vorhangs vor einer Tür, die offenbar zu einem weiteren Raum führte. Nichts regte sich, und die beiden Beamten sahen sich erst einmal um.

»Harry, das ist echt nicht zu fassen, mit was man heutzutage Geld machen kann. Sieh dir das mal an. Meditationskissen für schlappe 50 Euro. Als ob man dazu kein normales Kissen nehmen könnte. Ich glaube, ich mach was falsch.« Harry grinste und griff nach einem kleinen Fläschchen. »Sternenlichtessenz«, las er vor. »Pass auf: ›Heilungsprozessförderung mentaler Energien und Veränderung der DNS durch Meditation.‹ Haha, das schenk ich dem Adlerblick.« Er betrachtete die Rückseite des Fläschchens. »Oh, 25 Euro. Ich glaub, dann lass ich's doch lieber.«

Hölzle wollte gerade losprusten, als sich hinter ihnen jemand mit rauchiger Stimme räusperte: »Guten Tag, die Herren, kann ich Ihnen helfen?«

Die beiden Männer drehten sich mit peinlich berührtem Gesichtsausdruck um. Hölzle fing sich als Erster wieder, zückte seinen Ausweis und hielt ihn der Frau hin.

»Kriminalhauptkommissar Hölzle, Kripo Bremen. Das ist mein Kollege, Oberkommissar Schipper, er hat gestern mit Ihnen telefoniert«, stellte er sich und Harry vor. »Ich nehme an, Sie sind Frau Irene Stolze?«

Die hagere Frau mit den dunklen Haaren und dem blassen Teint nickte. »Ja. Ist irgendetwas passiert? Ich war gestern schon irritiert, als Ihr Kollege mich angerufen hat.« Sie wirkte verunsichert.

»Frau Stolze, wir sind hier wegen eines Falles aus dem Jahre 1974. Das ist nun natürlich schon eine Weile her, aber erinnern Sie sich an die Entführung des Bankiers Rüdiger Rosenberg?«

Irene Stolze musste nicht lange überlegen. »Das kann man wohl sagen«, sagte sie heiser, »er war der Vater meiner Freundin aus Kindertagen. Elvira.« Sie schien einen versilberten Talisman, der von der Decke baumelte, zu fixieren, als wolle sie auf der sich drehenden und glänzenden Oberfläche einen Blick in die Vergangenheit werfen. Dann fing sie sich. »Und um was geht es jetzt genau? Das ist doch ewig her.«

Harry stellte das Fläschchen, das er immer noch in der Hand gehalten hatte, zurück auf seinen Platz.

»Wir haben Grund zu der Annahme, dass Rosenberg damals im Haus Ihrer Eltern festgehalten wurde.«

Irene Stolzes ohnehin schon bleiches Gesicht wurde noch eine Spur blasser und sie lehnte sich Halt suchend an den Tisch, auf dem eine alte Registrierkasse stand. »Was? Aber, wie …, warum? Das verstehe ich nicht«, stammelte sie. Hölzle ging um den Tisch herum, zog einen Stuhl hervor und drückte die Frau sanft darauf nieder.

»Im Zuge von Ermittlungen zu einem aktuellen Fall sind wir auf ein Foto gestoßen, das Rosenberg während seiner Gefangenschaft zeigt. Das Foto sollte damals als Druckmittel benutzt werden, die Lösegeldforderung an die Familie zu unterstreichen. Im Hintergrund sind Wandmalereien zu erkennen, die wir nun eindeutig dem Haus Ihrer Eltern zuordnen können. Nun fragen wir uns natürlich, ob Sie uns dazu etwas sagen können? Erinnern Sie sich noch, wo sich Ihre Eltern im Sommer 1974 aufhielten?«

»Und wo waren Sie? Haben Sie noch dort gewohnt?«, fügte Harry Schipper hinzu.

»Mein Gott, das ist ewig her. Das ist ja unfassbar, dass man diesen armen Mann in meinem Elternhaus gefangen gehalten hat!« Ungläubig schüttelte sie den Kopf. Sie überlegte und rieb sich die Schläfe. »Warten Sie mal. Sommer 1974, sagten Sie. Zu diesem Zeitpunkt habe ich bereits in einer WG gelebt. Meine Eltern waren immer viel unterwegs gewesen. Bestimmt auch damals.« Sie schwieg für einen Augenblick, senkte den Blick zu Boden. Dann hob sie den Kopf und sah Hölzle an. »Sie müssen in Indien gewesen sein. Ich erinnere mich daran, dass mein Vater im Rahmen einer wissenschaftlich-technologischen Zusammenarbeit dorthin gereist ist. Indien war ja einer der ersten Staaten, die Deutschland nach dem Krieg diplomatisch anerkannten. Meine Mutter ist, wie fast immer, mitgefahren, und es gab Streit, weil sie dieses Mal drei Monate bleiben wollten und ich mich weigerte, mich um das Haus zu kümmern.«

»Haben Ihre Eltern bei ihrer Rückkehr irgendetwas Auffälliges bemerkt?«, fragte Harry und widmete sich nebenbei weiteren Fläschchen, die, hübsch angeordnet, auf einem kleinen Tisch mit Mosaikmuster standen.

Irene Stolze schüttelte den Kopf. »Das kann ich Ihnen beim besten Willen nicht sagen, ich hatte nicht so viel Kontakt zu meinen Eltern damals. Leider. Ich bereue das heute, denn sie sind ein Jahr später ums Leben gekommen, was ich Ihrem Kollegen gestern schon sagte. Flugzeugabsturz. Die Wandmalereien, die Sie eben erwähnt haben, befinden sich übrigens im Keller. Meine Eltern hatten Jahre zuvor einen Raum ausmalen lassen, um ihn als Partykeller zu nutzen. Vielleicht war ihnen das Bild irgendwann peinlich, auf jeden Fall wurde der Keller so gut wie nicht mehr benutzt. Meine Mutter bevorzugte dann ihren Wintergarten, um mit Gästen zu feiern. Ich kann mich nicht entsinnen, dass meinen Eltern was aufgefallen ist. Das hätten sie erwähnt.

Und wie gesagt, so oft hat man diesen Raum auch nicht genutzt. Eigentlich war er völlig überflüssig.«

Hölzle rieb sich das Kinn. »Aber sagen Sie, wer hat sich dann um das Haus gekümmert, wenn Sie es nicht getan haben? Gab es irgendein Service-Unternehmen, das die Villa und den Garten in Schuss gehalten hat oder ein Auge darauf hatte?«

Irene Stolze zuckte mit den Schultern. »Keine Ahnung. Ich glaube, niemand Bestimmtes war dafür verantwortlich. Meine Eltern haben wohl darauf vertraut, dass die Nachbarn sich schon rühren würden, falls was passieren würde. Herr Hölzle, mich würde aber schon interessieren, was das alles mit einem aktuellen Fall, wie Sie sagen, zu tun hat.«

Hölzle hob die Augenbrauen und legte den Kopf etwas schief. »Tut mir leid, Frau Stolze, darüber darf ich Ihnen leider keine Auskunft geben.«

In diesem Moment schwang die Tür auf und erneut ertönte das sanfte Klingen. Eine junge Frau mit einem Kind im Tragetuch kam herein. Irene Stolze stand auf. »Mehr kann ich Ihnen nicht sagen. Ich muss mich jetzt um meine Kundschaft kümmern, wenn Sie erlauben.« Sie verabschiedete sich nicht von den beiden Beamten, sondern wandte sich direkt ihrer Kundin zu, die bereits ein Buch über ayurvedische Babymassage aus dem Regal gezogen hatte.

In der Tür drehte sich Hölzle noch einmal um. »Sie erwähnten, dass Sie damals in einer WG wohnten. Mich würde noch interessieren, wer die Personen waren, die mit Ihnen zusammengewohnt haben.« Er wusste eigentlich überhaupt nicht, warum er das fragte, aber es erschien ihm plötzlich irgendwie wichtig.

Irene Stolze ließ die Kundin allein vor dem Bücherregal stehen und kam zurück zu Hölzle.

»Ich weiß zwar nicht, wofür das gut sein soll, aber wir lebten in einer Fünfer-WG. Meine Mitbewohner waren Hajo, Judith, Anna und Knut.« Sie zählte mit den Fingern durch. »Zwischendurch wohnten noch zwei weitere Studentinnen dort. Aber nur für ein paar Wochen, bis sie eine eigene Wohnung gefunden hatten. Wie die beiden hießen?« Sie schloss die Augen.

»Resi? Nein, Gisi, ja, Gisi und Tina, ein Frauenpärchen. Fragen Sie mich aber nicht nach Nachnamen, die habe ich nach all den Jahren vergessen, weil wir seit damals auch keinen Kontakt mehr haben. Es ist ein Wunder, dass mir überhaupt noch die Vornamen präsent sind. Mehr kann ich Ihnen beim besten Willen nicht erzählen. Schönen Tag noch.« Sie ließ Hölzle erneut einfach stehen und bemühte sich wieder zu ihrer Kundin.

Hölzle war verblüfft darüber, wie zügig die Frau ihn abserviert hatte. Das erlebte er nicht so oft. »Grins nicht so blöd!«, herrschte er Harry an, der amüsiert dreinblickte.

*

Saskia Uhlenbruck grübelte in ihrem Arbeitszimmer vor sich hin. Sie konnte selbst kaum glauben, dass sie das Ganze so mitnahm. Eigentlich hatte sie ihren Vater ja gar nicht gekannt. Außer Fotos und dem Wenigen, das ihre Mutter erzählt hatte, gab es keine Erinnerungen an ihn. Seltsam, und doch ging ihr das sehr nahe.

Immer wieder versuchte sie, sich auf ihre Arbeit zu konzentrieren, ein Antrag auf Bewilligung weiterer Therapiestunden für einen Patienten stand an. Doch sie starrte nur auf ihren Bildschirm, der schon seit geraumer Zeit dunkel geworden war. Schonprogramm. Das hätte sie auch nötig.

Saskia riss sich aus ihren Gedanken. Irgendwas musste da noch gewesen sein. Plötzlich hatte sie das Gefühl, dass ihre Mutter ihr wieder einmal die Wahrheit vorenthalten hatte, dass der Brief ihres Vaters nicht von Hannelore verbrannt worden war, sondern immer noch existierte. Sie klappte den Deckel ihres Laptops zu. Der Antrag musste warten. Noch im Hinausgehen kramte sie ihre Autoschlüssel aus ihrer Handtasche und verließ ihren Praxisraum. Fahrig schloss sie ihre Bürotür hinter sich ab und hastete zu ihrem Auto. ›Wenn ich recht habe und der Brief noch da ist, dann …, dann …, ich weiß auch nicht, was ich Mama dann antue, wenn sie mich schon wieder belogen hat‹, dachte sie zornig, während sie nach Oberneuland fuhr. Fast hätte sie einem Radfahrer die Vorfahrt genommen, sie konnte gerade noch bremsen, der Radfahrer noch eben ihrem Wagen ausweichen. Mit erhobenem Mittelfinger setzte er seinen Weg fort. Saskia war es egal. Sie musste nun endlich der Wahrheit auf den Grund gehen und fragte sich zum wiederholten Mal, warum sie den Polizeibeamten verschwiegen hatte, dass ihre Mutter all die Zeit gewusst hatte, dass ihr Vater Raimund noch lebte.

Als sie am Haus ihrer Eltern ankam, machte sie sich erst gar nicht die Mühe, an der Haustür zu klingeln. ›Bei diesem Wetter ist Mama bestimmt auf der Terrasse oder im Garten.‹

Daher nahm sie den kleinen, mit Natursteinen ausgelegten Weg, der hinter das Haus und in den Garten führte. Sie war erst wenige Schritte gegangen, wollte eben um die

Hausecke biegen, als sie laute Stimmen vernahm. Saskia Uhlenbruck verharrte, unsicher, ob sie zurückgehen und doch klingeln sollte oder nicht. Lauschen war nicht ihre Art, doch als sie ihren Namen vernahm, blieb sie, wo sie war.

»Aber das ist doch Unsinn, Simon, du hast doch damit nichts zu tun. Janas Vater übertreibt. Warum hast du das Ganze überhaupt erzählt? Ich bin sicher, das war nicht in Saskias Interesse«, hörte sie die aufgeregte Stimme ihrer Mutter.

»Meine Güte, woher sollte ich denn wissen, was das für Wellen schlagen würde«, ertönte Simons Stimme, »Jana und ich erzählen uns eben alles. Was soll denn das für eine Basis für unsere Ehe sein, wenn ich schon davor zum Geheimniskrämer werde? Ich hatte ja nicht die blasseste Ahnung von alldem. Und Ferdinand Theuerholz hat mehr als deutlich gemacht, dass er von einem Schwiegersohn, in dessen Familie soeben ein schwarzes Schaf aufgetaucht ist, nicht gerade begeistert ist.« Er machte eine Pause. »Und weißt du was? Ich kann ihn ja sogar verstehen. Welcher Vater will das schon? Und überhaupt würde ich mal gern wissen, was dein Exmann angestellt hat, dass er von der Bildfläche verschwinden musste. Weder Saskia noch ich haben eine Ahnung davon. Man bekommt ja weder von dir noch von Ferdinand eine befriedigende Antwort. Ferdinand möchte, dass Elvira nichts davon erfährt, er sagt nur, es würde sie zu sehr aufregen. Und wir haben keinen blassen Schimmer, um was es geht.« Simon war außer sich vor Zorn.

»Aber …«, begann Hannelore, doch Simon fiel ihr ins Wort.

»Menschenskind, nichts ›aber‹! Warum hast du nie etwas erzählt?« Er klang vorwurfsvoll.

»Warum hätte ich das tun sollen? Raimund war ja nicht dein Vater, und als er verschwand, gab es dich noch nicht einmal in Gedanken. Ich wollte vergessen, Simon, und das habe ich bis vor einigen Tagen auch getan.«

Saskia hatte genug gehört. Sie ging weiter. Betreten begrüßte sie ihre Mutter und Simon auf der Terrasse. »Hallo zusammen, ihr seid nicht zu überhören. Simon, ich habe mitbekommen, dass du wegen mir nun Stress hast, besser gesagt, wegen der Sache mit meinem Vater. Das tut mir leid.« Sie legte ihm sanft die Hand auf den Arm. Ihr Bruder trat einen Schritt zurück.

»Stress? Stress ist wohl nicht der passende Ausdruck. Bei mir ist die Kacke am Dampfen, wenn du's genau wissen willst. Theuerholz will, dass Jana und ich die Hochzeit verschieben, am liebsten wäre ihm wahrscheinlich, wir würden uns trennen. Und das nur, weil dein Erzeuger meinte, nach Jahrzehnten noch einmal nach Bremen kommen zu müssen, und mit dieser Aktion alle in helle Aufregung versetzt. Wäre er doch geblieben, wo auch immer er gewesen ist in all den Jahren. Noch besser wäre gewesen, er wäre tatsächlich bei dem Unfall verreckt.«

Saskia verpasste ihm eine saftige Ohrfeige. »Auch wenn ich ihn nicht kannte oder besser, mich nicht an ihn erinnern kann, aber so redet man über niemanden«, sagte sie eisig.

Zuerst wollte ihr Bruder auffahren, doch dann rieb er sich die Wange. »Mann, du hast aber 'ne gute Handschrift, das muss man dir lassen.« Er grinste, wieder ganz der Simon, den sie kannte. »Es tut mir leid, das hätte ich nicht sagen dürfen.«

Hannelore Uhlenbruck hatte die ganze Zeit schweigend danebengestanden. Nun setzte sie sich schwer in einen der bequemen Korbstühle. »Was führt dich her, Saskia?«, fragte sie, um das Thema zu wechseln. Ihre Kinder setzten sich ebenso, nun, nachdem die Atmosphäre wieder weniger aufgeladen war.

»Ich wollte dich noch einmal nach dem Brief fragen. Sei ehrlich. Hast du ihn wirklich verbrannt? Ich kann nämlich nicht glauben, dass du das getan hast.« Saskia sah ihre Mutter durchdringend an. Diese sah zu Boden und schwieg. ›Also doch‹, dachte Saskia. ›Ich hab's doch gewusst.‹

»Was für einen Brief?«, fragte Simon, interessiert von einer zur anderen blickend.

»Der Brief, den mein Vater unserer Mutter geschickt hat, nachdem er seinen Tod vorgetäuscht hatte«, erklärte Saskia. »Angeblich gibt's den nicht mehr.«

»Mama?« Simon fasste seine Mutter an der Schulter. »Mama, gib ihr eine Antwort. Gibt es diesen Wisch noch?«

Hannelore Uhlenbruck wusste, wann sie verloren hatte. Noch eine Lüge würde ihr Saskia nicht abkaufen. Sie nickte. »Ja«, flüsterte sie. Sie stemmte sich aus dem Sessel hoch wie eine alte Frau, die eine schwere Last zu tragen hat. »Ich werde ihn holen.«

*

Peter Dahnken beschäftigte sich mit der Suche nach Sicherheitsfirmen, die in den siebziger Jahren in Bremen tätig gewesen waren. Angeblich konnte sich Hannelore Uhlenbruck nicht mehr an den Namen der Firma, für die Raimund Stegmann tätig gewesen war, erinnern. Drei Firmen, die Sicherheitsdienste anboten und bereits seit mehr als vierzig Jahren im Geschäft waren, hatte er gefunden und alle bereits danach befragt, ob ein Mann namens Stegmann bei ihnen in den 70ern beschäftigt gewesen war.

›Wir melden uns bei Ihnen, aber das dauert, schließlich gilt die Aufbewahrungspflicht nur für zehn Jahre‹, war die übereinstimmende Antwort gewesen. Die Wahrscheinlichkeit ging eher gegen null. Welche Firma bewahrte denn über 36 Jahre lang Unterlagen von ehemaligen Mitarbeitern auf? Aber man durfte nichts unversucht lassen. Peter hoffte, dass sich vielleicht ein langjähriger Mitarbeiter an Stegmann erinnerte.

Er öffnete sein E-Mail-Programm und stellte erfreut fest, dass er und Harry eine Nachricht von der Elfenbeinküste bekommen hatten.

›Sehr geehrter Herr Kriminaloberkommissar Dahnken,

M. Yves Renard ist hier nie auffällig geworden. Wir haben die Steuererklärungen der letzten Jahre von M. Renard überprüft, ebenso wie seine Konten. Nachfragen bei seinem Mitarbeiter Joseph Kutesa, ob M. Renard zusätzlich Geld durch andere Tätigkeiten verdient hat, blieben negativ. M. Kutesa versicherte glaubhaft, dass die Strandbar gerade genug zum Leben für ihn und M. Renard abgeworfen hat und dass M. Renard leider auch zu krank gewesen sei, um einer zusätzlichen Arbeit nachzugehen. Die Antwort auf das ›Woher‹ der mehreren Tausend Euro, die M. Renard laut Ihren Angaben bei sich hatte, müssen wir Ihnen schuldig bleiben. Hochachtungsvoll, Jacques Durand.‹

Peter Dahnken kratzte sich seinen Dreitagebart und öffnete die nächste Cola-light-Flasche. Die Hitze der letzten

Zeit hatte deutlich nachgelassen und eine frische, angenehme Brise wehte zum gekippten Fenster herein.

Er klickte auf ›antworten‹ und schrieb eine weitere E-Mail an M. Jacques Durand. Er bat ihn um Kontaktdetails zu Joseph Kutesa, damit sie selbst direkt mit Kutesa kommunizieren konnten. Vielleicht gab es doch irgendwelche Hinweise, warum Renard alias Stegmann nach so vielen Jahren nach Deutschland zurückgekommen war und wie er sich das alles hatte leisten können. Dahnken hoffte auf Briefe oder andere Schriftstücke in Stegmanns Haushalt. Nachdem er sich noch einmal bei Durand bedankt hatte, klickte er auf ›senden‹.

In die Stille seines Zimmers ratterte das Faxgerät. Dahnken nahm das Blatt Papier in die Hand, das herausgeschoben worden war. Es war die Nachricht einer der Sicherheitsfirmen, dass sich bei ihnen niemand an einen Raimund Stegmann erinnern könne. Das hatte Peter sich schon fast gedacht.

Harry Schipper betrat das Büro und balancierte einen Teller, gefüllt mit süßen Teilchen, in der linken Hand. »Na, wie läuft's? Hab uns was zum Kaffee mitgebracht. Zucker schadet nie beim Denken. Habe mir sagen lassen, dass das Gehirn etwa 20 Prozent der Gesamtenergie des Körpers verbraucht. Also bei mir sind es eher 40, bei dir, vermute ich mal, höchstens zehn.« Er grinste unverschämt und stellte den Teller vor seinem Kollegen ab.

Peter Dahnken ging erst gar nicht auf den blöden Spruch ein und griff sich eine Rosinenschnecke. »Danke«, murmelte er mit vollen Backen. »Hier gibt's eigentlich nichts Neues.« Er berichtete kurz vom Inhalt der E-Mail.

»Heiner und ich waren gerade bei dieser Frau, deren

Eltern früher das Haus gehört hatte, in dem Rosenberg vermutlich gefangen gehalten worden ist. Die ist Eigentümerin eines Esoterikladens«, berichtete Harry und brachte seinen Kollegen auf den Stand der Dinge. Anschließend erzählte er von den seltsamen Utensilien, die man in dem Laden erstehen konnte. »Du kannst dir nicht vorstellen, wofür Leute offensichtlich bereit sind, ihr Geld auszugeben. Aber ich habe ein Geschenk für Heiners Geburtstag gefunden.« Beide hatten gestern die Einladung zu Christianes Feier und Heiners Geburtstag bekommen.

»Lass hören«, ermunterte Peter seinen Freund.

»Pass auf. Da war ein Fläschchen, auf dem stand, dass, wenn man diese Tropfen vernebelt, man Blicke in die Zukunft werfen kann, und jetzt kommt's: Man kann Fehler bei der Anwendung technischer Geräte vermeiden! Das ist doch genau das, was Heiner braucht. Kannst du dich noch erinnern, wie lange es gedauert hat, bis er sein neues Handy im Griff hatte? Köstlich.« Harry lachte sich kaputt, und Peter stimmte mit ein.

»So ein Quatsch. Du willst das nicht ernsthaft verschenken, oder?«, japste Dahnken.

»Na ja, ich dachte, so als kleiner Gag. Er bekommt schon noch was, was ihn wirklich freut«, gab Harry mit gerötetem Gesicht zurück.

»Und was soll der Spaß kosten?« Peter runzelte die Stirn. Harry druckste etwas herum. »Also, äh ja, das ist das Problem. Die wollen 23 Euro und 90 Cent dafür …«

»Du hast sie ja wohl nicht mehr alle. Kommt nicht infrage. Gag hin oder her. Das wird echt zu viel, wir sind ja nur zu dritt. Markus, du und ich«, lehnte Peter vehement ab, »und wenn wir dann noch ein richtiges Geschenk besorgen wollen, ist mir das als Gag zu viel.«

»Vier. Du hast Sandra vergessen, Markus' Freundin«, konterte Harry.

»Das reißt es auch nicht raus. Ich dachte, wir wollten ihm eine Eintrittskarte für die Flippers schenken, die kommen doch im November nach Bremen mit ihrer Abschiedstournee. Das Ticket kostet um die 65 Euro, und zusätzlich bekommt er noch eine Originalsingle von diesen singenden Softies mit ihren Gruseljacketts. Ich würde mal sagen, das reicht. Kannst dir ja deinen Energiesprühnebel selbst kaufen, vielleicht bist du dann wieder klar im Kopf und bekommst keine Halluzinationen mehr«, spielte er auf Harrys ›Hitzetraum‹ an, den dieser ihm brühwarm erzählt hatte.

»Blödmann. Aber du hast ja recht«, gab Harry kleinlaut zu, »es wird zu teuer.«

*

Zur gleichen Zeit saß Hölzle im Büro von Dr. Sabine Adler-Petersen. Sie berichtete ihm bei einer Tasse Kaffee, was sie noch über den Zustand von Raimund Stegmann herausgefunden hatte.

»Ich hatte recht mit meiner Vermutung. Der Mann litt an Tuberkulose mit Gehirnbeteiligung. Der Neuropathologe hat dies bestätigt. Lange hätte er so oder so nicht mehr gelebt. Herr Rotenboom kommt übrigens auch gleich hierher mit den Ergebnissen der Spurensicherung.«

Es klopfte. »Ah, da ist er schon«, sagte Adler-Petersen. Sogleich rief sie: »Kommen Sie rein!« Der drahtige kleine Mann schlüpfte durch die Tür und setzte sich neben Hölzle. Markus Rotenboom kam gleich zur Sache.

»Moin, zusammen. Wir haben an der Leiche Haare gefunden, die nicht zum Opfer gehören. Meine Damen haben schon die Datenbanken durchsucht, aber keinen Treffer gelandet. Wäre ja auch zu schön gewesen. Die Haare müssen ja nicht zwangsweise vom Mörder stammen. Allerdings von den beiden Frauen, die ihn gefunden haben, stammen sie ganz sicher nicht. In der Nähe des Tatorts fand sich auch noch ein zerbrochener Anhänger aus Silber, der lag da aber schon länger, so wie er aussieht. Gibt's hier noch Kaffee?«

Die Rechtsmedizinerin deutete auf die Thermoskanne, die seitlich auf einem kleinen Tisch stand. Daneben Tassen, Würfelzucker und Dosenmilch. Markus verzog das Gesicht, er hasste Dosenmilch, da würde er den Kaffee lieber schwarz trinken. Aber der war immer noch besser als der Kaffee aus Adlerblicks Kühlhallen.

»Viel ist das ja nicht, aber besser als nix«, kommentierte Hölzle, der sich fragte, ob sich in diesem Büro vielleicht auch etwas Süßes finden würde. Zu dumm, dass er keinen Schokoriegel mitgenommen hatte. »Der Anhänger muss ja auch nichts mit dem Mord zu tun haben. Wir gehen davon aus, dass wir es beim Mörder mit einem Mann zu tun haben, und welcher Mann trägt schon Silberschmuck um den Hals.«

»Aber, aber, Hölzle, seien Sie doch nicht so naiv. Es gibt genügend Männer, die Schmuck tragen. Und die müssen keineswegs aus dem homosexuellen Milieu stammen«, entgegnete Adler-Petersen. Das trieb Hölzle, wie immer, wenn sich die Gerichtsmedizinerin über ihn lustig machte, schon wieder die Röte ins Gesicht. Wer war hier naiv? Er doch nicht!

»Sie müssen es ja wissen. Aber zurück zur Sache. Harry ist auf ein altes Foto gestoßen, der Fall Stegmann könnte mit der Entführung des Bankiers Rosenberg aus dem Jahr 1974 zu tun zu haben«, erzählte er dann, um Adlerblick auf ein anderes Thema zu bringen.

Sabine Adler-Petersen hob die Augenbrauen. »1974? Wie kommen Sie denn darauf, dass unsere Leiche damit zu tun hat?«, fragte sie skeptisch. Auch Rotenboom blickte Hölzle erstaunt an.

Heiner fuhr sich mit gespreizten Fingern durchs Haar und berichtete in knappen Sätzen über den momentanen Stand der Nachforschungen und die von Peter Dahnken geäußerten Vermutungen. Als er geendet hatte, blickte er Markus und Adler-Petersen erwartungsvoll an.

»Sollen wir jetzt Beifall klatschen, Herr Hölzle?«, fragte der Adlerblick spöttisch. Heiner senkte den Kopf und starrte sie von unten mit zusammengezogenen Augenbrauen böse an. ›Du bleede Spinatwachtel, jetzt langt's dann aber!‹ Bevor er aber eine wütende Bemerkung machen konnte, mischte sich Markus Rotenboom ein.

»Also, mal ehrlich, ich finde, das Ganze hat was. Habt ihr denn mittlerweile herausgefunden, bei welcher Sicherheitsfirma unser Opfer damals angestellt war? Ich werde nach all dem, was du eben berichtet hast, das Gefühl nicht los, dass dieser Stegmann kein Unschuldslamm gewesen sein kann. Dieser vorgetäuschte Tod und sein jahrelanges Abtauchen in Afrika sprechen schon dafür, dass er Dreck am Stecken hatte.«

Hölzle warf seinem Freund einen dankbaren Blick zu.

Sabine Adler-Petersen verzog missmutig die Lippen. »Ich weiß nicht, hört sich alles weit hergeholt an. Haben Sie schon mit Henri gesprochen, Herr Hölzle?«

Der Kriminalhauptkommissar schüttelte den Kopf. »Hab sie noch nicht erreicht, aber in der Geschäftsstelle eine Nachricht hinterlassen.« Sein Handy klingelte. Peter Dahnken. »Was gibt's denn?«, fragte Hölzle, als er das Gespräch entgegennahm.

»Ich habe neue Informationen über Stegmann alias Renard herausgefunden«, hörte er die aufgeregte Stimme seines Kollegen. »Da kommst du nie drauf«, machte Peter es spannend.

»Ich hab jetzt keine Lust auf Rätsel«, brummte Hölzle, »also sag schon, was weißt du Neues über ihn?«

Als er hörte, was Peter Dahnken ihm berichtete, wurden seine Augen immer größer und er konnte spüren, wie auch bei Adler-Petersen und Rotenboom die Spannung stieg. Dann legte er auf.

»Und?«, sagten Rotenboom und die Gerichtsmedizinerin gleichzeitig.

»Peter hat einen Anruf von einer der Sicherheitsfirmen bekommen. Der Chef, oder besser dessen Vater, erinnert sich noch an Stegmann. Er sagt, Stegmann war früher einer ihrer besten Leute. Aber er hatte noch mehr zu erzählen: Bei einem Einsatz kam es zu einer Schießerei, und Stegmann hat einen Polizisten erschossen. Es gab einen Prozess, bei dem Stegmann ganz locker davonkam. Nur eine Bewährungsstrafe. Es wäre ein unglücklicher Unfall gewesen, die Kugel aus Stegmanns Waffe wäre abgeprallt und hätte dann den Polizisten getroffen. Allerdings, so die Aktenlage, gab es zuerst noch einen Zeugen, der aussagte, es wäre ein gezielter Schuss gewesen. Später hat der Zeuge die Aussage aber vor Gericht nicht bestätigt. Er wäre sich wohl nicht mehr sicher gewesen, heißt es in den Akten.« Er sah seine Zuhörer lange an. »Scheint, dass in dieser Sache ganz schön geschlampt wurde, wenn nicht sogar ein saumäßiger Deal gelaufen ist. Und von alledem hat uns die ehemalige Frau Stegmann nichts berichtet. Da kann man nur spekulieren, was sie uns sonst noch alles verheimlicht hat.«

Juni 1974, Bremen

Rosenberg kommt langsam zu sich. Er sitzt auf einem Stuhl und registriert als Erstes, dass seine Beine eingeschlafen sind. Als er sie bewegen will, um die Durchblutung wieder in Gang zu bringen, muss er feststellen, dass sie jeweils links und rechts an den Stuhlbeinen angebunden sind, ebenso sind seine Arme fixiert. Hinter der Rückenlehne des Stuhls sind sie an den Handgelenken schmerzhaft zusammengezurrt, seine Schultern schmerzen bereits durch die unnatürliche Haltung. Seine Zunge liegt wie ein trockener Lappen in seinem Mund. Wahnsinniger Durst quält ihn.

Gott sei Dank ist der Klebestreifen weg. Der Klebestreifen. Die Erinnerung kehrt zurück. Er war auf dem Heimweg von der Sauna gewesen, als ihn jemand gepackt hatte.

Es mussten mehrere Täter gewesen sein. Er hatte versucht, sich zu wehren, aber man hatte ihn bewusstlos geschlagen. Vorher hatte man ihm noch eine übel riechende Plastiktüte über den Kopf gestülpt, und er hatte das Gefühl gehabt zu ersticken.

Auch jetzt steckt sein Kopf in etwas drin. Um den Hals herum zugeschnürt, nicht zu fest. Das Ding ist kratziger als die Plastiktüte, aber er kann atmen. Vermutlich eine Art Jutesack. Er glaubt, den erdigen Geruch von Kartoffeln wahrzunehmen. Ob es hell oder dunkel ist, kann er im Moment nicht beurteilen.

Rosenberg versucht, etwas zu sagen, aber nur ein kehliges Geräusch verlässt seinen Mund. Er räuspert sich.

»Hallo, ist da jemand? Was soll denn das Ganze hier?« Er versucht, seiner Stimme einen festen Klang zu geben. Keine Antwort. Er zerrt an seinen Fesseln. Die Handgelenke schmerzen höllisch. Schließlich lässt er es sein und versucht, die Fesseln an seinen Fußknöcheln zu lockern, indem er seine Knöchel abwechselnd an den Stuhlbeinen reibt – ohne Erfolg. Noch einmal räuspert er sich, nun schreit er.

»Hallo, wo bin ich, was wollen Sie von mir? Soll das ein schlechter Scherz sein?« Doch außer seiner eigenen Stimme ist nichts zu hören.

Rüdiger Rosenberg ist kein Mann, dem man so schnell Angst einjagen kann. Er überdenkt seine Situation. Es ist ihm klar, dass er entführt worden ist, irgendwo gefangen gehalten wird. Krampfhaft starren seine Augen in die Dunkelheit, sie beginnen sich daran zu gewöhnen, doch er erkennt trotzdem nichts. Wäre es um ihn herum hell und der Sack gröber gewebt, dann hätte er vielleicht eine Chance, seine Umgebung wahrzunehmen. Wenn er hier festgehalten wird, dann nur aus einem Grund. Jemand will von seiner Familie ein Lösegeld für seine Freilassung erpressen. Rosenberg ist zwar ein gewiefter Bankier, aber er hat, soweit er das selbst beurteilen kann, keine Feinde. Er ist korrekt und unbestechlich, ein Ehrenmann vom Scheitel bis zur Sohle.

Wie viel können die Gauner wohl erpressen wollen? Hoffentlich machen seine Frau und Elvira sich nicht allzu große Sorgen. Seit wann wird er wohl schon hier sitzen? Wahrscheinlich noch nicht sehr lang, denn er verspürt weder ein Hungergefühl noch den Drang, dringend eine Toilette aufsuchen zu müssen. Oder hat er sich womöglich schon in die Hosen gemacht? Er schnuppert, riecht nichts. Es wäre ihm peinlich.

Plötzlich vernimmt er Schritte, er lauscht. Konzentriert sich ganz auf seine anderen Sinne, nachdem das Sehen ihm verwehrt bleibt. Eine, nein mehrere Personen scheinen eine Treppe hinabzugehen. Rosenberg schätzt, dass es vielleicht drei Personen sind. Ein Schlüssel dreht sich in einem Schloss. Das Öffnen der Tür macht keine Geräusche. Dem Klang nach zu urteilen, als sie wieder geschlossen wird, ist die Tür wohl eher eine Art Zimmertür, nicht aus schwerem Metall. Die Schritte sind gedämpft, als ob sie sich über Teppichboden bewegen. Der Bankier gewinnt den Eindruck, dass er in einem Haus und nicht in einer Fabrikhalle oder Ähnlichem festgehalten wird.

Es wird heller. Jemand hat wohl an einem Lichtschalter gedreht. Durch den Sack nimmt er einen matten Schein wahr. Angestrengt versuchen seine Augen erneut, das Gewebe zu durchdringen, um mehr zu erkennen als nur Helligkeit. Nichts.

Stimmen flüstern miteinander. Weder kann er die Worte verstehen noch unterscheiden, ob es männliche oder weibliche Stimmen sind. Er räuspert sich erneut, ist erstaunt, dass er überhaupt noch einen Ton herausbringt nach seinem vorherigen Schrei. Seine Kehle fühlt sich an wie ein Reibeisen.

»Ich höre, dass Sie da sind. Bitte, was wollen Sie von mir? Geht es um Geld? Sie haben mich sicherlich verwechselt. Ich bin nur ein kleiner Angestellter, ich …« Weiter kommt er nicht, jemand schlägt ihm mit voller Wucht mit der Hand auf die Stelle, wo man seinen Mund vermutet. Rosenberg spürt, wie seine Lippe aufplatzt, den metallischen Geschmack seines eigenen Blutes auf der Zunge.

Mit gepresster, eigenartig monotoner Stimme redet jemand auf ihn ein. Es kommt Rosenberg so vor, als würde man einen vorformulierten Text von einem Blatt ablesen.

»Gefangener Rosenberg, wir, das Kommando Spartakus, erklären uns solidarisch mit dem geknechteten und gefolterten Volk der Chilenen. Wir wissen, dass die USA und die BRD das Unrechtsregime des Schweins Pinochet unterstützen. Du bist Teil dieses Systems. Wir fordern dich auf, unserem Kampf Beihilfe zu leisten. Da du dies niemals freiwillig tun wirst, sehen wir uns gezwungen, dir mitzuteilen, dass du so lange unser Gefangener sein wirst, bis deine Familie uns 150.000 Mark …«, Rosenberg vernimmt ein aufgeregtes Flüstern, »… ich korrigiere, 250.000 Mark spendet.« Jetzt hört Rosenberg ein unterdrücktes Kichern. Die Stimme fährt aufgebracht fort:

»Ich korrigiere nochmals: 250.000 Mark Lösegeld an uns übergibt. Diese Forderung werden wir noch heute deiner Familie übermitteln, du mieses Kapitalistenschwein.«

Rosenberg wartet einen Moment, doch die Rede scheint beendet. Er möchte etwas sagen, doch seine Stimme ähnelt mehr dem Knurren eines Hundes, mühsam quetscht er die Worte hervor.

»Bitte geben Sie mir etwas zu trinken.« Rosenberg hat wirklich einen unglaublichen Durst. Aber er erhofft sich auch, dass man ihm den Sack vom Kopf nimmt und er seine Umgebung in Augenschein nehmen kann. Seine Hoffnungen werden in Sekundenschnelle zunichtegemacht.

»Wenn du glaubst, wir nehmen dir den Sack vom Kopf, hast du dich aber geschnitten, alter Mann. Hier, trink.«

Unsanft wird ihm eine Flasche an die Brust geknallt, unter den Sack geschoben. Fast hätte sich der Strohhalm, der in der Flasche steckt, in sein rechtes Nasenloch gebohrt, wenn er nicht den Kopf ruckartig nach hinten geschleudert hätte.

»Meine Nase«, protestiert er halbherzig.

Wieder vernimmt Rosenberg das alberne Kichern, es muss von einem Mädchen stammen. Sie wispert, für Rosenberg noch hörbar, einer anderen Person zu: »Bei den alten Ägyptern haben sie den Toten das Hirn mit einem Strohhalm durch die Nase rausgezogen, hab ich mal gehört. Könnten wir doch auch ausprobieren. Wollte schon immer mal sehen, wie ein Schweinehirn aussieht.«

»Halt endlich deine Klappe und hilf mir lieber. Du musst seinen Kopf stillhalten.«

Zwei Hände fassen seinen Kopf in der Höhe seiner Ohren. Noch einmal schiebt sich der Halm unter den Sack. Dieses Mal bekommt Rosenberg ihn mit den Lippen zu fassen und gierig saugt er das Wasser ein, nimmt einen hauchzarten Vanilleduft wahr. Er schnuppert, ein Gedanke blitzt in seinem Gehirn auf und erlischt so schnell, wie er gekommen ist. Aber in einem Punkt ist sich Rosenberg sicher: Einer seiner Gefängniswärter ist ein Mädchen, eine junge Frau.

»Kind, was machst du denn da? Wofür gibst du dich her?«

Erschrocken zieht die Person, die seinen Kopf hält, die Luft ein und springt zurück. Niemand antwortet auf seine Frage, und Rosenberg schöpft Mut.

»Das ist doch sicherlich ein dummer Streich, den ihr mir hier spielt«, er duzt seine Entführer, versucht so, mehr Nähe zu schaffen. »Passt auf, lasst mich frei und wir vergessen das Ganze. Ich werde auch nicht versuchen, euch auf die Spur zu kommen. Macht euch nicht unglücklich. Ich schätze mal, ihr seid noch jung. Verbaut euch nicht eure Zukunft.«

Noch ehe Rosenberg weiter auf seine Entführer einreden kann, erhält er einen brutalen Tritt gegen die Brust, sodass er mitsamt seinem Stuhl umstürzt, sein Kopf schlägt unsanft auf dem Boden auf, die Flasche fällt klirrend zu Boden und rollt davon.

»Fresse halten, alter Mann. Keinen Ton mehr, hörst du?«

Ein weiterer gezielter Tritt auf sein rechtes Knie lässt Rosenberg aufjaulen.

»So, das reicht jetzt aber. Du willst ihn doch nicht umbringen. Tot nützt er uns gar nichts.« Eine dumpfe Männerstimme, ähnlich der des anderen Mannes. Aber nicht dieselbe, die ihm den Text vorgelesen hat. Es müssen also mindestens drei sein. Die Stimmen klingen, als ob die Männer sich etwas vor den Mund gebunden haben, um sie zu verfälschen.

»Wir können ihn doch nicht wie einen Käfer hier auf dem Rücken liegen lassen«, jammert die Mädchenstimme, auch diese klingt seltsam, wie durch einen Wattebausch.

»Er hat sich das selber eingebrockt, ist ja nicht für lange.«

»Was ist, wenn er kotzen muss? Dann erstickt er uns. Los, wir heben ihn auf.«

Rosenberg kann nur mit Mühe die einzelnen Stimmen unterscheiden. Sein Knie sendet Schmerzsignale an seinen dröhnenden Kopf, in dem es summt wie in einem aufgebrachten Bienenstock. Unsanft wird er beidseits an den Armen hochgerissen, mitsamt seinem Stuhl wieder hingestellt.

»Los, und jetzt das Foto.«

»Scheiße, mir fällt ein, ich hab den Fotoapparat zu Hause liegen lassen.«

»Du Schwachkopf! Dann besorg ihn, und zwar pronto.«

»Wenn ich jetzt zu Hause auftauche, um ihn noch zu holen, hat mein Vater mich gleich am Wickel. Ich soll ihm helfen, den Pool …«

»Halt's Maul, du Idiot. Posaun doch gleich deine Adresse aus. Okay. Wir verschwinden jetzt erst einmal. Das hat noch Zeit mit dem Foto. Dann machen wir es eben morgen. Ich hab da sowieso noch eine Idee.«

Rosenberg hat eine unruhige Nacht hinter sich. An Einschlafen ist nicht zu denken gewesen, zu sehr schmerzte sein Kopf, bestimmt hat er eine Gehirnerschütterung. Permanent bewegt er Hände und Füße in drehenden Bewegungen, damit sie nicht wieder einschlafen, und auch in der Hoffnung, die Fesseln zu lockern. Wenigstens hat sich sein Knie wieder beruhigt.

Kurz fällt er dann doch in einen nervösen Schlaf, die Erschöpfung ist zu groß. Er träumt, dass er nackt auf einen Stuhl gefesselt ist und dass er, wie bei einem Elfmeter, permanent mit einem Fußball beschossen und traktiert wird. Als er sich lauthals über diese Behandlung beschweren will, kommt nur ein leises Wimmern über seine Lippen. Rosenberg erwacht.

Wieder verspürt er einen geradezu unmenschlichen Durst und nun meldet sich auch seine Blase. Unruhig rutscht er auf dem Stuhl, soweit wie es ihm möglich ist, hin und her und kneift die Oberschenkel zusammen.

›Mein Gott, lass die Entführer gleich auftauchen. Ich mach mir sonst in die Hose.‹ Für Rosenberg eine noch quälendere Vorstellung, als nichts zu trinken zu bekommen.

Sein Zeitgefühl hat er komplett verloren, weiß nicht, ob es Tag oder Nacht ist. Endlich hört er die erlösenden Schritte, die Tür wird wieder aufgesperrt, aufgeschoben.

»Ich muss dringend auf die Toilette, bitte binden Sie mich los. Ich mach Ihnen auch keine Scherereien«, krächzt er.

Er erhält keine Antwort, aber jemand macht sich an seinen Füßen zu schaffen, bindet ihn los und zieht ihn unsanft vom Stuhl. Rosenberg verliert fast das Gleichgewicht, denn seine Beine wollen ihm kaum gehorchen. Unsicher macht er einen Schritt, einen zweiten, dann wird er gestoppt. Jemand nestelt an seinen Handfesseln. Es dauert etwas, dann fühlen sich seine Hände befreit an. Instinktiv will er sich an den Kopf fassen, doch sofort lässt er die Arme wieder sinken. Zu groß ist seine Angst, dass er wieder geschlagen wird.

»Halt, alter Mann, nicht weiter. Hör zu, ich führe dich jetzt zum Klo, der Sack bleibt über dem Kopf, versuch erst gar nicht, ihn dir runterzureißen. Dann machst du ganz langsam deine Hose auf und setzt dich aufs Klo, hast du verstanden? Du setzt dich hin. Ich habe keine Lust, dir noch dein Ding zu halten. Also los jetzt.«

Rosenberg spürt, dass er rot wird. Er wird am Arm gefasst, wohl Richtung Tür geführt, denn er stolpert über einen niedrigen Absatz. Es wird kühler, vielleicht ein Flur. Nur ein paar Schritte, dann halten sie an. Eine Tür wird geöffnet, es riecht nach einer Mischung aus Chlor und Lavendel.

»So, rein mit dir, und keine Dummheiten, ich bleibe neben dir stehen.«

Rosenberg wird gedreht und geschoben, bis seine Kniekehlen an den Toilettenrand stoßen.

Er öffnet seine Hose, zieht sie bis auf die Knöchel, setzt sich zögernd. Nie im Leben hat er einen peinlicheren Moment erlebt als jetzt, wo er vor einem Fremden mit heruntergelassener Hose auf dem Klo sitzt, um Wasser zu lassen. Mehr ist nicht möglich, das kann er einfach nicht.

Als er fertig ist, tasten seine Hände nach Toilettenpapier.

»Das brauchst du nicht, aufstehen, Hose hoch und zurück, zack, zack.«

In seinem Gefängnisraum wird er wieder auf seinen Stuhl gesetzt, die Füße erneut eng zusammengebunden, die Hände hinter dem Rücken wieder gefesselt. Die ganze Zeit hat niemand mehr einen Ton gesagt.

»Könnte ich etwas zu trinken bekommen, vielleicht eine Kleinigkeit zu essen?« Rosenbergs Stimme bebt.

»Erst die Arbeit, dann das Vergnügen.« Dieselbe Stimme, die gestern – war es gestern? – den Brief verlesen hat.

»Wir machen jetzt ein schönes Foto von dir. Sobald es entwickelt ist, kriegt es deine Familie, damit sie wissen, dass wir es ernst meinen. Dann gibt es vielleicht was zu essen. Wobei, eigentlich bist du fett genug.«

Jemand nestelt an dem Sack über seinem Kopf. Jetzt bekommt er die Möglichkeit, irgendetwas zu erspähen. Mit einem Ruck wird der Sack von seinem Kopf gezogen. Rosenberg kneift die Lider zusammen, obwohl es in diesem Raum nicht sehr hell ist. Doch zu lange hat er im Dunkeln ausgeharrt. Ein paar Mal blinzelt er vorsichtig, damit seine Augen von Tränenflüssigkeit benetzt werden und er schärfer sehen kann.

Vor ihm eine Wand mit dunklen Holzpaneelen, in der Wand eine Holztür. Das flackernde Licht kommt von einer Neonröhre, die über ihm an der Decke hängt. Drei Personen stehen vor ihm. Rosenberg konzentriert sich, um in der kurzen Zeit, in der er wahrscheinlich ohne Sichtbehinderung ist, so viel wie möglich aufzunehmen. Eine Person ist deutlich kleiner und schmaler als die beiden anderen, vermutlich das Mädchen. Alle tragen die gleiche Kleidung. Jeans, einfache Wollpullis, diese unsäglichen gemusterten Tücher, und alle haben eine Pudelmütze über das Gesicht gezogen, in die sie für Augen und Mund einen Schlitz geschnitten haben.

Niemand sagt etwas.

»Bitte, meine Familie zahlt euch jeden Preis, aber bitte, lasst mich am Leben. Ich habe doch niemandem etwas getan. Hört, ich bin noch nicht einmal in irgendeiner Partei. Und ich finde es auch schlimm, was in Chile passiert. Aber ich habe doch auf so etwas keinen Einfluss.« Rosenberg versucht, seiner Stimme einen festen und überzeugenden Klang zu geben.

Aber die drei ihm stumm zugewandten Gestalten wirken auf ihn so bedrohlich, dass ihm am Ende die Stimme fast versagt. Er flüstert die letzten Worte und lässt den Kopf auf die Brust sinken. Das Mädchen holt tief Luft und will den Raum verlassen. Einer der Männer hält sie am Arm und zieht sie zurück.

»Bleib hier!«, zischt er. »Das Ganze war deine Idee, wehe, du willst dich verpissen!«

Der zweite Mann kramt in einer weißen Tüte ohne Aufdruck. Er entnimmt ihr eine Zeitung, den Weser-Kurier, wie Rosenberg eindeutig erkennt, und einen Fotoapparat in einem dunklen Täschchen. Der andere tritt hinter Rosenberg und löst ihm die Handfesseln. Die Hände schmerzen, die Finger sind gekrümmt wie Vogelklauen. Die paar Minuten, in denen seine Hände frei waren, haben nicht gereicht, seine Finger wieder beweglich zu machen.

»Halt das vor dich.« Der Mann drückt Rosenberg die Zeitung in die Hand. Rosenberg weiß nicht, was das soll, er presst die Blätter mit seinem Unterarm an seinen Körper.

»Nicht so, Idiot, halt die Zeitung mit beiden Händen vor dich, sodass man das Datum sehen kann. Dann wissen deine Leute, dass du zumindest heute noch am Leben bist.«

Zitternd tut Rosenberg, was der Mann sagt, und hält die Titelseite des Weser-Kuriers vor sich. Sein Mut hat ihn gänzlich verlassen.

Der zweite Mann hat in dieser Zeit den Fotoapparat aus seiner schwarzen Schutzhülle befreit. Er fingert an dem kleinen Apparat herum, kennt sich offensichtlich nicht damit aus. Rosenberg starrt auf die Kamera. Das gleiche Modell hat er sich vor ein paar Wochen gekauft. Sie ist ganz neu auf dem Markt, eine Kleinbildkamera, die Minox 35 L. Wer hatte sie ihm noch empfohlen? Es war ein Rotarierfreund, daran erinnert sich Rosenberg noch, und der war ganz begeistert von den technischen Möglichkeiten dieses Winzlings. Da war sich Rosenberg sicher, diese Kamera hatten noch nicht viele Bremer gekauft.

»Setz den Blitz auf«, herrscht der Mann hinter ihm seinen Kumpan an, »sonst erkennt man in diesem Schummerlicht gar nichts. Und jetzt, alter Mann, bitte recht freundlich.«

17. Juli 2010, Bremen

›*Liebe Hannelore*‹, las Saskia, ›*ich weiß, dass das jetzt ein Schock für dich sein muss. Es tut mir leid, wenn du nun unsere Tochter allein großziehen musst, wenn ich ganz aus deinem Leben und vor allem aus ihrem Leben verschwinden muss. Aber glaub mir, es ist besser so. Du wirst sicher Unterstützung finden. Wie ich deine Freundin Neni kenne, wird sie dir bestimmt helfen und dann bist du wenigstens nicht ganz auf dich allein gestellt. Ich weiß, dass Neni über genügend Mittel verfügt und dir zweifellos unter die Arme greifen wird. Du wirst dich fragen, warum das alles? Hannelore, ich habe, vorsichtig ausgedrückt, Mist gebaut, und zwar richtig. Nur so viel: Ich arbeite schon länger nicht nur für die Firma. Ich habe es dir nie erzählt, denn je weniger du wusstest, desto besser. Wahrscheinlich hättest du meine Beweggründe sowieso nie verstanden. Die letzten eineinhalb Jahre habe ich mehr dem ›Gemeinwohl‹ gedient, als für Ronnis Firma gearbeitet. Das muss genügen. Zerbrich dir darüber nicht nachträglich den Kopf. Du wirst nie wieder etwas von mir hören, das verspreche ich dir. Ich wünsche mir nur, dass du Saskia in dem Glauben aufwachsen lässt, dass ich ihr in den drei Jahren ein guter Vater gewesen bin. Leb wohl. Raimund.‹*

Langsam faltete Saskia Uhlenbruck den leicht vergilbten Brief zusammen und schob ihn in das alte Kuvert zurück, dem sie ihn entnommen hatte. In ihren Augen schimmerte es feucht, dann holte sie tief Luft. »Was meint er damit, er hätte dem Gemeinwohl gedient?«, fragte sie ihre Mutter. Hannelore sah zu Boden und schüttelte leicht den Kopf.

»Ich weiß es nicht, Kind.« Als sie aufblickte, sah sie den Zweifel in den Augen ihrer Tochter. »Ehrlich, Saskia, dieses Mal lüge ich dich nicht an. Ich weiß es wirklich nicht. Und ich habe es schon lange aufgegeben, mir darüber Gedanken zu machen. Dein Vater war auf Nimmerwiedersehen verschwunden und ich saß da mit einem dreijährigen Kind. Wenn Neni nicht gewesen wäre …« Sie brachte den Satz nicht zu Ende und starrte ins Leere.

Simon hatte die ganze Zeit schweigend dabeigesessen und konnte kaum glauben, was er soeben gehört hatte. Das wurde ja immer schlimmer. Auch Saskia fehlten zunächst die Worte.

»Tante Neni«, sagte Saskia nach einer Weile, »ich sollte sie mal wieder besuchen. Schon lange her, dass ich dort war.« Sie stand auf. Plötzlich hielt sie es in der Nähe ihrer Mutter nicht mehr aus. »Tut mir leid, Mama. Ich muss los, ich habe noch einen Termin mit einer Patientin.«

»Wenn du willst, kannst du den Brief mitnehmen. Mir bedeutet er nichts«, bot ihre Mutter an. Saskia nickte und schob das Kuvert in ihre Umhängetasche. Sie drückte ihrem Bruder einen flüchtigen Kuss auf die Wange.

»Saskia, Mama, ich verstehe überhaupt nichts mehr.« Simon sah von einer Frau zur anderen.

»Meinst du, ich, Bruderherz?« Ratlos verließ sie das Haus und ebenso ratlos blieben Simon und Hannelore zurück.

Dem Gespräch mit ihrer Nachmittagspatientin konnte Saskia nur sehr halbherzig folgen. Sie machte sich Notizen, nickte ab und zu in die Richtung der Frau, gedanklich aber war sie nicht bei der Sache. Als sie endlich am frühen Abend mit einem Glas Cognac in ihrer Wohnung gemütlich auf dem Sofa saß, las sie den Brief noch einmal. Sie strich ihn glatt, legte ihn auf den Tisch, nahm einen ordentlichen Schluck Cognac und stellte das Glas auf den Brief. Saskia starrte auf das Glas. Durch den Boden des Kristalls sah sie die Schrift ihres Vaters wie durch eine Lupe. Das Wort ›Beweggründe‹ war auf das Doppelte vergrößert. Plötzlich kam ihr ein Gedanke. Sie sprang auf, um in ihrer Handtasche nach der Visitenkarte des zuvorkommenden Kriminalbeamten zu suchen. Peter Dahnken. Sie wählte die Nummer, doch es meldete sich nur die Mailbox. Sie hinterließ keine Nachricht und die Festnetznummer, die auf der Karte stand, versuchte sie erst gar nicht anzurufen. Sicherlich war der Mann um diese Zeit nicht mehr in seinem Büro.

*

»Ich habe übrigens schon eine Karte für die Flippers besorgt«, verkündete Harry flüsternd. Er und Peter hatten sich mit Markus Rotenboom nach Feierabend auf ein Bier an der Schlachte getroffen, um sich Gedanken über die bevorstehende Party Christianes zu machen. Schließlich mussten sie auch für Hölzles Freundin noch ein Geschenk besorgen.

»Was hast du gesagt?«, fragte Rotenboom. »Du musst lauter sprechen, hier ist viel zu viel Lärm.« An einem lauen Sommerabend wie diesem platzte die Biergartenmeile Bremens am Ufer der Weser aus allen Nähten.

»Ich sagte, ich habe schon ein Flippersticket gekauft«, dröhnte Harry, und einige Leute drehten sich nach ihm um. Er erntete seltsame Blicke und spöttisches Grinsen und es war ihm sichtlich peinlich. Markus und Peter prosteten sich mit ihren Weizenbiergläsern zu und lachten sich kaputt.

»Du Idiot«, ging Harry ein Licht auf, »du hast genau verstanden, was ich gesagt hatte, du wolltest nur, dass ich mich lächerlich mache, wenn alle das hören können. Schönen Dank auch.«

»Ooh, ist unser Kleiner jetzt beleidigt? Das tut mir aber leid«, frotzelte Markus. »Komm schon, der Gag war es wert.« Harry brummte gutmütig und nahm einen großen Schluck Bier. »Heiner wollte doch auch schon da sein, wo steckt er bloß? Vielleicht kann der uns ja bei der Geschenkauswahl helfen. So gut kenne ich Christiane nun auch nicht.«

Peter leckte sich den Schaum von den Lippen und meinte: »Ich auch nicht. Was schenkt man denn zu so einem Anlass? Mit Parfum oder so braucht man da nicht anzukommen, das passt nicht.« Sie rätselten einige Zeit und verwarfen ihre Vorschläge, bis schließlich Markus die zündende Idee hatte.

»Wie wär's mit einem antiquarischen Schinken über Bismarck? Darüber hat sie doch promoviert oder nicht?«

»Stimmt genau. Super Idee, Markus«, sagte Hölzle, der gerade hinzugekommen war und die letzten Sätze gehört hatte. »In der Nähe vom Dobben gibt es ein Antiquariat, da könntet ihr mal anfragen, was sie zu diesem Thema haben oder besorgen können.« Er griff nach Harrys Glas, grinste diesen an und leerte es in einem Zug.

»Danke, das tat gut.«

Harry wollte schon lospoltern, als ihm Hölzle schon einen Zwanzigeuroschein in die Hand drückte und mit unschuldiger Miene sagte: »Die Runde geht auf mich. Harry, wärst du so nett und holst jedem noch ein Weizenbier?«

Harry nickte ergeben und trottete zu der großen Rundtheke mit ihrem grünen Schirm. »Und bring noch ein paar Brezeln mit!«, rief Hölzle ihm hinterher und wandte sich dann an Dahnken.

»Peter, hast du dein Handy ausgeschaltet? Ich hatte dich vorhin noch angerufen, um Bescheid zu sagen, dass ich etwas später komme.«

Peter Dahnken kramte sein Mobiltelefon hervor und schaltete es ein. »Ja, ich hab's ausgemacht, irgendwann will man ja mal seine Ruhe haben.« Es piepste zweimal. Zwei Anrufe in Abwesenheit. Einmal von Heiner und ein Anruf von einer Nummer, die ihm nichts sagte. Peter ließ eine Verbindung zu der unbekannten Nummer herstellen.

»Ja«, meldete sich eine Frauenstimme am anderen Ende.

»Ähm, hallo, hier ist Peter Dahnken, Sie hatten versucht, mich zu erreichen. Mit wem spreche ich denn bitte?«

»Ah, gut, dass Sie sich melden. Hier spricht Saskia Uhlenbruck. Es wäre schön, wenn wir uns treffen könnten.«

Peter räusperte sich. Wollte die was von ihm? »Um was handelt es sich denn, Frau Uhlenbruck?« Er warf einen fragenden Blick in die Männerrunde.

»Meine Mutter hat mir den Abschiedsbrief meines Vaters gegeben, und ich kann mir keinen Reim darauf machen, habe aber das Gefühl, es könnte wichtig sein, was darin steht.«

Peter nickte Harry dankend zu, der ihm ein neues Glas Bier hinstellte und eine Brezel zuschob. »Hören Sie, Frau Uhlenbruck, am besten, Sie kommen morgen früh gleich gegen acht ins Präsidium und bringen den Brief mit. Dann sehen wir weiter.«

»Danke.« Saskia Uhlenbruck hatte aufgelegt.

»Was für ein Brief?«, wollte Hölzle wissen und brach ein Beinchen seiner Brezel ab.

»Stegmanns Tochter sagt, sie hätte von ihrer Mutter einen alten Brief ihres Vaters bekommen. Wohl eine Art Abschiedsbrief. Keine Ahnung, was drin steht.«

»Leute, können wir mal nicht über die Arbeit sprechen?

Ich hab Feierabend«, mokierte sich Harry. »Wie sieht's aus, Heiner? Sind irgendwelche hübschen Mädels zu eurer Party eingeladen, die ich noch nicht kenne?«

Heiner Hölzle grinste. »Christiane ist ganz wild darauf, dich mit ihrer Schwester zu verkuppeln«, verriet er.

Harry hob die Augenbrauen und lächelte. »Na ja, wenn sie so gut aussieht wie deine Freundin, hab ich nichts dagegen.«

»Lass dich überraschen, Harry«, war alles, was Hölzle dazu sagte, und er dachte an die Jesuslatschen, die langen, strähnigen Haare und die wallenden bunten Kleider, die Carola meist trug, wenn er sie zu Gesicht bekam.

18. Juli 2010, Bremen

Peter Dahnken war gerade mal fünf Minuten im Präsidium, als eine Mitarbeiterin, die an der Pforte ihren Dienst versah, ihn wissen ließ, dass eine Besucherin für ihn da wäre.

»Ich komme gleich runter und hole die Dame ab«, sagte er und machte sich auf den Weg. Auf der Treppe wählte er Hölzles Nummer und gab ihm Bescheid, dass Saskia Uhlenbruck offensichtlich schon da war. Zehn Minuten später führte er die Frau in Hölzles Büro und bat sie, Platz zu nehmen.

»Frau Uhlenbruck, das ist mein Chef, Kriminalhauptkommissar Hölzle«, stellte er Heiner vor, »er leitet die Ermittlungen im Fall Ihres Vaters.«

Saskia nickte und kramte aus ihrer Handtasche den vergilbten Umschlag mit dem Brief. »Hier, bitte. Es steht nicht viel drin, aber ich kann mir keinen Reim darauf machen, was mein Vater mit ›Gemeinwohl‹ meinte. Vielleicht können Sie mehr damit anfangen.«

Peter nahm den Brief, las die wenigen Zeilen und reichte ihn an Hölzle weiter. Der runzelte kurz die Stirn, las und warf Peter dann einen vielsagenden Blick zu. »Frau Uhlenbruck, seit wann haben Sie diesen Brief?«, wandte er sich an Saskia.

»Meine Mutter hat ihn mir gestern gegeben. Sie hatte zunächst behauptet, sie hätte ihn damals, als mein Vater verschwand, verbrannt. Ich habe ihr aber nicht geglaubt. Sie hat mich in dieser Angelegenheit schon mehrfach belogen«, fügte sie traurig hinzu. In ihren Augen begannen Tränen zu glänzen. Peter zog aus seiner Hosentasche ein verknittertes Papiertaschentuch und reichte es Saskia, die dieses, mit einem vorsichtigen Blick auf den Frischezustand des Taschentuchs, dankbar annahm.

»Kann es sein, dass Ihre Mutter mehr über die Hintergründe weiß, als sie zugeben will? Schließlich hat sie uns gegenüber behauptet, sie hätte nicht einmal gewusst, dass Stegmann damals nicht gestorben ist.« Hölzles Tonfall war schärfer geworden. Saskia Uhlenbruck vergrub das Gesicht in ihren Händen.

»Ich weiß überhaupt nicht mehr, was ich glauben soll«, murmelte sie. »Woher auch? Bis vor Kurzem war der einzige Vater, den ich kannte, Bertram gewesen. Haben Sie irgendeine Ahnung, wie es mir gerade geht?« Jetzt begann sie, richtig zu weinen.

Peter stand auf und legte ihr die Hand auf die Schulter. »Beruhigen Sie sich, bitte. Möchten Sie etwas zu trinken?« Sie nickte, ohne aufzuschauen. Dahnken ging zur Tür, um eine Flasche Mineralwasser zu holen, und prallte mit Harry zusammen, der, wie immer, schwungvoll die Tür aufriss und hereinstürmte.

»Moin, allerseits. Kutesa hat ein Fax geschickt. Er sagt, Renard hat sich wenige Wochen vor seiner Abreise in Abidjan mit jemandem getroffen und war höchst angespannt gewesen. Jemanden, den er von früher kannte und …«, er brach ab, als er bemerkte, dass Hölzle und Dahnken nicht allein waren.

Peter rettete die Situation und bat Saskia Uhlenbruck, mit ihm in sein Büro zu kommen. So konnte Harry die weiteren Neuigkeiten Heiner ohne Zuhörer mitteilen.

»Ist das das Fax?«, wollte Hölzle wissen und deutete auf das Blatt Papier, das Harry in der linken Hand hielt. Wortlos reichte Schipper ihm das Schreiben. Im Tausch dafür gab Hölzle ihm den Brief, den Stegmanns Tochter mitgebracht hatte. Hölzle überflog das Fax.

»Was hältst du davon?« Harry sah seinen Chef fragend an. Dieser öffnete seine Vorratsschublade und entnahm ihr eine Tafel Schokolade, die er einladend auf den Schreibtisch legte. »Nimm ruhig«, forderte er Harry auf, »ich bin mir ziemlich sicher, dass ich nun weiß, womit wir es hier zu tun haben. In diesem Brief spricht Stegmann von ›Gemeinwohl‹, dem er gedient hat, und Kutesa behauptet, Stegmann hätte sich mit jemandem getroffen, der ihm einen Haufen Geld gegeben hat. Wofür, weiß Kutesa nicht, aber er hat das Bündel Scheine definitiv gesehen. Scheint wohl, dass Stegmann in kriminelle Machenschaften verstrickt war und den besagten Menschen in Abidjan erpresst hat. Das würde auch die mehr als 8.000 Euro erklären, die ihr in seinem Hotelzimmer gefunden habt.«

»Jetzt weiß ich immer noch nicht, auf was du hinauswillst«, sagte Harry und brach sich ein Stückchen Schokolade ab.

»Ganz einfach, Harry. Zähl einfach eins und eins zusammen. Stegmann verschwindet, als in Bremen zwei Verbrechen geschehen, die im Zusammenhang mit der RAF stehen. Er arbeitete für das ›Gemeinwohl‹, wie er im Brief an seine Frau schreibt. ›Gemeinwohl‹ kann natürlich auch die Aktivitäten der RAF meinen. Die sahen sich ja auf der ›richtigen Seite‹. Aber die haben sich immer dazu bekannt, wenn sie etwas verbrochen haben, und das hätte Stegmann auch getan, wenn er diesem ›Gemeinwohl‹ zugehörig gewesen wäre«, meinte Hölzle ironisch. »Und wer ist die andere Seite, die für ›Gemeinwohl‹ steht? BKA, Polizei? Das hätten wir mittlerweile herausgefunden, wenn er einer von uns gewesen wäre. Ich glaube vielmehr, dass Stegmann in seinem früheren Leben beim Verfassungsschutz war. Vielleicht hat er auch die Seiten gewechselt. Vom Linke-Szene-Sympathisanten zu den Staatsschützern. Egal, wer auch immer ihm das Geld gegeben hat, hat Dreck am Stecken, war erpressbar, wollte Stegmann loswerden und hatte Angst vor Entdeckung. Das ist unser Mörder oder derjenige, der den Mord in Auftrag gegeben hat.«

»Verfassungsschutz. Na, Mahlzeit!«, war alles, was Schipper dazu einfiel.

Heiner Hölzle wusste, dass er viele Antworten auf diesen Fall nur durch das Studium der Akten des Verfassungsschutzes erhalten würde. Allerdings war ihm natürlich klar, dass das nicht einfach werden würde. War doch der Zutritt zum Archiv nur nach Rücksprache und in Begleitung eines Mitarbeiters dieser Behörde möglich. Er hatte den Leiter des Staatsarchivs angerufen und um ein dringendes Gespräch gebeten. Harry hatte er gleich dazu mitgenommen.

»Guten Tag, Herr Professor Bruns«, begrüßte Kriminalhauptkommissar Hölzle den Mann und stellte seinen Kollegen Schipper vor. Dann kam er umgehend zur Sache. »Ich brauche Ihre Hilfe«, begann er und registrierte die fragend hochgezogenen Augenbrauen seines Gegenübers. »Ich muss Zugang haben zu den Verfassungsschutzakten von 1974. Ich weiß durchaus, dass das eine ungewöhnliche Bitte ist, aber …«

Bruns stoppte ihn mit einer Handbewegung. »Herr Hölzle, Sie wissen, dass das nicht geht. Es tut mir leid.«

»Hören Sie«, versuchte Hölzle es erneut, »wir ermitteln in dem Mord, der vor Kurzem im Bürgerpark passierte, und wir haben den starken Verdacht, dass dieser mit einem früheren, bisher ungeklärten Fall in Zusammenhang steht.« Er machte eine bedeutungsvolle Pause. »Dem Entführungsfall Rosenberg. Und möglicherweise besteht auch eine Verbindung zum Bombenattentat am Bremer Hauptbahnhof im Dezember 1974.«

Professor Bruns rang lange mit sich. Nur zu gut konnte er sich an den Entführungsfall und die Ermordung des Bankiers erinnern. Immer, wenn im Zeitungsarchiv von Reportern oder interessierten Laien zu ungeklärten Mordfällen in Bremen recherchiert wurde, stand der Rosenberg-Fall mit an der Spitze der Wunschliste. Und er kannte Elvira Rosenberg, sie hatte vor einigen Jahren seine Frau behandelt. Diese Frau hatte sich nie ganz von diesem Drama erholt. Eigentlich fast jeder in seinem Alter, der in Bremen lebte oder damals in Bremen gelebt hatte, wusste um die traurige Familiengeschichte. Dann endlich hatte Bruns eine Entscheidung getroffen.

»Sie wissen, dass mich das Kopf und Kragen kosten kann?« Hölzle nickte betreten und sah zu Boden.

»Kennen Sie den Film ›Nur 48 Stunden‹?«, fragte Bruns unvermittelt.

›Wie kommt'r denn jetzt do drauf?‹ Heiner Hölzle hob den Kopf und glaubte, ein schelmisches Grinsen über das Gesicht des Professors huschen zu sehen.

»Ich gebe Ihnen beiden genau 48 Stunden Zeit, dann müssen Sie entweder gefunden haben, was auch immer Sie suchen, oder ich hole Sie eigenhändig aus den Katakomben.«

Hölzle glaubte seinen Ohren nicht zu trauen, strahlte den Professor an und bedankte sich überschwänglich. Bruns winkte ab. »Ich tue das nur in zweiter Linie für Sie. Vor allem mache ich das für Elvira Rosenberg. Sie hat meiner Frau praktisch das Leben gerettet.« Er schob sich seine Brille, die etwas heruntergerutscht war, zurück auf die Nase. »Einer meiner Mitarbeiter wird Sie die ganze Zeit über im Auge behalten.« Bruns griff zum Hörer und bat einen Kollegen zu sich, der auch wenige Minuten später erschien. Bruns erklärte kurz die Situation, dass die beiden Beamten ausnahmsweise ins Archiv des Verfassungsschutzes dürften, dass er bitte darüber Stillschweigen zu bewahren habe und dass er die beiden Kommissare nicht aus den Augen lassen dürfe. Bruns' Kollege, ein älterer Mann mit schütterem Haar und einer Brille mit dicken Gläsern, war offensichtlich durch nichts aus der Ruhe zu bringen. Er nickte nur, als sei dies das Selbstverständlichste von der Welt.

»Also los, packen wir es an!«, forderte Bruns Hölzle und Schipper auf. Gemeinsam gingen sie durch das enge Treppenhaus die Stufen hinunter in das zweite Untergeschoss des riesigen Archivgebäudes in der Nähe der Wallanlagen. Hinter einer dicken gesicherten Stahltür lagerten die Akten des Verfassungsschutzes. Bruns tippte einen Sicherheitscode in das Kästchen neben der Tür ein, zog die schwere Tür auf und betrat den Raum als Erster.

Er erklärte Hölzle und Schipper das System, wie welche Akten aufzufinden seien, und ließ die beiden Beamten mit dem Mitarbeiter dann allein, nicht ohne sie darauf hinzuweisen, dass sie nichts, aber auch gar nichts aus diesem Archivraum entfernen durften. Auch Notizen dürften sie sich nicht machen. Heiner und Harry gingen die Regale entlang und suchten nach den Ordnern des Jahres 1974.

»Puh, wird eine Menge Arbeit werden, das alles zu sichten«, stöhnte Harry.

»Stimmt, dann wird's dir wenigstens nicht langweilig. Aber wenn ich recht habe, dann rütteln wir hier ganz schön was auf.« Heiner klopfte seinem Kollegen auf die Schulter. »Am besten, wir fangen mit 1974 an. Schließlich ist Stegmann Ende 1974 verschwunden.«

Harry zog mehrere schwere Ordner aus einem Regal, legte sie auf einem kleinen Holztisch ab und blies den Staub herunter. »Dann lass uns anfangen.«

Sie hatten sich bereits mehrere Stunden durch die Papierberge gewühlt, als Hölzle auf einmal sagte: »Guck mal, hier!«, er deutete auf eine Seite, die er gerade aufgeschlagen hatte, und las vor. Harry blickte über Heiners Schulter und las stumm mit.

›Mantel, Hut und Stock werden sich um die Durchführung kümmern. Hauptverantwortlich zeichnet Stock. RS übernimmt Lieferung des Päckchens und Ablage in SF. Kollateralschäden sind nicht zu erwarten, aber möglich.‹

Harry pfiff leise durch die Lippen. »Mein lieber Mann, das ist ja ein starkes Stück. Aber eines muss man denen lassen. Ihre Namensfindung entbehrt nicht einer gewissen Komik.« Er las still weiter. Dann deutete er auf eine weitere Zeile.

›*7.12.1974 Paket abgeliefert, Explosion in Gepäckschließfach 66 um 16.15 Uhr am Bremer Hbf erfolgt, 5 Verletzte. Zeugenbeschreibung könnte auf RS hinweisen. Schutz unsererseits für diesen aufgehoben bei evtl. Festnahme.*‹

Hölzle und Schipper sahen sich an. Sie dachten beide dasselbe. Stegmann war als ›Agent provocateur‹ für den Verfassungsschutz tätig gewesen und dann offenbar gefährlich geworden. Jemand aus diesen Reihen musste gewusst haben, dass Stegmann beileibe nicht 1974 gestorben war, und das Gefahrenpotenzial erkannt haben, als er jetzt nach Bremen zurückgekommen war. Dieser Unbekannte war entweder selbst der Mörder oder hatte einen Mörder beauftragt. War *er* der Geldgeber aus Abidjan und möglicherweise früher beim Verfassungsschutz gewesen? Egal, wer, man hatte es offensichtlich mit der Angst zu tun bekommen.

*

»Wer ist Neni, Frau Uhlenbruck?«, fragte Peter Dahnken sein Gegenüber und schenkte Saskia eine weitere Tasse Kaffee ein. Sie nickte dankend: »Das ist meine Tante. Also keine echte Tante, ich meine, wir sind nicht verwandt oder so. Sie ist seit ewigen Zeiten eine gute Freundin meiner Mutter. Wieso fragen Sie?« Sie trank einen Schluck Kaffee und stellte die Tasse vorsichtig zurück auf den Tisch, als hätte sie Angst, dass sie in ihrer Hand vielleicht zerbrechen würde.

»Ich frage mich nur, warum Ihr Vater in seinem Brief diese Frau so eindringlich erwähnt. Finden Sie das nicht auch etwas seltsam?« Er beobachtete jede ihrer Regungen genau.

»Nein, eigentlich nicht. Wahrscheinlich hat er sich Gedanken über meine Versorgung und die meiner Mutter gemacht und dabei auf Tante Nenis Beistand gehofft oder vertraut. Er wusste ja um die dicke Freundschaft und dass Neni, beziehungsweise ihre Eltern, wohlhabend, wenn nicht gar reich, waren. Und seine Hoffnung auf Neni hatte sich ja bewahrheitet, sie war meiner Mutter eine wirkliche Stütze, eine wahre Freundin.«

Peter Dahnken sagte sich, dass er dieser Person wohl zu viel Bedeutung beigemessen hatte, und beließ es dabei. Darüber hinaus konnte Saskia Uhlenbruck ihm nichts weiter erzählen, und sie verließ kurz darauf sein Büro. Saskia war erleichtert, dass sie den Brief nicht für sich behalten, sondern der Polizei übergeben hatte. Vielleicht ergab sich ja doch ein Hinweis, der die Polizei auf die Spur des Mörders ihres Vaters brachte. Was ihre Mutter davon halten würde, das konnte sie sich schon denken.

*

Bertram Uhlenbruck saß zusammen mit Ferdinand Theuerholz in einem kleinen Restaurant im Schnoorviertel, einem der beliebtesten Touristenziele Bremens. Sie unterhielten sich mit gedämpften Stimmen. Es herrschte wie immer rege Betriebsamkeit, scharenweise drängelten sich die Menschen durch die engen Gässchen und machten an jedem Schaufenster der kleinen Lädchen halt.

»Der Junge kann doch nichts für die Vergangenheit des Vaters seiner Halbschwester«, sagte Bertram soeben, »jetzt krieg dich doch mal wieder ein. Es wäre lächerlich, die Verlobung lösen zu wollen. Wir leben doch nicht mehr im 18. Jahrhundert.« Er piekte energisch ein Stückchen Pannfisch auf seine Gabel, um seinen Worten Nachdruck zu verleihen. »Die beiden lieben sich und sollen heiraten wie geplant«, fuhr er fort und spülte den letzten Bissen mit einem Schluck Chardonnay hinunter.

Ferdinand Theuerholz blickte immer noch grimmig auf seinen Teller und stocherte in seinem Krabbensalat herum. »An mir liegt's ja nicht unbedingt, ich wusste ja, was auf mich zukommt, aber ich fürchte, dass Elvira …«

»Herrgott noch mal, ich kann ja verstehen, dass sie nicht mehr an die Geschichte von damals erinnert werden will. Aber das wird sie ja auch nicht. Sie weiß doch gar nicht, wer Stegmann ist – oder besser, war. Und niemand kann mit Gewissheit sagen, ob Stegmann eine Mitschuld an Rosenbergs Tod trug …«

»Natürlich war er daran beteiligt«, unterbrach Theuerholz und fuhr sich durch das dichte, graumelierte Haar, »schließlich war er mit der Übergabe betraut. Das kannst du dir nicht schönreden. Das Geld war weg, Stegmann später auch, und Rosenberg letztlich tot.« Er legte das

Besteck zur Seite und tupfte sich die Lippen mit der Serviette ab. »Da gibt es nichts dran zu rütteln. Warum glaubst du denn, hat Raimund alle glauben gemacht, er sei bei diesem Unfall umgekommen? Der hat sich mit der Kohle aus dem Staub gemacht, das ist jetzt ja wohl sonnenklar.«

Uhlenbruck leckte sich die Lippen und beendete ebenfalls seine Mahlzeit. »Und jetzt ist er wirklich tot. Aus, Ende, finito. Wen interessiert es denn? Niemand weiß etwas von Stegmanns früheren Tätigkeiten. Und das wird auch so bleiben. Abgesehen davon, muss deine Frau überhaupt nichts Weiteres erfahren.«

Ferdinand Theuerholz musterte sein Gegenüber eingehend.

»Das kann dir ja nur recht sein. Hannelore wäre sicher auch nicht begeistert, wenn sie erfährt, dass du von all dem gewusst hast. Dass er durch die Bahnhofgeschichte endgültig ins Abseits gekickt werden sollte, falls er für den Verein zu lästig würde, war zwar Lutz' Idee, aber du wusstest genauestens Bescheid. Stegmann war ja nicht blöd, und ihm blieb doch gar nichts anderes übrig, als zu verschwinden. Und du hattest doch da schon lang ein Auge auf Hannelore geworfen.«

»Dir hat die Geschichte auch nicht geschadet, schließlich bist du später schnell die Karriereleiter hinaufgefallen«, zischte Uhlenbruck.

Ferdinand Theuerholz sah Bertram eindringlich an. »Und weißt du was? Ich glaube nicht, dass Raimunds Vergangenheit auf ewig im Dunkeln bleibt.«

Der Mann am Nebentisch stand auf und faltete seine Zeitung zusammen. Dabei stieß er versehentlich an Uhlenbrucks Stuhl. »Verzeihung«, entschuldigte er sich. Uhlenbruck sah kurz auf, brummte ein »Schon in Ordnung« und dachte bei sich, dass der junge Mann mit seiner Akne ganz schön gestraft war. Dann wandte er sich wieder Theuerholz zu.

»Hannelore wäre mit Raimund nie glücklich geworden. Und hätte er nicht selbst die Reißleine gezogen, hätten es andere getan«, konterte er, »entweder der Verein oder die Leute, die er bespitzelt hat. Und du wirst mir doch nicht ernsthaft damit drohen wollen, Hannelore Bescheid zu sagen?«, fügte er mit zweifelndem Blick hinzu.

Ferdinand Theuerholz winkte ab. »Quatsch. Lass gut sein, du brauchst dich nicht zu rechtfertigen. Mir ist es ja letztlich auch egal.« Er schwieg einen Augenblick. Dann lehnte er sich weit über den Tisch und flüsterte: »Mal ehrlich, Bertram, hast du etwas mit Stegmanns Tod zu tun?«

Uhlenbruck wischte sich den Schweiß von der Stirn. »Bist du verrückt geworden?«, zischte er. Bertram nahm beiläufig wahr, dass der junge Mann, der am Nebentisch gesessen hatte, nun an einem anderen Tisch saß. ›Merkwürdig‹, dachte er, ›na ja, vielleicht ist es ihm hier in der Sonne auch zu heiß geworden und jetzt hat er einen Schattenplatz ergattert.‹ Das kurze Misstrauen, das der Tischwechsel in ihm hervorgerufen hatte, war so schnell verflogen, wie es gekommen war.

»Das ist keine Antwort auf meine Frage«, Theuerholz' Stimme war gefährlich ruhig geworden, »ich wundere mich nur, dass Stegmann, kaum dass du von seiner Wiederauferstehung erfahren hast, tot im Bürgerpark liegt ...« Er ließ den Satz unbeendet in der Luft hängen.

»Ich habe nur ein Telefonat geführt, um zu erfahren,

wie ich mit der Situation umgehen soll. Das war alles. Dass so schnell und derart drastisch reagiert werden würde, konnte ich nicht ahnen.«

Von dem Tisch im Schatten des Sonnenschirms stand Thorben Schmink auf. Er hatte genug gehört, um sich den Rest zusammenzufantasieren, wie er es ja meist in seinen Artikeln machte. Was er gerade mitbekommen hatte, reichte für eine richtig gute Schlagzeile im Weser-Blitz.

19. Juli 2010, Bremen

Christiane fischte die Zeitungen aus dem Briefkasten und legte sie auf den Frühstückstisch. Heiner stand noch unter der Dusche und musste sich beeilen. Es war gestern spät gewesen, als Hölzle erschöpft und abgekämpft nach Hause gekommen war. Viel erzählt hatte er nicht, nur, dass er mit Harry stundenlang im Archiv verbracht hatte und kaum noch klar denken könne. Christiane selbst machte ihre Arbeit in genau diesem Archiv sehr viel Spaß, und sie fand sie nicht im Mindesten ermüdend. Sie arbeitete erst seit Kurzem dort, und gern hätte sie Heiner in die ›Geheime Kammer‹ des Verfassungsschutzes begleitet. Aber der Zugang war, soweit sie wusste, dem Leiter des Archivs allein vorbehalten. Dann war Heiner auch gleich zu Bett gegangen. Den Wecker hatte er heute Morgen nicht gehört, und Christiane hatte es nicht über sich gebracht, ihn aufzuwecken. Sie wusste, dass er darüber jetzt nicht erfreut war und sie wahrscheinlich eine Standpauke über sich ergehen lassen musste, aber das war es ihr wert gewesen. Heiner arbeitete sowieso zu viel, und er hatte so friedlich ausgesehen und im Schlaf gelächelt. Also hatte sie entschieden, ihn liegen zu lassen.

»Morgen, mein Schatz«, Hölzle fasste sie von hinten um die Taille und küsste sie in den Nacken. Sie zuckte zusammen, da sie ihn nicht hatte kommen hören. »Na, schlechtes Gewissen, weil du mich nicht geweckt hast? Geschieht dir recht.«

Christiane drehte sich um und schlang die Arme um Hölzles Hals. »Nein, habe ich nicht. Dann kommst du eben mal später ins Präsidium. Du hast so viele Überstunden, die wirst du gar nicht mehr los. Und für mich hast du auch überhaupt keine Zeit mehr.«

»Jetzt übertreibst du aber.« Er setzte sich an den Tisch und begann, sich eine Scheibe Brot zu schmieren. Eine Schicht Butter und dann ganz dick die Schokocreme darauf. Nebenbei warf er einen Blick auf die Zeitungen. Neben dem Weser-Kurier lag auch der Weser-Blitz, den Hölzle zwar verabscheute, weil es das reinste Revolverblatt war, aber er musste schließlich wissen, was die Presse so von sich gab. Vor allem, wenn es um einen Mordfall ging. Er blätterte auf Seite zwei und erstarrte.

›Toter im Bürgerpark früherer V-Mann?

Aus sicheren Quellen erfuhr der Weser-Blitz, dass der kürzlich im Bürgerpark gefundene Tote – wir berichteten – 1974 mit der Lösegeldübergabe im Rahmen der Entführung des Bankiers Rüdiger Rosenberg betraut war. Rosen-

berg war von Mitgliedern der linken Szene entführt und später ermordet worden. Wie es den Anschein hat, hatte der Mann das Lösegeld gestohlen und seinen Tod vorgetäuscht, um Deutschland zu verlassen und unerkannt im Ausland zu leben. Warum er nach so vielen Jahren wieder zurück nach Bremen kam, ist noch unklar. Fakt ist jedoch, dass ihm jemand offensichtlich die Rechnung für seine damaligen Taten präsentiert hat.‹ (Thorben Schmink)

»Woher, zum Teufel, hat dieser Schmierfink diese Informationen? Es ist zum Aus- der- Haut- Fahren!« Wütend faltete er die Zeitung zusammen. Hölzle trank den letzten Schluck seines bereits lauwarmen Kaffees und stellte die Tasse unsanft ab.

»Ruinier wegen Thorben nicht unser Geschirr, wenn's geht«, sagte Christiane, der sofort klar war, über wen sich ihr Freund so aufregte. Thorben Schmink, ihr ehemaliger Schulkamerad, war Hölzles journalistischer Albtraum.

»'tschuldigung, ich muss los. Bis später.« Er küsste sie flüchtig und machte, dass er ins Präsidium kam.

Dort empfing ihn die Sekretärin Hilke Maier mit der Nachricht, dass jemand bereits auf ihn vor seinem Büro wartete. »Wer?«, fragte Hölzle kurz angebunden. Hilke zuckte mit den Achseln.

»Ein Herr Delano. Wow, der sieht vielleicht gut aus, wenn ich das bemerken darf …«, geriet sie sofort ins Schwärmen.

»Frau Maier, können Sie Ihre Fantasien kurz in Grenzen halten und mir stattdessen sagen, wer er ist und was er will?« Hölzle war nicht nach Smalltalk zumute.

»Er sagte, es geht um den Toten im Bürgerpark, mehr hat er mir nicht verraten wollen«, gab sie etwas kleinlaut zurück.

Hölzle verzog das Gesicht und rauschte ab.

Vor seinem Büro wartete ein etwa einsfünfundachtzig großer, sportlich durchtrainierter Mann, der sich mit einem abschätzigen Blick zu ihm umdrehte. Hölzle erkannte, warum Hilke Maier sich wie ein Teenie aufgeführt hatte. Der Mann hatte einen dunklen Teint, glänzende schwarze Haare und leuchtend blaue Augen. Sein Anzug und seine Schuhe ließen erkennen, dass sie teuer gewesen waren, ebenso wie die Uhr an seinem linken Handgelenk. Seine Sonnenbrille, deren seitliches Firmenlogo keinen Zweifel an ihrem Preis ließ, hatte er lässig über die Stirn geschoben.

»Delano, guten Tag, Herr Hölzle«, sagte er mit einer angenehm tiefen, warmen Stimme.

›Die Mädels werfet sich dir bestemmt an Hals, wo au emmer du auftauchsch‹, dachte Hölzle und schüttelte die dargebotene Hand. »Was kann ich für Sie tun?«

Er öffnete die Tür zu seinem Büro, ließ Delano vorgehen und bedeutete ihm, Platz zu nehmen.

»Sehen Sie, Herr Hölzle, wir haben ein erhebliches Interesse an dem Toten, der im Bürgerpark gefunden wurde. Wie Sie und Ihr Team mittlerweile auch schon vermuten, bestehen Verbindungen zu Geschehnissen, die der Öffentlichkeit besser vorenthalten werden sollten …« Doch bevor er weiterreden konnte, unterbrach ihn Hölzle: »Wer ist *wir*?«, obwohl ihm schon nach diesen ersten Worten klar war, mit wem er es hier zu tun hatte.

»Wir alle arbeiten im Interesse des Staates, Herr Hölzle,

wir beide arbeiten auf derselben Seite. Mehr brauche ich wohl nicht zu sagen. Sie verstehen das sicherlich, Sie sind doch ein cleveres Kerlchen. Wir kümmern uns ab jetzt um den Fall, und es wäre Ihrer Karriere eher abträglich, wenn Sie in dieser Sache weiter ermitteln«, fuhr der Mann unverblümt fort.

›He, i glaub, der schpennt, der droht mir hier, en meim oigena Büro! Des glaub i jetzt echt net.‹ Hölzles Kampfgeist erwachte, und er lehnte sich mit gekreuzten Armen nach vorn, um seinem Gegenüber deutlich zu machen, was er davon hielt.

»Ich glaube, da werden wir uns nicht ganz einig werden, Herr Delgado …«

»Delano«, korrigierte der Mann.

»… dies ist ein Mordfall, und er fällt in meinen Zuständigkeitsbereich. Und glauben Sie ja nicht, ich lasse mich von Ihnen einschüchtern.«

»Glauben Sie mir, Herr Hölzle«, lächelte Delano überheblich, »Sie wissen gar nicht, mit wem Sie sich hier anlegen.«

»Oh, jetzt krieg ich aber Angst«, spottete der Kriminalhauptkommissar. »Machen Sie sich doch nicht lächerlich. Die Zeiten sind wohl vorbei, wo Dinge vertuscht werden konnten, wo man die Öffentlichkeit für dumm verkauft hat. Auch Ihrem Verein ist doch mittlerweile aufgegangen, dass wir uns im 21. Jahrhundert befinden, in dem unangebrachte Geheimniskrämerei keinen Platz mehr hat.«

»Wir werden ja sehen, wer hier am längeren Hebel sitzt, ich rate Ihnen nur, ziehen Sie sich zurück, beenden Sie Ihre Spurensuche. Sonst sind Sie die längste Zeit Hauptkommissar gewesen.«

Hölzle stand auf und sah auf den Mann, der lässig im Stuhl saß, hinunter. »So, Herr Galeno«, sagte er absichtlich, um den aufgeblasenen Typen zu ärgern, »ich weiß zwar noch nicht wirklich, was hier gespielt wird, aber Sie glauben doch nicht allen Ernstes, dass Sie mit Ihrem Armanikonfirmandenanzug und Ihren Guccigaloschen so einfach hier in mein Büro spazieren und mich von meiner Arbeit abhalten können, nur weil Sie – wie ich wahrscheinlich ganz richtig vermute – im Rücken irgendwelche alten Säcke sitzen haben, die vor 35 Jahren Scheiße gebaut haben, deren Ausmaß ich im Moment noch gar nicht abschätzen kann?« Mit jedem Wort war er lauter geworden, hatte nicht gehört, wie es an der Tür geklopft hatte. Mit einem Mal streckte Thorben Schmink, dieser unverschämte Kerl, seinen Kopf herein.

»Raus!«, brüllte Hölzle den Reporter an, der sich entgegen seiner sonstigen Art sofort eilig zurückzog. Ein kurzer Blick auf Hölzle hatte ihm gereicht, um tatsächlich gleich wieder kehrtzumachen. Der Chef der Mordkommission hatte auf ihn gewirkt wie ein wutschnaubender Stier, dem man mit einem roten Tuch vor der Nase herumwedelt. Sehr merkwürdig. Auf dem Flur wäre er beinahe mit Christiane zusammengeprallt, die, ohne ihn eines Blickes zu würdigen, auf Hölzles Büro zusteuerte. Noch bevor Hölzle sein ›Gespräch‹ mit Delano fortsetzen konnte, platzte Christiane herein.

»Hi, Heiner, oh, entschuldige, ich wusste nicht, dass du Besuch hast.« Sie musterte Delano mit aufkeimendem Interesse und hielt ihm die Hand hin. »Christiane Johannsmann.« Delano erhob sich, doch Hölzle fuhr dazwischen.

»Herr Belana«, Hölzle war gerade der Name einer

Kartoffelsorte eingefallen, »wollte gerade gehen. Nicht wahr?«

Mark Delano warf ihm einen bitterbösen Blick zu. »Wir sprechen uns noch, *Herr* Hölzle.« Er nickte Christiane zu und schenkte ihr ein, wie er wusste, unwiderstehliches Lächeln. Dann war er weg.

»Gott sei Dank«, atmete Hölzle auf und ließ sich in seinen Schreibtischstuhl fallen. »Was willst du eigentlich hier? Müsstest du nicht längst im Archiv sein?«

»Wer war das denn? Also der sah ja aus, als wäre er einem Modemagazin entstiegen.« Christiane war sichtlich beeindruckt von Delanos Erscheinung.

»Nicht du auch noch! Die Maier war vorhin schon hin und weg von diesem Model für Arme«, wetterte Hölzle.

Christiane grinste, kam um den Tisch herum und legte ihm die Arme von hinten um den Hals. »Komm, du musst zugeben, dass der Typ echt klasse aussieht. Aber dich finde ich süß.« Sie drückte ihm einen dicken Kuss auf die Wange.

»Süß. Na, klasse. Ich bin also süß, soll das jetzt ein Kompliment oder ein Trost sein? Apropos süß – das ist genau das, was ich jetzt brauche.« Er machte sich los und kramte einen Schokoladenkeks aus seiner Schublade. »Jetzt weiß ich immer noch nicht, warum du hier bist.« Er fegte sich die kleinen Krümel vom Hemd, die beim Abbeißen vom Schokokeks nicht nur sein Hemd, sondern auch seine Schreibtischunterlage verunziert hatten.

»Du hast deinen Terminplaner liegen lassen, und ich weiß doch, dass du ohne den aufgeschmissen bist.« Christiane zog den Planer aus ihrer übergroßen Handtasche – dem Koffer, wie Hölzle die Tasche zu nennen pflegte.

»Oh, danke. Du bist ein Schatz.« Heiner nahm ihr das Ding aus der Hand und legte es auf den Tisch. »Hör mal, Süße, ich muss dich jetzt aber rauswerfen, wir sehen uns später zum Essen. Was gibt's eigentlich?«

»Labskaus«, sagte sie mit todernster Miene. »Tante Marthe freut sich schon darauf, wir sind doch heute bei ihr zum Essen eingeladen.«

Hölzles Magen zog sich instinktiv zusammen. Labskaus gehörte, gelinde ausgedrückt, nicht gerade zu seinen Leibspeisen. Mit angeekeltem Blick fragte er: »Muss das sein?«

Christiane grinste schelmisch. »Keine Sorge. Wir werfen den Grill an.«

»Uff«, Heiner wischte sich den imaginären Schweiß von der Stirn.

Christiane wandte sich zum Gehen, doch in der Tür stoppte sie. »Jetzt sag doch mal, wer dieser Typ war?«

»Niemand von Belang«, winkte Hölzle ab, und Christiane wusste, dass sie keine bessere Antwort bekommen würde. Sie warf ihm ein Kusshändchen zu und verschwand.

An der Pforte des Präsidiums wartete Delano auf die hübsche junge Frau, die er soeben bei Hölzle gesehen hatte. Wenn ihn nicht alles täuschte, war sie die Freundin des Kriminalbeamten. Er hatte das Aufleuchten in Hölzles Augen, als sie hereingekommen war, genau registriert. Auch Christianes Blicke, die ihm selbst gegolten hatten, hatten für sich gesprochen. ›Wie praktisch‹, überlegte er, ›die Kleine ist empfänglich für ein bisschen Aufmerksamkeit, und Hölzle liegt ihr zu Füßen. So kann man den kleinen Polizisten auch von der Arbeit abhalten.‹

Als Christiane Johannsmann in Sichtweite kam, bog er um die Ecke und stieg in sein Auto. Den Kopf hielt er gesenkt, dazu die Sonnenbrille vor den Augen, so würde sie ihn nicht erkennen, wenn sie denn überhaupt einen Blick an seinen Wagen verschwenden würde. Christiane ging vorbei, wie Delano es erwartet hatte, und stieg in ihren Mini. Delano folgte ihr unauffällig, als sie wegfuhr.

Mark Delano beobachtete Christiane zwei Tage lang, bis sich endlich die Gelegenheit ergab, auf die er gewartet hatte. Hölzles Freundin verbrachte ihre Mittagspause auf der Terrasse eines netten italienischen Lokals im Fedelhören, gleich gegenüber dem Staatsarchiv. Das Restaurant war gut besucht. Christiane saß an einem kleinen Zweiertisch und studierte die Tageskarte.

Delano steuerte auf ihren Tisch zu: »Entschuldigen Sie, darf ich mich dazusetzen? Es ist sonst nirgends ein Platz frei.«

Christiane schaute auf und wies einladend auf den freien Stuhl. »Bitte.«

Der Mann setzte sich und schob die Sonnenbrille hoch. Christianes Herz setzte einen Schlag aus. ›Wow, das ist dieser Supertyp, den ich neulich bei Heiner im Büro gesehen habe. Puh, der sieht heute noch besser aus, wenn das überhaupt möglich ist.‹

»Wir kennen uns«, sprach sie ihn an, »also, nicht wirklich«, stotterte sie weiter, »Sie waren doch erst kürzlich im Polizeipräsidium und …«

»Oh ja, selbstverständlich erinnere ich mich. Tut mir leid, dass es mir nicht auch gleich eingefallen ist. Eine so hübsche Frau wie Sie sieht man nicht so oft, wie man in meiner Heimat sagen würde, una bella ragazza«, schmeichelte Delano.

Christiane lächelte. »Das macht doch nichts, man trifft ja jeden Tag irgendwelche Leute, man kann sich nicht alle Gesichter merken.«

»Sie haben es aber offensichtlich getan«, konterte er. »Kennen Sie dieses Lokal und können Sie etwas empfehlen?«

Christiane reichte ihm die Karte und meinte: »Hier ist eigentlich alles lecker, aber ich liebe besonders die Spaghetti mit Rucola, Parmaschinken und Pecorino.« Delano klappte die Karte zu. »Das hört sich sehr gut an. Ich verlasse mich auf Sie, Frau ... Johannsmann? Richtig?«

Christiane war beeindruckt. Der konnte sich sogar an ihren Namen erinnern! »Stimmt. Aber sagen Sie doch bitte Christiane, Frau Johannsmann hört sich irgendwie so alt an.«

Er lächelte sie leicht schief an. ›Sein Lächeln ähnelt dem von Harrison Ford‹, fuhr es Christiane durch den Kopf. Er hielt ihr die Hand hin.

»Mark. Mark Delano.«

›Gott, und dieser Name passt auch noch zu seinem Aussehen‹. Christiane erwiderte seinen festen Händedruck. »Freut mich.«

Der Kellner kam an den Tisch. »Zweimal die Spaghetti Lorenzo, bitte«, orderte Christiane.

»Was möchten Sie trinken?«, fragte der kleine Italiener und notierte nebenbei die Bestellung.

»Ich würde Sie gern auf ein Glas Weißwein einladen, wenn Sie gestatten.«

»Akzeptiert. Vielen Dank. Welchen würden Sie uns denn empfehlen?«, wandte sie sich an den Kellner.

»Einen Grillo aus Sicilia. Zartfruchtig und trocken, ein ausgezeichneter Wein mit einer zitronigen Note«, war dessen Vorschlag.

»Hervorragend. Einen Grillo findet man selten auf einer Weinkarte«, freute sich Delano. »Mein Vater stammt aus Sizilien, daher kenne ich diesen Wein.« Er bestellte noch eine große Flasche Mineralwasser dazu.

Es dauerte nicht lang und der Kellner war mit den Getränken zurück. Sie stießen an.

»Nochmals vielen Dank für die Einladung, Mark«, sagte Christiane und bedachte ihn mit einem schmachtenden Augenaufschlag. »Darf ich fragen, was Sie im Präsidium zu tun hatten? Oder ist das streng geheim?« Sie merkte selbst, wie sie diesen Typen ansäuselte, und es war ihr nicht einmal peinlich.

Delano lehnte sich verschwörerisch über den Tisch und sie nahm einen Hauch seines Eau de Toilette wahr. ›Hm, und er riecht auch noch gut. Das ist bestimmt das neue Parfum von Louis Menteur‹, ging es ihr durch den Kopf.

»Ich arbeite an einem Artikel über polizeiliche Gewaltanwendung gegenüber Zivilpersonen und befrage dazu die Leiter der verschiedenen Polizeieinheiten.« Er nippte an seinem Weißwein. »Eine gute Empfehlung, dieser Wein, nicht wahr? Und was führte Sie zur Polizei an diesem Tag, Christiane? Sie haben doch nichts angestellt, oder?« Er zwinkerte ihr zu.

Christiane schüttelte lächelnd den Kopf und schob sich eine Haarsträhne hinters Ohr.

»Nein, keine Sorge. Heiner Hölzle ist mein Freund, und ich wollte ihm nur etwas vorbeibringen. Alles völlig unspektakulär.«

»Ihr Freund kann sich glücklich schätzen«, erwiderte Delano charmant und füllte die Wassergläser nach.

Der Kellner brachte das Essen, das wirklich ausgezeichnet war. Christiane genoss die Unterhaltung mit Mark. Sie spürte, wie ihr der Wein zu Kopf stieg und sie ihr Gegenüber regelrecht anschmachtete. Ein Blick auf die Uhr sagte ihr, dass ihre Mittagspause sich rasant dem Ende näherte, und sie winkte dem Kellner, er möge die Rechnung bringen.

Delano legte ihr die Hand auf den Arm. »Lassen Sie mal, ich übernehme das.« Die Berührung empfand sie wie einen kleinen elektrischen Schlag.

»Aber …«, protestierte sie.

»Keine Widerrede. Den Wein hätte ich ja sowieso bezahlt, und es wäre doch kleinlich, nicht auch den Rest zu übernehmen.«

Christiane bedankte sich und stand auf. Auch Mark Delano erhob sich, und als Christiane ihm die Hand zum Abschied reichen wollte, zog er sie an sich und hauchte ihr einen Kuss auf die Wange. »Ich würde mich freuen, Sie einmal wiederzusehen, Christiane«, raunte er leise.

Christiane Johannsmann fühlte sich mehr als geschmeichelt. In ihrem Bauch flatterten doch tatsächlich Schmetterlinge. Sie kramte wie ein nervöser Teenager in ihrer Handtasche, schob Bürsten, Schminktäschchen und Handy hin und her, bis sie ihre Geldbörse gefunden hatte. Aus dieser zog sie eine ihrer neuen Visitenkarten mit dem Doktortitel vor dem Namen – ein Mitbringsel ihres Vaters – und gab sie ihm. »Bis bald«, flötete sie und ging beschwingt –

und das kam nicht nur von dem Grillo – zurück in Richtung Staatsarchiv.

Delano war zufrieden. Wenn jetzt noch die Fotos von Christiane und ihm gut waren, die aus der Nähe von einem Kollegen mit Marks Handy aufgenommen worden waren, müsste dies eigentlich genügen, um Hölzle in die Schranken zu weisen.

Auch Thorben Schmink, der sich die letzten Tage an Delanos Fersen geheftet hatte, war zufrieden. Er würde schon noch herausbekommen, um wen es sich bei diesem Mann handelte und warum Hölzle in seinem Büro so ausgerastet war. Und er hatte ein persönliches Interesse daran, was Christiane mit diesem Schönling zu schaffen hatte. Schmink betete die junge Frau seit Jahren an und wartete auf seine Chance, die er – das musste er sich eingestehen – wahrscheinlich nie bekommen würde.

*

Kriminalhauptkommissar Heiner Hölzle hatte nach dem Besuch dieses Lackaffen erst richtig Blut geleckt. Sie lagen goldrichtig mit ihrer Vermutung, dass der Verfassungsschutz seine Hände im Spiel hatte. Umso mehr drängte die Zeit, die alten Akten nach weiteren Hinweisen zu durchforsten.

›Mal gucka, wie weit der Harry isch‹, dachte Hölzle, schaltete die Musikbox aus, die, seitdem sein unangenehmer Besuch gegangen war, einen Hit der Flippers nach dem anderen von sich gab, und fuhr zum Staatsarchiv.

Harry saß schon seit dem frühen Morgen im Keller des Archivs hinter der Stahltür und wälzte die Akten. An der

Tür saß, wie am Tag zuvor, der Angestellte des Archivs, der alles mit Argusaugen beobachtete und darauf achtgab, dass wirklich kein Stückchen Papier diesen Raum verließ.

Jetzt merkte Harry, wie seine Augen vom vielen Lesen ermüdet waren, und er dachte sehnsüchtig an eine Kaffeepause. Er wollte gerade umblättern, als sein Blick auf einen Eintrag fiel, der ihn schlagartig wach machte.

›25. Juni 1974 – RR entführt – Zuordnung linksradikale Gruppe – bislang jedoch keine Forderung eingegangen.‹

Harry rieb sich seinen Bart, seufzte darüber, dass er sich keine Notizen machen durfte, und blätterte weiter.

›*27. Juni 1974 – RR Forderung DM 250.000 – Familie bereit zu bezahlen – Übergabe durch R.S. geplant – Federführend bei dieser Aktion ist Stock.*‹

»Harry, wie sieht's aus? Was Brauchbares gefunden?«, fragte Hölzle und schmunzelte, als Harry zusammenzuckte.

»Mann, Chef, warum schleichst du dich so an. Mein Herz wird auch nicht jünger«, beschwerte sich Harry. »Sieh mal hier«, er wies auf den Eintrag, den er gerade gefunden hatte. »Das ist doch was!«

»Allerdings.« Hölzle konnte kaum glauben, was er da las. »Peter hat mich gerade noch auf dem Handy angerufen. Er hat sich die Akten vorgenommen, die mit der Schießerei auf den Polizisten, der durch Stegmann umkam, zu tun haben. Es gab tatsächlich einen Augenzeugen, der gesehen haben wollte, dass Stegmann den Polizisten ins Visier genommen hatte und den Schuss direkt abfeuerte. Gerd Weidner hieß der Zeuge, und er ist bis zur Gerichtsverhandlung bei seiner Aussage geblieben, laut Polizeibericht.« Er räusperte sich.

»Am Verhandlungstag hat er dann ausgesagt, dass er sich nicht sicher wäre und die Kugel möglicherweise doch abgelenkt worden sei.«

Harry Schipper zog die Augenbrauen hoch. »Na, schau mal einer an. Das deckt sich mit den Erinnerungen des Typen von der Sicherheitsfirma.«

Hölzle fühlte sich immer mehr in seinem Verdacht bestätigt. Er lehnte sich gegen eines der Regale und berichtete seinem Kollegen von dem unangenehmen Besuch am Vormittag. Als er geendet hatte, pfiff Harry leise durch die Zähne.

»Sieht ganz so aus, als hätten wir in ein Wespennest gestochen. Bist du sicher, dass du den Fall nicht doch lieber zu den Akten legen willst?«, fragte er vorsichtig, wohl wissend, wie Hölzle darauf reagieren würde.

»Sag mal, geht's noch? Die Frage hast du mir nicht allen Ernstes gestellt, oder?«, fauchte Heiner Hölzle.

Harry schüttelte den Kopf. »Nein, nicht wirklich. Aber ich könnte es verstehen, wenn du dich so entscheiden würdest. Das kann dich deine Karriere kosten, wenn du dich mit den Anzugfritzen anlegst.«

»Und? Die Bürger haben ein Recht auf Aufklärung und auf die Wahrheit. Wenn ich jetzt klein beigebe, kann ich mich nicht mehr im Spiegel anschauen. Was wollen sie denn machen? Mich vor die Tür setzen?« Hölzle fühlte, wie kalte Wut in ihm hochstieg. »Das sollen sie mal versuchen. Ich werde morgen mit Henri sprechen, mal sehen, was sie zu der ganzen Geschichte sagt.«

Juni 1974, Bremen

›Grüßen Sie mir Ihre Mutter‹, die Worte Stocks haben ihn wie ein Schlag ins Gesicht getroffen. Woher weiß der Typ bloß über seinen Vater Bescheid? Eine Antwort auf diese Frage gibt es nicht.

Stock hat an seinem Schreibtisch gesessen, ihn unverwandt angeschaut und mit einem Bleistift im Stakkato auf die Platte geklopft.

›Mein Lieber, das alles braucht Sie überhaupt nicht zu interessieren. Woher, wieso, weshalb. Die Hauptsache ist, dass wir Bescheid wissen und dass Sie erkennen, in welcher Lage Sie sich befinden.‹

Noch jetzt kann er den arroganten, herablassenden Ton der Worte hören. Stock weiß alles, aber auch wirklich alles, auch über den misslungenen Anschlag auf das Karstadt-Gebäude.

Stegmann war kurz davor gewesen, ihm einfach die Faust ins Gesicht zu rammen und zu gehen. Aber was hätte das gebracht? Auch der braune Umschlag mit den Fotos, die ihn beim Betreten und Verlassen des Hauses in Wolfsburg zeigen, hatte ihn eigentlich kalt gelassen. Was sollen diese Fotos schon beweisen? Er wollte einen ehemaligen Studienfreund besuchen, hatte diesen nicht angetroffen und war unverrichteter Dinge zurück nach Bremen gefahren. Na und? Über die Karstadt-Sache kann Stock doch eigentlich gar keine Details wissen. Hat Stegmann zumindest ein paar Sekunden lang geglaubt. Bis Stock ihn eines Besseren belehrte.

›Sagt Ihnen der Name Peer etwas? Haben Sie nicht Kontakt mit ihm aufgenommen? Ist nicht er es gewesen, den Sie damit beauftragt haben, eine Bombe zu legen und zu zünden?‹

Eine reine Unterstellung, auch jetzt hätte er einfach den Raum verlassen können.

›Oder der gezielte, ja, Sie hören richtig, der gezielte Schuss auf den Polizeibeamten, den Sie aus Ihrer Waffe abgefeuert hatten?‹ Der Bürstenhaarschnitt hat nicht lockergelassen.

Gibt es dafür einen Beweis? Nein! Schweigend hat Stegmann abgewartet.

Dann aber hat dieses Dreckschwein seine Mutter ins Spiel gebracht. Ihm gedroht, die wahre Identität seines Vaters, des brutalen Nazis, der Öffentlichkeit preiszugeben und damit den Namen seiner Mutter in den Schmutz zu ziehen. Alles hätte Stegmann hingenommen, vor Typen wie diesem verspürte er nicht die geringste Angst oder auch nur eine Spur von Respekt. Wieso auch? Solche Typen sind doch die reinsten Witzfiguren. Was hat er gegrinst, als die Einzelheiten der Guillaume-Affäre ans Tageslicht gekommen sind. Nur langsam hat sich die politische Lage in Deutschland in den Tagen nach dem Rücktritt Willy Brandts vom Amt des Bundeskanzlers am 6. Mai 1973 wieder beruhigt. Wegen einer Spionagesache hat dieser Mann zurücktreten müssen. Es ist Stegmann unerklärlich gewesen, dass Günter Guillaume über so viele Jahre hinweg für das Ministerium für Staatssicherheit unerkannt im Westen spionieren konnte und die oberste deutsche Sicherheitsbehörde nichts bemerkt hat. Solche Typen wie Stock machen sich doch einfach nur lächerlich. Aber Stock hat es tatsächlich in der Hand, das Leben seiner Mutter zu ruinieren. Ihr Name würde in der gesamten bundesdeutschen Presse auftauchen. Sie ist die Witwe eines ehemaligen KZ-Kommandeurs, und auch wenn dieser seit Jahren tot ist, so würde die Geschichte sicherlich weit über die Grenzen Deutschlands hinaus Interesse wecken.

Stegmann ist gar nichts anderes übrig geblieben, als sich von Stock anwerben zu lassen, wenn er nicht das Leben seiner Mutter ruiniert sehen will. Und das erträgt er nicht.

›Wir werden uns zu gegebener Zeit bei Ihnen melden. Halten Sie weiterhin Kontakt zu Ihrem Freund Enno. Versuchen Sie jedoch nicht mehr auf eigene Faust, in die Szene reinzukommen. Wir kontaktieren Sie und Sie halten bis dahin die Füße still.‹

Mit diesen Worten ist Stegmann von Stock entlassen worden. Er kann es manchmal heute noch nicht fassen, dass der Verfassungsschutz ihn angeheuert hat.

Seit diesem Gespräch ist nun mehr als ein Jahr vergangen. Stegmann hat schon gehofft – wie lächerlich naiv von ihm –, dass man ihn vergessen würde. Nachdem allerdings eine erste ›Gehaltszahlung‹ in Höhe von 4.000 DM auf seinem Konto eingegangen ist (›Hannelore, das ist ein Bonus von Ronni‹), hat er eingesehen, dass er sich mit Leuten eingelassen hat, die man nicht so einfach loswerden kann.

Enno ist ihm mehr oder weniger zufällig in dieser Zeit über den Weg gelaufen. Einmal auf dem Markt, als Hannelore ihn zum Gemüse kaufen geschickt hat, ein anderes Mal, wie passend, im Foyer des Karstadt, wo die Bombe hätte hochgehen sollen. Die Versuche Ennos, ihn zu einem Bierchen zu überreden, hat er an sich abprallen lassen. Soll Enno sich doch über sein sonderbares Benehmen wundern.

›Enno, ich hab wirklich keine Zeit, ich muss nach Hause, zu Hannelore und der Kleinen.‹

Enno ist zuerst sprachlos, dann beleidigt gewesen.

›Was bist du denn für ein Pantoffelheld geworden? Erst den großen Revoluzzer mimen, dann beim Frauchen unterm Schlappen stehen oder was? Willst du gar nicht erfahren, was ich in Berlin so treibe? Ich bin da an einer ganz großen Sache dran.‹

Stegmann ist es egal. Eigentlich will er von dem ganzen Scheiß nichts mehr wissen, seitdem er bei Gericht mit einem blauen Auge davongekommen ist – ein Querschläger muss den jungen Polizisten getroffen haben, so tatsächlich die Aussage des Gerichtsmediziners. Die Staatsanwaltschaft hat ermittelt und gegen ihn auch Anklage wegen fahrlässiger Tötung erhoben, aber die Aussagen von Ronni – ›Stegmann ist unser bester Mann, für den lege ich meine Hand ins Feuer‹ – und des Gerichtsmediziners sowie seines Kollegen Bothe – ›Er hat ganz klar nicht direkt gezielt‹ – haben zu einem Freispruch geführt. Und der Zeuge, dieser Gerd Weidner, hat plötzlich seine Zeugenaussage widerrufen und behauptet, vielleicht hätte er sich ja doch getäuscht.

Stegmann ist erstaunt gewesen, wie problemlos sich die ganze Geschichte für ihn entwickelt hat.

Ansonsten hat er sich regelmäßig in der ›Roten Ameise‹ eingefunden, Leute beobachtet, belauscht, eher halbherzig, als tatsächlich etwas aus der Szene zu erfahren. Einmal glaubte er, dass der Name seines Freundes Enno in Verbindung mit einem geplanten Banküberfall auf eine Volksbankfiliale in Berlin gefallen ist. Aber da muss er sich verhört haben. Als er mit gespieltem Desinteresse – seine schauspielerischen Fähigkeiten sind erbärmlich –

den Platz wechselte, um mehr zu erfahren, drehte sich das Gespräch plötzlich um etwas ganz anderes, oder besser gesagt, um nichts.

Ein, zwei Wochen später fand dann tatsächlich ein bewaffneter Bankraub in Berlin statt, aber Ennos Name tauchte nicht auf. Es sind überhaupt keine Namen gefallen, obwohl die Verbindung zur Baader-Meinhof-Gruppe laut Polizeiangaben als gesichert gilt. Einer der Täter, der einen Bankkunden angeschossen haben soll, ist von den Einsatzkräften geschnappt worden. Über seine Identität wird bisher Stillschweigen gewahrt.

Stegmann hat Stock Informationen über den Bankraub, dessen Planung er glaubte, belauscht zu haben, zukommen lassen. Drei Tage danach sind seinem Konto 12.000 DM gutgeschrieben worden. Hannelore hat erst gar nicht nachgefragt.

Monate später ist der Anruf gekommen. Silke Weingarten legt ihm am Morgen einen Zettel hin.

»Ein Herr Stock hat angerufen. Er hat schon mal was mit uns zu tun gehabt, hätte sich aber nicht entschließen können, welches Sicherheitspaket er nehmen will. Nun sei in der Nachbarschaft mehrfach eingebrochen worden, und er will dich doch noch einmal zu einem Beratungsgespräch haben. Die Adresse würdest du kennen.«

Jetzt sitzt er im Büro in der Knochenhauerstraße, und es hat sich nichts verändert. Sogar der Kalender zeigt noch dasselbe kuhäugige Blatt, vielleicht eine Spur verblasster.

Stock kommt gleich zur Sache.

»Sie haben sicherlich von der Rosenberg-Entführung gehört. Der Mann ist seit ein paar Tagen verschwunden.

Vorgestern ging eine Lösegeldforderung bei der Familie ein.«

Er legt eine Pause ein, doch Stegmann reagiert nicht. Abwartend hockt er auf der Kante des Besucherstuhls.

»Die Entführer verlangen 250.000 DM, sonst hat Rosenbergs letzte Stunde geschlagen.«

»Ein nettes Sümmchen.« Stegmann versucht, herablassend zu wirken, uninteressiert. Dennoch ist er gespannt, was Stock eigentlich von ihm will. Als sein Gegenüber wieder in Schweigen verfällt, stellt Stegmann die Frage, die ihn im Moment am meisten beschäftigt.

»Und was hab ich mit dieser Sache zu tun?« Er rutscht auf seinem Stuhl nach hinten und streckt die Beine unter den Schreibtisch.

»Die Entführer haben sich mit der Familie in Verbindung gesetzt. Sie hat dieses Foto erhalten«, er zeigte Stegmann das Bild, »und einen maschinengeschriebenen Brief, in dem ein Lösegeld von 250.000 DM gefordert wird, mit den genauen Angaben, wo und wann das Geld abzuliefern sei. Die Polizei und die Presse sollen aus dem Spiel gelassen werden.« Stock fletscht die Zähne, wohl seine übliche Art zu grinsen.

»Man könnte an einen dummen Streich denken, wenn nicht dieses Foto wäre. Es hat ungemeine Ähnlichkeit mit dem Foto des Genueser Staatsanwalts Mario Sossi. Er ist im April dieses Jahres in Italien von den Roten Brigaden entführt worden, allerdings wieder freigelassen worden, ohne dass die Forderungen der Entführer erfüllt wurden. Das Rosenberg-Foto zeigt den Bankier ähnlich angeschlagen und in vergleichbarer Haltung. Zwar ist hier keine Fahne mit irgendeinem linken Logo im Hintergrund aufgehängt, aber auf der Rückseite des Fotos, das die Zeitung erhalten hat, ist in absolut dilettantischer Weise das Logo der RAF gekritzelt: fünfzackiger Stern, dazwischen ein Maschinengewehr, das aber eher wie ein Krückstock auf Beinen aussieht.« Stock bricht in meckerndes Gelächter aus.

»Wir gehen davon aus, dass die Entführung, trotz eines gewissen Dilettantismus, einen politischen Hintergrund hat, genauer gesagt, dass Mitglieder der Baader-Meinhof-Gruppe oder eine Splittergruppe dahinter stecken. Und jetzt kommen Sie ins Spiel. Wir wollen, dass Sie das Lösegeld überbringen. Die Polizei wird rausgehalten. Dies ist auch der dringende Wunsch der Familie. Rosenberg ist ein einflussreicher Mann, er hat überall seine Verbindungen. Uns geht es darum, den Mann wieder lebendig nach Hause zu bekommen. Wir werden also brav das Lösegeld abgeben und auf keinen Fall etwas unternehmen. Nichts darf das Leben Rosenbergs gefährden.«

Stegmann wechselt die Stellung, lehnt sich jetzt nach vorn, die Arme auf die Oberschenkel gestützt.

»Und warum Sie – wir –, warum nicht die Polizei? Wie haben Sie es überhaupt geschafft, die Polizei da rauszuhalten?«

»Weil wir Mittel und Wege haben, weil wir die Fachleute für die Innere Sicherheit sind. Weil wir wissen, wie diese Leute ticken. Läuft auch nur eine Kleinigkeit schief, ist Rosenberg ein toter Mann. Aber was meinen Sie wohl, was in der Presse stehen wird, wenn unser Bankier wieder sicher in den Schoß seiner Familie zurückgekehrt ist? Die Schlagzeile wird lauten: ›Prominenter Bremer Bürger wieder zu Hause – Linker Terror chancenlos gegen den Rechtsstaat‹. Vielleicht kommen dann ja einige Spinner, Sie wissen, von welcher Sorte ich spreche, allmählich zur Besinnung. Hier geht es nicht um Späßchen à la Robin Hood, hier geht es um die Absicht, unseren Staat von innen her zu zerstören. Ihr jungen Leute wollt nicht wahrhaben, was sich hier entwickelt. Und wir sind dazu da, egal mit welchen Mitteln, den Bürgern die Augen zu öffnen. Und soll ich Ihnen ein Geheimnis verraten? Wenn der Rosenberg nicht zurückkommt, auch nicht schlimm. Dann ist die Bande nämlich bei der Bevölkerung ganz unten durch, und was Besseres kann uns gar nicht passieren.«

Stock schnauft, hat sich in Rage geredet. Stegmann rückt mit dem Stuhl etwas zurück, um nicht von den Speicheltröpfchen aus Stocks Mund getroffen zu werden.

»Und warum ich? Was ist für mich drin?«

»Weil Sie im Moment in Bremen unser Mann für besondere Stunden sind und weil Sie schon lange genug auf Ihre Chance warten mussten, Herr Reddersen. Wir sind nicht kleinlich, das wissen Sie«, beantwortet Stock alias Niederbeck seine Fragen.

*

Seit einer geschlagenen halben Stunde wartet Stegmann nun auf dem Waldparkplatz. Wenn nicht bald etwas geschieht, wird es schon wieder hell werden. Um drei Uhr in der Nacht soll die Geldübergabe stattfinden. Stock hat ihm nach dem Gespräch einen Autoschlüssel in die Hand gedrückt und ihm erklärt, dass er am Tag der Übergabe in der Knochenhauerstraße vor dem Bürogebäude einen schwarzen VW Passat vorfinden wird, mit dem er sich zum Treffpunkt begeben soll. Er solle eine halbe Stunde vor dem verabredeten Termin dort eintreffen, um die Lage zu sondieren. Die Lage sondieren … Stegmann ist ein paar Mal um den Wagen herumgegangen, hat mit seiner Taschenlampe ein Reh aufgeschreckt und ist fast über eine Baumwurzel gestolpert.

Nun lehnt er an der Kühlerhaube. Ihm ist mulmig. Er hat keine Waffe dabei. Stock hat ihm strikt untersagt, seine Dienstwaffe mitzunehmen, abgesehen davon hätte er die sowieso nicht einfach aus der Firma mitnehmen können. Vorsichtshalber hat er sich sein altes Schweizer Armeemesser eingesteckt. Er weiß ja nicht, was auf ihn zukommt.

Ab und zu vernimmt er leises Knacken, wohl ein Nachttierchen, das auf Beutezug ist. Stegmann blickt auf die Uhr, die Leuchtziffern strahlen in hellem Grün. Ein leises Brummen dringt an seine Ohren. Ein Geräusch, das er unter hundert anderen herausgehört hätte. Da kommt jemand auf einem Velosolex angeschnurrt. Das gibt es doch nicht, ein Entführer, der auf einem Velosolex in den Wald fährt, um Lösegeld für einen entführten Bankier einzusacken? Stegmann hat seinen Solex heiß geliebt, seinen ersten motorisierten Untersatz, und jetzt hört er unverkennbar das sanfte Gebrumme des Zweirades.

100 Meter vor ihm bleibt das Fahrzeug stehen, die kleine Lichtfunzel geht aus. Stegmann umklammert die braune Aktentasche mit dem Geld …

»He, Mann, haben Sie das Geld dabei?«, hört er eine dumpfe Stimme, als eine schlanke, hochgewachsene, gleichzeitig zierliche Gestalt sich nähert. Dunkle Jeans, dunkler Blouson, Pudelmütze mit Sehschlitz über dem Kopf.

›Die Stimme ist verstellt‹, geht es Stegmann durch den Kopf. Die Stimme ist sicher nicht so tief, wie es den Anschein hat. Ein Hustenanfall erschüttert die Person, und mit schlanker Hand zieht sie die Mütze etwas vom Mund, um besser Luft zu bekommen. Stegmann ist sich sicher: Vor ihm steht eine Frau, eine junge Frau. Stegmann wartet ab. Als der Hustenreiz abgeklungen ist, greift die Frau in ihre Umhängetasche, deren Klappe mit langen Lederfransen geschmückt ist, am Ende baumeln blaue Perlen. Irgendwie kommt ihm die Tasche bekannt vor.

Im ersten Moment befürchtet er, dass die Hand eine Waffe hervorzieht. Aber es ist nur eine Taschenlampe, deren Strahl ihm plötzlich grell ins Gesicht leuchtet. Abrupt stößt die Frau einen leisen Schrei aus, die Lampe entgleitet ihrer Hand, sie bückt sich. Stegmann nutzt seine Chance. Mit drei schnellen Schritten ist er bei ihr und noch bevor sie sich wieder aufrichtet, hat er ihr den Arm auf den Rücken gedreht. Sie schreit vor Schmerz und Wut auf. Mit seiner freien Hand zieht Stegmann ihr die Mütze vom Kopf. Im ersten Moment ist er sprachlos. Er hätte mit allem gerechnet, aber nicht mit dem Gesicht, welches sich hinter der Pudelmütze verborgen hat. Natürlich hat sie ihn ebenfalls erkannt, das ist ihm nun klar, deshalb hat sie auch die Lampe auf den Boden fallen lassen. Und die Tasche mit den Fransen und den Perlen gibt es auch nur einmal. Wo war sie noch her? Irgendwo aus Peru. Stegmann fängt sich als Erster und findet seine Sprache wieder.

»Na, da schau an. Dich hab ich aber zuallerletzt hier erwartet. Sag mal, hast du sie noch alle? Den Rosenberg zu entführen? Das hast du doch nicht allein gemacht. Wer steckt denn da noch mit drin?«, faucht er sie an.

Er lässt ihren Arm los und kann noch eben nach hinten springen, bevor ihn der gezielte Tritt der jungen Frau am Schienbein treffen kann. Sie presst die Lippen aufeinander und schaut ihn hasserfüllt an.

Stegmann empfindet allmählich die Situation erheiternd. Er steht hier mit seinem Aktentäschchen, prall gefüllt mit Bargeld, alles nicht registrierte Scheine, und vor ihm steht diese dumme Pute.

»Mädchen, Mädchen. So ein dummer Streich. Ich fasse es nicht. Hast du – oder habt ihr – geglaubt, ihr könnt es Andreas, Gudrun oder Ulrike nachtun? Tss, tss. Ihr kleinen Geister. Na, spuck schon aus, wer hat dir geholfen? He, nicht wörtlich nehmen, wenn du noch einmal spuckst, gibt es was in deine nette Fresse.«

Die Frau, die eben noch vor ihm ausgespuckt hat, duckt sich zurück. Stegmann meint es ernst, er würde sie wirklich zusammenschlagen. Sie holt tief Luft und funkelt ihn an.

»Wie wär's, lass mich laufen, und du kriegst einen Anteil vom Lösegeld, sagen wir 10.000«, schlägt sie ihm vor.

»Sagen wir 10.000«, äfft er sie nach. »Sagen wir doch, ihr bekommt gar nichts und ich lass dich laufen. Oder du sagst mir, wer noch mit von der Partie ist. Schau, du kennst mich. Eigentlich bin ich die Großzügigkeit in Person. Für jeden von euch gibt's dann 10.000. Ich bin ja kein Unmensch. Überleg nicht zu lang. Ich kann dir auch einen Tritt in deinen hübschen Hintern verpassen und das war's dann.«

Er glaubt, sich verhört zu haben, als sie ihm tatsächlich noch zwei Namen zuzischt. Diese beiden Verlierer? Den einen kannte er eigentlich nur dem Namen nach, der andere ist mit der Madame sogar schon bei ihm zu Hause, auf Einladung Hannelores, Gast gewesen und hat seinen Pastis-Vorrat fast aufgebraucht.

Stegmann nickt.

»Das habt ihr euch ja fein ausgedacht. Raffiniert, raffiniert. Und mit dem Foto wolltet ihr suggerieren, dass die RAF dahintersteckt. Eigentlich müsste ich vor euch den Hut ziehen, wenn ihr euch nicht so blöde angestellt hättet. Also seid froh, wenn ihr einen kleinen Anteil abbekommt. Und jetzt, ab nach Hause, und schön brav den alten Mann freilassen. Wenn der nicht wie vereinbart auftaucht, lass ich euch hochgehen.«

Das Mädchen steht, zitternd vor Wut, vor ihm. Kein Wort kommt über ihre Lippen, sie weiß, dass sie keine Wahl hat. Als Stegmann ihr die Geldbündel hinhält, spuckt sie ihn noch einmal an, reißt ihm die Scheine aus der Hand, stopft sie in ihre Hosentasche – nicht einmal nachgezählt hat sie –, dreht sich um und rennt wie vom Teufel gehetzt zu ihrem Moped. Im Dunkeln scheint sie zu stürzen, denn Stegmann vernimmt ein plumpsendes Geräusch und hört, wie das Mädchen vor sich hin flucht. Dann startet der Motor, das Licht glimmt auf, und Sekunden später ist sie verschwunden.

Stegmann fühlt sich von den Ereignissen, die er doch selbst herbeigeführt hat, überrumpelt. War er ein zu großes Risiko eingegangen? Nein! Die drei Kröten würden es nicht wagen, ihn bei der Polizei zu verpfeifen, dann wären sie selbst dran. Stock würde ihm niemals nachweisen können, dass er selbst sich das Lösegeld unter den Nagel gerissen hat. Und Rosenberg würde in ein paar Stunden wieder ein freier Mann sein. Also alles bestens.

Stegmann trottet vorsichtig zurück zum Parkplatz. Er

beleuchtet den Weg mit seiner Lampe. Jetzt hier zu stürzen und mit einem gebrochenen Bein liegen zu bleiben, nein, das kann er sich nicht leisten. Er lauscht, noch immer vernimmt er das Brummen des kleinen Kraftrades. Den Wagen hat er nicht abgeschlossen. Er wirft die Tasche mit dem Geld auf den Rücksitz und startet den Motor. Langsam verlässt er den Waldparkplatz, fährt über den geschotterten Weg zwischen der Tannenschonung zur Straße. Noch ist er unschlüssig, ob er direkt nach Hause fahren soll. Aber wo soll er sonst hin? Er muss seine Beute so schnell wie möglich in ein Versteck bringen. Seine Beute. Wie der schlaue Fuchs aus zahlreichen Fabeln, hat er seinen dämlichen Widersachern die Beute streitig gemacht. Nun muss sie in seinem Bau in Sicherheit gebracht werden und zwar so, dass Hannelore nicht gleich in den nächsten Tagen über sie stolpert. Also ab nach Hause.

Stegmann gibt Gas. Nach ein paar Minuten erkennt er in einigen hundert Metern Entfernung ein einsames Licht auf der Landstraße. Er bremst ab, hält auf der kurvigen Strecke einen ordentlichen Abstand, damit sie ihn nicht bemerkt. Er ist sich sicher, dass es das Mädchen ist. Zum zweiten Mal an diesem Tag erwacht sein Jagdinstinkt. Er wird ihr folgen, mal schauen, wo die Welpen ihre Beute versteckt haben. Stegmann beginnt, vor sich hin zu pfeifen, ›Fuchs du hast die Gans gestohlen, gib sie wieder her‹, doch hergeben, das kommt nicht infrage.

»Scheiße, Scheiße, Scheiße!« Das Mädchen stürzt mit einem Schrei der Verzweiflung in die Eingangshalle der Villa. Die Tasche mit den Lederfransen fliegt in eine Ecke, gefolgt von der Pudelmütze und dem Blouson. Bei ihrem

Sturz hat sie sich in irgendetwas verfangen und beim Aufstehen den Blouson fast komplett zerfetzt. Er steht vor Dreck. Ihre Hände sind aufgeschürft und über ihre rechte Wange zieht sich ein blutiger Striemen. Sie lässt sich in einen roten Samtsessel fallen und bricht in Tränen aus. Mit den Fäusten schlägt sie sich immer wieder auf die Oberschenkel. Die Nase läuft und ihr Gesicht ist von Tränen und Rotz verschmiert.

»So eine Scheiße! Verdammt! Wo steckt ihr denn? Die Drecksau hat uns gelinkt, das miese Stück Scheiße hat uns gelinkt. Und wir können nichts tun.« Sie jault auf wie ein getretener Hund.

Polternd kommen die beiden Jungs die Kellertreppe nach oben gestolpert.

»Was ist los? Wo ist das Geld?«, ruft Che.

»Mann, schau sie dir doch an, da ist was komplett schiefgelaufen«, erkennt Gue auf einen Blick. Unsanft schüttelt er das Mädchen am Arm.

»Au, das tut weh, lass los. Scheiß aufs Geld, das ist alles, was ich habe.« Aus ihrer Hosentasche zieht sie ein paar Geldscheine, wirft sie in die Luft und sieht mit großen Augen zu, wie sie langsam zu Boden trudeln.

Ihre Freunde schauen sie fragend an.

»Was soll das? Wo ist der Rest?« Gue ist misstrauisch.

»Der Rest? Der Rest wovon? Das ist alles, ich hab's euch doch gesagt. Der Typ hat mich erkannt, er kennt auch euch oder zumindest dich. Wir können von Glück sagen, wenn wir, ohne verdächtigt zu werden, aus der ganzen Scheiße wieder rauskommen. Das Arschloch hat fast das ganze Geld für sich behalten, und wir? Wir können ihn noch nicht einmal verpfeifen, sonst sind wir nämlich dran.«

Verzweifelt stöhnt sie auf, springt aus dem Sessel und krallt sich Che, der ihr am nächsten steht. Sie zieht ihn an seinem T-Shirt dicht zu sich heran, ihre Gesichter berühren sich beinahe.

»Hört mir zu.« Ihre Stimme ist nun ganz ruhig. »Wir müssen Rosenberg jetzt sofort freilassen. Die ganze Sache ist uns total aus dem Ruder gelaufen. Das Geld ist futsch, und ein zweites Mal lass ich mich auf so ein hirnverbranntes Abenteuer nicht mehr ein ...«, erklärt sie eindringlich.

»He, jetzt bleib aber mal auf dem Teppich. Das Ganze war doch deine bescheuerte Idee. Alles kein Problem, machen wir doch für einen guten Zweck.« Wütend äfft Gue ihre Stimme nach.

Vara schließt die Augen, atmet tief durch.

»Okay, es war meine gottverdammte, beschissene Idee«, gibt sie zu, »aber jetzt sag ich es euch noch einmal. Die Sache ist vorbei, Rosenberg muss hier raus. Jetzt, sofort.«

Sie greift sich ihre Pudelmütze, die unter den Sessel gerutscht ist, zieht sie auf und rollt sie über ihr Gesicht.

*

»Scheiße, Scheiße, Scheiße!« Rosenberg vernimmt das Geschrei bis in sein Gefängnis. Irgendetwas muss passiert sein, was das Mädchen so fassungslos aufschreien lässt. Er bemüht sich, noch mehr aufzuschnappen, doch so sehr er die Ohren spitzt, kein Wort dringt mehr bis zu ihm.

Merkwürdig. Irgendwie erinnern ihn die Worte an

etwas. Die Stimme, ein hoher Sopran, das letzte »Scheiße« kippt regelrecht weg, wird zu einer Art Krähen. Woher nur kennt er dieses schrille Geschrei? Rosenberg zermartert sich das Gehirn. Plötzlich dämmert es ihm – es ist erst vor ein, zwei Monaten gewesen. Seine Tochter hat um die Clubmeisterschaft im Tennis gespielt. Ihre Gegnerin schlug einen sicher geglaubten Ball ins Aus. Der Schläger flog in die Zuschauerreihen, ein hysterisches ›Scheiße, Scheiße, Scheiße!‹ beendete den unrühmlichen Auftritt der jungen Dame.

Er kennt sie! Im Augenblick dieser Erkenntnis öffnet sich die Tür zu dem Raum, in dem er gefangen gehalten wird. Rosenberg ruft den Namen der jungen Frau. Schlagartig ist es totenstill.

»Mein Gott, warum tust du das?«, fragt Rosenberg mit zitternder Stimme. In der selben Sekunde wird ihm bewusst, dass er einen verhängnisvollen Fehler begangen hat. Soeben hat er sein eigenes Todesurteil unterschrieben.

Und noch bevor er beteuern kann, dass er niemals etwas verraten wird, dass er niemals aussagen wird, wer hinter seiner Entführung gesteckt hat, dass er nie, nie, niemals …, spürt er die kühle Waffe an seinem Hals. Rosenberg schließt die Augen. Doch nichts geschieht. Er öffnet den Mund, doch bevor er etwas sagen kann, wird der Sack über seinem Kopf etwas angehoben und Klebeband fest über seinem Mund fixiert. Augenblicklich wird der Sack wieder nach unten gezogen. Im Raum herrscht Grabesstille.

Die Entführer verlassen schweigend den Raum. Kurze Zeit später hört er dumpfe Stimmen. Es scheint Streit zu geben. Kurze Zeit später kommen sie zurück. Rosenberg spürt einen Ruck an seinen Händen. Jemand macht sich an den Fesseln zu schaffen, ein weiterer Ruck, und er kann seine Hände wieder bewegen. Unsanft wird er auf die Beine gezogen. Seine Knie knicken ein, und mit einem Plumps fällt er zurück auf den Stuhl. Nun ziehen drei, vier Hände an ihm, stellen ihn erneut auf die Beine, ziehen ihn mit sich. Rosenberg stolpert über eine Schwelle, wird an einen Treppenabsatz geschoben, fällt über seine eigenen Füße, schlägt mit dem rechten Knie auf eine Treppenstufe. Vor Schmerz stöhnt er laut auf. Wie einen Mehlsack zerrt man ihn nach oben, schiebt ihn über einen weichen Teppich, dann plötzlich, kühle Nachtluft. Rosenberg kann sich kaum auf den Beinen halten, in seinem Knie pocht ein höllischer Schmerz, er glaubt zu spüren, wie ihm Blut die Wade herunter rinnt. Plötzlich muss er stehen bleiben, gehalten links und rechts von Händen, die seine Arme umklammern wie ein Schraubstock.

Ein Wagen nähert sich, hält, eine Tür wird geöffnet, man schiebt ihn auf den Rücksitz eines offensichtlich kleinen Wagens. Dem Motorengeräusch nach könnte es sich um einen VW Käfer handeln. Türen werden geschlossen, der Wagen fährt an. Rosenberg versucht zu schätzen, wie lang die Fahrt dauert. Sein Zeitgefühl hat er komplett verloren. Es können ein paar Minuten oder auch eine Stunde vergangen sein, bis das Auto abgebremst wird und zum Stillstand kommt. Autotüren werden geöffnet. Es riecht nun nach Erde, nach Bäumen, ein harziger Geruch, wie von frisch geschlagenen Tannenbäumen. Fast wie Weihnachten. Aber es ist nicht Weihnachten, es ist Sommer.

Seine Entführer zerren ihn aus dem Wagen, wieder fällt er auf die Knie, er möchte schreien, doch das Klebeband hindert ihn daran, und so entfährt ihm lediglich ein gepresstes Stöhnen. Der Boden, über den er geschleift wird, ist weich. Haben sie ihn zurück in den Park gebracht, wo seine Entführung begonnen hat? Hoffnung keimt in Rosenberg auf. Hier wird man ihn wieder freilassen, sonst hätten sie ihn doch bestimmt schon gleich umgebracht, nachdem er ihren Namen gerufen hat. Er wird großzügig sein und die jungen Leute nicht verraten. Die Hauptsache ist, lebend aus diesem Albtraum rauszukommen.

Die Hände halten ihn fest, gebieten ihm, stehen zu bleiben. Seine Schultern straffen sich. Bald ist er wieder ein freier Mann. Rosenberg versucht trotz Klebeband ein zuversichtliches Lächeln.

Stegmann hört den Schuss, sieht, wie der Mann in sich zusammensackt, zu Boden geht. Wie ein gefällter Baum. Dann ist es vorbei. Er duckt sich hinter dem Stapel aufgeschichteten Holzes, kriecht seitlich an ihm entlang und beobachtet, auf dem Boden liegend, die unheimliche Szene. Der Junge hat mit einer Kaltblütigkeit abgedrückt, die sogar Stegmann in Erstaunen versetzt hat. Nur das Mädchen hat sich weggedreht, die Hände vor das Gesicht geschlagen. In diesem Moment zieht der Mörder etwas aus seiner Jackentasche und verstaut, was auch immer es ist, in der Hosentasche der Leiche. Dann kommt der andere Junge mit zwei Klappspaten vom Wagen zurück.

Nun liegt Stegmann mittlerweile seit fast einer Stunde unbeweglich hinter dem Holzhaufen. Bald müsste das Loch groß genug sein, um den Mann hineinzuwuchten.

Was wird das denn? Jetzt wickeln sie den leblosen Körper in eine dünne, durchsichtige Plastikplane, die wohl ebenfalls mit den Spaten im Wagen gewesen war. Zu dritt zerren sie den Leichnam zu der ausgehobenen Grube, schieben und drücken, bis der Körper an Ort und Stelle liegt. Bis jetzt haben sie kaum ein Wort gesprochen, lediglich das Schluchzen des Mädchens war ab und an zu hören, jedes Mal gefolgt von der warnenden Stimme des Mörders, sie solle nun endlich ihre Klappe halten.

Eigentlich könnte Stegmann nun verschwinden, doch er befürchtet, dass ein knackender Zweig oder eine unbedachte Bewegung die Aufmerksamkeit der drei auf ihn lenken könnte. Besser, er wartet ab, bis sie verschwunden sind. Sonst liegt er am Ende womöglich noch neben dem toten Bankier.

Plopp, plopp. Erde wird mit Schwung auf den leblosen Körper in seinem Kunststoffleichenhemd geworfen. Zu guter Letzt verstreuen sie Reisig und Äste über der Grube. Der Platz ist gut gewählt. Weit genug entfernt von einem Weg, den ein Spaziergänger wählen würde.

Die Entführer verharren kurz neben ihrem Werk – dann greifen sich die beiden jungen Männer ihre Spaten, einer hakt das Mädchen unter und sie kehren zu ihrem Wagen zurück. Stegmann wartet noch einen Augenblick, dann vernimmt er das Starten eines Motors.

Seine Beine sind eingeschlafen und kribbeln, als er hinter dem Holzstapel auftaucht. Das Motorengeräusch wird immer leiser, dann ist es still. Vorsichtig nähert er sich der Stelle, wo die drei gebuddelt haben. Dann steht er vor Rosenbergs Grab. Ohne eine Gefühlsregung starrt er auf die Zweige, die es bedecken.

Er fragt sich, warum die Entführer den Bankier umgebracht haben. Hat er seine Kerkermeister zu guter Letzt noch erkannt? So muss es sein, sie haben durchgedreht. Wenn Stegmann sie aber der Polizei übergibt, ist er selbst dran, denn er hat ja das Geld einkassiert oder zumindest den größten Teil davon. Plötzlich kommt ihm eine Idee. Er wird sich selbst verletzen und Stock erzählen, dass die Entführer ihn zusammengeschlagen und mit dem Geld abgehauen sind. Stegmann sucht sich einen dicken, abgebrochenen Ast und beginnt, sich selbst auf Arme, Knie, Rumpf und Kopf zu schlagen. Blut rinnt aus kleineren Wunden, die Hämatome werden erst in ein, zwei Tagen zu sehen sein. Doch das Geld ist die Schmerzen wert.

20. Juli 2010, Bremen

Peter Dahnken stutzte. Ihm war aufgefallen, dass der Obduktions- und der Ballistikbericht in den Akten zum Tode des jungen Polizisten im Karstadt fehlten. Die Ballistik hätte eindeutig nachgewiesen, ob die Kugel, die den Polizisten getötet hatte, durch ein Objekt abgelenkt worden war oder nicht. Hätte die Kugel zuerst etwas gestreift, wäre sie deformiert gewesen, bevor sie in den Rücken eindrang, was wiederum eine komplett andere Schusswunde verursacht hätte als bei einer direkten Schussverletzung.

Das wurde ja immer besser. Ein Zeuge, den sein Gedächtnis am Verhandlungstag auf einmal doch etwas im Stich gelassen hatte, fehlende Berichte – was würde er als Nächstes entdecken?

Kriminaloberkommissar Dahnken beschloss, den Zeugen Gerd Weidner aufzusuchen – sofern er überhaupt noch lebte – und mit ihm zu sprechen. Das Ganze stank zum Himmel, und es war offensichtlich, dass Weidner gekauft oder unter Druck gesetzt worden war. Peter Dahnken blätterte die Gerichtsakten durch und fand Namen und Anschrift des Zeugen. Kolberger Straße in der Neustadt, einem Stadtteil Bremens auf der anderen Seite der Weser.

Dahnken überprüfte Namen und Anschrift im Melderegister. ›Wer weiß, ob der da überhaupt noch wohnt?‹, dachte er. Er fand jemanden namens Weidner unter der Adresse, allerdings eine Frau. Sigrid Weidner. Weidners Frau? Seine Tochter? Dahnken wählte die angegebene Telefonnummer.

Es meldete sich eine älter klingende Frauenstimme. »Ja, bitte?«

»Hier spricht Peter Dahnken von der Kripo Bremen. Spreche ich mit Frau Sigrid Weidner?«, fragte Peter und spielte mit seinem Kugelschreiber.

»Ja, das bin ich«, war die knappe Antwort. Die Frau wirkte vorsichtig und reserviert.

»Wohnt bei Ihnen zufällig ein Gerd Weidner? Zumindest war dies seine frühere Adresse«, begann er. Die Frau am anderen Ende holte tief Luft und fiel ihm ins Wort. »Was wollen Sie von meinem Mann?«

»Es tut mir leid, das möchte ich gern mit ihm selbst

besprechen. Wir sind auf ihn im Rahmen von Ermittlungen eines aktuellen Falles gestoßen, und scheinbar gibt es Verbindungen zu der Schießerei bei Karstadt vor mehr als 35 Jahren. Ihr Mann war ein Augenzeuge,« brachte er sein Anliegen vor.

»Mein Mann wird Ihnen da nicht helfen können, tut mir leid«, Verbitterung und auch Hass waren in ihrer Stimme deutlich zu hören.

»Ich würde trotzdem ganz gern mit Ihrem Mann persönlich sprechen«, bat Peter und übte sich in Geduld. »Wissen Sie was, ich gebe Ihnen meine Durchwahl vom Polizeipräsidium und er soll sich bitte mit mir in Verbindung setzen. Es wäre wirklich wichtig für uns.« Plötzlich hörte er ein Schluchzen am anderen Ende der Leitung.

Mit tränenerstickter Stimme ließ Sigrid Weidner ihn wissen, dass Gerd sich im Dezember 1973 vor einen Zug geworfen hatte. In seinem Abschiedsbrief stand, dass er mit einer Lüge nicht weiterleben könne.

*

Hölzle durchforstete die alten Akten über das Bombenattentat am Bremer Hauptbahnhof in der Hoffnung, ein weiteres Puzzleteil zu finden. Schon seit Stunden saß er mit Harry, der ebenfalls in den Aktenordnern wühlte, in den Katakomben des Staatsarchivs, und die leeren Verpackungen diverser vertilgter Schokoriegel türmten sich auf dem kleinen Holztisch.

»He, sieh mal hier«, sagte Harry in die Stille hinein, »es geht um die Lösegeldübergabe für Rosenberg.« Er klopfte mit dem Zeigefinger auf die Papiere, die vor ihm lagen.

»Lass sehen«, Hölzle rutschte mit seinem Stuhl näher an seinen Kollegen heran. Gemeinsam lasen sie stumm den Text.

›Übergabe von DM 250.000 soll morgen erfolgen. R.S. übernimmt. R.R. wird am selben Tag noch frei gelassen werden.‹

Am Ende der Seite war ein weiterer Eintrag.

›Keine Spur von R.R. Geldübergabe durch R.S. gescheitert. Wurde vom Täter zusammengeschlagen. Suche nach R.R. läuft auf Hochtouren.‹

»Passt nicht ins Bild«, kommentierte Hölzle. »Warum sollten die Entführer den Überbringer des Geldes zusammenschlagen? Sie hätten doch die Kohle bekommen. Es gibt nur zwei Möglichkeiten: Entweder hatten die nie vor, Rosenberg die Sache lebend überstehen zu lassen, oder Rosenberg hat zum Ende seiner Entführung die Gesichter der Täter gesehen, bevor es zur Geldübergabe kam. Dann haben die die Nerven verloren, ihn erschossen und anschließend noch schön abkassiert.«

Harry riss das Papier eines Schokoriegels auf. »Oder Stegmann hat gelogen. Hat das Geld selbst behalten und ist gar nicht zur Übergabe erschienen«, überlegte er kauend.

Hölzle stützte seinen Kopf mit der linken Hand und massierte mit der rechten seinen verspannten Nacken. »Oder, Harry, Stegmann hat die Entführer erkannt, sie erpresst, das Geld eingesteckt. Und um das alles glaubwürdig aussehen zu lassen, hat er sich selbst verletzt.«

Harry hob die Augenbrauen. »Etwas weit hergeholt deine Theorie, findest du nicht? Ich meine, wie wahrscheinlich ist das denn?«

»Keine Ahnung«, Hölzle zuckte mit den Achseln,

»aber er hat für den Verfassungsschutz gearbeitet, das ist sicher, und dadurch bestimmt einige Leute aus der linken Szene gekannt. Ganz so unwahrscheinlich ist das also nicht.« Hölzle wickelte einen weiteren Schokoriegel aus dem Papier. Gerade wollte er davon abbeißen, als ihn eine Stimme anherrschte.

»Können Sie das mal unterlassen? Sie können doch nicht mit Ihren Schokofingern die Akten anfassen!« Hölzle drehte sich schuldbewusst zu dem Archivmenschen um. »'tschuldigung, aber ohne das funktioniert mein Hirn nur auf Sparflamme.«

»Ihr Problem«, grunzte der Mitarbeiter.

Hölzle verzog das Gesicht und wickelte den Riegel wieder ein, blickte Harry an und meinte: »Ich glaub, ich schau mir mal die alten Mikrofilme des Weser-Kuriers an. Mich interessiert, was die Presse damals über das Attentat geschrieben hat.«

Harry Schipper stöhnte auf. »Du willst doch nur hier raus und deine Schokoladensucht befriedigen.«

Hölzle grinste. »Und wenn's so wäre? Ich bin hier der Chef. Bis später. Und vergiss nicht, den Müll mitzunehmen.«

Wenig später hatte die freundliche Dame, die für das Archiv arbeitete, die Mikrofilme herausgesucht und in ein Lesegerät eingelegt. Nun saß Hölzle in dem kleinen Raum und ließ seine Augen über den Bildschirm huschen. Da! In der Ausgabe des Weser-Kuriers vom 9. Dezember 1974 wurde erstmals über das Attentat Bericht erstattet. Die Polizei hatte eine Sonderkommission eingerichtet, die den Anschlag linksextremen Terroristen zuordnete. Die Rede war von einer Nachfolgeorganisation der Baader-

Meinhof-Gruppe. Es hatte mehrere Verletzte gegeben, ein Mädchen hatte es besonders schlimm getroffen, sodass sie in die Neurochirurgie eingeliefert worden war.

Laut Bericht waren Bomben dieser Bauart bereits vorher in Hamburg und Frankfurt verwendet worden, und es hatte wohl auch einen Drohbrief zwei Tage vor dem Attentat gegeben, in dem eine Live-Sendung im ZDF für einen Auftritt von Baader, Meinhof und Ensslin gefordert worden war. Zudem hatte ein anonymer Anrufer 20 Minuten vor der Explosion bei der Feuerwehr angerufen und einen Anschlag auf ein Kaufhaus angekündigt.

Hölzle spulte den Mikrofilm vorwärts zum nächsten Tag.

Das BKA in Wiesbaden war überzeugt, dass der Sprengsatz von linksextremen Terroristen stammte. Allerdings gab es auch eine Erklärung des Baader-Meinhof-Anwalts, dass sich die Gruppe ›nie gegen das Volk‹ richten würde, was die Polizei natürlich ganz anders sah. Auch nach zwei Hausdurchsuchungen gab es aber keine heiße Spur.

Hölzle suchte weiter, doch er fand keinen Artikel mehr. ›Des isch scho komisch. Eigentlich müsst man erwarte, dass so a Verbrecha von dr Bolizei ond von dr Bresse länger verfolgt wird. Ond jetzt, nach a paar Tag, liest mr gar nix mehr.‹

Die Theorie, dass das Attentat vom Verfassungsschutz mit Duldung des Innensenators und Polizei inszeniert worden war, schien Hölzle nicht mehr so abwegig. Aber konnte er dies beweisen? Missmutig machte er sich zurück auf den Weg in den Keller zu Harry.

*

Peter Dahnken blätterte derweil in den Gerichtsakten des Karstadt-Attentats. Doch vergeblich, keine neuen Erkenntnisse. Schließlich kam ihm eine Idee. Er wählte die Nummer von Hölzles Handy. Keine Antwort. Dann fiel ihm ein, dass sein Chef mit Harry im Keller des Staatsarchivs saß und bestimmt kein Netz hatte. Mist.

Seufzend packte er seine Sachen zusammen und fuhr in die Stadt.

Peter fand seine Kollegen über Aktenordner und Mappen gebeugt. »Moin zusammen. Es gibt ein paar Neuigkeiten. Der Zeuge Gerd Weidner, der bei der Karstadt-Eröffnung mit dabei war, hat sich später umgebracht. Was sagt ihr dazu?«

Hölzle fuhr sich mit der Zunge über die Lippen. »Hm, hatte der nicht zuerst behauptet, dass Stegmann den Polizisten erschossen hatte? Also, dass die Kugel kein Querschläger gewesen ist?«

Peter nickte. »Genau. Und dann hat er bei der letzten Gerichtsverhandlung das Gegenteil behauptet. Und weißt du was? Berichte von Ballistik und Obduktion fehlen in der Akte. Jetzt kam mir eine Idee. Seit wann arbeitete Stegmann für den Verfassungsschutz?«

Harry blätterte in seinen Notizen. »Wenn ich mir das so anschaue, hat Stegmann erst nach dem Karstadt-Attentat beim Verfassungsschutz angefangen.«

»Na, klingelt's?« Peter sah seine Kollegen erwartungsvoll an.

»Du meinst, das Attentat war der Auslöser für den Verfassungsschutz, Stegmann anzuheuern?«, überlegte Hölzle laut. »Das würde bedeuten, dass er damals schon unter Beobachtung stand. Und sie haben ihn mit dem Tod des Polizisten erpresst und einige Beteiligte geschmiert. Sprich: den zuständigen Arzt der Rechtsmedizin, den Zeugen und wahrscheinlich auch die Staatsanwaltschaft.«

Peter grinste über beide Ohren. »Haargenau.«

Hölzle fuhr sich mit beiden Händen durch seine ohnehin schon zerzausten Haare. Das Ergebnis sah aus wie ein aufgeplatztes Sofakissen. »Und hieraus«, er deutete auf die Aktenordner, die vor ihm lagen, »geht hervor, dass der Verfassungsschutz auch die Hände bei der Rosenberg-Entführung mit im Spiel gehabt haben muss, denn Stegmann hat das Lösegeld überbracht.«

Peter Dahnken sah ihn fragend an. »Ich versteh nicht ganz.«

»Pass auf. Hier steht«, er deutete auf einen der Ordner, »dass Stegmann das Lösegeld übergeben sollte, aber von den Tätern zusammengeschlagen wurde. Mission gescheitert. Das Geld war weg und Rosenberg musste trotzdem sterben. Was, wenn Stegmann Scheiße gebaut hat und mitschuldig ist an Rosenbergs Tod? Ich hab vorhin schon zu Harry gesagt, dass Stegmann womöglich das Geld für sich behalten hat. Ich meine, er hat sich doch einige Monate später ins Ausland abgesetzt. Das alles kostet Geld. Falscher Pass, Aufbau einer neuen Identität, der Erwerb des Strandlokals.«

Harry stieg mit ein. »Das würde wiederum bedeuten, dass der Verfassungsschutz Stegmann eliminiert hat. Die hatten Angst, dass er auf seine letzten Tage auspackt.«

»Und das heißt, unsere Vermutung, jemand von der Elfenbeinküste verfügte über genügend Geld und Einfluss, um Stegmann beseitigen zu lassen, passt dazu hervorragend«, setzte Peter hinzu.

Die drei Kriminalbeamten sahen sich an. »Sind wir nicht ein unschlagbares Team?« Es war keine Frage Hölzles, sondern lediglich eine erfreute Feststellung.

7. August 2010, Bremen

Schon seit dem frühen Morgen war Christiane mit den Vorbereitungen für ihre Party beschäftigt. Im Augenblick stand sie in der Küche und hatte bereits die ersten Olivenstangen in den Ofen geschoben, nun bereitete sie einen Auberginen-Dip zu. Sie freute sich darauf, ihre Gäste mit kleinen Leckereien zu verwöhnen, und hatte dafür eine bunte Mischung von Canapés sowie diverse Salate geplant. Ihre Freundin Michaela Nölle hatte sich erboten, gegen halb zehn vorbeizukommen und ihr zu helfen. Dies war für Michaela eine unglaublich frühe Zeit, denn sie tat sich, wenn sie mal frei hatte, mit dem Frühaufstehen äußerst schwer. Als leitende Ärztin eines Schlaflabors fühlte sie sich geradezu dazu prädestiniert, lange und ausgiebig zu schlummern. Christiane wusste es zu schätzen, dass die Freundin sich für sie heute früh aus den Federn schälte.

Christiane dachte zum wiederholten Mal an das Treffen mit Mark Delano gestern in der Mühle am Wall, und sie hatte schon ein schlechtes Gewissen. Bisher hatte sie Heiner nichts davon erzählt, dass sie sich ab und zu mit dem

Polizeireporter traf. Ihr Freund hätte dies sicher nicht gutgeheißen. Sie aber genoss die Gespräche mit dem charmanten Halbitaliener, vor allem, weil Heiner in der letzten Zeit so wenig zu Hause war. Eigentlich kam er nur noch zum Essen und zum Schlafen vorbei. Natürlich war Christiane von Anfang an klar gewesen, dass das Zusammenleben mit einem Polizisten nicht immer einfach war. Kaum hatte man ein paar Stunden für sich, rief bereits kurzfristig der nächste Einsatz. Aber so schlimm wie zurzeit war es noch nie gewesen. Außer einem flüchtigen Kuss und einer Umarmung zwischen Tür und Angel spielte sich sowieso bei ihnen im Moment nichts ab. Nicht, dass sie von Delano mehr wollte – oder vielleicht doch? –, aber sie genoss es ganz einfach, mit diesem Kavalier vom Scheitel bis zur Sohle etwas Zeit zu verbringen. Spontan hatte Christiane Mark zu ihrer Party eingeladen, doch jetzt war sie sich nicht mehr sicher, ob das wirklich eine so gute Idee gewesen war. Aber rückgängig machen konnte sie das nun auch nicht mehr.

Es klingelte. Christiane schaute auf die Uhr. Genau 9:30 Uhr. ›Hut ab‹, dachte sie, Michaela war superpünktlich. Sie ging zur Tür, drückte den Summer, um ihre Freundin hereinzulassen, und öffnete die Tür zum Hausflur einen Spaltbreit.

»Bin in der Küche!«, rief sie, als sie Schritte vernahm. Sie kostete den Dip, schleckte den Löffel ab und fand, dass ihr diese Auberginenkreation außerordentlich gut gelungen war.

»Schmeckt's?«

Christiane fuhr herum. Im Türrahmen lehnte, lässig und wie immer unverschämt gut aussehend, der Mann, an den sie gerade gedacht hatte. Mark Delano.

»Äh«, stotterte sie los, »was machst du denn hier?« Schon beim zweiten Treffen hatten sie auf das steife ›Sie‹ verzichtet. »Die Party ist erst heute Abend.«

Er lächelte. »Ich weiß, aber du hast mir nicht gesagt, wo sie stattfindet. Nur, dass du nicht zu Hause feierst.«

Sie freute sich zwar, ihn zu sehen, aber wegen einer solchen Lappalie hätte er nicht vorbeikommen müssen. »Du hättest mich auch anrufen können, du siehst ja, ich bin beschäftigt.«

Delano trat einen Schritt auf sie zu und strich mit dem Zeigefinger über ihren rechten Mundwinkel. »Du hast da was von deiner Köstlichkeit hängen. Und ja, ich hätte anrufen können, aber ich wollte dich noch einmal kurz allein sehen.« Er leckte seinen Zeigefinger ab und hob leicht die dunklen Augenbrauen.

Seine Nähe ließ sie, trotz des Anflugs von Ärger, den sie zu Anfang verspürt hatte, schwach werden wie eine Teenagergöre bei ihrem ersten Date und sie merkte, wie ihre Knie weich wurden und ihr Herz schneller schlug. Bevor sie sich's versah, hob er mit der rechten Hand sanft ihr Kinn an und küsste sie auf den Mund.

»Guten Morgen, die Tür stand offen!«, riss Michaelas Stimme, die vom Flur her erklang, Christiane aus ihrer köstlichen Erstarrung. Delano und Christiane fuhren auseinander, nur wenige Augenblicke, bevor Michaela die Küche betrat.

Fragend schaute sie von einem zum andern und erfasste die Situation. »Ich kann auch wieder gehen, mein Bett ist noch warm.«

Christiane umarmte ihre Freundin. »Nein, Blödsinn. Das ist übrigens Mark«, stellte sie vor, ihr Herz raste vor schlechtem Gewissen, weil sie sich – zu Recht – von Michaela ertappt fühlte.

»Hallo, ich bin Michaela«, reichte die Ärztin dem Mann die Hand, ohne sich das Geringste davon anmerken zu lassen, was sie von der ganzen Sache hielt.

»Nett, Sie kennenzulernen. Leider muss ich los, aber wir sehen uns später, sofern mir Christiane die Adresse verrät, wo die Party stattfindet.« Mit einem schiefen Grinsen wandte er sich zum Gehen.

»Fohlenweide 39 in Oberneuland. Bis später«, sagte Christiane mit zittriger Stimme. Dann war Mark verschwunden.

»Was war das denn?«, fragte Michaela misstrauisch. »Hast du was mit dem?«

Christiane lehnte sich an die Arbeitsplatte. »Nein«, wehrte sie ab. Sie schwieg für eine Sekunde, dann sagte sie: »Ehrlich gesagt, ich weiß es nicht. Er ist so – wie soll ich sagen – charmant. Toll. Hat Einfühlungsvermögen. Kennt sich mit Geschichte aus. Ich kann super mit ihm reden …«

»Und was ist mit Heiner?«, unterbrach Michaela schroff.

Christiane runzelte die Stirn. »Eigentlich ist alles okay. Eigentlich. Aber mal ehrlich, er hat echt wenig Zeit, interessiert sich nicht für das, was ich mache, er und mein Vater kommen nicht klar und …«

»He, du wirst ungerecht«, unterbrach Michaela. »Dein Freund interessiert sich sehr wohl für deine Arbeit und dein Hobby. Erst neulich hast du mir noch strahlend erzählt, dass er mit dir zu einem kunsthistorischen Vortrag war und sogar im Stall lässt er sich ab und an blicken. Und ob er mit deinem Vater kann oder nicht, spielt keine Rolle, oder besser, sollte keine spielen. Ihr beide müsst klarkommen.«

Ihre Freundin schlug die Augen nieder. »Ja, du hast ja recht. Aber, Mark …«, sie brach ab.

»Gut, der Typ sieht echt super aus, kein Thema. Aber ist es das wert? Ich glaube, du verrennst dich da in etwas. Und habe ich das richtig verstanden, du hast ihn zu deiner Party eingeladen? Es ist, ganz nebenbei bemerkt, auch Heiners Geburtstagsfeier, die du für ihn geben wolltest.« Michaela schüttelte ungläubig den Kopf.

»Ja«, jammerte Christiane kläglich, »und allmählich dämmert mir auch, dass es ein Fehler war. Nur, wie komm ich aus der Nummer wieder raus?«

Michaela zuckte nur mit den Achseln. »Ich fürchte, da musst du durch. Vielleicht ist es gar nicht so schlecht, wer weiß. Möglicherweise wacht dein Heiner dann auf und kümmert sich wieder mehr um dich. Aber du solltest deinen Verstand wieder einschalten! Und jetzt Schluss damit. Wir müssen noch viel erledigen.«

Hölzle stand derweil bei seinem Lieblingsimbiss mitten in der Stadt und hielt ein Schwätzchen mit der Inhaberin Uschi Kramer.

»Hör mal«, quetschte er zwischen zwei Bissen in ein warmes Leberkäsbrötchen hervor, »das ist jetzt vielleicht ein bisschen kurzfristig, aber könntest du für heute Abend noch zwei ganze warme Leberkäse, einen Krustenbraten und zwei große Laibe Holzofenbrot liefern?«

Uschi hob die dichten, dunklen Augenbrauen, die mal wieder ein Nachzupfen vertragen würden, und sah auf die Uhr. »Ja, schätze, das kriegen wir hin. Wann soll das geliefert werden und wohin?«

Hölzle nannte ihr Petra von Bokelohs Adresse und die Uhrzeit. »Christiane feiert dort heute groß, wir haben ja nicht genug Platz, und ich hätte gern noch was Bodenständiges zu all dem Fingerfood, das sie vorbereitet«, fügte er erklärend hinzu.

Uschi grinste wissend, kannte sie doch Hölzle und seine Vorliebe für Deftiges. »Das klappt schon, mach dir keine Sorgen. Es ist ja nicht so, dass wir dir noch ein schwäbisch-bayerisches Buffet zusammenstellen müssen.«

Sie notierte sich flink auf einem Blatt das von Hölzle gewünschte Essen und legte ihm den handschriftlichen Zettel hin, den Hölzle unterschrieb. Auch bei Uschi musste alles seine Ordnung haben.

»Danke dir, die Rechnung schickst du mir einfach. Ich muss los, bis später dann.« Er wischte sich mit einer Papierserviette einen kleinen Senfklecks vom Mundwinkel, warf die Serviette in einen Mülleimer und sah zu, dass er wieder ins Präsidium kam.

*

Der Abend war herrlich warm, und Petra hatte sich alle Mühe gegeben, ein Ambiente zu schaffen, in dem sich die Gäste von Christiane und Heiner wohlfühlen würden. Sie bewunderte selbst ihr Werk: nicht zu exklusiv, dafür ein Hauch von englischer Landhausatmosphäre. Mitten in dem riesigen Garten stand ein großer cremefarbener Pavillon, in dem das Buffet aufgebaut war. Fackeln standen überall verteilt und warteten darauf, sobald es dunkel genug war, angezündet zu werden. Um den Pavillon herum befanden sich Stehtische mit weißen, langen Decken, die mit grünen Bändern gebunden waren. Großzügig hatte Petra aus ihrem Staudengarten rosa blühenden Phlox geschnitten, der nun als kleiner Farbtupfer in Vasen die Tische schmückte. Außerdem hatte sie extra noch bei Christiane angerufen, um in Erfahrung zu bringen, was sie am Abend tragen würde. Christiane hatte sich für ein im Rücken tief ausgeschnittenes kurzes Etuikleid in Lindgrün mit zartrosa Blüten, die darauf gestickt waren, entschieden. Und Petra hatte die Dekoration ganz darauf abgestimmt.

Zum Haus hin war eine große Bar aufgebaut worden. Hinter der Theke machten sich zwei in Weiß gekleidete Kellner bereit, diverse Cocktails zu mixen, Bier zu zapfen und verschiedene andere Getränke auszuschenken.

»Christiane, deine Canapés sind echt klasse, ich habe gerade mal davon stibitzt«, bemerkte Petra eben und trat zu ihrer Freundin. »Und das warme Essen, das du von dem kleinen Italiener hast kommen lassen, hmm, riecht das lecker. Sobald der Startschuss fällt, werde ich mir einen Saltimbocca in den Mund hüpfen lassen. Wird Zeit, dass deine Gäste kommen, ich komme vor Hunger gleich um.«

»Ich weiß gar nicht, wie ich mich bei dir bedanken soll, Petra.« Christiane umarmte ihre Freundin und drückte sie fest an sich. »Das hast du einfach grandios organisiert und alles so liebevoll geschmückt.« Christiane schaute auf ihre Uhr und deutete auf den Pavillon. »In 20 Minuten dürften die Ersten kommen, ich frage mich nur allmählich, wo Heiner bleibt. Wär schon blöde, wenn er zur Begrüßung nicht hier wäre.«

»Dein Heiner wird schon rechtzeitig da sein. Komm, wir trinken erst mal einen Prosecco auf Eis«, beruhigte sie Petra.

Sie hatten gerade angestoßen und einen ersten kühlen Schluck genossen, als Petras Hunde mit lautem Gebell verkündeten, dass es an der Tür geklingelt hatte. Petra öffnete in der Erwartung, die ersten Gäste in den Garten bitten zu dürfen. Doch vor ihr stand ein Mann mit einer großen Styroporbox.

»Ich bringe die Bestellung für Herrn Hölzle«, verkündete er.

Petra war ratlos, wusste damit überhaupt nichts anzufangen und rief nach Christiane.

»Hat dein Freund was bestellt?«, fragte Petra.

»Nicht, dass ich wüsste«, erwiderte Christiane und runzelte die Stirn. »Was ist denn da drin?«, wandte sie sich an den Mann, der geduldig wartete.

»Ofenfrischer Leberkäse und Krustenbraten, das Brot ist noch im Wagen.«

»Und das hat Herr Hölzle bestellt?« Christiane konnte es nicht fassen. Keinen Ton hatte er ihr davon gesagt.

»Ja, sehen Sie, hier auf dem Zettel ist die Unterschrift.«

Sie erkannte Hölzles schwungvolle Schrift auf dem Bestellschein, der auf dem Deckel der Kiste klebte. »Na gut, bringen Sie bitte die Sachen in den Garten. Im Zelt ist das Buffet aufgebaut. Stellen Sie Ihre Kiste einfach daneben. Ich kümmere mich dann darum.«

Kaum war der Mann wieder weggefahren, erschien Hölzle auf der Bildfläche.

»Prima, habe ich da eben Uschis Party-Wägelchen abfahren sehen? Hallo, mein Schatz«, er küsste seine Freundin flüchtig auf die Wange und begrüßte dann Petra von Bokeloh. Bewundernd schaute er sich im Garten um und wollte eben Petra ein Kompliment für ihre geschmackvolle Party-Gestaltung machen, als Christiane ihn schon unsanft in eine Ecke des Gartens schob.

»Sag mal, geht's noch? Wieso bestellst du Leberkäse und so 'n Kram, wenn ich mich bereits um das ganze Essen gekümmert habe? Heute Abend sollte es eigentlich ausschließlich mediterrane Küche geben. Es hätte gerade noch gefehlt, dass ich den Gästen wegen dir fettige Schweinshaxen präsentieren muss. Du hättest zumindest mal fragen können«, fauchte Christiane.

»Das war eine Spontanidee, entschuldige. Aber du weißt doch, wie gern ich so etwas esse, und die Jungs auch. Nichts gegen dein Fingerfood, das ist lecker, ich weiß, aber schließlich ist es ja auch meine Party. Zumindest ab zwölf Uhr heute Nacht.« Sein treuherziger Augenaufschlag brachte sie, die ihn eben am liebsten erwürgt hätte, wie immer zum Lachen.

»Okay, ich verzeihe dir. Wenigstens bist du noch vor den ersten Gästen erschienen. Und eins muss ich auch noch sagen: Du siehst klasse aus. Die blaue Clubjacke, die ich dir mit Müh und Not aufschwatzen konnte, ist genau das Richtige für heute Abend. Ich bin stolz auf dich, Herr Hölzle.« Sie hakte Heiner unter und zog ihn zur Bar.

Eine gute halbe Stunde später befand sich das Fest schon in vollem Gange. Überall saßen oder standen die Gäste im Garten mit einem Drink in der Hand und unterhielten sich zwanglos. Auch Christianes Familie hatte sich unter die Anwesenden gemischt und schien sich gut zu amüsieren. Christiane sah hinüber zu Heiner und machte ihn mit kleinen Zeichen darauf aufmerksam, dass Harry Schipper sich sehr angeregt mit Carola unterhielt, die sich ihrer Schwester zuliebe in Schale geworfen hatte. Die Haare hatte sie hochgesteckt, sie trug ein brombeerfarbenes kurzes Kleid, das ihre Figur betonte, und dazu schwarze Sandaletten. Beides hatte sie sich von Christiane geliehen und es stand ihr hervorragend.

Hölzle hingegen gestikulierte in Dörtes Richtung, einer Freundin Christianes, die von Weitem den blonden Peter Dahnken anhimmelte, sich aber nicht traute, diesen anzusprechen. Christiane grinste in sich hinein, als sie zu Dörte hinübersah.

Sie war erleichtert, denn sie glaubte nicht mehr, dass Mark Delano noch auftauchen würde. Was war sie doch für eine Idiotin! Welcher Teufel hatte sie heute Morgen nur geritten, dass sie diesen Kuss zugelassen hatte? Heiner war doch ein toller Mann! Was brauchte sie da diesen Delano?

Noch ganz in Gedanken versunken, tippte ihr jemand auf die Schulter, und Christiane fiel fast aus allen Wolken. Neben ihr stand, wie aus dem Boden gestampft, die Gerichtsmedizinerin Sabine Adler-Petersen. Wer hatte die denn eingeladen? Ausgerechnet die Frau, die sie vor Eifersucht wahnsinnig machte. Das konnte ja nur Hölzle gewesen sein. ›Na warte‹, dachte Christiane und begrüßte Adlerblick mit einem aufgesetzten Lächeln. Die wanderte, Gott sei Dank, dann auch gleich weiter an die Theke – Christiane hatte sich erst gar nicht die Mühe gemacht, mit einem krampfhaften Small Talk zu beginnen – und ließ sich ein Glas Rotwein geben.

Wutentbrannt marschierte Christiane zu Hölzle und zerrte ihn am Arm. »Komm mal mit, das muss jetzt nicht jeder hören«, zischte sie ihm leise ins Ohr.

›Was han i denn jetzt scho wieder angschtellt?‹, wunderte sich Hölzle und ließ sich erneut in eine ruhigere Ecke des Gartens führen.

»Wie kommst du dazu, diese Frau einzuladen?«, fuhr Christiane ihn an, sobald sie außer Hörweite der anderen waren.

»Wen meinst du? Ich blick's gerade echt nicht«, gab Hölzle ahnungslos zurück.

»Tu nicht so. Du weißt genau, wen ich meine. Deine Frau Doktor Tollblondlangbeinig«, giftete seine Freundin weiter.

»Wie, Adlerblick ist hier? Also im Ernst, ich hab die nicht eingeladen. Und wenn, wäre es auch kein Drama, wir waren schließlich auch bei ihrer Geburtstagsparty. Aber ich kenne ja deine Befindlichkeiten. Also wie käme ich denn dazu? Und jetzt hör doch endlich mal auf mit dieser Eifersuchtsnummer. Du weißt doch, dass ich von der nichts will. Die wäre mir viel zu anstrengend.« Die letzten beiden Worte brachten das Fass bei Christiane zum Überlaufen.

»Ach, zu anstrengend«, höhnte sie. »Da gibst du dich doch besser bloß mit der kleinen Christiane ab, dem Dummerchen, das ja nur wissen will, wann der gnädige Herr zum Essen kommt, und sonst sitzt sie zu Hause und wäscht die Drecksocken.«

»Christiane«, Hölzles Stimme wurde eindringlich und er fasste sie am Arm. »Jetzt ist es gut. Du weißt ganz genau, wie ich das gemeint habe. Und wenn ich du wäre, dann würde ich mal deinen werten Herrn Vater fragen. Dem würde ich es zutrauen, dass er sie eingeladen hat. Und jetzt lach mal wieder und lass dir dein tolles Fest nicht vermiesen.« Er küsste sie aufs Haar und ließ sie stehen.

So ganz konnte sie es Heiner nicht abkaufen, dass er mit dem Erscheinen Adler-Petersens nichts zu tun hatte, andererseits war er aber glaubhaft überrascht gewesen. Christiane verließ ihren Schmollwinkel und entdeckte ihre Freundinnen, die zusammen einen der Stehtische umlagerten, in den höchsten Tönen das Essen lobten und von Petras Garten schwärmten. Sie schnappte sich Petras Glas und kippte den eisgekühlten Prosecco in einem Rutsch hinunter.

»Petra ist wirklich unglaublich, die nächste Party, die bei mir steigt, wird auch in ihren Garten verlegt werden.« Michaela ließ ein paar Eiswürfel in ihr Glas fallen.

»Sag ihr aber nicht, was du anziehst, sonst siehst du, wie Christiane, aus wie die Dekoration der Stehtische.« Anne-Marie wollte sich über ihren eigenen Spruch kaputtlachen. Noch bevor Christiane ihrerseits eine freche Bemerkung zurückfeuern konnte, vernahm sie das alberne Lachen ihres Vaters und schaute zu ihm hinüber. Lässig stand er an einem der Stehtische mit einem Glas Wein in der Hand, gekleidet in weiße Jeans und ein dunkelrotes, sportliches Hemd. Schlank und sonnengebräunt, sah er beileibe nicht aus wie ein Mann in den Sechzigern. An seinem Gesichtsausdruck konnte sie erkennen, wie sehr er sich bei Adler-Petersen, die neben ihm stand, ins Zeug legte. Kopfschüttelnd wandte sich Christiane ab. Heiner hatte wohl doch die Wahrheit gesagt.

Plötzlich erklang eine bekannte, angenehm tiefe Stimme hinter ihr: »Guten Abend, entschuldige bitte, ich habe es nicht früher geschafft.«

Die Mienen ihrer Freundinnen waren zum Schreien komisch, auch wenn Christiane jetzt absolut nicht zum

Lachen war. Alle starrten den Neuankömmling mit offenem Mund an, nur Michaela schüttelte missbilligend den Kopf. Langsam drehte sich Christiane um und sah Mark Delano direkt in die Augen.

»Hallo, schön, dass du es doch noch geschafft hast«, begrüßte sie ihn zurückhaltend. ›Hat Heiner ihn schon gesehen?‹, fuhr es ihr durch den Kopf. ›Wie krieg ich das nur hin, dass es hier nicht zum Streit kommt?‹ Sie erinnerte sich, wie wütend Hölzle auf Delano an dem Morgen im Büro gewesen war. Warum auch immer.

Noch bevor sie überlegen konnte, wie sie diese Riesenkuh vom Eis bekam, ergriff ihre Freundin die Initiative. Anne-Marie fackelte nicht lange, hakte Delano unter und zog ihn zur Theke, während die anderen ihr lachend nachblickten.

»Kommt, wir setzen uns auch an die Bar«, forderte Pauline Christiane und Michaela auf. »Es sind gerade ein paar Hocker frei geworden und mir tun die Füße weh.«

»Kein Wunder, bei den Schuhen«, gab Christiane trocken zurück und deutete auf die Riemchensandaletten mit den hohen Absätzen, die sich in Petras akkurat geschnittenen Rasen bohrten.

Erleichtert ließ sich Pauline auf einen Hocker gleiten und schlüpfte aus ihren Sandaletten. Michaela wollte einen Teller mit Canapés organisieren und Christiane bestellte drei Gläser Rotwein. Vielleicht wusste Pauline ja Rat, wie sie aus dieser Misere wieder herauskommen würde. Sie nippte an ihrem Wein, und eine Hitzewelle durchströmte sofort ihren Körper. Der Wein war allerdings lediglich zimmerwarm, die Wärmequelle musste eindeutig von woanders herkommen. Delano hatte das Gespräch mit

Anne-Marie höflich beendet und sich hinter Christianes Hocker gestellt. Sie konnte seine Körperwärme durch den Stoff ihres Kleides spüren und musste sich eingestehen, dass sie es genoss. Hölzle hatte offenbar von dem neuen Gast noch nichts mitbekommen, und sie hoffte – obwohl sie sich über Marks Anwesenheit freute – inständig, dass Mark nur kurz auf ein Glas Wein bleiben würde. Sie drehte den Kopf und versuchte, einen Blick auf Heiner zu erhaschen, der mit dem Rücken zu ihr in der Nähe des Pavillons stand und sich mit seinen Kollegen unterhielt. Sie sah, wie Peter in ihre Richtung nickte, Hölzle offenbar irgendwas fragte und dieser sich daraufhin umdrehte.

Im Schein der Fackeln konnte sie erkennen, wie Hölzle zusammenzuckte und seine Miene zu Eis erstarrte. Dann setzte er sich in Bewegung. Christiane war ganz mulmig zumute, so hatte sie ihren Freund noch nie gesehen. ›Hoffentlich macht er jetzt keine Dummheiten.‹

Ohne Christiane eines Blickes zu würdigen, wandte er sich an Delano. »Ich denke, Sie gehen am besten gleich wieder. Und zwar sofort.« Seine Stimme hatte einen bedrohlichen Klang angenommen und erinnerte Christiane an das Knurren eines Rottweilers kurz vor dem Zuschnappen.

»Haben Sie das zu entscheiden, Herr Hölzle? Ich amüsiere mich hier bestens.«

Christiane erwartete beinahe, dass aus Heiners Nasenlöchern Rauch aufsteigen würde, so wütend, wie dieser war. Sie mischte sich ein, bevor die Situation eskalieren konnte.

»Mark, bitte. Ich will keinen Stress. Ich weiß nicht, womit ihr beide ein Problem habt. Aber vielleicht ist es wirklich besser, wenn du wieder gehst.« Sie legte ihm ihre Hand auf den Arm und erhob sich.

Mark Delano warf einen geringschätzigen Blick auf Hölzle, hauchte Christiane zu allem Überfluss noch ein Küsschen auf die Wange, nickte den Damen zum Abschied zu und verschwand.

»Was hast du mit dem zu schaffen?«, polterte Hölzle los, ohne Rücksicht darauf, dass Christianes Freundinnen daneben standen.

»Äh, nichts, ich …«, stotterte Christiane.

»Lüg mich nicht an. Verarschen kann ich mich allein! Wir sprechen uns später zu Hause«, unterbrach er sie. Die Kälte in seiner Stimme ließ sie schaudern. Hölzle wandte sich um und ging zurück zu seinen Freunden, schnappte sich ein Bier und warf ihr nochmals einen so zornigen Blick über die Schulter zu, dass Christiane es nun wirklich mit der Angst zu tun bekam. Der Abend war mehr oder weniger gelaufen. Auf die Fragen ihrer Freundinnen reagierte sie ungehalten.

Als Michaela den anderen dann noch von dem Besuch Delanos am Morgen in Christianes Küche berichtete, hätte Christiane der Freundin am liebsten ein paar gescheuert. Petra wiederum versuchte abzulenken und erzählte, dass sie wahrscheinlich mit den Bremer Philharmonikern, bei denen sie ihre Harfe zum Einsatz brachte, zu einem viertägigen Gastspiel nach Österreich aufbrechen würde und dass sie noch am Überlegen sei, wem sie ihr Pferd Bellino in dieser Zeit anvertrauen würde. Anne-Marie verkündete, dass sie im nächsten Monat ein Haus in Schwachhausen einrichten sollte und die Besitzer hätten einen derart abstrusen Geschmack, dass ihr jetzt schon ganz bange sei. Egal, welche Themen die Freundinnen anschnitten, Christiane hatte für nichts ein Ohr und ihr graute davor, in ein paar Stunden mit Heiner allein zu Hause zu sein.

Pünktlich um Mitternacht piepste Hölzles Handy. Eine MMS von einer ihm unbekannten Nummer. Er öffnete die Mitteilung. Das Foto, das er sah, ließ ihn die Luft anhalten: Christiane und Mark Delano in herzlicher Umarmung. Er küsste sie auf die Wange und eine Hand Delanos lag auf Christianes Po. Es sah vertraut und besitzergreifend aus. Das Datum, das angefügt war, zeigte den 12. Juli 2010. Hölzles Brust schmerzte, als ob eine eiserne Faust sein Herz zusammenpressen würde. ›Herzlichen Glückwunsch zum Geburtstag, Heiner‹, gratulierte er sich selbst sarkastisch.

Um dem Ganzen noch die Krone aufzusetzen, musste er wenige Minuten später, als er sich ein weiteres Bier an der Theke holte, ein Gespräch zwischen Manfred Johannsmann und seiner Tochter mit anhören. Johannsmanns Stimme dröhnte in seinen Ohren. »Sag mal, wer war denn dieser gut aussehende junge Mann vorhin? Du hast ihn mir gar nicht vorgestellt und jetzt ist er leider schon wieder weg.«

»Ach, Papa …«

»Er sah wirklich gut aus, ein interessanter Mann. So distinguiert. Der würde bestimmt besser zu dir passen als …«

»Es reicht!«, unterbrach ihn Christiane scharf.

Hölzle stürzte sein Bier fast in einem Zug hinunter und ließ sich gleich ein weiteres geben. Dann ging er nicht mehr ganz sicheren Schrittes zurück zu seinen Freunden.

Der Sonntagmorgen nach der Party startete sonnig und warm, doch im Hause Hölzle herrschte Eiszeit. Heiner hatte es vorgezogen, auf dem Sofa zu schlafen, geredet hatten sie nicht mehr. Das konnte ja ein toller Tag werden, denn er hatte Christiane eigentlich versprochen, mit ihr durch die Stadt zu schlendern, da verkaufsoffener Sonntag war. Besser, sie ließen das bleiben, angesichts der jetzigen Situation.

Es klingelte an der Haustür und Christiane ging schweigend an ihm vorbei, um zu öffnen. Vor ihr standen ihre Schwester Carola – war sie nicht mit den Eltern zurück nach Hamburg gefahren? – und zu Christianes Überraschung auch Harry Schipper. ›Okay, alles klar, Carola hat offenbar hier übernachtet‹, kombinierte sie.

»Moin, ihr beiden, wir dachten, wir schließen uns eurem Stadtbummel, von dem du mir erzählt hast, an«, begrüßte Carola sie strahlend.

»Gute Idee, dann bekommt Heiner vielleicht bessere Laune«, gab Christiane erleichtert zurück. In Gegenwart der beiden würde Hölzle sein Schweigen nicht aufrechterhalten können.

»Sieh mal, wer da ist!«, rief sie mit aufgesetzter Fröhlichkeit ins Wohnzimmer und ließ Carola und Harry herein.

»Moin«, war alles, was Hölzle hervorquetschte. Mit einem fragenden Blick sah er seinen Kollegen an. ›Was willsch denn du mit Chrischtianes Schweschter?‹ Harry wusste genau, was Hölzle dachte, und grinste nur.

»Ich zieh mir nur schnell was anderes an, dann können wir los«, plapperte Christiane und wollte gerade in Richtung Schlafzimmer.

»Meinst du nicht, es wäre besser, wir zwei bleiben hier und reden über deinen neuen Freund?« Die letzten drei Worte hatten einen verächtlichen Klang.

»Mark ist nicht mein neuer Freund«, antwortete Christiane spitz, »ich kenne ihn ja kaum.«

Carola und Harry blieben unschlüssig vor dem Sofa stehen und fühlten sich unwohl.

»Dann sieh mal genau her«, forderte Hölzle seine Freundin auf und reichte ihr sein Handy mit der geöffneten Mitteilung von letzter Nacht.

Christiane wurde blass. »Was soll das? Wer hat dir das geschickt?«

»Was das soll, das frage ich dich. Und wer das geschickt hat, ist ja wohl klar. Dieser Möchtegernbeau. Hast du eigentlich überhaupt eine Ahnung, wer das ist?«

»Natürlich weiß ich, wer er ist. Ein Polizeireporter, wie du sicherlich auch weißt, und ich finde ihn sehr nett.« Christiane ging auf Konfrontationskurs.

›Eigentlich müsst i ihr sage, wer des wirklich isch‹, dachte Hölzle. Doch er entschied sich dafür, es nicht zu tun, denn nur so würde er herausbekommen, wie Christiane wirklich zu ihm stand.

»Oh, ein Polizeireporter«, höhnte er, »ich bin beeindruckt. Was schreibt er denn so? ›Wie vielen Kollegen habe ich schon die Partnerin ausgespannt?‹«

»Ach, du bist doch …, egal. Ich weiß nicht, womit du ein Problem hast. Hast du was zu verbergen und Angst, er findet es raus?« Hilfesuchend sah sie Harry an, der eine Grimasse zog und mit den Schultern zuckte.

»Ich sag dazu gar nichts, Christiane. Tut mir leid.« Dann wandte er sich an seinen Chef und versuchte, zwischen den beiden zu vermitteln. »Sie hat doch nichts Schlimmes getan. Heiner, jetzt komm schon, lass gut sein, lass uns ins Viertel gehen. Carola wollte unbedingt in diesen Esoterikladen, du weißt schon, welchen.«

»Schlimm genug, dass sie mir nichts erzählt hat und sich offensichtlich schon länger mit ihm trifft. Das spricht ja wohl dafür, dass sie sich nach was anderem umschaut«, bockte Heiner weiter. »Ich bin ja sowieso nur zweite Wahl. Frag ihren Vater«, fügte er beleidigt und gekränkt hinzu.

»Es tut mir leid, okay? Und im Übrigen wäre ich euch dankbar, wenn ihr beide nicht so tun würdet, als wäre ich nicht da!«, ereiferte sich Christiane. »Und du«, wandte sie sich zornig an ihren Freund, »erzähl nicht so einen Quatsch. Du weißt ganz genau, dass du nicht die zweite Wahl für mich bist.«

Carola legte ihrer Schwester den Arm um die Schulter. »Harry hat recht, lasst uns gehen, dann kommt ihr auf andere Gedanken.«

Heiner gab nach, konnte sich aber einen abschließenden Kommentar nicht verkneifen. »Das Ganze ist noch nicht ausgestanden, nur aufgeschoben.«

Eine Viertelstunde später betraten Carola und Christiane den Laden von Irene Stolze. Die Schwestern stürzten sich auf die ätherischen Öle, die überall herumstanden, und schnüffelten an den Düften. Harry und Hölzle zogen es vor, erst gar nicht mitzukommen und lieber in dem angrenzenden kleinen Café etwas zu trinken. So hatte Hölzle auch Gelegenheit, seine schlechte Laune etwas zu vertreiben, denn er nutzte die Kaffeepause, um Harry bezüglich Carola auf den Zahn zu fühlen. Es amüsierte ihn geradezu zu sehen, welche Blicke die beiden tauschten. Harry frisch verliebt, na, das konnte ja was werden.

Nach dem zweiten Cappuccino hatten die Männer genug von der Warterei und spazierten gemächlich zurück in den Laden. Zwei weitere Frauen drängten sich ebenfalls in dem engen Verkaufsraum und unterhielten sich mit der Inhaberin. Als Irene Stolze die beiden Kriminalbeamten wiedererkannte, weiteten sich ihre Augen, nicht erstaunt, sondern ängstlich, wie Hölzle interessiert bemerkte. Eine der Kundinnen, die mit dem Rücken zur Ladentür stand, kam ihm vage bekannt vor. Dann drehte sich die schwarzhaarige Frau um und er erkannte Hannelore Uhlenbruck. Sie nickte ihm kurz zu, um sich dann sofort wieder Irene Stolze zuzuwenden. Die andere war, wie er feststellte, als sie über ihre Schulter blickte, Saskia Uhlenbruck, die Tochter.

›Was für 'n Zufall‹, dachte er, um dies gleich darauf zu verwerfen. ›Des isch koin Zufall, die kennet sich scho länger, so wie's aussieht.‹

Saskia Uhlenbruck löste sich von der Frauengruppe und sprach ihn leise an. »Hallo, Hauptkommissar Hölzle, gibt es schon eine Spur, wer meinen Vater umgebracht hat?«

Hölzle schüttelte den Kopf. »Ermittlungsergebnisse diskutiere ich nicht in der Öffentlichkeit, Frau Uhlenbruck. Das müssen Sie verstehen. Sollten wir neue Erkenntnisse gewinnen, die für Sie von Interesse sind, werden wir uns natürlich mit Ihnen und Ihrer Familie in Verbindung setzen,« fügte er etwas milder hinzu, als Saskia ihn aus großen Augen anstarrte.

Harry Schipper stand als aufmerksamer Beobachter

daneben, und er registrierte das leichte Händezittern Irene Stolzes und den feinen Schweißfilm auf ihrer Stirn. ›Wovor hat diese Frau Angst?‹, dachte er. Auch Schipper glaubte nicht daran, dass Mutter und Tochter Uhlenbruck hier nur rein zufällig als Kunden waren. Die drei Frauen kannten sich, das war unübersehbar. Und dies nicht als Kundinnen und Ladeninhaberin, sondern etwas anderes schien zumindest die beiden älteren Frauen zu verbinden. Das konnte er an den Blicken sehen, die Hannelore Uhlenbruck und Irene Stolze wechselten.

»Ich glaube, das wird noch dauern. Carola ist gerade mal beim dritten Flakon angekommen.« Harry zwinkerte in Richtung der Schwestern, und die beiden Männer entschlossen sich, wieder zu gehen, als sie erkennen mussten, dass es noch dauern würde bis ihre Begleiterinnen sich durch alle Düfte geschnuppert hatten. Sie riefen Carola und Christiane zu, dass sie sich beeilen sollten, es gäbe schließlich noch andere Läden. Beim Verlassen des ›Mondenschein‹, er hatte gerade die Türklinke heruntergedrückt, ließ Hölzle eine Frage von Saskia Uhlenbruck kurz in der Tür verharren. »Tante Neni, ist dir nicht gut? Du bist ganz blass.«

Das war ja interessant. Offenbar handelte es sich bei Irene Stolze um *die* Tante Neni, die Stegmann in seinem Abschiedsbrief erwähnt hatte.

9. Dezember 1974, Etelser Holz, Langwedel – Landkreis Verden, Niedersachsen

Er liebt die Stille und er liebt die Kälte. Er hat sie schon immer geliebt. Ganz im Gegensatz zu seiner Frau. Rosi war immer eine Sonnenanbeterin gewesen. Jedes Jahr gab es die gleichen Diskussionen: Urlaub an der Adria oder endlich, endlich einmal irgendwohin, wo es nicht so extrem heiß ist.

In diesem Jahr ist er pensioniert worden, er, Diplom-Finanzwirt Joachim Warneke, Finanzbeamter. Und in diesem Jahr hatte er sich endlich durchsetzen können. Nicht die Adria im Sommer sollte das Ziel sein, sondern die Tiroler Alpen im Oktober. Ja, und dann war Rosi plötzlich gestorben. Immer hatten sie geunkt, dass es ihn wahrscheinlich eine halbe Stunde nach seiner Pensionierung treffen würde, und dann hatte es Rosi eine halbe Woche nach diesem so lang herbeigesehnten Tag getroffen. Herzinfarkt, bums, aus und vorbei.

Den Urlaub hatten sie noch nicht gebucht, und als er sich endlich dazu aufraffen konnte, stand Wurzel vor seiner Tür. Die Kinder hatten es ja nur gut gemeint und Wurzel war in der Tat ein hinreißendes Geschöpf und bald auch ein wunderbarer Begleiter geworden. Auch als Gesprächsanbahner war Wurzel nicht zu verachten. Spazierte Warneke mit ihm durch die Bremer Parks, konnte er sicher sein, bald in ein Gespräch über Hundeerziehung und Hunde im Allgemeinen verwickelt zu werden. Wurzel, sein Rauhaardackel, konnte das, was Warneke, bis auf eine Ausnahme, nämlich Rosi, nie geschafft hatte: Er becircte Frauen in Sekundenschnelle.

Doch heute haben sich der Alte und sein Hund zu einem Waldspaziergang entschlossen und dafür ist er extra Richtung Verden gefahren.

Wurzel wuselt durch das Unterholz, während sich Warneke Gedanken darüber macht, ob er nicht doch einmal einen Skikurs belegen soll. Skilanglauf, alles andere käme natürlich nicht infrage.

Noch bevor er einen endgültigen Entschluss fassen kann, hört er seinen Hund winseln. Das Geräusch dringt merkwürdig entfernt an sein Ohr, obwohl er den Dackel noch vor einer Minute an einem Haufen mit Hasenkötteln hat schnuppern sehen. Dann war er ins Unterholz gejagt, ganz sicher, wie Warneke vermutet, um dem Hasen auf die Spur zu kommen.

»Wurzel, Wurzel, hierher, hier zu Herrchen!«, ruft er den Hund, der immer sofort gehorcht, was für einen Rauhaardackel in Rentnerhand eher ungewöhnlich ist.

Nichts, kein Hund in Sicht, nur das entfernte Winseln, das nun unterbrochen wird von einem immer stärker anschwellenden Jaulen.

›Um Himmels willen, hoffentlich hat sich der Hund nicht verletzt.‹ Warneke biegt vom Hauptweg ab in den Kiefernwald, folgt dem Jaulen seines Dackels. Immer schneller rennt er, stolpert über einen Ast, der quer auf dem Weg liegt. Während er rennt, kommt es ihm in den Sinn, dass er sich fast mehr Sorgen um das Wohlergehen seines Hundes macht, als er sich jemals Sorgen um Rosi gemacht hat. Sie war doch nie ernsthaft krank gewesen.

Das Hundejaulen hat sich zu einem schrillen Fiepen gesteigert, der Hund spürt, dass sein Herrchen ihm zur Seite stehen wird.

»Wurzel, mein Gott, was hast du denn?« Erleichtert und schweißgebadet erreicht Warneke seinen Hund, nachdem er gebückt unter den tiefhängenden Tannenzweigen hindurchgekrochen ist. Seine Glatze hat etliche feine Kratzer davongetragen, er hat nicht einmal bemerkt, dass ihm sein grüner Lodenhut abhandengekommen ist.

Schwanzwedelnd sitzt Wurzel da, als sein Herrchen sich zu ihm hinunterbeugt. Warneke streichelt ihm den Kopf, der Hund leckt ihm hingebungsvoll die Hand. ›Da, schau mal, Herrchen, was ich gefunden habe‹, scheint er zu sagen.

Während Warneke seinen Hund im Unterholz verfolgt hat, hat dieser fleißig Erde und Laub mit seinen Vorderpfoten weggescharrt, bis er auf eine Plastikfolie gestoßen ist, die zwar einen tiefen Riss aufweist, aber für Dackelpfoten dann doch zu stabil ist. Durch diesen Riss dringt ein Geruch, den Wurzel als durchaus aufregend empfindet, der Warneke dann aber lediglich an modrige Lappen erinnert.

»Wurzel«, sagt er streng. »Du kannst doch nicht einfach deiner eigenen Wege gehen.« Er seufzt. Was soll der Hund von einem solchen Satz halten? Gar nichts.

»Na, dann zeig dem Herrchen mal, was du da gefunden hast«, seine Stimme klingt nun lobend, Wurzel ist begeistert. Der Dackel fängt sofort wieder an zu scharren, Erdbrocken fliegen Warneke um die Ohren. Na ja, wohl eher um die Beine. Wie viel Kraft so ein kleiner Hund doch besitzt. Er ist beeindruckt.

Einen Moment beobachtet er belustigt seinen kleinen Gefährten, doch dann stellt sich ihm eine naheliegende Frage: Auf was ist der Hund denn eigentlich gestoßen? Ein Dackel ist ein Jagdhund, ausgestattet mit einer hochsensiblen Spürnase. Jetzt hat auch Warneke das Jagdfieber gepackt. Er will wissen, nach was sein Hund mit fliegenden Ohren gräbt. Mit seinem Spazierstock – er hat ihn extra gekauft, um sich in seinen zukünftigen Ferien diese herrlich bunten Metallschildchen der Urlaubsorte darauf nageln zu können – stochert er in der flachen Grube, die sein Hund mittlerweile gebuddelt hat. Auch die Plastikfolie hat er bereits erspäht, es wird wohl jemand hier seinen Müll vergraben haben.

Verärgert schüttelt er den Kopf. Auf der anderen Seite, wer macht sich die Mühe, seinen Hausmüll bis hierher zu schleppen, um ihn dann zu vergraben? Warneke, ganz Finanzbeamter, schießt ein neuer Gedanke durch den Kopf: Hier hat jemand Geld vergraben, sicher geschützt in einer Plastikhülle. Er fühlt sich schon wie ein Schatzgräber. Die Eisenspitze seines Stocks stößt auf etwas Weiches, Nachgiebiges. Das Metall hat sich durch die Folie gebohrt, und nun versucht Warneke, das Loch zu vergrößern. Darunter glaubt er, eine Art Lappen zu erspähen. Er bückt sich, gräbt Seite an Seite mit Wurzel die Erde von der Folie, reißt sie ein Stück weiter auf und erstarrt.

»Wurzel, weg da!« Er zerrt den Hund am Halsband von der Grube fort. Warneke war im Zweiten Weltkrieg vor Stalingrad gewesen, hat genug Tote gesehen. Er weiß, dass dort eine Leiche liegt, auch wenn er nur einen Teil freigegraben hat. Verwesungsgeruch steigt ihm in die Nase, Übelkeit macht sich bemerkbar, und er zieht seinen Schal über die Nase. Viel bringt das auch nicht. Immer noch starrt er auf seinen Fund. Die Leiche ist teilskelettiert, das, was an Gewebe noch übrig ist, gleicht einer suppigen Masse.

Warneke schüttelt sich, leint den Hund an, zieht ihn unter dessen protestierendem Gekläff zurück auf den Weg. Hoffentlich kann er sich merken, wo er ins Unterholz abgebogen ist. Er zählt: 20 Schritte vor der Stelle, an der Wurzel in den dichten Wald verschwand, ist ihm ein riesiger Ameisenhaufen aufgefallen, um den herum, zum Schutz des Hügels, aus Brettern ein kleiner Zaun gebaut war. Er rennt mit dem Hund in Richtung Parkplatz. So schnell wie möglich muss er die Polizei benachrichtigen. Ein Unimog kommt ihm holpernd entgegen. Warneke wedelt mit dem Stock durch die Luft, um den Fahrer zu stoppen.

»Anhalten, anhalten! Sie müssen mir helfen.« Atemlos berichtet er den beiden Forstarbeitern, die – so ein glücklicher Zufall – auf dem Weg zum Holzlager sind, von seinem Fund. Ungläubig starren sie ihn an, als er berichtet, was er gefunden hat, und wollen sofort den Fundort in Augenschein nehmen.

Warneke, seit 1969 von Rosi gezwungen, Erik Ode als Kommissar Keller im Fernsehen zu bewundern, weiß, dass der Fundort einer Leiche, denn dass da eine Leiche liegt, ›das ist mal sicher, meine Herren‹, für die Spurensicherung so unberührt wie möglich sein muss. Es reicht schon gerade, dass Wurzel und er dort bereits ein großes Durcheinander angerichtet haben. Endlich hat er die beiden so weit. Sie drehen mit ihrem Unimog ab, werden vom Forsthaus aus die Polizei benachrichtigen. Warneke nutzt die Zeit, mit seinem Spürhund seinen Lodenhut zu suchen, nachdem er endlich bemerkt hat, dass er nicht mehr auf seinem Kopf sitzt.

Es dauert fast 45 Minuten, bis die Polizei erscheint. Warneke stampft mit den Füßen, denn trotz der gefütterten Schuhe sind seine Füße nun eiskalt. Wenigstens hat er seinen Hut gefunden. Wurzel zerrt an der Leine, will weiter, möchte nach Hause zu seinem Fressnapf.

Endlich, mit Blaulicht, jedoch ohne Martinshorn, nähern sich zwei Polizeifahrzeuge auf dem Waldweg, voran der Unimog der beiden Waldarbeiter.

Der Fahrer des vorderen Polizeiautos trägt Uniform, sein Beifahrer ist in Zivil. Ein junger Mann in dunklem Dufflecoat. Insgesamt steigen vier Männer aus.

»Joachim Warneke mein Name.« Der Alte hält dem Mann in Zivil die Hand hin, die sich wie ein Eisklumpen anfühlt. »Ich, das heißt, Wurzel hat etwas Merkwürdiges im Wald entdeckt. Verscharrt. In einer Plastikfolie. Ich befürchte, es ist ein toter Mensch. Nein, das stimmt nicht, ich bin sicher, dass da eine Leiche liegt.« Es sprudelt nur so aus ihm heraus.

»Ebenfalls angenehm, Keller, Kommissar Keller.« Warneke muss sich ein Lachen verbeißen, jetzt heißt der Mensch doch tatsächlich so wie der Kommissar im Fernsehen. Rosi hätte das auch gefallen. Aber lachen ist nun gar nicht angebracht angesichts der Umstände.

»Nun zeigen Sie uns mal, wo Sie eine Leiche gefunden haben«, fährt Keller fort. »Der Hund kann mit, und Sie beide bleiben da«, sagt er mit einem Kopfnicken in Richtung der Forstarbeiter, die, bereits mit Spaten bewaffnet, dem Polizeitross folgen wollen.

Warneke ist beeindruckt. Der junge Mann macht nicht viele Worte. Mit grimmiger Miene stapft Keller neben dem Alten und seinem Hund durch das Gehölz, die anderen Polizisten im Schlepptau, zwei davon in Schutzanzügen, beide von der Spurensicherung, wie Keller Warneke erklärt.

»Wir haben, nachdem wir die Leiche gefunden haben, nichts angerührt«, versichert Warneke eifrig. »Wir haben nur ein wenig gescharrt«, fügt er entschuldigend hinzu, als Keller bei Ankunft am Fundort die Augenbrauen missbilligend hochzieht.

»Darf ich dabeibleiben, wir halten uns auch im Hintergrund?«, fragt er vorsichtig. Keller nickt gnädig.

Behutsam entfernen die Polizisten die restliche Erdschicht mit kleinen Schaufeln und Bürsten, kratzen hier, schrubben da. Dann ist die Plastikfolie komplett freigelegt, liegt in der Grube wie ein riesiger Sack. Vorsichtig vergrößern sie den Riss, schneiden dann die Folie langsam auf.

»Aha«, ist der einzige Kommentar, den Keller von sich gibt. Er wendet sich an Warneke, der mit gebührendem Abstand hinter ihm steht.

»Sie können dann nach Hause, der Kollege wird noch Ihre Adresse notieren, und wir setzen uns sobald wie nötig mit Ihnen in Verbindung.«

»Ja, aber was ist denn in dem Sack?« Warneke reckt neugierig den Hals. Wurzel hat die Ausgrabung erstaunlich ruhig verfolgt. Er hat es sich auf den Füßen seines Herrchens bequem gemacht. Für heute hat er genug geleistet und sich bestimmt ein Leckerchen verdient.

»Sie haben es ja bereits geahnt. Es sind die sterblichen

Überreste eines Menschen, und soweit wir an der noch vorhandenen Kleidung feststellen können, die eines Mannes.«

Noch bevor Keller weiterreden kann, nähert sich einer der Spurensicherer mit einer durchsichtigen kleinen Plastiktüte.

»Chef, das haben wir in der Plastikfolie direkt in Hüfthöhe der Leiche gefunden. Es ist entweder aus der Gesäßtasche gefallen oder es ist dem Mörder hineingefallen, als die Leiche in die Folie eingepackt worden ist. Das Ding ist zwar leicht verwittert, aber dieser Filz hält einiges aus.«

Keller greift die Tüte mit zwei Fingern und hält sie hoch. Düster ist es im Wald, die Dämmerung bricht bald herein. Im Beutel liegt ein Bierdeckel, auf der einen Seite eindeutig eine stilisierte Ameise, in verblassten Buchstaben umrahmt von den beiden Worten ›Rote Ameise‹, auf der anderen Seite das Emblem von Beck's-Bier und, kaum noch sichtbar, ein paar Striche und einige Zahlen.

Warneke traut sich nicht zu fragen, was das genau in dem Beutel ist. Er nickt den Polizisten zum Abschied zu, scheucht seinen Hund auf und macht sich auf den Heimweg.

Eine knappe Woche später kann Warneke seinen Dackel darüber informieren, was – oder besser, wen – er im Wald entdeckt hat.

»Da, Wurzel, schau her. Fein hast du das gemacht. Du hast den Rosenberg gefunden.« Er hält dem Hund den Weser-Kurier vor die Augen und tätschelt ihm den Kopf. In der Zeitung steht, dass die Identifizierung über die zum Teil noch vorhandene Kleidung und durch das

Zahnschema erfolgte. Warneke ist froh, dass er das Gesicht des Toten – oder besser, das, was davon noch übrig war – nicht gesehen hat.

9. August 2010, Bremen

»Peter, du hast doch eine Kopie des Briefes gemacht, oder nicht?«, Hölzle blickte Dahnken, der ihm gegenüber saß, fragend an.

»Brief? Was für 'n Brief?« Peter Dahnken war noch nicht ganz wach am frühen Montagmorgen. Hölzle zog eine Grimasse und fuchtelte mit den Armen.

»Na hallo, der Brief von der jungen Uhlenbruck. Saskia. Stegmanns Tochter. Der Brief von ihrem Vater. Sie hat ihn dir doch vorbeigebracht.«

»Ach so, den. Ja klar. Wieso?« Dahnken rieb sich die Augen, aber die Müdigkeit wollte nicht verschwinden.

»Weil ich jetzt weiß, wer diese Tante ist, die Stegmann darin erwähnt. Dreimal darfst du raten«, verkündete Hölzle voll Enthusiasmus.

»Verschon mich mit Rätseln. Sag schon.«

»Irene Stolze! Was sagst du jetzt?« Hölzle stand auf, ging zu seiner Musikbox und tippte auf eine Taste. Wenige Augenblicke später ertönten die Flippers – ›Du bist ein ungelöstes Rätsel‹.

Dahnken fuhr sich stöhnend durch seine blonden Haare. »Muss das sein? Das ertrag ich jetzt echt nicht.« Er schnappte sich die Thermoskanne, die auf Hölzles Schreibtisch stand, und schenkte sich den starken Kaffee in eine Tasse.

Hölzle hatte Erbarmen und stellte die Musik wieder ab. Er hielt seinem Kollegen eine leere Tasse hin. Peter kam der stummen Aufforderung nach und füllte Hölzles Tasse.

»Stolze. Ist das nicht die mit dem Mondenscheinladen im Viertel?«, fragte er.

»Prima. Dein Hirn scheint seine Arbeit wieder aufzunehmen. Und in ihrem ehemaligen Elternhaus wurde Rosenberg festgehalten. Das ist kein Zufall, Peter. Irene Stolze ist nicht nur eine abgedrehte Jesuslatschentante, sondern hat mehr mit diesem Fall zu tun, als wir bisher ahnten. Kümmere du dich mal mehr um die Stolze. Was hat sie im Sommer 1974 gemacht? Mit wem war sie zusammen? Et cetera, du weißt schon. Ein paar Infos habe ich bereits für dich. Hier, das habe ich schon zusammengetragen: Sie wohnte damals mit ein paar Leuten in einer WG, alles, was ich weiß, ist hier notiert.« Hölzle schob Dahnken einen Zettel hin.

»Und was willst du jetzt mit dem Brief?«, kam Peter auf die ursprüngliche Frage Hölzles zurück.

»Ich wollte nur noch mal den genauen Wortlaut nachlesen. Dann fahre ich mit Harry zu Hannelore Uhlenbruck. Die Frau kann uns sicher auch einiges über Irene Stolze erzählen.«

*

Er wählte eine elfstellige Nummer. Nach einigem Warten wurde abgehoben, die Stimme einer jungen Frau meldete sich und der Mann brachte sein Anliegen vor. Die Frau am anderen Ende versprach, seinen Anruf weiterzuleiten. Dann hörte er wieder ein Freizeichen und gleich darauf eine raue Stimme. Bekannt und doch fremd klang sie in seinen Ohren nach all den Jahren.

»Ich bin's, Knut. Wie geht's dir, Hajo?«, sagte er in den Hörer hinein und er fühlte, wie sein Herz klopfte.

»Was willst du?« Der Mann am anderen Ende ging nicht auf die Floskel ein.

»Die Polizei macht uns Sorgen, sie kramt in der Vergangenheit herum. Die Bullen interessieren sich für die Rosenbergsache.« Die Angst in seiner Stimme war nicht zu überhören.

»Und? Was habe ich damit zu tun?« Der Mann klang kalt und abweisend.

Knut lachte freudlos. »Du? Ich sage dir, wenn wir hochgehen, gehst du mit. Schließlich hast du damals geschossen.«

Es herrschte ein kurzes Schweigen. Dann erklang erneut die kalte Stimme. »Ihr erpresst mich.« Eine Feststellung, keine Frage.

»Erpressung ist ein hässliches Wort. Sagen wir mal so, Geld beruhigt die Nerven. Wir denken darüber nach, uns abzusetzen.«

»Wieso braucht ausgerechnet ihr Geld?« Verständnislosigkeit war nun der vorherrschende Ton in der Stimme von Knuts Gesprächspartner.

»Wir haben beide viel verloren, damals mit unseren Investitionen in den Neuen Markt. Die Apotheke wirft nicht so viel ab, wie ich zur Schuldentilgung benötige, und der Shop sowieso nicht. Und Südamerika ist auch nicht gerade das billigste Pflaster.«

»Wie viel?«

»100 Riesen. Für jeden von uns. Das dürfte reichen.«

»Bist du verrückt geworden? So viel kann ich nicht flüssigmachen. Wir treffen uns in drei Tagen, ich muss einige Vorbereitungen treffen. Ich melde mich bei dir, wir finden eine Lösung. Und bis dahin behaltet bloß die Nerven.«

»Sieh zu, dass du das Geld auftreibst. Ich schwöre dir, du bist uns los, sobald wir die Kohle haben.«

*

»Frau Uhlenbruck, wir wollten uns mit Ihnen über Irene Stolze unterhalten«, begann Hölzle, als sie auf der Terrasse Platz genommen hatten.

»Irene? Wieso?«, gab Hannelore Uhlenbruck misstrauisch zurück.

»Wir würden gern wissen, wie lang und wie gut Sie beide sich kennen«, sagte Harry, der sich bequem in den Rattansessel zurücklehnte.

Hannelore strich sich eine schwarze Haarsträhne aus dem Gesicht. »Irene und ich kennen uns seit der fünften Klasse. Aber ich versteh nicht ganz, was das mit dem Tod meines Exmannes zu tun hat.«

»Reine Routine«, Hölzle nahm einen Schluck von dem Eistee, den Hannelore Uhlenbruck den Kriminalbeamten angeboten hatte. »Wir gehen sämtlichen Spuren nach, und seien sie noch so klein. Ihr Mann – Verzeihung, Exmann – erwähnte Irene Stolze, Tante Neni, in seinem Abschiedsbrief. Nun sind wir natürlich neugierig geworden, ob Frau Stolze von der ganzen Geschichte um den vorgetäuschten Tod gewusst haben könnte.«

»Irene hatte nichts damit zu tun. Sie ist lediglich eine gute Freundin der Familie und hat mir und meiner Tochter in der schweren Zeit zur Seite gestanden. Auch finanziell.«

Hölzle und Harry wechselten stumm einen Blick. Sie dachten beide genau dasselbe. »Ihre Freundin macht aber nicht den Anschein, als ob sie in Geld schwimmen würde«, sagte Harry dann.

Hannelore atmete tief durch. »Heute. Aber damals hatte sie genügend Geld. Ihre Eltern waren reich, und kleinlich waren sie gegenüber ihrer Tochter nie. Und nachdem Uwe und Dietlinde Stolze bei diesem Flugzeugunglück ums Leben kamen, hat sie alles geerbt.« Sie nahm ihr Glas und ließ den Eistee darin kreisen, leise klimperten die Eiswürfel im Glas. »Dann hat sie viel Geld verloren. Falsche Beratung seitens der Finanzmakler, was weiß ich. Aber sie ist zufrieden mit ihrem Laden. Sagt, es reicht ihr zum Leben.«

»Hatte Irene Stolze schon immer einen Hang zur Esoterik?«, fragte Hölzle.

Hannelore Uhlenbruck schüttelte den Kopf und lachte leise. »Nein. Sie hatte begonnen, Jura zu studieren, aber irgendwann abgebrochen.«

»Wann genau?«, wollte Harry wissen.

Die Frau schnalzte leise mit der Zunge. »Lassen Sie mich überlegen. Ich glaube, dass sie das Studium noch vor dem Tod ihrer Eltern abgebrochen hat. Ja, richtig! Ich kann mich erinnern, dass sie einen Riesenstress zu Hause bekam, aber sie war nicht mehr davon abzubringen. In dieser Zeit war sie vollkommen verändert. Mal völlig hysterisch, dann wieder teilnahmslos. Ich weiß nicht, was passiert ist, warum sie ihr Studium hingeschmissen hat. Und ich habe nie danach gefragt. Ich denke, sie war vielleicht verliebt in einen Kommilitonen, ist abgewiesen worden und konnte seine Nähe nicht mehr ertragen. So etwas in der Art, schätze ich. Wir hatten in dieser Zeit aber auch nicht den engsten Kontakt. Ich war ja bereits verheiratet, und Raimund und Irene, na ja, die beiden konnten sich eigentlich nicht riechen. Wissen Sie, ich hatte ein kleines Kind und sie trieb sich bis spät in der Nacht mit ihren Studienfreunden herum, da gab es nicht so viele Berührungspunkte. Das Ganze änderte sich erst wieder nach Raimunds Tod, unsere alte enge Freundschaft war wieder da.«

»Verstehe. Ich habe da allerdings noch eine ganz andere Frage. Wie wir durch unsere Ermittlungen erfahren haben, hat Raimund Stegmann wegen des Todes eines Polizisten vor Gericht gestanden. Warum haben Sie uns das nicht erzählt?«

Hannelore zuckte mit den Schultern und reagierte abweisend: »Warum sollte ich? Was hat die alte Geschichte denn mit heute zu tun?«

»Das fragen wir uns auch, Frau Uhlenbruck, denn es hat den Anschein, dass ein Zeuge bestochen wurde und seine Aussage vor Gericht widerrufen hat.« Harry Schipper beobachtete genau die Reaktionen der Frau. Doch sie zeigte keine Regung und blickte ihm direkt ins Gesicht.

»Hören Sie, ja, es gab diese Schießerei im Karstadt-Kaufhaus, und leider kam dieser junge Mann ums Leben. Aber ich schwöre Ihnen, Raimund hätte nie jemanden absichtlich umbringen können. Der Zeuge hatte sich geirrt und schließlich, Gott sei Dank, seine ursprüngliche Aussage beim Prozess berichtigt.«

Hölzles Handy meldete sich wie immer mit einem Flippers-Song, welcher Harry die Augen verdrehen ließ, Hannelore Uhlenbruck schien eher konsterniert zu sein.

»Hölzle«, meldete er sich. »Wo? Alles klar. Sind unterwegs.« Er klappte das Handy zu.

»Vielen Dank, Frau Uhlenbruck, wir müssen los. Ach, eine Frage noch. Mit wie viel Geld hat Irene Stolze Ihnen denn ausgeholfen?«

»30.000 Mark. Ich hatte bis heute nicht die Möglichkeit, es ihr zurückzuzahlen. Sie wollte es nicht, hatte darauf bestanden, dass sie es mir schenken wollte.«

Hölzle verließ mit Harry das Haus und beantwortete dessen stumme Frage. »Toter in Oberneuland, wohl Selbstmord, aber Muller hat ein komisches Gefühl und meinte, wir sollten uns das mal ansehen.«

7. Dezember 1974, Bremen

Die Durchsagen in der großen Bahnhofshalle des Bremer Hauptbahnhofs sind kaum zu verstehen, der Geräuschpegel in der Halle ist enorm hoch. Wütende Fans des HSV krakeelen lautstark und teilweise besoffen ihren Frust heraus, dass das Spiel gegen den Erzfeind Werder Bremen ausgefallen ist. Einkaufslustige, die mit der Bahn nach Bremen gekommen sind, drängen mit ihren Tüten zu den Bahnsteigen, um ihre Züge nach Oldenburg oder Rotenburg zu erwischen.

Ein junges Mädchen wartet geduldig in der Nähe des Schließfachs mit der Nummer 66 vor einer der fünf nebeneinander stehenden Telefonzellen. Es will seine Mutter anrufen, um ihr mitzuteilen, dass sie noch etwas länger in der Stadt bleibt. Zur gleichen Zeit nähern sich zwei Brüder den Schließfächern. Sie spekulieren darüber, wie das Spiel wohl ausgegangen wäre, wenn man es denn ausgetragen hätte. Eine Hausfrau hat eine freie Telefonzelle gefunden, sie steht mit ihren Einkäufen eingezwängt in der engen Zelle und wartet, dass ihr Mann am anderen Ende der Leitung endlich den Hörer abnimmt. Ein Mann mittleren Alters verlässt die Post. Sie liegt den Telefonzellen gegenüber. Er hat soeben ein Päckchen an seine Mutter aufgegeben. Kaffee, Tee, Strümpfe, Schokolade, eine Mettwurst, Bremer Klaben. Sie wird sich freuen. Sie lebt in Jena, und Weihnachten steht vor der Tür.

Urplötzlich zerreißt eine gewaltige Explosion das geschäftige Treiben der Menschen. Die Detonation des Inhalts des Schließfachs mit der Nummer 66 um 16.15 Uhr ist so heftig, dass die Metalltüren der Fächer herauskatapultiert werden. Sie schlagen in die Telefonzellen ein, Glas splittert und wird ebenfalls umhergeschleudert. Die Druckwelle wirft den Mann um, er kracht mit dem Kopf an die Wand der Post, in der sein Päckchen auf den Versand wartet. Einer der Brüder wird durch einen Splitter am Kopf verletzt, das junge Mädchen liegt reglos am Boden. Blut läuft über ihr Gesicht. Die Hausfrau hat Glück, dass kein Splitter der berstenden Telefonzelle ihr Gesicht trifft. Panik bricht aus, verstärkt sich, als ein Teil der Bahnhofshallendecke einbricht.

Mit ohrenbetäubendem Lärm kommen Raimund Stegmann Polizei-, Feuerwehr- und Rettungsfahrzeuge entgegen. Er nimmt sie kaum wahr. Die Hände in seiner Jackentasche vergraben, geht er seiner Wege, ein eiskalter Wind bläst ihm um die Ohren. Mittlerweile ist es dunkel geworden und die Weihnachtsbeleuchtung in der Innenstadt heißt die Einkaufenden willkommen. Dies wird der letzte Auftrag gewesen sein, den er für Stock erledigt hat, schwört er sich.

Stocks Anweisungen sind wie immer klar und präzise gewesen. Er hat ihm einen Karton gereicht. ›Dieses Mal soll aber nichts schiefgehen so wie vor ein paar Monaten bei der Lösegeldübergabe‹, hat Stock ihm eingeschärft.

Raimund hat später, als er allein war, in den Karton hineingeschaut. Auf den ersten Blick ein ganz normaler Feuerlöscher, doch er hat gewusst, dass dem nicht so war. Das Paket sollte er heute am Nachmittag in einem Schließfach im Bremer Hauptbahnhof deponieren. Er hat sich für das Schließfach mit der Nummer 66 entschieden. Wozu das alles gut sein sollte, ist ihm egal.

Stegmann ist selbst über die Sprengkraft der Bombe erstaunt gewesen. Und er fragt sich, ob Stock bewusst gewesen ist, was dieses verdammte Ding anrichten konnte.

Allmählich kommen ihm immer größere Zweifel, ob er dieses Leben so weiterführen will. Ob es nicht besser ist, aus seinem alten Leben auszusteigen und Stocks Drecksarbeiten einem anderen zu überlassen. Er nimmt sich vor, nach Weihnachten zu verschwinden.

13. August 2010, Bremen

Hölzle betrachtete die Leiche und sah sich im Zimmer um, konnte aber auf den ersten Blick nichts Ungewöhnliches entdecken. Der Tote saß in einem Stuhl hinter dem Schreibtisch, der Kopf mit dem Einschussloch an der rechten Schläfe war nach links hinten gekippt. Die Arme hingen schlaff zur Seite, die Waffe lag am Boden. Links auf dem Schreibtisch standen ein leeres Glas und eine Vase mit leicht verwelkten gelben Rosen.

einen Abschiedsbrief gab es laut den Kollegen von der Spurensicherung nicht, die Fotos machten und alles, was eventuell als Spur verwertbar sein könnte, in kleine Tütchen oder Röhrchen packten. Auch die Hände des Toten wurden sorgsam mit Plastiktüten umschlungen, um sie später auf Schmauchspuren zu untersuchen.

Unterlagen, bei denen es sich offensichtlich um die Geschäftsbilanzen des Toten handelte, und ein kleiner Ordner mit Kontoauszügen der Apotheker- und Ärztebank lagen auf dem Schreibtisch.

Fünf Minuten nach Hölzles Ankunft traf auch die Gerichtsmedizinerin ein. Sie wechselte einige Worte mit dem

Notarzt, der bereits da gewesen war, als Hölzle erschien. Ein kurzer Blick auf den Toten genügte Sabine Adler-Petersen, und sie wies zwei der Männer an, den Leichnam einzupacken und in das Rechtsmedizinische Institut zu bringen.

»Irgendwas Auffälliges, Hölzle?«, fragte sie. Dieser schüttelte den Kopf.

»Bis jetzt nicht. Sieht aus wie ein ganz normaler Selbstmord.« Er setzte kleine Lufthäkchen mit den Fingern bei dem Wort ›normal‹. »Der Schuss war angesetzt. Ist ja nicht zu übersehen. Die Waffe hat fast schon Seltenheitswert. Eine Luger P08, die wurde nur bis zum Ende des Zweiten Weltkrieges hergestellt. Hat der Tote vermutlich geerbt, vielleicht aber auch bei einem Händler, der auf Militaria spezialisiert ist, erstanden. Wir werden überprüfen, ob sie registriert ist.«

»Gut. Ich mache die üblichen Routinechecks. Er hat wohl zuvor getrunken, meinte der Kollege vom ärztlichen Notdienst. Wissen Sie schon, wer er ist?«

»Ja«, sagte Peter, der soeben hinzugetreten war, Harry im Schlepptau. »Es handelt sich um Knut Harmsen, allein lebend, unverheiratet, keine Kinder. Besitzt in der Stadt eine Apotheke, hat zwei Angestellte, eine PTA und eine Apothekenhelferin. Der Laden lief schon seit Längerem schlecht, zu viel Konkurrenz durch andere Apotheken und natürlich durch das Internet. Harmsen hätte schon längst investieren sollen, die Apotheke sieht aus wie vor 30 Jahren.«

»Woher weißt du das denn schon wieder alles?«, fragte Harry leicht genervt.

Peter feixte. »Ich war vor euch da und habe mich bereits mit den Nachbarn unterhalten. Außerdem habe ich schon mal einen Blick in seine Bücher geworfen, da sieht's nicht rosig aus.«

»Gut«, lobte Hölzle kurz und knapp.

»Angeber«, kommentierte Harry. »Neidhammel«, konterte sein Kollege.

»Könnt ihr mal aufhören?«, ging Hölzle dazwischen. »Ihr benehmt euch wie zwei Vierjährige, die sich gegenseitig die Sandförmchen klauen. Los jetzt. Einpacken und ab ins Präsidium. Kümmert ihr euch mal lieber um Stegmann.«

»Mann, hat der 'ne Fahne«, hörten sie Sebastian Dannecker von der Spurensicherung sagen, der gerade half, den Leichnam in einen schwarzen Sack zu hüllen. »Also, wie der das noch geschafft hat, sich die Waffe so präzise an den Kopf zu halten und zu schießen … Hut ab!«

Hölzle sah sich um. Nirgends standen ein Glas oder eine Flasche herum. Überhaupt fand er es hier für einen allein lebenden Mann sehr aufgeräumt. ›Der hot jo wohl kaum no sei Glas gspült ond d'Flasch en da Kühlschrank gschtellt, bevor er sich erschossa hot.‹ »Vielleicht ja doch kein Selbstmord«, konstatierte Hölzle.

Markus Rotenboom kam gut gelaunt in Hölzles Büro. »Lust, noch was trinken zu gehen?«

Hölzle nickte. »Gern. Besser, als nach Hause zu fahren, dort ist die Stimmung unter den Nullpunkt gefallen.«

Rotenboom setzte sich und sah seinen Freund fragend an. »Was ist los? Willst du drüber reden?«

»Bei mir zuhause ist die Kacke am Dampfen. Christiane schaut sich nach anderen Männern um und gerät ausgerechnet an diesen Delano.«

»Also ich versteh nur Bahnhof, erklär mir das nachher

mal in Ruhe bei einem Hefeweizen. Bevor wir gehen, noch die neuesten Ergebnisse zum Selbstmord dieses Apothekers. Meine Jungs haben aus dem Geschirrspüler ein Glas mitgenommen und außer einem erstklassigen Whiskey auch Rückstände eines starken Schlafmittels gefunden.«

Hölzle pfiff leise durch die Zähne. »Schau mal an. Vielleicht wirklich kein Selbstmord?«

»Kommt darauf an, wie viel dieser Harmsen eingenommen hat und wann.« Markus Rotenboom blickte missbilligend in Richtung Musikbox. »Würde es dir was ausmachen, diesen Klimperkasten auszuschalten?«

Heiner Hölzle stand seufzend auf und ging um den Schreibtisch herum. »Nein, nein. Ich weiß ja, dass das außer mir keiner hören will.« Er drückte auf eine Taste und ›Der kleine Floh in meinem Herzen‹ verstummte. Markus nickte dankbar.

»Es läuft gerade an keiner Front«, schimpfte Hölzle unvermittelt los. »Ich weiß nicht, was wir bei diesem Stegmann-Fall übersehen. Es macht mich noch wahnsinnig. Überall lose Fäden, aber nichts Brauchbares zum Zusammenknüpfen. Es ist zum Kotzen!«

»Komm mal wieder runter«, beruhigte Markus den aufgebrachten Hölzle. »Wir gehen jetzt an die Schlachte, dann bekommst du vielleicht bessere Laune.« Er stand auf und klopfte seinem Freund aufmunternd auf die Schulter. »Ich war übrigens in dieser alten Villa und habe mich mal umgesehen. Aber das kannst du vergessen, da finden sich nach so vielen Jahren keine verwertbaren Spuren mehr.«

»Hab ich mir schon gedacht. Aber trotzdem, danke.«

Als sie aus der Bürotür traten, wären sie beinahe mit Harry und Peter zusammengestoßen.

»Harmsen hatte für nächste Woche einen Flug nach Venezuela gebucht. Komisch, dass einer, der sich umbringen will, noch eine Reise plant«, dröhnte Harrys tiefe Stimme durch den Flur, als er mit den Neuigkeiten herausplatzte.

Hölzle sah Markus an. »Scheint, die Toxikologie kann sich den Test sparen. Der ist bestimmt nicht freiwillig gestorben.«

»Eine Nachbarin, die drei Häuser weiter wohnt, hat beobachtet, dass wenige Stunden zuvor ein Taxi vorgefahren ist, aber leider nicht gesehen, wer der Fahrgast war«, sagte Peter. »Wie meinst du das mit der Toxikologie?«, wandte er sich dann an seinen Chef.

»Markus hat Schlafmittelrückstände in einem Whiskeyglas gefunden. Die Untersuchung der Blutprobe läuft noch.«

Harry und Peter hoben vielsagend die Augenbrauen. Bevor einer einen Kommentar abgeben konnte, klingelte Rotenbooms Handy.

»Schon fertig?«, fragte er den Teilnehmer am anderen Ende. »Flunitrazepam. So viel? Wow, das reicht, um einen Ochsen aufs Kreuz zu legen. Danke dir.« Er grinste in die Runde. »Nun ist es amtlich. Mit der Menge Flunitrazepam im Blut schafft es kein Mensch mehr, auch nur den Arm zu heben, geschweige denn, sich zu erschießen.«

Hölzle blickte in die Runde. »Gibt's sonst noch was Neues?«

»Ja«, antwortete Harry, »ich saß gestern noch über den letzten Akten der Rosenberg-Entführung. Seine Leiche wurde erst Monate nach der Lösegeldübergabe gefunden, wie wir ja bereits wissen. Genau zwei Tage nach dem Bombenattentat am Bahnhof. In seiner Hosentasche wurde ein Bierdeckel von einem damals als ›Linke-Szene-Kneipe‹ bekannten Lokal gefunden. Jemand hatte mit Kugelschreiber ›Kein Geld – kein Bankier‹ drauf gekritzelt. Weitere zwei Tage später hatte Stegmann seinen Unfall. Also Leute, wie wir bereits vermutet haben, stinkt die ganze Sache zum Himmel« Ein zufriedenes Lächeln umspielte seine Lippen.

Hölzle rieb sich die Augen. »Okay. Es liegt also nahe, dass Stegmann das Geld, das er eigentlich den Entführern übergeben sollte, selbst behalten und sich dann vom Acker gemacht hat. Peter, hast du auch Neuigkeiten, die uns weiterbringen?«

Nun war es an Peter Dahnken aufzutrumpfen. »Als Harry mir erzählt hat, dass dieser Harmsen einen Flug gebucht hat, habe ich dessen Telefongespräche der letzten Tage überprüft. Und nun ratet mal, wohin er telefoniert hat.« Er machte eine kunstvolle Pause. »Ich sage nur: Elfenbeinküste!« Ein triumphierendes Grinsen breitete sich über sein ganzes Gesicht aus.

Entgeistert riss Hölzle die Augen auf. »Das ist ja der Hammer!«

»Können wir jetzt mal los zur Schlachte?«, funkte Markus dazwischen. »Ich hab Durst und Feierabend.«

»Schon gut, ich komm ja schon«, erwiderte Hölzle und wandte sich wieder Peter zu. »Mit wem hat er dort telefoniert?«

»Mit jemandem von der Deutschen Botschaft.«

Hölzle pfiff leise durch die Zähne. »Na, sieh mal an, befindet sich die Deutsche Botschaft nicht in Abidjan? Und war nicht Stegmann kurz vor seiner Reise nach Bremen ebenfalls in Abidjan?«

»Exakt«, bestätigte Peter.

»Na, das nenne ich mal Ergebnisse, die uns der Lösung unserer Rätsel ein Stück näherbringen. Gut gemacht, Männer. Wollt ihr mit an die Schlachte?« Hölzle bemerkte, dass Markus herumzuzappeln begann. Er wäre zwar lieber mit Markus allein gegangen, um ihm sein Herz auszuschütten, fragte aber höflichkeitshalber seine beiden Kollegen.

Peter, der Hölzle mittlerweile ja ein paar Tage kannte, schien ihn zu durchschauen und meinte: »Danke, nein. Ich muss mal wieder zum Kendo-Training.«

»Aber ich würde gern ...«, hob Harry an.

»Wolltest du nicht heute noch etwas mit Carola unternehmen?«, stoppte Peter seinen Kollegen.

Harry schüttelte verständnislos den Kopf. »Nee, wie kommst du darauf?«

Peter Dahnken verdrehte die Augen. Harry stand mal wieder auf der Leitung. Er legte ihm den Arm um die Schulter und schob in den Flur hinunter. »Ich erklär's dir auf dem Weg zum Parkplatz, Harry.«

Markus grinste und Hölzle sah Peter dankbar hinterher.

14. August 2010, Bremen

Es war fast zwei Uhr morgens, als Hölzle auf Zehenspitzen ins Haus schlich. Lange hatten sie im Biergarten gesessen und über den Fall und Gott und die Welt im Allgemeinen und über Frauen im Besonderen diskutiert.

Es hatte gut getan, mit Markus über den Streit mit Christiane zu reden. Manchmal beneidete er seinen Freund um dessen Freundin Sandra, die so ganz anders als Christiane war. Keine unnötigen Eifersuchtsszenen, kein Gezicke, alles easy. Klar hatten die zwei auch die eine oder andere Meinungsverschiedenheit, aber meistens herrschte bei den beiden gute Stimmung. Und Sandras Vater war im Gegensatz zu Manfred Johannsmann ein patenter Kerl, mit dem man Pferde stehlen konnte.

Hölzle verzichtete darauf, Licht zu machen, und ertastete sich seinen Weg ins Badezimmer. Prompt stieß er mit dem rechten großen Zeh gegen die Türkante. »Au, verdammte Scheiße!«, fluchte er, hielt sich den Fuß und rieb sich den Zeh. Als der Schmerz etwas nachließ, schaltete er doch das Licht an.

»Wo kommst du denn her um diese Uhrzeit?« Eine verschlafene Christiane kam ins Badezimmer und lehnte sich gähnend an den Türrahmen.

»Wollte dich nicht wecken. Geh wieder ins Bett«, knurrte er kurz angebunden. Er drehte sich zum Waschbecken und quetschte eine Portion Zahnpasta aus der Tube auf seine elektrische Zahnbürste.

Christiane trat einen Schritt näher und streckte den Arm aus, um seinen Rücken zu berühren. »Wollen wir nicht wieder normal miteinander reden?«, fragte sie zögernd, aus Angst, erneut eine Abfuhr zu bekommen. Ihre Angst war leider berechtigt, denn Hölzle schob sich die summende Bürste in den Mund und widmete sich hingebungsvoll der Zahnhygiene. Enttäuscht wandte sie sich ab und schlurfte zurück ins Schlafzimmer.

Kurz darauf kroch Hölzle neben ihr ins Bett, drehte ihr den Rücken zu und knipste das Licht aus. Nach einer Weile wälzte er sich auf die andere Seite und lauschte den Atemzügen seiner Freundin. Zaghaft streckte er die Hand aus und fuhr ihr zärtlich über den Kopf.

»Warum, Christiane, warum?«, flüsterte er leise. Er bekam keine Antwort. Christiane schlief tief und fest.

Am nächsten Morgen war Hölzle als Erster seiner Mannschaft im Präsidium. Er stand in seinem Büro vor dem Whiteboard und betrachtete nachdenklich seine Aufzeichnungen, die er gerade mit einem dicken schwarzen Stift fertiggestellt hatte. So bekam man wenigstens einen Überblick.

»Moin, Chef«, sagte Peter Dahnken gut gelaunt hinter ihm. Hölzle schrak zusammen.

»Himmel noch mal, musst du dich so anpirschen?«, fuhr er ihn an.

»Entschuldige, wollte ich nicht.« Peter Dahnken warf einen Blick auf die Tafel. »Und, bringt dich das weiter?«

»Vielleicht. Wenn ich nicht gerade gestört werde«, frotzelte Hölzle, nun wieder entspannt. »Hast du mehr über diesen Harmsen herausbekommen?«

Dahnken zuckte mit den Achseln. »Nein, ehrlich gesagt,

nicht. Es ist im Moment nicht nachvollziehbar, mit wem er von der Deutschen Botschaft in Abidjan gesprochen hat. Die Mitarbeiterin, die die Telefonate weitervermittelt, habe ich zwar an die Strippe bekommen, aber an diesem Tag sind wie immer jede Menge Anrufe auch aus Deutschland eingegangen und wen sie wohin vermittelt hat, weiß sie beim besten Willen nicht mehr.«

»Hm, aber es muss eine Verbindung geben zwischen Stegmann und Harmsen, die Frage ist nur, welche«, kommentierte Hölzle. »Und ich frage mich, was diese Stolze damit zu tun haben könnte. Mit der stimmt jedenfalls was nicht. Und ich meine nicht nur, dass sie irgendwelche komischen Wässerchen vertickt.«

»Glaubst du etwa, sie hatte was mit der Rosenberg-Entführung zu tun? Schließlich wurde er ja in ihrem ehemaligen Elternhaus festgehalten«, mutmaßte Peter.

Hölzle schüttelte den Kopf. »Eigentlich kann ich mir das nicht vorstellen. Aber vielleicht weiß sie, wer dahintersteckte.«

»Wenn dem so ist, wird sie nichts sagen. Strafvereitelung in einem Mordfall ist nicht ohne.« Peter rieb sich seinen Dreitagebart.

»Außer, sie hätte für einen Angehörigen geschwiegen. Allerdings waren ihre Eltern zu diesem Zeitpunkt außer Landes, sie ist ein Einzelkind, und ich glaube nicht, dass irgendein Onkel von ihr den Rosenberg entführte.«

»Ist es nicht ein seltsamer Zufall, dass die Stolze die Exfrau von Stegmann kennt? Diese Uhlenbruck? Und hat Irene Stolze der Uhlenbruck nach Stegmanns Verschwinden nicht finanziell unter die Arme gegriffen? Mit welchem Geld? Wirklich mit dem Geld ihrer Eltern? Oder womöglich mit dem Lösegeld für Rosenberg?«, spann Peter den Faden weiter.

»Bis jetzt haben wir aber angenommen, dass sich Stegmann mit dem Lösegeld aus dem Staub gemacht hat«, warf Hölzle ein. »Außerdem, warum sollte Irene – mal angenommen, sie hätte mit der Entführung zu tun gehabt – Rosenberg umbringen, wenn das Geld bezahlt wurde? Das macht keinen Sinn.«

Beide starrten auf die Tafel, fast so, als erwarteten sie eine Antwort auf all ihre Fragen.

»Es gibt Neuigkeiten, Chef!«, riss Harry Schipper die beiden aus ihren Gedanken.

Hölzle wandte sich mit hochgezogenen Augenbrauen erwartungsvoll um. Peter Dahnken tat es ihm gleich.

»Ich hab gestern noch die Jungs von der Ballistik genötigt, das hat mich zwar einen Kasten Bier gekostet, aber ich hatte so eine Idee, die ich unbedingt gleich verfolgen wollte.« Er genoss die Spannung in den Gesichtern seiner Kollegen. Ganz langsam, jedes Wort auskostend, fuhr er fort: »Die Luger, mit der sich Harmsen erschossen hat oder vielmehr mit der er erschossen wurde, ist dieselbe Waffe, mit der man Rosenberg damals ins Jenseits befördert hat.« Harry leckte sich die Lippen und setzte sein Lausbubengrinsen auf.

»Mensch, Harry, aus dir wird noch ein richtig guter Kriminalbeamter«, zog Peter seinen Kollegen auf, »das war echt ein Geistesblitz von dir, die Waffen abgleichen zu lassen.«

Hölzle zog einen Schokoriegel aus seiner Schreibtischschublade und warf ihn Harry zu, der ihn geschickt auffing. »Sehr gut, Herr Kriminaloberkommissar Schipper.«

Er zog einen weiteren Riegel hervor und gab ihn Dahnken. »Damit's koin Schtreit gibt«, schwäbelte er ausnahmsweise mal laut. Dann gönnte er sich ebenfalls einen Schokoriegel.

*

»Chef, Wiegand will Sie dringend sprechen.« Hilke Maier, sonst ein Ausbund an Fröhlichkeit, verzog das Gesicht in Sorgenfalten, so, als stünde Werder-Bremen unrettbar auf einem Abstiegsplatz.

Sie wedelte mit einem Stapel Kopierpapier vor seiner Nase herum.

»Er hat sehr ernst gewirkt. Sie haben mir doch nichts angestellt?«

Hölzle zuckte mit den Schultern.

»Keine Ahnung, was er von mir will. Sie haben ihm doch gestern den Zwischenbericht zum Stegmann-Mord abgeliefert? Allerdings kann ich mir nicht vorstellen, dass da etwas unklar gewesen sein soll. Und der Schlussbericht des Totschlagfalles in der Neustadt sollte eigentlich auch keine Fragen mehr aufwerfen.«

Trotz seiner in gelassenem Ton hervorgebrachten Antwort war Hölzle mulmig zumute. Mit zwei Fingern weitete er seinen Hemdkragen, der ihm unangenehm auf den Hals drückte. Er spürte, dass ihm, im wahrsten Sinne des Wortes, das Herz bis zum Hals klopfte, und Rinnsale von Schweiß bahnten sich ihren Weg zwischen seinen Schulterblättern hinab in Richtung Hosenbund.

»Der Chef möchte während Ihres Gesprächs nicht gestört werden, von nichts und niemandem.«

Auffordernd betrachtete Hilke Maier ihn, als warte sie immer noch auf eine Erklärung Hölzles, warum Wiegand ihn so dringend sprechen müsse.

»Frau Maier, wenn ich weiß, was Wiegand von mir will, sind Sie die Erste, die es erfährt«, fuhr er die Sekretärin mit barscher Stimme an.

So kannte Hilke ihn überhaupt nicht. Beleidigt zog sich Frau Maier in ihr Büro zurück. Sie knallte die Tür mit Schwung hinter sich zu, sodass das gerahmte Poster mit den Unterschriften ihrer Werder-Lieblinge, das sie – obwohl vom Hausmeister strengstens untersagt – mit einem Nagel an die Holztür gehängt hatte, mit Getöse auf dem Boden landete.

Hölzle war schon auf dem Weg zu Wiegand, hörte sie aber noch laut vor sich hin fluchen. Er würde ihr als Wiedergutmachung in den nächsten Tagen ein Glas ihrer Lieblingsbonbons mitbringen – Werder-Bonbons, grünweiß gestreift, aus der Bonbonmanufaktur in der Böttcherstraße – und sich wegen seines rüden Tons entschuldigen.

Hölzle ahnte, mehr noch, ihm war ziemlich klar, was Wiegand von ihm wollte.

Die Tür zu Wiegands Büro war nur angelehnt. Hölzle drückte sie eine Spur weiter auf und streckte seine Nase in das Zimmer des Polizeipräsidenten. Er räusperte sich.

Unschlüssig blieb er stehen, wippte auf den Füßen und betrachtete wohl zum hundertsten Mal die Einrichtung in Wiegands Büro. Der Mann hatte Geschmack. Ein schlichter Schreibtisch mit Glasplatte von Le Corbusier, der LC6, das hatte Hölzle sich gemerkt. Auch die anderen Stücke waren von erlesener Qualität. Soviel Hölzle wusste, entstammte Wiegands Frau einer betuchten Düsseldorfer Familie und hatte offensichtlich bei der Einrichtung seines Büros ein Wörtchen mitzureden gehabt. Hölzles Blick blieb an der Schreibtischlampe hängen. Die hatte er noch nicht gesehen. Chromfuß, weißer Kugelschirm. Sehr schick. Er heftete seinen Blick darauf. Wiegand, der offensichtlich in einen roten Aktenordner versunken war, schaute immer noch nicht auf. Hölzle räusperte sich erneut, und sein Räuspern ging ungewollt in ein kratziges Husten über. Wiegand winkte Hölzle ins Zimmer, noch immer hatte er seinen Blick nicht von diesem Ordner gehoben und noch immer schwieg er. Hölzle kam sich vor wie ein Schuljunge, der wegen eines frechen Streichs zum Rektor zitiert wird – eine Situation, die er als Schüler mehrfach erlebt hatte. Aber noch nie war ihm dabei so unwohl gewesen wie jetzt in diesem Moment.

»Herr Hölzle, nehmen Sie doch Platz.« Aha, das Reden hatte er also nicht verlernt.

»Danke, guten Morgen, Herr Dr. Wiegand.« So förmlich war er selten mit seinem Chef umgegangen.

»Hölzle, sagt Ihnen der Name Delano etwas?« Wiegand klappte den Ordner zu und sah Hölzle streng an.

»Ah, Belana! Festkochend, klasse für Kartoffelsalat«, platzte es auch schon aus Hölzle heraus.

Irritiert hob Wiegand die Brauen. »Herr Hölzle, ich will gar nicht lange drum herumreden. Es geht, wie Sie sicherlich vermuten, um den Fall des Toten im Bürgerpark. Wie ich höre, sind Sie dabei unter anderem auf den

Sprengstoffanschlag am Bremer Hauptbahnhof von 1974 gestoßen und haben sich Akteneinsicht im Staatsarchiv verschafft, in einer Abteilung, in der Sie, das heißt wir, eigentlich nichts zu suchen haben.«

Hölzle nickte und fragte sich, woher Wiegand das wusste. ›Logisch, der ond der Bruns spielet mitnander Golf.‹ Sich aufmerksam in seinem Stuhl nach vorne lehnend, die Unterarme auf seine Oberschenkel gestützt, wartete er, bis Wiegand fortfuhr.

»Nun habe ich einen etwas unangenehmen Anruf bekommen«, Wiegand räusperte sich, »man hat mir nahegelegt, Sie von dem Fall abzuziehen. Wobei nahegelegt noch harmlos ausgedrückt ist.«

Hölzle richtete sich auf und lehnte sich zurück. »Alles klar. Der Verfassungsschutz hat sich auch bei Ihnen gemeldet. Das war ja zu erwarten.«

Wiegand sah ihn mit zusammengezogenen Augenbrauen an, zwischen denen sich nun eine steile Falte abzeichnete. »Was meinen Sie mit ›auch‹?«

Heiner Hölzle seufzte und rieb sich den rechten Augeninnenwinkel. »Vor einiger Zeit ist dieser Delano bei mir aufgetaucht und hat mir bereits klargemacht, dass ich die Finger von dem Fall lassen soll.«

»So, so«, machte Wiegand. »Und warum sind Sie damit nicht zu mir gekommen?« Der Polizeipräsident sah Hölzle ernst und eindringlich an.

»Na ja«, begann Hölzle zögernd, »warum sollte ich Sie mit so was belästigen …«

»Verdammt noch mal, Hölzle, Sie wissen genau, dass Sie mich darüber hätten informieren müssen«, Wiegand schlug mit der flachen Hand auf seinen Schreibtisch.

Hölzle senkte den Kopf. »Ja, ich weiß«, gab er grummelnd zu, »aber der hat mich so blöd angemacht, dass ich dachte …«

»Blöd angemacht, was soll das denn nun wieder heißen? Sie dachten, dass Sie das schön aussitzen können«, unterbrach ihn Wiegand erneut, »und Sie haben natürlich einfach weiter ermittelt, wie ich Sie kenne.« Seine Stimme hatte einen drohenden Tonfall angenommen.

Hölzle sah Wiegand direkt in die Augen und antwortete trotzig: »Genau. Und das ist auch richtig so. Von denen lass ich mir doch nicht meine Arbeit verbieten!« Er begann, sich in Rage zu reden, als er an Delano dachte. Das Handy-Foto, auf dem dieser Christiane küsste, erschien vor seinem geistigen Auge. Hölzle erhob sich von seinem Stuhl und lief im Zimmer auf und ab.

»Blödes Pack allesamt, die Leute vom Verfassungsschutz. Machen einen auf James Bond und kommen sich immer als die Retter der Nation vor. Aber nicht mit mir! Da müssen die schon früher aufstehen. Die haben doch nur Schiss, dass die Presse womöglich darüber berichtet, dass der Bombenanschlag am Hauptbahnhof damals gar nicht von Terroristen durchgeführt, sondern von ihnen selbst initiiert worden ist. Ist doch gerade wieder aktuell, die ganze Scheiße von damals. Ich sag nur: Verena Becker! Die steht doch eben vor dem Oberlandesgericht in Stuttgart wegen des Buback-Mordes, und sie war Informantin für den Verfassungsschutz. Ich sag Ihnen eins, Dr. Wiegand, da halte ich es mit dem Götz von Berlichingen und lass mich von der ganzen Bande am Arsch lecken!« Er erschrak selbst über sich und erwartete ein Donnerwetter seitens des Polizeipräsidenten.

Doch wider Erwarten lächelte dieser, nein, der grinste richtig!

»Bravo, Herr Hölzle, ganz meine Meinung.«

›Will der mi verarscha?‹, fuhr es Hölzle durch den Kopf. Doch Wiegand schien es ernst zu meinen.

»Ich habe mich ähnlich am Telefon ausgedrückt, nur nicht ganz mit Ihren drastischen Worten. Also, mein lieber Herr Hölzle, bleiben Sie am Ball. Meine Rückendeckung haben Sie.«

Hölzle blieb der Mund offen stehen. Das hätte er nicht erwartet.

Gut gelaunt verließ Hölzle wenig später das Präsidium, um eine späte Mittagspause zu machen. Sein Magen hing gefühlt in seinen Kniekehlen, die Kantine hatte heute nur Angebote, die nicht seinem Geschmack entsprachen, und da war es keine Frage, dass er – wie so oft – in die Stadtmitte fuhr, um bei Uschi Kramer einen ofenwarmen Leberkäse zu essen.

Nach einem kleinen Schnack mit Uschi und zwei Leberkäsbrötchen schlenderte Hölzle zurück zum Parkhaus. Er fühlte sich gestärkt und gewappnet für den Rest des Tages. Viele Mitarbeiter der umliegenden Banken und Geschäfte hatten wie er ihre Mittagspause genutzt, um in einem der zahlreichen Bistros und Cafés einen kleinen Imbiss einzunehmen. Hölzles Blick fiel auf einen der gut besetzten Tische, und beinahe hätte sein Mittagessen den Rückwärtsgang eingelegt.

In trauter Zweisamkeit, so schien es Hölzle, saßen dort Christiane und Mark Delano. Er hielt vor einem Schaufenster inne und beobachtete die beiden, die sich im Glas spiegelten. Bei genauerem Hinsehen musste er sich eingestehen, dass Christianes Gesicht einen zornigen Ausdruck angenommen hatte. ›So‹, dachte er, ›bliсksch du's endlich, was der für 'n Lompaseggel* isch?‹ Schade, dass er nicht hören konnte, um was es in diesem Gespräch ging. Er beobachtete, wie Delano ihr beruhigend den Arm tätschelte und den Kopf noch mehr zu ihr neigte. Die Zornesfalten glätteten sich, und wenige Augenblicke später zauberte Christiane ein Lächeln auf ihre Lippen.

Es war nicht zu fassen, beinahe hätte Hölzle sich dazu hinreißen lassen, sich umzudrehen und Delano eine in die verhasste Visage zu hauen. Er ballte die Fäuste in der Hosentasche und atmete mehrere Male tief durch. Das würde nichts bringen. Im Gegenteil, mit einer solchen Aktion würde er seine Freundin nur noch mehr in die Arme dieses Schweins treiben, und einen tätlichen Angriff konnte er sich als Polizist so oder so nicht leisten. Das wäre Wasser auf des Kartoffelsacks Mühle. Hölzle blieb nichts anderes übrig, als den Dingen ihren Lauf zu lassen. Entweder entschied sich Christiane für oder gegen ihn, so einfach war das. Markus Rotenboom hatte Hölzle zwar geraten, Christiane zu erzählen, mit wem sie sich da einließ, aber Heiner hatte abgelehnt.

»Es ist doch vollkommen egal, wer er ist. Schlimm ist die Tatsache, dass ihr bei mir offenbar etwas fehlt, was er ihr aber bietet. Statt dass Christiane mit mir redet, wenn sie unglücklich ist, hängt sie sich an den nächstbesten Anzughansel.« Markus hatte ihm daraufhin recht geben müssen.

---

* Schwäbischer Kraftausdruck. Im Mittelalter wurde eine übergroße Männlichkeit durch Ausstopfen mit Lumpen an entsprechender Stelle vorgetäuscht.

Hölzle ging weiter, die gute Laune nach dem Gespräch mit Wiegand war wie weggeblasen und in seinem Mund herrschte ein schaler Geschmack. Er beschloss, seine Mittagspause etwas zu verlängern und gönnte sich einen Spaziergang durch die Wallanlagen. Hölzle stoppte an einem Eiscafé und kaufte sich drei dicke Kugeln in den Geschmacksrichtungen Schokolade – klar –, Stracciatella und Haselnuss. Zumindest das hob seine Laune wieder etwas.

Als er 20 Minuten später am Parkscheinautomaten stand und seine letzten Euromünzen zusammenkramte, um sein Ticket zu bezahlen, tippte ihm jemand auf die Schulter.

»Herr Hölzle, was für eine nette Überraschung.« Der Sarkasmus war unüberhörbar, und Hölzle brauchte sich nicht umzudrehen, um zu wissen, wer hinter ihm stand. ›Dr Lompaseggel. Mach jetzt bloß koin Fehler, Heiner‹, ermahnte er sich selbst. Dann wandte er sich ganz langsam um.

»Eher wohl eine unerwünschte Begegnung, um es mal nett auszudrücken, Delano.«

»Ich war gerade mit einer ganz reizenden jungen Dame Kaffee trinken, und ich glaube, Sie kennen sie auch«, versuchte Delano, ihn zu provozieren. Doch Hölzle dachte nicht daran, sich ärgern zu lassen. Auch wenn es schwerfiel.

»Wie schön für Sie. Und? Sonst noch was?« Gemächlich warf er die Münzen in den Automaten und wartete darauf, dass sein Parkschein wieder ausgeworfen wurde.

»Ach, ich dachte, wenn ich Sie hier schon treffe, dann kann ich Sie auch gleich schon einmal darauf vorbereiten, dass Christiane und ich heute Abend im Parkhotel zum Essen verabredet sind. Die Parksuite habe ich bereits reservieren lassen, man hat so einen fantastischen Blick aus der Designerbadewanne direkt auf den Bürgerpark. Sie haben also den ganzen Abend und die Nacht für sich allein, Hölzle. Machen Sie doch mal wieder einen drauf, das tut Ihnen sicher gut.«

Die Worte fühlten sich an wie ein Schlag in den Magen. Hölzle schwieg, zog sein Ticket, schob die Hände, zu Fäusten geballt, in die Hosentaschen und ließ Delano einfach stehen. Als er sein Auto aufschloss, spürte er, wie ihm Tränen des Zorns in die Augen stiegen. War es tatsächlich nur Zorn? Nein, musste er sich eingestehen, denn mehr als alles andere fühlte er sich zutiefst verletzt. Doch das musste er jetzt beiseiteschieben, denn Harry und er trafen sich gleich, um Elvira Theuerholz aufzusuchen. Hölzle riss sich zusammen, er musste sich jetzt ganz auf den Fall konzentrieren. Im Moment war keine Zeit für Gefühle, mal abgesehen davon, war das ganz genau das, was Delano bezweckte.

Elvira Theuerholz war am Telefon sichtlich erschüttert gewesen, als Hölzle ihr gegenüber neue Erkenntnisse im Falle ihres ermordeten Vaters erwähnt hatte, und sie hatte einem Treffen sofort zugestimmt.

Die Ermittlungsbeamten parkten ihr Auto direkt vor der Villa in der Markusallee gegenüber dem Rhododendronpark. Es erwartete sie ein fast herrschaftliches Anwesen. Ein Portikus mit schlanken, weißen Säulen überdachte den Zugang zur Villa, der Vorgarten präsentierte sich als ein farbenfrohes Gemisch aus allerlei Stauden, vom blau blühendem Rittersporn bis zum duftenden, satt rosafarbenen Phlox.

Elvira Theuerholz öffnete und bat Hölzle und Schipper ins Haus. Fast ehrfürchtig schritten die beiden über das glänzende Kirschholzparkett der riesigen Eingangshalle. Ein üppiger Rosenstrauß stand auf einer Mahagonikommode. Ein paar der gelben Blütenblätter waren in eine Glasschale gefallen, die einen Stapel Visitenkarten enthielt. Harry starrte darauf, so etwas hatte er noch nie gesehen. Elvira Theuerholz bemerkte seinen Blick.

»Hier legen unsere Gäste ihre Karten ab. Das ist bei uns so Usus. Wenn Sie eine haben, legen Sie sie doch bitte dazu.«

Harry wurde rot, zückte seine Geldbörse und entnahm ihr eine seiner verknitterten Visitenkarten, die er dann lässig auf den kleinen Stapel warf. Dann folgten die beiden der Dame des Hauses nach hinten auf die Terrasse, die sich mit edlen Loungemöbeln, umrahmt von mediterranen Gewächsen, präsentierte, als wäre sie direkt einem Hochglanzmagazin entsprungen.

Hölzle kam, nachdem alle Platz genommen hatten, ohne Umschweife zu Sache.

»Frau Theuerholz, wie ich schon am Telefon andeutete, sind wir durch einen aktuellen Mordfall auf die Entführung Ihres Vaters im Jahre 1974 gestoßen. Können Sie uns schildern, was genau damals passiert ist? Es scheint, dass die Polizei zunächst komplett rausgehalten wurde, das wundert uns. Ebenso die Presse. Erst nachdem die Leiche Ihres Vaters gefunden wurde, findet man mehr Zeitungsberichte.«

»Natürlich erinnere ich mich. Meine Familie bekam ein Foto meines Vaters, der die aktuelle Tagesausgabe des Weser-Kuriers vor sich hielt. Meine Mutter hatte natürlich fürchterliche Angst, wie wir alle. Sie vertraute sich einem Freund meines Vaters an, dem damaligen Senator für Inneres. Meine Mutter wollte auf gar keinen Fall die Polizei einschalten und die Presse schon gar nicht. Der Senator wollte sich darum kümmern, er hätte einen Mann in seiner Abteilung, auf den er sich hundertprozentig verlassen könne. Dieser würde sich der Entführung meines Vaters und der Lösegeldübergabe annehmen.« Sie schwieg einen Augenblick. »Wir hatten so große Hoffnung, doch dann … Aber was hat dies alles mit einem Mordfall, der jetzt passiert ist, zu tun?«

»Es steht unzweifelhaft fest, dass bei dem jetzigen Mord dieselbe Waffe zum Einsatz gekommen ist, mit der Ihr Vater erschossen wurde.«

Elvira Theuerholz' Lippen wurden zu einem schmalen Strich, und man konnte ihr ansehen, dass sie um Beherrschung ihrer Gefühle bemüht war.

»Sie meinen, der Mörder meines Vaters hat erneut einen Menschen getötet?«

»Ganz genau. Wir schließen im Moment aus, dass die Waffe seither den Besitzer gewechselt hat. Leider wurde die Waffe nie registriert. Wie wir wissen, handelt es sich um eine Pistole, die seit Ende des Zweiten Weltkrieges nicht mehr hergestellt wird. Außerdem haben wir herausgefunden, wo Ihr Vater vor seiner Ermordung gefangen gehalten wurde.« Hölzle machte eine kleine Pause, um Elvira Theuerholz Zeit zu geben, diese Informationen zu verarbeiten.

Sie schüttelte schwach den Kopf. »Nach all den Jahren …«, flüsterte sie leise.

Fast behutsam fragte Harry: »Sagt Ihnen der Name ›Stolze‹ etwas?«

Elvira Theuerholz' Augen wurden groß. »Stolze? Irene Stolze war meine Freundin in Jugendtagen. Und ihre Eltern Uwe und Dietlinde enge Freunde meiner Eltern. Meinen Sie *die* Stolzes?«

Hölzle und Schipper nickten.

»Aber, aber …, was haben denn Stolzes damit zu tun?« Elvira war fassungslos.

»Frau Theuerholz, wir haben Grund zur Annahme, dass Ihr Vater in der Villa der Stolzes festgehalten wurde. Auf einem der Fotos, die damals Ihrer Familie zugespielt wurden, kann man mithilfe der heutigen Technik ein Wandgemälde sichtbar machen, das zweifelsfrei einem Kellerraum dieses Hauses zugeordnet werden kann. Zwar hat unsere Spurensicherung nach mehr als 30 Jahren keinen einzigen Hinweis mehr darauf gefunden, dass man Ihren Vater dort festgehalten hat, aber das Foto mit dem Wandgemälde im Hintergrund ist uns Beweis genug«, klärte Hölzle die Kardiologin auf.

»Mein Gott, das kann doch alles nicht wahr sein! Sie erzählen mir, dass mein Vater nur wenige 100 Meter von seinem eigenen Haus entfernt gefangen gehalten wurde?« Erregt sprang sie auf und ging auf und ab, knetete ihre Hände und rang sichtlich um Fassung. »Warum sollte Uwe meinen Vater entführen und uns erpressen? Das macht doch keinen Sinn!«

Sie setzte sich wieder hin, kerzengerade, als hätte sie einen Stock verschluckt.

Harry Schipper lehnte sich in dem Loungesessel nach vorn, seine Knie berührten beinahe die Knie der Hausherrin.

»Wir haben noch keinerlei Beweise, allerdings hegen

wir den Verdacht, dass Stolzes Tochter Irene mit der Sache zu tun gehabt haben könnte. Irenes Eltern befanden sich zu dieser Zeit überhaupt nicht in Deutschland.«

Elvira Theuerholz lachte freudlos auf. »Irene? Nie im Leben! Wie kommen Sie denn auf diese Idee? Das ist doch völlig absurd!«

»Irene Stolze war mit dem Überbringer des Lösegeldes bekannt, schließlich war er der Mann ihrer Freundin Hannelore, die heute Uhlenbruck heißt. Früher hieß sie Stegmann. Tatsächlich handelt es sich um Raimund Stegmann, der vor Kurzem tot im Bürgerpark aufgefunden wurde. Ich nehme an, das haben Sie in der Zeitung gelesen.« Hölzle sah, wie die Hände der um Haltung bemühten Frau zitterten. Sie griff zu der kleinen versilberten Zigarettendose ihres Mannes, die neben einem Aschenbecher auf dem Terrassentisch stand, und entnahm ihr eine Zigarette, die sie sich zwischen die Lippen schob. Zehn Jahre hatte sie nicht mehr geraucht, doch jetzt hatte sie das Gefühl, wenn sie nicht augenblicklich das Nikotin inhalieren könnte, würde sie zusammenklappen. Suchend fuhr ihr Blick über den Tisch, kein Feuerzeug zu sehen. War wohl ein Zeichen, dass sie es doch besser lassen sollte. Achtlos warf sie die Zigarette in den Aschenbecher.

»Hannelore Uhlenbruck? Reden Sie von der Mutter meines zukünftigen Schwiegersohnes?« Die dunklen Augen blickten Hölzle ungläubig an, Tränen glitzerten darin.

Nun war es an Hölzle und Harry, verblüfft zu sein.

»Ihr zukünftiger Schwiegersohn?«, echote Schipper.

Elvira Theuerholz seufzte tief auf. »Meine Tochter Jana heiratet in naher Zukunft Simon Uhlenbruck.«

»Ich nehme an, dass Simon nicht Stegmanns Sohn ist, sondern aus der Ehe von Hannelore und ihrem jetzigen Mann stammt«, mutmaßte Hölzle.

»Ganz recht«, bestätigte Elvira, »er hat eine Halbschwester, Saskia, die etwa zehn Jahre älter ist.« Sie schien sich wieder gefangen zu haben und kam auf das ursprüngliche Thema zu sprechen. »Warum verdächtigen Sie Irene? Nur deswegen, weil mein Vater in diesem Haus war?«

»Wie gesagt, wir haben keine konkreten Beweise …«, begann Harry, doch Elvira unterbrach ihn.

»Hören Sie, ich kenne Irene seit ewigen Zeiten. Wir haben als Kinder zusammen gespielt, sie war oft bei uns zu Hause, hat hier übernachtet, wenn ihre Eltern manchmal Wochen oder Monate unterwegs waren. Gut, als wir älter wurden, haben wir uns nicht mehr so häufig gesehen, lediglich einmal die Woche im Tennisclub. Ich bin dann ja zum Medizinstudium nach Tübingen gegangen, da man hier in Bremen dieses Fach nicht studieren kann.«

»Ach, tatsächlich? Sie haben in Tübingen studiert? Ich bin ganz in der Nähe aufgewachsen«, warf Hölzle ein.

»Ja, es war eine schöne Zeit. Tübingen ist eine hübsche kleine Stadt«, erinnerte sich Elvira. Dann nahm sie den Faden wieder auf.

»Irene blieb hier, studierte Jura und zog in eine Wohngemeinschaft. Jede hat andere Interessen entwickelt, das ist ja normal. Ich liebe die Oper, Bücher, das Theater. Irene hingegen wollte immer den Armen helfen – ich nenne es immer ein ›Samariter-Syndrom‹ –, hasste die Ungerechtigkeit auf dieser Welt, wollte alles verändern.« Ihr Blick schien in die Ferne zu schweifen.

»Sie war wie so viele Studenten damals, trug diese Palästinensertücher und Hippie-Flickenjeans, ging zu Demos, egal welcher Art. Hauptsache, man war dagegen. Ich habe mich da immer rausgehalten, wollte mir meine Zukunft nicht verbauen. Na ja, das war zumindest die Argumentation meiner Eltern, und ich war sowieso nie der Revoluzzertyp.«

Elvira Theuerholz unterbrach ihren Redefluss, horchte in sich hinein. Dann schüttelte sie vehement den Kopf. »Nein, glauben Sie mir, Irene hätte meinem Vater niemals etwas angetan.«

Harry, der genau wie Hölzle aufmerksam zugehört hatte, hing einem Gedanken nach, der ihm durch die Erzählung Elviras gekommen war. Dann sagte er in die Stille hinein: »Von Susanne Albrecht hätte Ponto das auch nie geglaubt. Bis er die RAF im Haus hatte und mehrere Kugeln ihn tödlich trafen.«

Hölzle und Elvira schauten ihn entsetzt an, dann jedoch dämmerte beiden die Erkenntnis, dass es bei Irene womöglich auch so gewesen sein könnte.

*

Währenddessen saß Peter Dahnken bei seinem Großvater. Peters Vater Otto hatte seinen Sohn gebeten, mal wieder bei seinem Opa vorbeizuschauen. Peter liebte den alten Kauz. Als er noch ein kleiner Junge war und sein Vater ihn mit dem Taschengeld mehr als knappgehalten hatte, war sein Opa öfter mit einem Fünfer eingesprungen. Er hatte ihn auch das Schachspiel gelehrt, nur dass Peter heute kaum noch dazu kam. Die seltenen Stunden, in denen er sich auf das Brett konzentrierte, waren immer mit seinem Großvater als Gegenüber verbunden. Jakob Dahnken war zwar mittlerweile sehr klapprig geworden, aber immer noch klar im Kopf, geistig rege und am Tagesgeschehen interessiert.

Jakob Dahnken wohnte in einer Seniorenresidenz der gehobenen Klasse in der Stadt nahe den Wallanlagen. Die Bewohner konnten diverse Wellness- und Fitnessprogramme oder Kunst- und Kulturangebote in Anspruch nehmen, und der alte Mann fühlte sich in seiner Zweizimmerwohnung wohl. Seit seinem Umzug vor vier Jahren hatte er nette Bekanntschaften gemacht und einsam fühlte er sich selten.

Heute jedoch freute er sich sehr darüber, dass sein Enkel Peter vorbeischaute und sogar seinen Lieblingskuchen, Buchweizentorte, mitgebracht hatte.

Nun saßen sie gemeinsam auf dem Balkon, schlemmten, tranken Kaffee und spielten nebenbei eine Partie Schach.

»Sag mal, Opa, erinnerst du dich noch an die Entführungsgeschichte dieses Bankiers? Rosenberg?«, fragte Peter unvermittelt den alten Herrn, während er darüber nachdachte, wie sein Großvater ihn schon wieder an den Rand einer Niederlage gebracht hatte. Immer, wenn Jakob mit der selten gespielten Portugiesischen Eröffnung begann, verlor Peter.

»Rosenberg? Na klar, wir waren doch zusammen bei den Rotariern. Der Rüdiger, Gott hab ihn selig«, seufzte er, »das war schon schlimm damals. Und keiner weiß bis heute, wer ihn umgebracht hat. Wieso fragst du?«

Peter spielte gedankenverloren mit seinem schwarzen Läufer, den er gerade durch Unaufmerksamkeit verloren hatte. »Ach, wir arbeiten zur Zeit an diesem Bürgerpark-Fall, du hast das ja sicher mitbekommen, und irgendwie gibt es Verbindungen zu dieser alten Geschichte. Erzähl doch einfach mal, an was du dich erinnerst. Was weißt du noch aus dieser Zeit?«

Jakob Dahnken lehnte sich in seinem Stuhl zurück und gähnte herzhaft.

»Gute Frage. Am besten, ich erzähle dir einfach von Rüdiger.« Er zog sein Jackett aus, knöpfte den Hemdkragen auf und lockerte die Krawatte, es war doch sehr warm geworden. Peter schmunzelte, sein Großvater war ein Herr der alten Schule und trug bei jedem Wetter Jackett, Hemd, Krawatte, was ihm selbst – Peter – unbegreiflich war, und er hatte kaum je erlebt, dass Jakob es sich gemütlicher machte. Heute war wohl eine Ausnahme.

»Rüdiger war geradlinig, streng, ehrlich, aber auch sehr konservativ. Politisch eher rechts der Mitte, sag ich mal. War ja im Krieg Offizier bei der Luftwaffe, das hat ihn geprägt. Auch wenn er sehr hart war, war er trotz allem ein feiner Kerl. Innerhalb der Rotarierrunde fand sich ein kleiner intimer Kreis von Männern zusammen. Rüdiger, Willi Klotz, Edwin Kiesler, Alfons Haberecht und ich. Wir trafen uns regelmäßig in der Sauna, spielten mal Karten oder unternahmen gemeinsam mit unseren Familien etwas. Dazu gesellte sich dann noch der eine oder andere aus der Nachbarschaft. Claus und seine Frau Gertrud, Richard und Irmgard. Wir hatten ja alle Kinder im selben Alter, kannten uns durch die Schule. Es passte ganz gut.« Jakob beugte sich nach vorn und genehmigte sich noch ein halbes Stück Torte, das er genussvoll Gabel für Gabel in den Mund schob.

»Als du von der Entführung erfahren hast, was hast du da als Erstes gedacht?«, hakte Peter nach.

Sein Großvater zuckte mit den Achseln. »Junge, was soll ich da gedacht haben? Ich war, wie alle anderen auch, entsetzt und geschockt. Er muss ja wohl verschwunden sein, kurz, nachdem er das Restaurant, in dem wir uns nach der Sauna immer trafen, verlassen hat. Wir haben zusammengehockt und auf die Fußball-WM gewettet. Junge, das vergesse ich nicht so schnell. Und zwei Wochen vorher haben wir noch alle miteinander Rüdigers 60. Geburtstag gefeiert und dann passiert so was! Es war so eine schöne Feier. Warte mal, jeder der geladenen Gäste bekam später ein Fotoalbum mit Bildern von der Feier.«

Peter schaute seinen Großvater fragend an. »Echt? Das ist ja eine schöne Idee.«

Mühsam stemmte sich der alte Mann aus seinem Stuhl. »Ja, da hat sich Rüdiger nicht lumpen lassen. Aber es war schon ein merkwürdiger Augenblick, als das Paket mit dem Album kam. Rüdiger hatte die Fotoalben direkt bei ›Photo-Becher‹ für uns in Auftrag gegeben. Und als wir es alle bekommen hatten, war er vielleicht schon tot. Nun ja, ich bringe es dir.«

»Soll ich nicht lieber das Fotoalbum holen?«, bot Peter an.

Jakob lächelte. »Schon gut, mein Junge, das schaff ich gerade noch allein. Außerdem soll man sich ja bewegen, predigen einem die Ärzte permanent.«

Es dauerte nicht lange und der alte Mann kehrte mit einem dicken, in Leder gebundenen Album zurück. Schwer ließ er sich in den Stuhl fallen und schlug das Buch auf. Er blätterte einige Seiten durch, dann stoppte er. »Hier«, er reichte das Fotoalbum seinem Enkel, »das ist der Stehempfang bei Rosenberg im Garten. Champagner, kleine Häppchen, du weißt schon. Alles vom Feinsten, da war Rüdiger nicht geizig.«

Peter schob das Schachbrett beiseite, legte das Album auf den Tisch und betrachtete die Bilder.

Jakob Dahnken beugte sich nach vorn, um die Fotos besser sehen zu können. Dann tippte er auf eines und sagte: »Sieh mal, da bin ich und deine Großmutter Inge. Ach, warum musste sie nur so früh von mir gehen?« Für einige Sekunden gedachte er seiner verstorbenen Frau.

Peter blätterte um. Weitere Fotos mit Menschen, die er nicht kannte, aber er gönnte seinem Großvater die Freude, in Erinnerungen zu schwelgen, und den Spaß, zu vielen Bildern einen Kommentar abgeben zu können.

Auf der letzten Seite des Albums standen sämtliche Namen der anwesenden Gäste. Peter Dahnken überflog die Namen, die ihm sowieso fast alle nichts sagten, und wollte das Album schon zuklappen, als er an einem Namen hängen blieb. Stolze.

»Opa, zeig mir doch bitte auf den Bildern die Familie Stolze.« Er war wie elektrisiert. Peter rückte seinen Stuhl um den kleinen Tisch herum, um neben seinem Großvater sitzen zu können, damit sie gemeinsam in das Buch schauen konnten.

Jakob blätterte einige Seiten zurück, dann zeigte er mit dem Finger auf einen hochgewachsenen Mann in dunklem Anzug. Daneben standen zwei Frauen. »Das sind Uwe, seine Frau Dietlinde und Irene, die Tochter der beiden.«

Tatsächlich. Bei genauerem Hinsehen erkannte Peter Dahnken Irene Stolze, die einen gelangweilten Gesichtsausdruck aufgesetzt hatte und sich sichtlich unwohl in ihrem Cocktailkleidchen fühlte. Er ging das gesamte Album noch einmal durch und fand noch weitere Fotos, auf denen Irene zu sehen war. Auf drei Bildern war sie im Gespräch mit zwei jungen Männern. Auch die beiden in ihren dunklen Anzügen blickten düster, die Augenbrauen zusammengezogen, die Mundwinkel zeigten abschätzig nach unten. Alle drei sahen aus, als könnten sie der Jubelfeier absolut nichts Positives abgewinnen.

»Wer sind die beiden da, Opa?«, fragte Peter.

»Oh, das sind die Söhne von Harmsen und Teschen. Warte mal, wie hießen die Jungs doch gleich noch?« Jakob Dahnken kratzte sich sein noch volles, aber schlohweißes Haar. Dann leuchteten seine Augen auf. »Ich weiß es wieder. Knut und Hans-Joachim.«

Peter Dahnken saß wie vom Donner gerührt da und starrte seinen Großvater an. Knut Harmsen. Der Tote aus Oberneuland. Wer auch immer Hans-Joachim Teschen war, einer Sache war Peter sich absolut sicher: Dieser Mann hatte mit den Morden an Stegmann und Harmsen zu tun.

*

Hölzle kam müde und abgekämpft nach Hause. Zu allem Überfluss hatte er heute Morgen schon wieder einen Artikel von Thorben Schmink lesen müssen, der berichtete, dass der Verfassungsschutz Interesse an dem Toten vom Bürgerpark zeigte. Es stand zwar nichts wirklich Neues darin zu lesen, doch Schmink wollte die Sache wohl warmhalten. Hölzle war alles andere als glücklich ob dieser Tatsache. Natürlich hatte Harry den Schmierfinken in die Mangel genommen. Aber ohne Erfolg. Schmink behauptete, er habe lediglich eins und eins zusammengezählt und als cleveres Kerlchen – das er ja nun einmal sei – wäre er zu dem Ergebnis gekommen, dass die Truppe vom Verfassungsschutz bei dieser dubiosen Geschichte dahinterstecken müsse. Mehr war nicht aus ihm herauszuholen gewesen, und Hölzle hatte seine Leute von Schmink abgezogen, um den Jagdinstinkt des Reporters nicht noch weiter anzuheizen.

Tante Marthe fing ihn ab, als er unten im Flur stand.

»Heiner, du hast sicher Hunger«, strahlte sie ihn an.

»Was gibt es denn?«, fragte Hölzle vorsichtig zurück. Hunger hatte er schon, und das nicht zu knapp.

»Es ist zwar etwas zu warm dafür, aber ich hatte heute richtig Lust auf ›Pluckte Finken‹.«

»Was om Hemmels willa isch des?« Hölzle zog fragend die Augenbrauen hoch.

»Ach, ich vergesse immer, dass du die Bremer Küche nicht so gut kennst. Es ist ein Bohneneintopf. Weiße Bohnen, Zwiebeln, Wur …« Weiter ließ Heiner Marthe Johannsmann nicht zu Wort kommen.

»Du, Marthe, sei mir nicht böse, aber ich glaube, ich leg mich besser gleich hin. War ein anstrengender Tag heute.« Er tätschelte ihre Schulter. Marthe grinste verstohlen, wusste sie doch inzwischen nur zu gut, dass der Freund ihrer Großnichte schwindelte.

»Komm schon rein, ich kann dir auch ein Brot machen. Dazu Käse, Schinken und einen frischen Salat«, lockte ihn Marthe, und er gab sich geschlagen.

Marthe deckte den Tisch, schnitt Tomaten und Gurken in eine Schüssel und fügte Rucola dazu. Sie unterhielt sich ganz zwanglos mit Heiner, was diesem in seiner augenblicklichen Gefühlslage mehr als guttat. Bestimmt hatte Christianes Tante mitbekommen, dass zur Zeit nicht eitel Sonnenschein im oberen Stock herrschte, aber sie hütete sich davor nachzufragen. Das rechnete Hölzle ihr hoch an.

»Was ist denn eigentlich aus dem Toten im Bürgerpark geworden?«, fragte sie ihn eben. »Habt ihr eine heiße Spur, einen Verdacht, wer der Mörder sein könnte? Ich bin gar nicht auf dem Laufenden, was gerade in Bremen so los ist, das hat man davon, wenn man mal ein paar Tage verreist. Das würde ich euch beiden übrigens auch einmal empfehlen, der Harz ist um die Zeit einfach traumhaft schön.«

Hölzle langte herzhaft zu und schüttelte kauend den Kopf. »Nee«, er schluckte den letzten Bissen Käse hinunter, »da geht gerade nichts voran. Und nee, verreisen ist im Moment auch nicht drin.« Dann kam ihm ein Gedanke: Marthe würde sich doch bestimmt noch an das Bombenattentat erinnern. »Sag mal, weißt du noch, wie das damals gewesen ist, als auf dem Hauptbahnhof die Bombe hochging?«

»Wie kommst du denn jetzt darauf? Egal. Ja, klar kann ich mich daran erinnern. Schrecklich war das. Terroristen im beschaulichen Bremen. Ich meine, die ›Roten‹ hatten hier ja schon ihren Zulauf, aber …«

»Marthe, du wirst ja jetzt wohl die ›Roten‹, wie du sie nennst, nicht als Terroristen bezeichnen wollen«, fiel ihr Hölzle ins Wort.

Unwillig winkte sie ab und schnitt sich eine kleine Ecke Käse ab. »Du weißt, wie ich's meine. Auf jeden Fall war das ein Schock. Zuerst entführt diese Bande den Rosenberg, das war ein Bankier«, fügte sie erklärend hinzu. Sie konnte ja nicht ahnen, dass Hölzle bestens Bescheid wusste. Und den Weser-Blitz hätte Marthe noch nicht einmal mit einer Zange angefasst. »Und dann flog der Bahnhof in die Luft, na ja, natürlich nicht ganz. Aber es kamen schon Leute zu Schaden. Monate nach der Entführung stieß man dann auf die Leiche Rosenbergs. Das passierte alles innerhalb einer Woche. Also wenn du mich fragst, das waren alles dieselben Leute, die das getan haben.«

Sie unterhielten sich noch einige Zeit über Marthes Harzreise sowie über ihre geplante Rügenreise im nächsten Jahr, dann verabschiedete sich Hölzle, um nach oben zu gehen.

An der Tür konnte sich Marthe aber doch nicht verkneifen zu sagen: »Das wird schon wieder, du kennst Christiane doch. Sie zickt eben manchmal rum, wie ihr jungen Leute sagt.«

Heiner Hölzle nickte nur. ›Wenn du wüsst'sch, was dei Chrischtiane grad macht, dann würd'sch des net sage.‹

Als er die Treppe zur gemeinsamen Wohnung hinaufstieg, überfiel ihn erneut der Zorn. Die nachmittägliche Begegnung nagte an ihm. Am besten, er zog sich noch irgendeinen Film rein, denn mit Christiane konnte er nicht rechnen, die saß ja wahrscheinlich in dem Moment mit diesem Delano in einer Designerbadewanne.

Hölzle schloss die Wohnungstür auf und vernahm Topfgeklapper aus der Küche. War Christiane etwa doch zu Hause? Sein Herz machte einen kleinen, freudigen Hüpfer.

Tatsächlich. Als er in die Küche schaute, stand seine

Freundin am Herd und mühte sich mit dem Spätzlehobel ab. Das sah nach einem Friedensangebot aus, doch Hölzle war immer noch stocksauer auf sie. Und Hunger hatte er nun gerade auch keinen mehr.

»Na, klappt's?«, kommentierte er spöttisch. Sie fuhr herum.

»Ja, geht so. Ich krieg das schon hin. Es gibt Züricher Geschnetzeltes dazu, das magst du doch so gern.« Sie versuchte ein Lächeln, aber angesichts Hölzles eisiger Miene erstarb es auf ihren Lippen.

»Ich dachte, du bist unterwegs heute Abend«, sondierte Hölzle die Lage.

»Wo sollte ich denn deiner Meinung nach sein?« Ein leicht aggressiver Unterton schwang in ihrer Frage mit.

»Sag du's mir. Vielleicht im Parkhotel. Abendessen bei Kerzenschein und anschließend planschen in der Badewanne der Suite mit romantischem Blick in den Bürgerpark?«

Christiane schüttelte verständnislos den Kopf. »Wie kommst du denn auf so 'n Scheiß?« Sie widmete sich wieder ihren Spätzle und schabte vehement den Teig in das kochende Wasser.

»Gib mal her, so geht das nicht«, Hölzle schob seine Freundin zur Seite, um mit geübten Bewegungen weiterzuschaben.

»Hat mir so ein halbseidener italienischer Vogel zugezwitschert«, gab Hölzle dann zur Antwort. Er fischte die fertigen Spätzle aus dem Wasser, hielt sie kurz unter kaltes Wasser und ließ sie in eine bereitstehende Glasschüssel gleiten.

»Du hast Mark getroffen, und er hat dir das erzählt?« Sie

wartete keine Antwort ab. »Wieso macht er das? Ich habe ihm klipp und klar gesagt, dass ich es unmöglich fand, dir dieses Foto zu schicken. Und er hat sich entschuldigt und gemeint, er wolle sich nicht zwischen uns drängen.«

Hölzle jagte den letzten Rest Teig durch den Hobel, schaltete die Herdplatte aus, angelte die restlichen Spätzle aus dem Topf und gab etwas Butter dazu. Anschließend schob er die Glasschüssel in den vorgewärmten Ofen.

»Sag mal, wie naiv bist du eigentlich?«, fragte er fassungslos seine Freundin. »Hast du dir jemals die Frage gestellt, wie dieses Arschloch überhaupt an so ein Foto kommt? Er selbst kann es ja kaum gemacht haben.«

Christiane ließ sich mit gesenktem Kopf auf den kleinen Küchenhocker sinken. »Darüber habe ich, ehrlich gesagt, nicht nachgedacht. Ich weiß auch nicht, ich war so …« Sie brachte den Satz nicht zu Ende, in ihrem Gesicht konnte man sehen, wie es in ihr arbeitete. Dann schaute sie Heiner in die Augen.

»Kann es sein, dass er mich benutzt hat, um dir eins reinzuwürgen? Ist er überhaupt ein Journalist für diese Polizeizeitschrift?«

»Die Kandidatin hat 100 Punkte!« Hölzle klatschte in die Hände. »Diese Salatkartoffel im Armanianzug ist vom Verfassungsschutz und glaubt, dass, wenn er mich eifersüchtig macht, ich die Finger von dem Fall lasse. Klar so weit?«

Christiane war sichtlich erschüttert und wohl auch in ihrer Eitelkeit gekränkt. »Du meinst, er hat sich wirklich nur deswegen mit mir getroffen?«

Hölzle zog den anderen Hocker herbei und setzte sich ihr gegenüber. »Genau so sieht's aus. Überleg mal, wann du den getroffen hast.«

Sie runzelte die Stirn. »Kurz nachdem er bei dir im Büro war, weiß nicht mehr genau. Vielleicht zwei oder drei Tage später.«

»Mann, was für ein Zufall aber auch.« Hölzles Sarkasmus war nicht zu überhören. »Und um dieses Foto zu bekommen, muss er ja jemanden beauftragt haben, der euch beobachtet. Es tut mir leid, Schätzchen, aber der ist nicht wegen deiner rehbraunen Augen mit dir ausgegangen. Nicht, dass er nicht bemerkt hat, dass du gut aussiehst, aber …«

Christiane winkte ab. »Hab schon kapiert, was du mir sagen willst. Du brauchst nicht noch unnötigerweise Salz in meine Wunden zu streuen.«

Hölzle stand auf und begann, die Teigschüssel und den Spätzlehobel unter kaltem Wasser zu reinigen. »Ach, deine Wunden? Hast du überhaupt eine Vorstellung, wie es mir geht? Was das für ein Scheißgefühl war, als er auf der Party auftauchte? Dann dieses verdammte Foto, und heute habe ich euch in der Stadt zusammen gesehen. Glaub mir, das ist was anderes als deine gekränkte Eitelkeit.« Er knallte die abgewaschenen Sachen auf die Edelstahlspüle.

Christiane stand auf, trat hinter ihn und umschlang Heiner mit den Armen, den Kopf an seine Schulter gelehnt. »Es tut mir so leid.« Sie begann zu schluchzen.

Heiner drehte sich um und hielt sie auf Armeslänge von sich. »Hör bitte auf zu weinen, du hast weniger Grund dazu als ich. Ich weiß nicht, was ich falsch gemacht habe, dass du dich so einem an den Hals schmeißt, aber es wäre nett gewesen, du hättest vorher mit mir geredet, wenn dir was an unserer Beziehung nicht mehr passt.« Dann fasste er sich ein Herz und stellte die Frage, mit der er sich seit Tagen herumschlug.

»Liebst du mich denn überhaupt noch?«

Christiane schlug die Hand vor den Mund. »Oh Gott, Heiner, natürlich liebe ich dich. Keine Ahnung, was mit mir los war. Ich fand's einfach nur toll und schmeichelhaft, dass sich so ein toll …«, sie korrigierte sich schnell, »… ich meine, noch ein anderer Mann für mich zu interessieren schien, und …«

Er zog sie an sich. »Lass gut sein, ich will's gar nicht wissen. Ich weiß, dass es manchmal nicht leicht für dich ist, weil ich so oft unterwegs bin, nachts, am Wochenende und so weiter. Aber glaub nicht, dass ich dir das so einfach durchgehen lasse.«

Sie schaute zu ihm auf. Zögernd fragte sie nach endlos langen Sekunden des Schweigens: »Und welche Strafe hast du dir ausgedacht?«

Seine Lippen verzogen sich zu einem maliziösen Grinsen.

»Die Jungs haben mir zum Geburtstag eine Eintrittskarte zum Abschiedskonzert der Flippers im November geschenkt, und du musst mit. Sie wussten nicht, dass ich mir schon längst selbst ein Ticket besorgt hatte. Das heißt im Klartext, du wirst mich zum Konzert begleiten.«

Christiane schluckte. »Das ist die Höchststrafe. Findest du das nicht ein wenig übertrieben?«

»Kein bisschen«, erwiderte er, »und wenn Delano sich noch einmal in deine Nähe wagt, dann mach ich Kartoffelpüree aus ihm.«

Er drückte sie fest an sich, glücklich, dass er sie nicht verloren hatte. Die Spätzle und das Züricher Geschnetzelte konnten warten.

15. August 2010, Bremen

Peter Dahnken gab es auf, seinen Chef ans Handy zu bekommen, er erreichte immer nur die Mailbox. Er war total aus dem Häuschen, nachdem er herausgefunden hatte, wer sich hinter Hans-Joachim Teschen verbarg. Der Mann war Diplomat in Abidjan.

Peter wählte Harrys Nummer, der auch prompt nach zweimaligem Klingeln verschlafen abnahm.

»Sag mal, weißt du, wie spät es ist?«, war Harrys Begrüßung. Dann glaubte Peter, ein Flüstern zu hören.

»Ja, kurz vor halb zwei oder so. Na, hast du heute Nacht etwa Gesellschaft?«, interpretierte er die Hintergrundgeräusche. »Etwa Hölzles Schwägerin in spe, Carola? Oh, oh, mein Freund Harry hat sich verknallt.«

»Ach, halt die Klappe, Schönling. Sag mir lieber, warum du mich um diese Uhrzeit belästigst«, knurrte Harry in den Hörer.

»Heiner geht nicht ans Telefon, da dachte ich, ich rufe dich an. Pass auf, ich habe heute meinen Opa besucht und er hat mir ein altes Fotoalbum gezeigt. Darin waren Bilder von Rosenbergs 60. Geburtstag. Und rate mal, wer neben anderen dort auch zu Gast war?« Er machte eine kleine künstlerische Pause.

»Au, Mann«, beschwerte sich Harry, »komm zum Punkt, ich bin müde.«

»Okay, okay. Irene Stolze, Knut Harmsen – unser Toter – und ein weiterer Mann namens Hans-Joachim Teschen. Dieser Teschen ist an der Deutschen Botschaft in Abidjan. Und weißt du, was ich glaube? Dieser Teschen ist unser Mörder.«

Harry war nun hellwach. »Hör zu, wir waren doch heute bei Rosenbergs Tochter, Elvira Theuerholz. Sie hat auch einiges erzählt, und dabei kam mir der Gedanke, dass Irene Stolze möglicherweise ähnlich vorgegangen ist wie Susanne Albrecht, die Terroristin von der RAF. Ponto hat doch nur durch sie seine Mörder überhaupt ins Haus gelassen.« Er schwieg einen Augenblick. »Wenn Teschen unser Mörder ist, dann muss er sich ja hier aufhalten. Hast du schon eine Anfrage an die Elfenbeinküste geschickt, ob er zurzeit in Bremen ist?«

»Ja, klar. Ich sitze quasi vor meinem Laptop und warte auf eine Antwort.«

»Aber selbst wenn Teschen sich hier aufhält, welche Beweise haben wir denn gegen ihn in der Hand?«, überlegte Harry. »Das ist für den Richter ein bisschen zu dünn, um einen Haftbefehl auszustellen.«

»Das stimmt«, gab Peter Dahnken zu. »Die Verbindung zwischen der Rosenberg-Entführung und Stegmann können wir auch nicht belegen. Nichts als bloße Vermutungen, es ist doch zum Kotzen«, ereiferte er sich.

Am anderen Ende herrschte Stille.

»Harry? Bist du noch dran?«

»Ja, ja. Ich dachte nur eben, wenn das stimmt und Teschen unser Mörder ist, dann mache ich mir Sorgen um Irene Stolze. Sie könnte die Nächste sein.«

»Mensch, Harry, daran habe ich noch gar nicht gedacht. Ich fahre jetzt ins Viertel und versuche, Heiner wachzubekommen. Wir treffen uns im Präsidium.«

*

Elvira Theuerholz ging langsam durch das Ostertorviertel. Trotz der späten Stunde war immer noch einiges los. Viele der Tische vor den kleinen Lokalen waren noch besetzt, Leute lachten miteinander, führten hitzige Diskussionen, aus dem Inneren der Bars klang Musik. Sie beobachtete eine Gruppe Dunkelhäutiger, die zu viert an einer Straßenecke standen und sich gegenseitig etwas zusteckten. Sie handelten ganz offensichtlich mit Drogen. Aus der Presse wusste Elvira, dass die Polizei dieses fast öffentlichen Rauschgifthandels am Sielwall und an der ›Piepe‹ kaum Herr wurde.

Elvira fühlte sich wie in einem Wattebausch, nichts drang wirklich zu ihr durch. Immer und immer wieder ging sie das Gespräch mit den beiden Kriminalbeamten durch. Es war zum Verrücktwerden. Irene. Ihre Freundin aus unbeschwerten Kindertagen. Mein Gott, wie oft hatten sie sich gegenseitig besucht, in den Gärten der Eltern gespielt. Dann war sie nach Tübingen gezogen, um ihr Medizinstudium aufzunehmen. Oft hatte sie Irene in dieser Zeit nicht mehr zu Gesicht bekommen. Die wenigen Male, die sie sich getroffen hatten, hatten gezeigt, wie fremd sie sich geworden waren. Irenes in Elviras Augen radikalpolitischen Ansichten hatte sie nie geteilt. Nach dem Unfalltod von Irenes Eltern hatte Elvira versucht, sich Irene wieder anzunähern, doch ohne Erfolg. Geradezu weggejagt hatte Irene sie, als sie vor ihrer Haustür mit einer Platte Butterkuchen gestanden war. Irene war nach dem Tod der Eltern bis zum Verkauf der Villa in ihr Elternhaus zurückgekehrt. Noch auf der Schwelle hatte sie Elvira abgefertigt. Sie war gegangen und hatte keinen weiteren Versuch unternommen, mit Irene die alten Freundschaftsbande wieder zu knüpfen.

Mechanisch einen Fuß vor den anderen setzend, ziellos,

rastlos setzte sie ihren nächtlichen Gang fort. Noch mehr Erinnerungen überfielen sie, zogen als Bilderfetzen vor ihrem inneren Auge vorbei. Irenes schwarze lange Haare, die ihr immer ins Gesicht fielen. Irenes rotes T-Shirt mit dem für diese Zeit typischen Druck von Che Guevara auf der Brust. Irene, wie sie sich ereiferte über die kapitalistische, menschenverachtende Politik in dieser Welt, vorneweg natürlich die Politik Amerikas. Irene und ihre Freunde, die guthießen, was Typen wie Baader und Meinhof und deren Anhänger taten.

Ihre Beine waren müde geworden und Elvira setzte sich in eine ruhige kleine Bar. Sie ließ sich ein Glas Rotwein bringen und hing weiter ihren Erinnerungen nach.

Am Tag, als die Polizei die Nachricht vom Tod ihres Vaters gebracht hatte, war Elviras Mutter zusammengebrochen. Elvira selbst war erstaunlich ruhig geblieben. Sie hatte die Hoffnung, dass ihr Vater lebend gefunden würde, schon länger aufgegeben. Monate waren zwischen der verpatzten Lösegeldübergabe und dem Fund der Leiche vergangen. Eigentlich war jedem klar gewesen, dass Rüdiger Rosenberg nicht mehr lebte.

Erst jetzt wurde ihr wieder bewusst, dass damals zur Beerdigung nur Irenes Eltern gekommen waren, Irene hatte sich entschuldigen lassen. Nie hatte Elvira auch nur eine einzige Beileidsbezeugung ihrer Jugendfreundin bekommen. Warum? Hatte der Kriminaloberkommissar mit seinem Vergleich zwischen Irene und der Terroristin Albrecht etwa ins Schwarze getroffen?

Elvira nickte dem Kellner zu und bestellte ein weiteres Glas Wein. Sie schaute auf die Uhr. Zwei Uhr morgens. Ferdinand war unterwegs mit seinem Tennisclub, er würde sie nicht vermissen, das dauerte immer länger. Ihre Gedanken wanderten erneut zurück zu dem Tag, als sie Irene aufgesucht hatte und ihr Trost spenden wollte, nachdem bekannt geworden war, dass Stolzes in der Unglücksmaschine gesessen hatten. Als wäre sie mehr als 30 Jahre zurückversetzt worden, so klar und deutlich vernahm sie die Stimme Irenes und sah sie vor sich stehen mit verheulten Augen und wirren, ungewaschenen Haaren.

»Was willst du denn hier?«, war der barsche Empfang gewesen, den Irene ihr geboten hatte.

»Es tut mir so leid, Irene, ich habe es erst vorgestern erfahren und bin heute aus Tübingen gekommen. Ich wollte dir nur meine Hilfe anbieten, ich weiß, wie es ist, wenn man jemanden verliert.«

»Spar dir dein Gesülze, ich komm schon klar«, hatte Irene sie regelrecht angefahren.

Elvira war ruhig geblieben, schob die harschen Worte auf Irenes schmerzlichen Verlust.

»Hör zu, wir sind immer noch befreundet, auch wenn wir nicht mehr so viel Kontakt haben wie früher, und als das mit meinem Vater passiert ist …«

»Ach, hör auf, dein Vater. Das war was ganz anderes. Dein Vater war ein eiskalter Kapitalist. Einer weniger jetzt auf dieser Welt. Aber meine Eltern waren unbescholtene Menschen. Und jetzt verschwinde!«

Elvira war fassungslos gewesen, hätte Irene am liebsten eine gescheuert für ihre bösartigen Worte. Einige Tage später hatte sie von Irene eine Karte erhalten mit einer Entschuldigung, aber das hatte den Schmerz nicht gelindert.

Je länger sie jetzt darüber nachsann, desto dringender wollte sie nun endgültig die Wahrheit erfahren. Am besten gleich. Ein Glas Wein noch und ein großes Mineralwasser, dann würde sie Irene aufsuchen, es war ja nicht weit von hier.

*

Peter Dahnken hatte schon zweimal an Heiner Hölzles Tür geläutet, aber nichts rührte sich. Auch ein Anruf hatte nichts gebracht. Er entschloss sich schweren Herzens, an die Eingangstür zu hämmern, und hatte prompt Erfolg. Wildes Gekläffe erscholl, und er konnte hören, wie eine Tür geöffnet wurde. Der Hund bellte weiter und eine Frauenstimme begann zu schimpfen. Offensichtlich hatte Peter nun einen Teil der Bewohner wachbekommen, Christianes Tante und ihren Hund. Er klopfte noch einmal und rief: »Frau Johannsmann, es tut mir leid. Hier ist Peter Dahnken von der Kripo, ich muss dringend mit Heiner sprechen, bekomme ihn aber nicht wach.«

Er hörte, wie Marthe Johannsmann die Haustür entriegelte und das Rasseln der Kette, um die Tür einen Spalt öffnen zu können. Der misstrauische Blick, den Marthes Gesicht zeigte, verschwand, als sie Heiners Kollegen erkannte.

»Bisschen spät, junger Mann, aber nun ist es egal. Kommen Sie doch rein.« Sie schloss die Tür für einen Augenblick, wieder konnte man die Kette rasseln hören, und öffnete sie dann wieder.

»Theo, sei still jetzt!«, herrschte sie ihren Hund an, der die ganze Zeit ohne Unterlass gekläfft hatte. Peter Dahnken beugte sich hinunter und strich dem Hund über den Kopf.

»Schon gut, Kleiner, du kennst mich doch.« Theo verstummte und begann augenblicklich, an Peter hochzuspringen.

»Theo, aus!«, rief Marthe und nahm ihn am Halsband. »Tut mir leid, das werde ich ihm wohl nicht mehr abgewöhnen können.«

Dahnken lächelte und winkte ab. »Das macht nichts. Ich find ihn gut.« Die alte Dame strahlte.

»Gehen Sie ruhig nach oben, vielleicht haben Sie ja direkt an der Wohnungstür mehr Glück und können die beiden wecken. Zur Not habe ich auch einen Schlüssel«, bot sie an.

Peter nickte dankend und stieg die Treppe hinauf. Die Hälfte hatte er gerade geschafft, als Heiners Stimme durch die Wohnungstür dröhnte.

»Was, zum Teufel, ist denn hier los? Marthe? Ist alles in Ordnung?« Dann erschien auch der dazugehörige Mann auf der Treppe. Irritiert blickte Hölzle Peter an.

»Hab ich was verpasst? Solltest du nicht auch im Bett sein um diese Zeit? Besser wäre das, sonst bist du morgen mal wieder zu spät im Präsidium«, frotzelte er.

Peter Dahnken ging nicht darauf ein. »Zieh dich an, wir treffen uns mit Harry. Den Rest erzähl ich dir im Auto.«

*

Harry Schipper wartete ungeduldig in seinem Büro. Die Kaffeemaschine schien auch wenig geneigt zu sein, Überstunden zu machen, und ratterte träge vor sich hin. Schließlich hatte sie es geschafft, und die rabenschwarze Brühe schillerte in der Kanne. Harry nahm seine Tasse, die noch Spuren des Vortages enthielt, verzog das Gesicht und goss sich Kaffee ein.

Sein Handy klingelte. Nummer unbekannt. Er zuckte mit den Achseln und nahm ab.

»Schipper, Kripo Bremen«, meldete er sich.

»Ähm, entschuldigen Sie bitte, aber ich habe Ihre Nummer von Ihrer Visitenkarte. Es geht um meine Frau«, begann der Anrufer stotternd. »Mir ist klar, dass das eigentlich kein Anruf für die Kripo ist, aber ich weiß mir gerade keinen anderen Rat und da dachte ich …«

»Moment, Moment. Mit wem spreche ich denn überhaupt?«, unterbrach Harry den Mann.

»Oh, Pardon. Hier ist Ferdinand Theuerholz«, gab der Mann sich zu erkennen.

»Alles klar. Um was geht es denn genau?«, fragte Harry und verbrannte sich die Zunge an dem heißen Kaffee, als er einen Schluck nahm.

»Meine Frau ist nicht zu Hause. Ich bin gerade erst selbst zurückgekommen und normalerweise ist Elvira um die Zeit schon im Bett. Sie hat auch keine Nachricht hinterlassen und an ihr Handy geht sie ebenfalls nicht. Ich mache mir große Sorgen, sie war völlig mit den Nerven fertig nach Ihrem Besuch. Sie hat mich kaum wahrgenommen.«

»Beruhigen Sie sich, Herr Theuerholz. Wann haben Sie denn das Haus verlassen?«

»So gegen 20 Uhr. Ich habe mich mit Freunden aus dem Tennisclub getroffen, da wird es meist sehr spät. Elvira kann also schon Stunden unterwegs sein. Sie hat auch keinen Dienst in der Klinik, das wüsste ich.«

Harrys Gedanken überschlugen sich beinahe. Elvira Theuerholz war nach dem gestrigen Gespräch erschreckend ruhig geblieben. Es hätte ihnen klar sein müssen, dass das kein gutes Zeichen war. Überhaupt, sie hätten die Frau erst gar nicht auf diese Weise mit ihren Vermutungen konfrontieren sollen. Aber nun war es zu spät. Er war sich mit einem Mal sicher, dass Elvira auf dem Weg zu Irene Stolze war oder schlimmer noch, sie war schon dort gewesen, hatte diese zur Rede gestellt und die Situation war womöglich eskaliert. Am meisten machte er sich selbst Vorwürfe. Hätte er doch nur nicht diesen Terroristenvergleich geäußert.

»Hören Sie, Herr Theuerholz, bleiben Sie, wo Sie sind, ich kann mir vorstellen, wo sich Ihre Frau befindet. Mehr kann ich Ihnen jetzt nicht sagen, ich melde mich bei Ihnen, sobald ich sie finde.«

»Aber …«, erhob Theuerholz Einspruch.

»Nein, Sie können sowieso nichts tun, überlassen Sie das bitte uns. Bis dann.« Harry legte auf, nahm noch einen Schluck Kaffee, knallte die Tasse auf den Schreibtisch und stürmte aus dem Büro, wo er mit Peter und Heiner zusammenprallte.

»Die Theuerholz ist weg! Los, Leute, wir müssen uns beeilen!«

*

Irene Stolze konnte nicht schlafen. Vergeblich hatte sie gestern versucht, Knut zu erreichen, doch er hatte nicht auf ihre Anrufe reagiert. Mehrfach hatte sie Nachrichten auf seinem Anrufbeantworter hinterlassen, ebenso wie auf der Mailbox seines Handys. Am Ende hatte sie es nicht mehr ausgehalten und war zu Knuts Haus gefahren. Nichts.

Schließlich hatte sie eine Nachbarin, die in ihrem Garten herumwerkelte, gefragt, ob sie vielleicht wüsste, wo Knut Harmsen wäre. Die Frau hatte ihr mit betretener Miene erzählt, dass ihr Nachbar das Zeitliche gesegnet hätte. Selbstmord solle es gewesen sein. Erschossen hätte sich der Herr Apotheker. Irene hatte das Gefühl, es ziehe ihr den Boden unter den Füßen weg.

Selbstmord. Keine Sekunde glaubte sie daran. Wieso hätte Knut das tun sollen? Die Angst kroch in sämtliche Windungen ihres Gehirns, machte sie unfähig, klar zu denken. Hajo. Er war hier in Bremen und er hatte schon damals keine Scheu gehabt, den Abzug zu ziehen. Irene begann, um ihr Leben zu fürchten.

Sie wälzte sich hin und her. Schließlich gab sie auf, zog sich an, packte in Windeseile eine Tasche mit dem Notwendigsten und schnappte sich ihren Reisepass. Sie würde am Computer im Laden – zu Hause besaß sie keinen – nach Flügen suchen, die am nächsten Morgen von Bremen abgingen. Sie polterte die Treppe hinunter, schloss die schwere Haustür auf und eilte auf die Straße. Es war glücklicherweise nicht weit zu gehen, und nach nur wenigen Minuten hatte sie den ›Mondenschein‹ erreicht. Misstrauisch schaute sie sich um, bevor sie die Ladentür öffnete. Keine Menschenseele war zu sehen, doch die Angst saß ihr im Nacken. Sie musste sich beeilen. ›Hätte ich doch nur wie Knut schon einen Flug nach Venezuela gebucht.‹

Irene fuhr den Computer hoch, der in dem kleinen Hinterzimmer ihres Ladens stand. Sie würde versuchen, den nächstbesten Flug nach Südamerika zu bekommen. Venezuela, Uruguay, egal. Hauptsache, weg. Ihre Kreditkarte würde das schon noch hergeben.

›Blöde Kiste‹, beschimpfte sie den Computer im Stillen, ›nun mach schon.‹

Endlich war die Webseite aufgebaut, und sie ließ ein Suchprogramm laufen. Flüge ab Bremen via Frankfurt nach Caracas waren ihre erste Option. Knapp 3.000 Euro, und der Flug erst in drei Tagen. Gut, dann eben nach Uruguay, vielleicht hatte sie da mehr Glück. Montevideo. Trotz allen Unbehagens, das sie verspürte, musste sie bei der Erinnerung an den alten Spielfilm ›Das Haus in Montevideo‹ mit Heinz Rühmann lächeln.

Die Suchmaschine zeigte ihr an, dass ein Flug nach Montevideo erst in fünf Tagen verfügbar war und knapp über 4.000 Euro kostete. Das war ja noch schlimmer. Vielleicht wäre es besser, erst einmal nach Amsterdam zu fahren und dort vom Flughafen Schiphol aus wegzukommen.

Ein Geräusch schreckte sie auf. Jemand war im Laden. ›Ich Idiot habe in meiner Panik die Ladentür aufgelassen‹, fuhr es ihr durch den Kopf. Leise klappte sie den Laptop zu, um den Lichtschein, der vom Bildschirm ausging, zu verdecken. Regungslos saß sie da, die Nerven zum Zerreißen gespannt. Einbrecher? Das konnte sie sich nicht vorstellen, hier gab es ja nichts Großartiges, vom Laptop abgesehen, zu holen. Die Drogensüchtigen waren meist auf schnelles Geld aus. Hajo! Und sie hatte keine Möglichkeit, sich zu verstecken.

*

Die drei Kriminalbeamten standen vor dem Haus in der Goethestraße und klingelten vergeblich bei Irene Stolze.

Nichts rührte sich. Sie warteten einen Moment, und Harry Schipper wies mit dem Kinn auf den Briefkasten, auf dem ein großes ›Atomkraft nein danke‹-Schild klebte. So wie es aussah, klebte es bereits seit Jahren dort. Er nickte vielsagend mit dem Kopf.

»Passt«, meinte er nur.

»Harry, versuch's mal bei einem der anderen Bewohner. Vielleicht weiß ja irgendjemand was«, schlug Hölzle vor und sah Harry auffordernd an. Schipper drückte auf einen Klingelknopf mit dem Namen Siebenstein. Nichts. Er drückte den nächsten, Sandermann. Da, endlich!

»Was zum Teufel soll das denn? Klingelputzen ist out! Verschwindet, ihr Halbstarken!«, klang eine zornige Männerstimme aus der Sprechanlage.

Hölzle schob Harry beiseite und sprach in das Mikrofon. »Hier ist die Kriminalpolizei, bitte machen Sie auf. Wir haben ein paar Fragen an Sie, eine der Hausbewohnerinnen betreffend.«

Verblüffte Stille am anderen Ende. Dann schien sich Sandermann entschieden zu haben.

»Einen Moment, bitte, ich komme hinunter.« Offenbar wohnte der Mann nicht im Parterre. Wenige Minuten später ging das Licht im Windfang des Hauses an. Die schwere Haustür öffnete sich einen Spalt und ein Mann mittleren Alters mit strubbeligen Haaren in Jeans und T-Shirt war zu erkennen. Er bedeutete den Männern, dass er einen Ausweis sehen wollte. Hölzle zog pflichtschuldig seine Dienstmarke hervor und hielt sie in den Flur hinein. Sandermann nickte und öffnete. »Kommen Sie rein«, sagte er und machte Platz, um die Kriminalbeamten eintreten zu lassen. Im Windfang blieben sie stehen.

»Was ist denn so dringend, dass Sie um diese Zeit hier Sturm klingeln? Und um wen geht es überhaupt?«, fragte Sandermann. Er sah die drei der Reihe nach misstrauisch an.

»Kennen Sie Irene Stolze, die hier wohnt, näher?«, begann Hölzle und setzte gleich nach, »und wissen Sie zufällig, wo sie sich aufhalten könnte?«

Sandermann nickte. »Klar kenne ich Irene, wohnt hier schon ewig. Ein bisschen neben der Spur mit ihrem Esoterikkram, aber sonst ganz in Ordnung. Wir trinken ab und zu einen Tee zusammen oder ko…«

Peter Dahnken fiel ihm ins Wort.

»Herr Sandermann, entschuldigen Sie, aber es ist wirklich dringend, dass wir mit Frau Stolze sprechen können. Wissen Sie, wo sie ist? Zu Hause ist sie jedenfalls nicht. Zumindest öffnet sie uns nicht.«

»Nein, keine Ahnung. Tut mir leid. Um was geht es denn?«, wollte Sandermann neugierig wissen.

Hölzle schüttelte nur den Kopf. »Ist Ihnen in letzter Zeit an ihr irgendetwas Ungewöhnliches aufgefallen? Hatten Sie den Eindruck, dass irgendwas sie ängstigte? Hat sie mal etwas erwähnt, was Sie merkwürdig fanden?«

Sandermann überlegte. »Nein, eigentlich nicht. Aber mir fällt gerade ein, dass ich vorhin, bevor ich zu Bett ging, gehört habe, wie jemand aus dem Haus ging. Die Haustür ist ziemlich laut, wenn man sie schließt, wissen Sie. Ich habe aus dem Badezimmerfenster geschaut und mich gewundert, wer so spät noch unterwegs ist. Allerdings konnte ich nicht erkennen, wer um diese Zeit das Haus verlassen hat. Hier wohnen sechs Parteien, also kann es auch sonstwer gewesen sein. Besuch vielleicht.«

»Hatte die Person etwas dabei? Möglicherweise einen Koffer?«, fragte Harry, der sicher war, dass es sich bei der Person, die der Mann gesehen hatte, um Irene Stolze gehandelt hatte. Vielleicht hatte sie Panik bekommen und wollte verschwinden. Er fing Hölzles anerkennenden Blick auf. Wahrscheinlich hatte sein Chef dieselbe Idee gehabt.

»Ja, tatsächlich«, antwortete Sandermann nach einigem Zögern, »ob es ein Koffer war, weiß ich nicht, vielleicht eher eine größere Tasche. Ja, wenn ich es mir genau überlege, war es eine Frau mit einer großen Tasche.«

»Danke, Herr Sandermann, Sie haben uns sehr geholfen«, sagte Hölzle und wandte sich an seine beiden Kollegen, während Sandermann sich anschickte, die Tür zu schließen.

»Los, ihr fahrt zum Flughafen. Vielleicht ist sie dort, auch wenn der nächste Flug erst um 6 Uhr heute früh rausgeht«, ordnete Hölzle an, als die Tür ins Schloss gefallen war.

»Stopp mal, was ist, wenn es jemand anders gewesen ist, der das Haus verlassen hat, und die Stolze liegt oben tot in ihrer Wohnung? Vielleicht war es ja auch Elvira Theuerholz, die das Haus wieder verließ, in der Riesentasche Teile von Irene Stolze«, wandte Peter ein, wobei er seine letzte Bemerkung mit einem breiten Grinsen begleitete.

»Sehr witzig, darüber kann ich echt nicht lachen«, maulte Harry.

Hölzle stieß die Luft aus. »Das glaub ich jetzt zwar nicht, aber du hast recht, wir gehen besser auf Nummer sicher. Wir lassen ihre Wohnungstür öffnen. Ruf mal den Schlüsseldienst an, die sollen stante pede hier anrücken.«

Es dauerte nicht lange und ein Mann vom Schlüsseldienst kam angefahren. Er öffnete in wenigen Augenblicken Irene Stolzes Wohnungstür, nachdem die Kriminalbeamten Sandermann erneut herausgeklingelt hatten, damit dieser ihnen die Haustür öffnete. Neugierig blieb er auf dem Treppenabsatz stehen, bis ihn Peter aufforderte, in seine eigenen vier Wände zurückzukehren. Die Wohnung Irene Stolzes war tatsächlich verlassen, allerdings wiesen ein offenstehender Schrank und einige leere Kleiderbügel darauf hin, dass Irene offenbar eilig ein paar Sachen zusammengepackt hatte. Im Badezimmer fehlte zudem die Zahnbürste, und auch der Spiegelschrank stand offen.

»Und jetzt?«, wollte Harry von seinem Chef wissen.

Hölzle schaute ihn mit hochgezogenen Augenbrauen an. »Ich geh zu diesem Esoterikladen und schau mal, ob mir dort vielleicht Elvira Theuerholz über den Weg läuft. Mag sein, dass Frau Theuerholz ebenfalls zuerst hier war, Irene Stolze nicht angetroffen hat und weiter zu deren Laden gegangen ist. Elvira müssen wir nämlich auch noch suchen, schon vergessen?«

Der eben noch gelobte Harry Schipper bekam einen roten Kopf. Letztendlich war es ja seine Schuld, dass Elvira Theuerholz überhaupt ins Grübeln geraten und vielleicht jetzt zu einer Kurzschlussreaktion fähig war. »Stimmt«, gab Harry zerknirscht zu. »Das könnte durchaus sein. Also dann, bis später. Wir melden uns vom Flughafen aus bei dir.«

*

Elvira Theuerholz hatte nicht wirklich die Hoffnung, Irene zu dieser nachtschlafenden Zeit in ihrem Laden anzutreffen. Als sie die Bar verlassen hatte, hatte sie doch noch kurz gezögert. Zu absurd erschien ihr der Gedanke, dass Irene auch nur das Mindeste mit dem Verbrechen an ihrem Vater zu tun haben könnte. Fast hatte sie bereits wieder den Heimweg eingeschlagen beziehungsweise überlegt, ob sie nicht besser ein Taxi nehmen sollte. Doch der Zweifel nagte an ihr wie ein böses kleines Tier. Sie brauchte endlich Gewissheit. Zuerst war sie in die Goethestraße gegangen, hatte dort geklingelt, aber niemand hatte geöffnet. Und nun stand sie vor dem Laden mit den Elfen und den bunten Steinen.

Verblüfft stellte sie fest, dass die Ladentür nicht verschlossen war.

Vorsichtig drückte sie die Tür auf und tastete sich durch den Raum, der mit allen möglichen Ablagetischchen, Hockern und Regalen vollgestellt war. Sie stieß gegen einen der kleinen Tische und ein Buch fiel zu Boden. Elvira erschrak und hielt inne. ›Was mache ich überhaupt an diesem Ort? Wenn hier nun Einbrecher sind?‹

Aber was sollte hier schon jemand stehlen?

Sie nahm all ihren Mut zusammen. Nun war sie schon einmal hier und wollte den Laden nicht mehr verlassen. Ihr Blick wanderte durch den dunklen Raum, und sie nahm einen winzigen Lichtschein wahr, der unter einer Tür, vor der ein Perlenvorhang hing, hindurchschien. Da war jemand! Langsam ging Elvira auf die Tür zu, blieb stehen und lauschte. Sie hörte ein kaum vernehmbares ›Klick‹, und der Lichtschein verschwand. Sie schob den Perlenvorhang vorsichtig beiseite, drückte langsam die Türklinke herunter und betrat den Raum.

Elvira vernahm gepresstes Atmen und ehe sie sich versah, traf etwas ihren Kopf. Mit einem Schmerzensschrei taumelte sie rückwärts und knallte mit dem Rücken an die halboffene Tür. Dann hörte sie ein ungläubiges »Elvira, bist du das?« und sackte zusammen.

Arme streckten sich ihr entgegen und halfen ihr, sich auf einen Stuhl zu setzen. Licht flammte auf. Irene.

»Sag mal, was zum Teufel machst du hier? Du hast mich zu Tode erschreckt!«, keuchte ihre ehemalige Freundin.

Elvira rieb sich den Kopf, spürte bereits eine Beule an der linken Stirnseite. Etwas benommen richtete sie sich auf. »Wie konntest du nur?«, war alles, was sie sagte.

»Wie konnte ich nur was? Dir mit einem Aktenordner eine vor den Kopf geben? Was glaubst du denn? Ich dachte, es bricht jemand ein«, ereiferte sich Irene.

Elvira Theuerholz sah sie mit hasserfüllten Augen an und zischte: »Das meine ich nicht! Wie konntest du meinen Vater entführen! Ich weiß Bescheid.« Die letzten Worte spuckte sie ihrem Gegenüber geradezu ins Gesicht, während ihr die Tränen bereits unablässig über die Wangen liefen.

Irenes Reaktion ließ keinen Zweifel bei ihr aufkommen, dass sie ins Schwarze getroffen hatte. In deren Gesicht spiegelten sich in Sekundenschnelle Verstehen, Erschrecken, Schuld. Sie senkte den Kopf und sah zu Boden. Nach all den Jahren war es nun endlich an der Zeit, der Freundin das Unfassbare zu gestehen. Fast so etwas wie Erleichterung machte sich in Irene breit.

»Es war so, ich weiß nicht …«, begann Irene stockend. »Die ganze Sache ist uns damals aus dem Ruder gelaufen …, es tut mir unendlich leid, Elvira.«

»Ach, mehr hast du dazu nicht zu sagen? ›Es tut mir leid, Elvira!‹«, fauchte sie. Nein, so leicht wollte sie Irene nicht davonkommen lassen. »Und wen meinst du mit ›uns‹? Sag schon, wer hat mitgemacht? Wer hat meinen Vater umgebracht?«

Irene stand mit hängenden Schultern da und schwieg. Elvira sprang auf, packte sie am Kragen ihrer Bluse und schüttelte sie. »Wer? Sag mir, verdammt noch einmal, wer das gewesen ist?« Elvira ließ Irene los und fiel kraftlos und von Weinkrämpfen geschüttelt zurück auf den Stuhl.

»Knut und Hajo«, flüsterte Irene und begann ebenfalls zu weinen.

Fassungslos sah Elvira Theuerholz zu ihr hoch. »Knut Harmsen? Hajo Teschen? Das ist nicht dein Ernst! Ihr seid doch alle noch bei Vaters Geburtstagsfeier gewesen! Warum habt ihr das getan? Mein Vater hat niemandem irgendetwas zuleide getan.« Ihre Stimme war jetzt nur noch ein fassungsloses Flüstern.

Irene wischte sich die Tränen aus dem Gesicht. »Dein Vater war ein Kapitalist erster Güte. Wir wollten doch nur, dass das Geld gerecht verteilt wird. Wollten den Chilenen helfen. Dann ist alles schiefgegangen. Dein Vater hat mich erkannt. An der Stimme. Und Hajo hat durchgedreht.«

Elvira Theuerholz schwieg erschüttert. Mühsam rang sie nach Worten. »Willst du damit sagen, dass Hajo meinen Vater erschossen hat?«

Irene nickte. »Und Knut hat er nun auch erschossen. Es sollte wie ein Selbstmord aussehen. Knut wollte nach Venezuela abhauen. Neu anfangen, nachdem dieser Stegmann uns erpresst hat. Auf einmal taucht der nach so vielen Jahren wieder auf. Er ist an allem schuld! Er hat uns damals um das Lösegeld betrogen.«

»Jetzt mal schön der Reihe nach. Ich verstehe nur die Hälfte von all dem, was du mir da erzählst«, forderte Elvira nun mit einer Ruhe in der Stimme, die Irene ebenso viel Angst einflößte wie der Ausbruch davor. Elvira hatte die Augen geschlossen, saß mit einem bis zum Bersten angespannten Körper auf dem Stuhl. Sie spürte weder den pochenden Schmerz in ihrem Kopf noch schmeckte sie den salzigen Geschmack ihrer Tränen im Mund.

Stockend erzählte Irene, was sich damals alles zugetragen hatte und dass Stegmann nach Jahrzehnten wieder auf der Bildfläche erschienen war. Elvira hörte mit wachsendem Entsetzen zu. Mit zittrigen Beinen war sie aufgestanden, hatte das Gesicht zur Wand gedreht, sie konnte Irenes Anblick nicht mehr ertragen.

»Und jetzt hat Hajo auch Knut umgebracht, und ich fürchte …«

Weiter kam sie nicht.

9. Dezember 1974, Bremen

»Na, Saskia, mein Mäuslein, schmeckt dir dein Leberwurstbrot?«

Raimund Stegmann hat seiner kleinen Tochter das Brot in kleine Würfel geschnitten, die sie sich alle nacheinander in den Mund steckt, ohne auch nur eines davon zu kauen und herunterzuschlucken. Bald sind ihre Backen dick gefüllt. Sie sieht aus wie ein Hamster.

Hannelore kommt in die kleine Küche, den Weser-Kurier unter dem Arm, den sie neben Raimund auf den Tisch fallen lässt.

»Raimund, du sollst das Kind nicht mit der fetten Wurst vollstopfen und dann immer noch Butter drunterstreichen. Bah, das ist ungesund, das fette Zeug. Saskia, die Mama macht dir ein feines Honigbrot. Warte, mein Spätzchen.«

Saskia verschluckt sich an dem Honigbrot, spuckt die mittlerweile zerkauten Brotstückchen zum Teil auf ihren Kinderteller. Die Bremer Stadtmusikanten, die den kleinen Teller zieren, werden unter Saskias zermatschtem Frühstück begraben.

»Also, Hannelore, das da ist aber noch ekliger als Leberwurst auf Butter.« Raimund schüttelt sich, nimmt einen Schluck Kaffee und verschanzt sich hinter der Zeitung.

Schnell blättert er sie durch, viel Zeit hat er nicht mehr, dann muss er zu Ronni in die Firma. Die Hauptschlagzeile ist natürlich das Bombenattentat am Bremer Hauptbahnhof vom Samstag. Als er die Zeilen verschlungen hat, blättert er weiter.

Plötzlich stutzt er, liest die Überschrift eines kleineren Artikels.

›Exanarchist erschossen. Berlin. (dpa)‹

Was war da denn schon wieder in Berlin los gewesen? Schon beim ersten Satz stockt ihm der Atem, er nimmt nicht wahr, dass Hannelore ihn bittet, den Müll mit runterzunehmen, und dass Saskia ihre Tasse Kakao halb auf ihrem Teller entleert.

›Der 31-jährige Enno H., ein ehemaliges Mitglied der Anarchistengruppe ›2. Juni‹, ist erschossen aufgefunden worden. Amerikanische Soldaten fanden den durch einen Kopfschuss lebensgefährlich Verletzten während einer Nachtübung im Westberliner Bezirk Zehlendorf. Obwohl sie sofort ein Sanitätsfahrzeug zur Fundstelle beorderten, kam für H. jede Hilfe zu spät. An einem Racheakt ist nicht zu zweifeln. H. war erst vor sechs Wochen von einer Strafkammer des Landgerichts Berlin zu einer Freiheitsstrafe von zweieinhalb Jahren verurteilt worden. Er hatte sich für schuldig bekannt, an zwei misslungenen Sprengstoffattentaten beteiligt gewesen zu sein. H. war vor Antritt der Strafe untergetaucht. Während des Prozesses hatte er einige seiner ehemaligen Komplizen schwer belastet und ihre Namen preisgegeben. Drei RAF-Mitglieder – Inge Viett, Harald Sommerfeld und Verena Becker – hätten den Anschlag auf den britischen Jachtclub verübt und seien an Banküberfällen beteiligt gewesen, bei denen rund 29.000 Mark erbeutet worden waren.*

Die Anarchistenbewegung ›2. Juni‹ hat sich offensichtlich zur Ermordung von H. bekannt. In einem Schreiben an die Deutsche Presseagentur, das bei einer Frankfurter Zeitung einging, erklärt die Bewegung, ›ihr ehemaliges Mitglied sei von einem Kommando der Bewegung als Verräter und Konterrevolutionär hingerichtet worden. Die Verurteilung zum Tode sei zuvor von einem entsprechenden ›Volkstribunal‹ beschlossen worden‹, so der Originaltext.‹

---

* In Anlehnung an die Ermordung Ulrich Schmückers, ehem. Terrorist und V-Mann des Verfassungsschutzes, im Juni 1974

Raimund faltet langsam die Zeitung zusammen, klemmt sie sich unter den Arm und geht schweigend aufs Klo. Er muss nachdenken. Enno ist tot – noch vor ein paar Wochen hat Raimund in der ›Roten Ameise‹ geglaubt, in einem Gespräch Ennos Namen im Zusammenhang mit irgendeiner Sache in Berlin vernommen zu haben. Enno selbst war drauf und dran gewesen, ihm zu erzählen, was er in Berlin so treibt. Er hatte abgewunken, hatte nichts davon hören wollen. Stegmann hatte Stock davon berichtet. War es womöglich seine Schuld, dass Enno geschnappt und verurteilt worden war? Aber warum sollte Enno während des Prozesses seine Leute verpfeifen? Raimund kann sich keinen Reim darauf machen. Außer …, ja außer, man hat Enno etwas dafür versprochen, dass er auspackt oder sie hatten ihn gelinkt. Und wer konnte dazu in der Lage sein, wenn nicht Leute wie Stock. Die gab es auch haufenweise in Berlin. Anders kann Stegmann sich das nicht erklären. Wenn die Mitglieder des ›2. Juni‹ das herausgefunden haben … Na, dass sie dann Enno ausschalten, war ja wohl klar. Andererseits …, andererseits, wenn man Enno ein Angebot gemacht haben sollte, damit er auspackt, wird man ihm doch wohl auch Schutz gewährt haben, denn eines muss auch den Stocks in Berlin klar gewesen sein, einen Verräter würde die Organisation in ihren Reihen nicht dulden. Nur war das wohl gründlich in die Hose gegangen. Geschützt worden war Enno dann nämlich ziemlich beschissen, sonst würde er jetzt nicht tot in irgendeinem Leichenschauhaus in Berlin liegen. Es sei denn …, es sei denn, die haben es mit dem Schutz nicht so genau genommen und Enno absichtlich über die Klinge springen lassen. Und dieser Gedanke erscheint Raimund mehr als wahrscheinlich. Scheiße, auf was hat er sich da nur eingelassen? Wie kommt er aus der Nummer nur wieder raus? Am liebsten wäre er unsichtbar, einfach weg, für diese Leute nicht mehr zu greifen.

Raimund drückt den Hebel der Wasserspülung, zieht sich die Hose hoch, wäscht minutenlang seine Hände und überlegt. Dann fasst er einen Entschluss. Er muss auch an Hannelore und Saskia denken, er muss verschwinden. Endgültig.

20. August 2010, Bremen

Harry Schipper und Peter Dahnken suchten das Flughafengelände ab, doch außer einem Obdachlosen, der auf einer Bank an der Straßenbahnhaltestelle schlief, war hier keine Menschenseele unterwegs. Auch die Mitarbeiter eines Wachdienstes, die um diese Zeit patrouillierten, hatten keine Frau gesehen, auf die die Beschreibung Irene Stolzes passte.

»Lass uns noch zu den beiden Hotels hier direkt am Flughafen gehen«, schlug Peter vor, »vielleicht hat sie ja eingecheckt.«

Harry brummte seine Zustimmung. Doch weder im Holiday Inn noch im Atlantic Hotel hatte sich eine Frau zu später Stunde eingebucht.

»Die kann überall sein. Wer weiß, ob sie nicht zum Bahnhof gefahren ist, um einen Zug nach Frankfurt oder Amsterdam zu bekommen. Von dort aus kommt man deutlich schneller ans Ende der Welt als von Bremen aus«, meinte Harry.

Peter Dahnken schaute auf die Uhr. »Jetzt ist es kurz nach drei. Fährt da überhaupt ein Zug von Bremen nach Frankfurt?«

Harry Schipper zuckte mit den Schultern. »Was weiß denn ich? Heiß ich Bahnchef Grube oder was?«

Dahnken zog sein neues i-Phone aus der Jackentasche und klickte sich ins Internet. »Der nächste Zug zum Frankfurter Flughafen geht um vier Uhr 19«, verkündete er nach weniger als einer Minute. »Zum Flughafen Schiphol erst um 20 Minuten vor sechs.«

»Angeber«, stichelte Harry. »Kannst du dir noch ein Leben ohne das Ding vorstellen? Also ich brauch so was nicht. Mir reicht mein Handy.«

»Nur kein Neid, mein Lieber. Lass uns lieber Richtung Bahnhof fahren und gib mal eine Fahndungsmeldung raus. Ich versuche, Heiner zu erreichen.«

*

Als Hölzle um die Ecke in den Ostertorsteinweg bog, stolperte er fast über eine kleine Gruppe von Schwarzafrikanern, die einen Mann am Boden hielten und auf ihn einprügelten. Das hatte ihm gerade noch gefehlt. Allein konnte er hier nichts ausrichten. Er zückte sein Mobiltelefon, rief die Kollegen von der Wache an und orderte auch gleich einen Krankenwagen.

›Drogadealer‹, vermutete er, ›ond der Süchtige hot et

zahla wella.‹ Das war hier fast an der Tagesordnung, wie er von den Kollegen vom Drogendezernat wusste.

Nach wenigen Minuten kam der Einsatzdienst angefahren und sechs Mann stürmten aus den Autos. Die Schläger versuchten zu flüchten, einer lief direkt in Hölzles Arme, der ihn mit einem Handgriff zu Fall brachte und am Boden hielt, bis ein anderer Beamter mit Handschellen kam und den Mann festnahm.

Hölzle wechselte noch einige Sätze mit den Kollegen und setzte dann seinen Weg zum ›Mondenschein‹ fort.

*

Irene Stolzes Augen weiteten sich vor Entsetzen, und sie gab ein keuchendes Geräusch von sich, als hätte ihr jemand in die Magengrube geboxt. Elvira Theuerholz drehte sich um, um zu sehen, wer oder was Irene solch eine Angst einjagte. Dann erstarrte auch sie.

Hajo Teschen stand in der Tür zu dem kleinen Büro des Ladens, in der rechten Hand eine Waffe. Sein Gesicht verzog sich zu einem bösartigen Lächeln.

»Na, wenn das mal keine Überraschung ist, Elvira ist ja auch hier.« Er richtete die Waffe auf Elvira, die entsetzt einen Schritt zurückwich.

»Mach keinen Scheiß, Hajo!«, forderte Irene mit fester Stimme, auch wenn ihr beileibe anders zumute war. »Was soll das? Ist nicht schon genug passiert?«

»Es macht keinen Unterschied mehr, Irene. Oder soll ich dich lieber noch Vara nennen?«

Elvira drehte den Kopf in Irenes Richtung, in den Augen einen fragenden Blick. Irene schüttelte nur den Kopf.

»Das ist alles Teil der alten Geschichte, egal«, versuchte Irene, Elvira zu erklären, und wandte sich wieder an ihren alten Jugendfreund. »Hör zu, Hajo, wir können hier alle zusammen unbeschadet rauskommen, wenn du jetzt vernünftig bleibst. Du kehrst zurück an die Elfenbeinküste, und ich verlasse Deutschland in den nächsten Stunden.«

Hajo zog die Mundwinkel nach unten und musterte sie mit einem abschätzigen Blick. »Ach, meinst du? Wie dämlich bist du eigentlich? Na ja, im Grunde sollte ich das ja wissen. Die ganze verdammte Scheiße war deine Idee gewesen. Ich hätte mich nie darauf einlassen dürfen.«

Irene sah ihn kalt an. »Dann hättest du es lassen sollen. Ich bin jedenfalls keine Mörderin. Du hast Rosenberg erschossen, und Knut hast du auch auf dem Gewissen.«

Elvira Theuerholz hatte die Auseinandersetzung mit wachsendem Entsetzen stumm verfolgt. Als Teschen sich immer stärker nur auf Irene konzentrierte, nahm sie all ihren Mut zusammen und nutzte die Gelegenheit, den Mann anzuspringen, um ihm die Waffe zu entreißen. Teschen reagierte blitzschnell. Er riss den Arm hoch, und sein Ellbogen knallte Elvira seitlich unter das Kinn. Sie flog rückwärts und blieb wie ein alter Kleidersack reglos am Boden liegen. Irene schrie auf.

»Halt's Maul!«, herrschte Teschen sie an. »Los, weck sie auf. Wir gehen jetzt alle schön artig zu meinem Wagen und machen einen Ausflug.«

*

Hölzles Handy meldete sich ausnahmsweise mal mit einer anderen Musik. ›The show must go on‹ von Queen,

Hölzles zweiter Lieblingsband. ›Ond koiner isch da, der's hört‹, dachte Hölzle bedauernd und nahm das Gespräch an.

»Harry, was gibt's?« Er blieb einen Augenblick in der Höhe einer Straßenlampe stehen und lauschte seinem Kollegen, der ihn auf den neuesten Stand brachte.

»Ich bin noch nicht in diesem Laden gewesen, mir kamen ein paar Drogendealer dazwischen«, berichtete er, nachdem Harry fertig war, und setzte seinen Weg fort. »Ja, ja, erzähl ich euch später, ich bin gleich …« Er hielt inne, hatte da nicht jemand geschrien? Doch dann war Stille, sofern man im Viertel überhaupt von Stille sprechen konnte.

»Chef? Alles klar bei dir?«, drang Harrys Stimme an sein linkes Ohr.

»Ja, war nur gerade …, ach, egal. Wie gesagt, ich bin gleich in dem Laden und ruf euch dann an, wenn es was …« Erschrocken machte er einen Satz zur Seite. Hölzle war, wie so oft, auf dem Radweg gelaufen und damit nahe an der Fahrbahn. Ein schwarzer Audi A6 hatte ihn beinahe erwischt, der mit quietschenden Reifen um die Ecke gefahren kam. Dann raste das Auto weiter.

Hölzles Ermittlerinstinkt hatte sofort eingesetzt und sein erster Blick war auf das Nummernschild gefallen.

»Himmelarschundzwirn, du bleeder Hond«, wetterte er hinter dem Fahrer her, ins Schwäbische verfallend.

»Heiner? Was zum Teufel ist denn bei dir los?« Harrys Stimme klang besorgt.

»Ach, irgendein Volldepp hat mich beinahe über den Haufen gefahren. Dem hetz ich aber gleich die Kollegen von der Verkehrspolizei auf den Hals, dann hat sich's ausgerast«, ärgerte sich Hölzle. »Ich ruf dich wieder an, Harry.« Er drückte das Gespräch weg und wählte eine Nummer.

»Ja, hier Hölzle von der Kripo. Sucht ein Auto mit der Nummer …«, er gab das Kennzeichen durch, »schwarzer Audi A6. Hat mich gerade fast erwischt. Vor dem Steintor, abgebogen an der Sielwallkreuzung Richtung Dobben. Danke.«

Kopfschüttelnd ging er weiter und hatte nach wenigen Schritten sein Ziel erreicht. Als er vor der Eingangstür des ›Mondenschein‹ stand, hielt er abrupt an. Die Tür war offen. Vorsichtig zog Heiner seine Waffe, die er in einem Holster an seinem Gürtel trug. Er hatte tatsächlich daran gedacht, sie mitzunehmen, als Peter Dahnken ihn wachgeklingelt hatte. Alle seine Sinne liefen auf Hochtouren, als er den Laden betrat, Schritt für Schritt nach allen Seiten sichernd. Nichts Auffälliges. Dann sah er einen umgefallenen Stuhl durch die halboffene Bürotür. Mit einem kräftigen Tritt stieß er die Tür ganz auf, riss dabei einige Perlenschnüre des Vorhangs ab und hielt die Walther p10 im Anschlag. Doch auch das Büro war leer. Hölzle steckte die Waffe weg, zückte sein Handy und wählte Peter Dahnkens Nummer. Jetzt passte alles zusammen. Der Schrei, den er vorhin gehört hatte, der Wagen, der davongerast war, und der unverschlossene Laden. Am anderen Ende meldete sich sein Kollege.

»Peter, ich glaube die Stolze war hier und hatte Besuch. Schätze, das war der Audi, der mich fast umgefahren hat. Was? Nein, mir geht's gut. Die Kollegen suchen bereits nach dem Wagen. Aber wir müssen die Ausfallstraßen sperren lassen. Ich ruf jetzt Markus an, damit er mit seinem Team anrückt. Bis dann.«

*

Irene Stolze hatte im Licht der Straßenlaternen das erschrockene Gesicht des Mannes erkannt, den sie beinahe umgefahren hatte. Das war dieser Kriminalkommissar gewesen, da war sie sich ganz sicher. Ein Fünkchen Hoffnung glomm in ihr auf, auch wenn ihr klar war, dass sie eine Haftstrafe würde verbüßen müssen, wenn die Polizei sie aus dieser Situation gerettet hatte. Aber besser das als tot.

Nachdem sie Elvira wachgerüttelt und sie wenig später auf den Rücksitz des Wagens verfrachtet hatte, waren sie losgefahren. Hajo hatte sie die ganze Zeit mit der Pistole bedroht, sie hinters Steuer gedrängt und Elvira einen weiteren Stoß gegen den Kopf gegeben, sodass sie wieder weggesackt war. Jetzt lag sie bewegungslos auf dem Rücksitz. Aus ihrem Mundwinkel rann Blut, sie hatte sich durch den ersten Schlag mit dem Ellbogen auf die Zunge gebissen.

»Fahr langsamer«, hatte Hajo sie angeherrscht, »glaub bloß nicht, ich lass mir so die Bullen auf den Hals hetzen.« Gehorsam hatte sie den Fuß vom Gas genommen und fuhr jetzt nach Teschens Anweisung auf dem Osterdeich entlang, nachdem er sie über die kleinen Straßen durch das Viertel gelotst hatte.

Sie räusperte sich. »Wo willst du hin, Hajo? Was soll das noch?« Vielleicht ließ er sich ja doch noch zur Vernunft bringen, wenn sie nur permanent mit ihm redete.

Sie hatten sich früher so gut verstanden, das musste doch für irgendwas gut sein in dieser Situation.

Er lachte leise. »Fällt dir gar nichts ein? Ich dachte, dir ist längst klar, wo wir hinfahren. Fahr auf die A27 Richtung Hannover«, wies er sie an. Wenige Minuten später waren sie auf der Autobahn.

Irene blickte auf die erleuchtete Zeitanzeige hinter dem Lenkrad. 4:40 Uhr. Sie passierten das Bremer Kreuz und fuhren weiter in Richtung Hannover. Die Geschwindigkeitsbegrenzung wurde aufgehoben, und Teschen befahl ihr, aufs Gas zu drücken. Sie passierten die Ausfahrt Achim-Nord.

»Fahr bei Achim-Ost raus«, befahl Teschen. Er warf einen Blick auf die Rückbank. Elvira lag immer noch reglos da.

Irene dämmerte so allmählich, wohin Teschen sie lotsen wollte. »Du willst zum Etelser Holz, hab ich recht?« Die Angst schnürte ihr beinahe die Kehle zu.

»Schlaues Mädchen. Das warst du schon immer.« Er bedachte sie mit einem kalten Lächeln. »Vielleicht finde ich ja die Stelle wieder, wo wir den Rosenberg entsorgt haben. Wäre doch ein passender Abschluss nach all der Scheiße, die gelaufen ist.«

*

»Bis jetzt keine Spur von dem Wagen. Gehört einer Autovermietung. Aber da ist natürlich um diese Zeit keiner zu erreichen«, berichtete Peter, der mit Harry mittlerweile im ›Mondenschein‹ eingetroffen war.

»Die Karre hat doch bestimmt ein Navi. Könnten wir ihn dadurch nicht orten?«, überlegte Hölzle.

»Dazu brauchst du einen Tracker und den Server der Autovermietung, an den die GPS-Daten weitergegeben werden.«

Peter Dahnken knuffte Harry in den Rücken, der gedankenversunken irgendwelche Ketten aus glänzenden Halbedelsteinen in den Auslagen betrachtete.

»Sag mal, kannst du dich mal hier beteiligen? Glaub bloß nicht, dass du Geld fürs Kettenglotzen bekommst.«

Harry fühlte sich ertappt. »Ups, hab gerade nur gedacht, das wäre was für Carola …«

»Lasst den Quatsch!«, fuhr Hölzle dazwischen. »Ich weiß, wo die hinfahren. Harry, wo genau wurde Rosenbergs Leiche gefunden?«

»In Etelsen. Ja, richtig, im Etelser Holz«, gab Harry prompt zur Antwort. »Wie kommst du denn jetzt da drauf?«

Hölzle schüttelte den Kopf. »Frag mich nicht. Intuition. Deshalb bin ich Hauptkommissar und du nicht.« Er zuckte belustigt mit dem rechten Mundwinkel. »Los jetzt, wir fahren dahin und informieren die zuständigen Kollegen aus Verden.«

*

Irene Stolze überlegte fieberhaft, wie sie sich retten konnte. Einfach mit hoher Geschwindigkeit gegen die Leitplanke zu fahren, traute sie sich nicht. Und wenn, dann wäre es sinnvoll, vorher den Airbag des Beifahrersitzes auszuschalten, um auf Nummer sicher zu gehen, dass Hajo auch wirklich kampfunfähig würde. Aber an den Schalter kam sie nicht ran. Es war ohnehin zu spät dafür, denn Hajo bedeutete ihr in diesem Augenblick, die Autobahn zu verlassen. Vielleicht konnte sie Hajo ein Angebot machen.

»Hör zu. Die Polizei weiß überhaupt nicht, dass es dich gibt, geschweige denn, dass du an der Rosenbergsache beteiligt warst. Lass uns das zusammen durchziehen. Ich verschwinde, und du kehrst einfach zurück an die Elfenbeinküste. Niemand ahnt etwas. Wir waren doch einmal Freunde.«

Hajo Teschen schwieg. Dann sagte er langsam: »Sag mal, bist du wirklich so blöd? Dich sucht die Polizei doch ohnehin schon, sonst hättet ihr, also du und Knut, doch nicht die Panik bekommen.«

»Die haben aber nichts gegen mich in der Hand. Und Knut hat ja angeblich Selbstmord begangen«, widersprach Irene.

»Und was ist mit der da?«, fragte Teschen mit einem Kopfnicken nach hinten.

Irene zuckte mit den Schultern. »Na, was wohl. Elvira müssen wir natürlich loswerden. Sie weiß Bescheid und wird bestimmt schon vermisst.« ›Lieber Elvira als ich‹, dachte sie.

Sie erreichten den Wald in Etelsen.

»Los, fahr hier links.«

Ein schmaler Waldweg führte von der geteerten Landstraße ab. Nach etwa 300 Metern gabelte sich der Weg.

»Rechts.«

Nach einem halben Kilometer erreichten sie einen kleinen Waldparkplatz. »Park die Karre hier und steig aus.«

Irene befolgte Hajos Anweisungen. Unschlüssig blieb sie neben dem Wagen stehen. Weglaufen würde auch nichts nützen, Hajo würde sie eiskalt erschießen.

Teschen kam um den Audi herum und herrschte sie an: »Los, weck sie auf!«

Irene öffnete die hintere linke Tür zum Fahrzeugfond und rüttelte Elvira an der Schulter, bis diese stöhnend zu sich kam. Sie hielt sich den Kopf.

»Mach schon, hilf ihr aus dem Auto, und dann trabt ihr schön vor mir her«, befahl Teschen.

Irene zog Elvira vom Rücksitz und stützte sie, da diese nur sehr unsicher auf die Beine kam. Dann marschierten sie los.

*

Hölzle fuhr, als ob der Teufel hinter ihm her wäre. Jetzt zählte jede Minute. Dahnken hatte bei den Verdener Kollegen gleich noch eine Hundestaffel angefordert, die sie möglicherweise brauchen würden. Wie groß der Forst in Etelsen war, wusste keiner von ihnen.

»Fahr in Achim-Ost raus«, meinte Harry, der hinten saß und sich zwischen die beiden Vordersitze gelehnt hatte. Hölzle nahm dies missbilligend zur Kenntnis, jedoch ohne einen Kommentar darüber abzulassen, dass sich sein Kollege nicht angegurtet hatte.

Nach kurzer Zeit erreichten sie den Wald.

»Und jetzt?«, fragte Peter. »Ich kenn mich hier nicht aus.«

»Ich auch nicht. Wann kommen die Hunde?« Harry schaute durch die Scheibe und versuchte, irgendetwas zu erkennen.

»Ich funk die Hundeführer mal an.« Peter zückte sein Funkgerät.

»Wir brauchen noch etwa eine Viertelstunde«, krächzte es aus dem Lautsprecher.

»So lange können wir hier nicht auf die warten.« Hölzle erspähte im Licht der Scheinwerfer einen Waldweg. »Ich fahr jetzt da rein«, entschied er und bog ab.

Als sie an die Gabelung kamen, hielt Hölzle den Wagen an. »Rechts oder links?«

»Ich steig mal aus«, sagte Harry und öffnete die Tür.

»Machst du jetzt einen auf Lederstrumpf oder was?«, frotzelte Peter.

Harry Schipper zuckte leicht beleidigt mit den Schultern. »Ich war als Junge bei den Pfadfindern, und man kann bestimmt erkennen, ob hier vor Kurzem ein Auto durchkam.«

Nach wenigen Augenblicken kam er zurück, ein breites Grinsen auf dem Gesicht. »Also, ich bin vielleicht kein Indianer, zugegeben, aber hier sind frische Reifenspuren und abgebrochene kleine Äste. Fahr hier rechts, Heiner.« Schipper schwang sich auf die Rückbank und Hölzle fuhr los.

»Respekt, Häuptling Harry«, lobte er seinen Kollegen.

Hölzle fuhr langsam, auch wenn die Zeit drängte, doch der Weg war in einem erbärmlichen Zustand. Plötzlich wurde etwas von ihrem Scheinwerferlicht erfasst, spiegelndes Metall. Ein Wagen. Hölzle stoppte und schaltete den Motor ab.

Die drei Kriminalbeamten stiegen aus, die Hände an den Waffen. Vorsichtig näherten sie sich dem abgestellten Auto. Die hintere linke Tür war geöffnet. Die Männer schlichen um das Auto.

»Das ist der Audi, der mich beinahe umgefahren hat«, stellte Hölzle leise fest.

Doch weit und breit war niemand zu sehen.

»Am besten, wir teilen uns auf«, schlug Peter vor. »Von diesem Parkplatz führen vier Wanderwege ab. Schaut, hier, die Hinweise: zwei Wander- und zwei Forstwege. Ich geh nach rechts.«

Harry und Hölzle nickten und entschieden sich für zwei der übrig bleibenden Wege. Bevor Hölzle allerdings losmarschierte, zerstach er mit einem Schweizer Taschenmesser, das er immer an seinem Haustürschlüsselbund trug, noch alle vier Reifen des schwarzen Audi. Sie konnten es sich nicht leisten, einen von ihnen am Auto zurückzulassen, sie waren so oder so schon zu wenige, um alle Wege abzugehen.

›Hoffentlich send die net den andra Weg ganga‹, schickte Hölzle stumm ein Gebet nach oben, als er den letzten Reifen zerstochen hatte und die Luft zischend entwich.

*

Irene Stolze roch ihren eigenen Angstschweiß. Immer weiter waren sie in den Wald hineingegangen, Hajo mit der Waffe hinter ihr und Elvira. Irene hatte noch einmal versucht, ihren ehemaligen Mittäter davon zu überzeugen, dass sie auf Nimmerwiedersehen verschwinden würde und er seiner eigenen Wege gehen könnte. Auf Elvira konnte sie keine Rücksicht nehmen, diese taumelte stumm neben ihr her und schien kaum wahrzunehmen, was um sie herum vorging. Hajo Teschen hatte Irene nur angeherrscht, sie solle gefälligst die Klappe halten, mehr nicht.

»Hier. Bleibt stehen!«, befahl Teschen unvermittelt.

Irene sah sich um. War das die Stelle, an der sie vor so vielen Jahren Elviras Vater vergraben hatten? Sie konnte sich nicht erinnern. Für sie sah jede Stelle im Wald gleich aus. Sie begann, unkontrolliert zu zittern.

»Na, geht dir jetzt der Arsch auf Grundeis? Damals warst du deutlich gelassener«, höhnte Teschen.

»Hajo, Herrgott noch mal, lass den Quatsch. Wir kommen hier raus, ich versprech's dir«, verlegte sich Irene aufs Flehen.

Hajo schien kurz nachzudenken, dann begann er, diabolisch zu grinsen.

»Okay, wenn du meinst. Um unserer alten Freundschaft willen. Aber nur unter einer Bedingung.«

Irene sah ihn hoffnungsvoll an. »Und die wäre? Ich mach alles, was du sagst.«

Teschen schürzte die Lippen. »Na, da bin ich aber mal gespannt. Du schießt.«

Entsetzt riss Elvira die Augen auf und sah Irene angsterfüllt an.

»Das ist nicht dein Ernst«, flüsterte Irene. »Doch, ich weiß, dass du es ernst meinst«, sprach sie mit heiserer Stimme weiter, »du bist ein echtes Schwein, Hajo.«

»Jetzt halt mal den Ball flach. Ich gebe dir eine reelle Chance, hier rauszukommen. Also mach schon, sonst überleg ich es mir noch mal. Komm her!« Er winkte sie zu sich heran.

Irene wagte es, Elvira noch ein letztes Mal ins Gesicht zu schauen. Die Augen ihrer Freundin aus Kindertagen schienen doppelt so groß in ihrem leichenblassen Gesicht. Dunkel, voller Angst und Zorn, Verzweiflung und Hass. Irene senkte den Blick und ging zu Hajo Teschen.

Er nahm ihren linken Arm, drehte ihn auf den Rücken, zog sie zu sich heran und stellte sich hinter sie. Dann gab er Irene die Waffe.

»Es ist ganz leicht, du musst nur abdrücken und schon ist alles vorbei«, murmelte er ihr ins Ohr.

Die schwarze Waffe schien Tonnen zu wiegen, als Irene sie in ihre rechte Hand nahm. Dann hob sie langsam den Arm und zielte auf Elvira, die vor ihr stand wie ein waidwundes Reh, das auf einen Gnadenschuss hofft.

*

Hölzle fragte sich, ob es nicht besser wäre, zurückzugehen und den anderen Wanderweg abzulaufen. Er war nun schon einige Zeit unterwegs, ohne dass er irgendetwas Verdächtiges entdeckt oder gehört hatte. Offenbar ging es Harry und Peter genauso, denn die hätten sich sonst längst gemeldet.

Plötzlich krachte ein Schuss. Hölzle fuhr herum und rannte los in die Richtung, aus der er glaubte, den Schuss vernommen zu haben. Seine beiden Kollegen hatten den Knall sicherlich auch gehört.

›Scheiße, mir kommet zschpät‹, dachte er, während er mit dem linken Arm versuchte, sich gegen herabhängende Zweige zu schützen. Von rechts hörte er ein Keuchen und zog seine Waffe.

»Ich bin's«, hörte er Harrys Stimme und entspannte sich.

Gemeinsam hasteten sie weiter und erreichten den Rand einer kleinen Lichtung.

»Waffe fallen lassen! Polizei!«, bellte Hölzle, als er Irene

Stolze mit der Waffe in der Hand im fahlen Licht der Morgendämmerung erkannte. Am Boden lag eine Gestalt, ob Mann oder Frau, konnte Hölzle nicht erkennen, eine weitere kauerte auf Knien daneben, den Kopf in die Arme vergraben.

Irene Stolze ließ die Waffe achtlos ins Gras fallen und blieb mit hängenden Armen stehen. Nach wenigen Schritten hatten Hölzle und Schipper die Gruppe erreicht.

Harry Schipper hob die Waffe mit einem Taschentuch auf und sicherte sie. Dann ließ er sie, in das Tuch gehüllt, in seiner Jackentasche verschwinden. Hölzle kümmerte sich derweil um den am Boden liegenden Mann. ›Des muss der Teschen von dr Elfenbeinküschte sei‹. Der Mann krümmte sich vor Schmerzen und hatte bereits viel Blut verloren. Bauchschuss. Die Kugel war offenbar an der linken Körperseite knapp unterhalb des Rippenbogens eingedrungen und hatte den Weg nach draußen entlang des rechten Schulterblatts gefunden. Ein Nahschuss, man konnte deutlich die Schmauchspuren auf der Kleidung sehen, die auf Teschens hellem Hemd feine, dunkle Pünktchen hinterlassen hatten. Das sah nicht gut aus.

»Ruf den Notarzt, Harry, schnell«, sagte Hölzle mit ruhiger Stimme.

»Hab ich schon unterwegs erledigt, als ich den Schuss hörte«, kam es zurück. Allerdings war es Peter Dahnken, der dies sagte. Wie aus dem Nichts war er plötzlich neben ihnen aufgetaucht. Hölzle nickte dankend.

Harry Schipper hatte die beiden Frauen einige Meter von dem schwerverletzten Teschen weggeführt. Nun saßen sie nebeneinander an einen Baum gelehnt und starrten ins Leere. Die ansonsten so elegante Elvira Theuerholz war kaum wiederzuerkennen. Die Haare hingen ihr strähnig ins Gesicht, als hätte sie sie wochenlang nicht gewaschen, das Make-up verschmiert, die Wimperntusche zog feine Bahnen von ihren Augen hinunter zu den Mundwinkeln. Sie sah geradezu grotesk aus.

»Frau Theuerholz, sind Sie unverletzt?«, fragte Harry behutsam, ging in die Hocke und nahm ihre Hand.

Sie nickte fast unmerklich. Dann schien ein Ruck durch sie zu gehen.

»Lassen Sie mich aufstehen. Ich muss ihm helfen.« Ihre Sprache klang durch die Zungenverletzung verwaschen. Harry half ihr auf, ließ sie zu Teschen gehen und blieb bei Irene Stolze.

Diese schüttelte ungläubig den Kopf. »Mein Gott, was ist sie nur für ein bewundernswerter Mensch. Er wollte sie töten, dabei hat er ihren Vater umgebracht, und jetzt will sie ihm das Leben retten. Ich könnte das nicht.«

»Muss sie wohl als Ärztin. Aber ehrlich gesagt, ich wüsste auch nicht, ob ich das fertigbringen würde«, gab Harry zurück. »Was ist eigentlich genau passiert?«, wollte er dann von Irene wissen.

»Hajo wollte uns beide töten. Ich habe versucht, ihn zu überreden, mich gehen zu lassen. Elvira war mir in diesem Moment völlig egal, ich hatte nur Angst um mein Leben. Schließlich ist er darauf eingegangen, aber nur, wenn ich Elvira erschießen würde.« Sie schwieg einen Augenblick und sprach dann mit monotoner Stimme wie in Trance weiter.

»Er hatte mir den linken Arm auf den Rücken gedreht, und in der rechten Hand hielt ich die Waffe. Als ich auf Elvira zielte, wurde mir klar, dass ich das nie tun könnte.

Ihre Augen, ihr ganzes Gesicht schien nur aus Augen zu bestehen. Dann habe ich mich nach links gedreht, Hajo fiel mir noch in den Arm, aber ich habe im gleichen Moment abgedrückt.« In ihren Augen standen Tränen, als sie Harry ansah. »Meinen Sie, er überlebt?«

Harry Schipper schürzte die Lippen und machte ein skeptisches Gesicht. »Um ehrlich zu sein, ich weiß es nicht. Schussverletzungen im Bauchraum sind immer sehr schlimm. Sie haben richtig gehandelt, Frau Stolze. Sie müssen sich keine Vorwürfe machen. Hätten Sie Frau Theuerholz erschossen, wäre das glatter Mord gewesen. Für all das, was Sie früher getan haben, werden Sie sich allerdings verantworten müssen. Verraten Sie mir noch, wer damals Rüdiger Rosenberg erschossen hat?«

»Hajo«, flüsterte sie mit heiserer Stimme, dann begann sie, hemmungslos zu schluchzen. Harry sah sich genötigt, die Frau in den Arm zu nehmen, bis sie sich etwas beruhigt hatte. Er sah zu Hölzle hinüber und nickte ihm zu, als dieser den Kopf zur Seite neigte und ihn fragend ansah. Harry winkte ihn heran.

»Kommt er durch?«, fragte er, als Hölzle neben ihnen stand. Der zuckte nur mit den Schultern.

Harry Schipper löste sich sanft von Irene, ließ sie an den Baum gelehnt sitzen und richtete sich auf.

»Dieser Teschen hat den Rosenberg erschossen«, sagte er leise zu seinem Chef. »Hat sie mir eben gesagt, und ich glaube ihr. Die ist jetzt nicht imstande zu lügen.«

»Und wer hat den Stegmann umgebracht? So wie die Sache aussieht, hat der Verfassungsschutz mit seinem Tod wohl nichts zu tun gehabt. Teschen kann ihn ja kaum umgebracht haben, er war ja gar nicht im Land. War die

Stolze das? Wahrscheinlich eher der Dritte im Bunde, dieser Apotheker. Wie hieß der noch gleich?«

»Knut Harmsen«, antwortete Irene mit zittriger Stimme. Sie hatte das Gespräch zwischen den beiden Polizisten verfolgt. »Ich weiß nicht, was da in ihn gefahren ist. Hajo hatte uns angerufen und erzählt, dass Stegmann lebt und auf dem Weg nach Bremen ist. Raimund wollte Geld, damit er weiter schweigt. Er wollte das Geld wohl für seine Tochter, sozusagen als Wiedergutmachung für all die Jahre, die er ihr kein Vater war. Ich wollte zunächst mit Knut in den Bürgerpark kommen, aber er hat gesagt, ich sollte zu Hause bleiben. Eigentlich wollten wir nur mit Stegmann reden, ihm klarmachen, dass es bei uns nichts zu holen gibt. Aber das ist ja wohl gründlich schiefgegangen. Knut hat die Nerven verloren.« Dann fing sie wieder an, leise zu weinen. In der Ferne konnte man das Gebell der Suchhunde hören.

*

Die drei alten Männer saßen bei einer guten Flasche Rotwein zusammen. Auf dem Tisch standen ein Korb mit frischem Baguette und eine Käseplatte, garniert mit roten und grünen Weintrauben.

»Meinst du, die Sache ist endgültig vom Tisch?«, fragte der übergewichtige Kahlkopf den drahtigen Mann mit dem ergrauten Bürstenhaarschnitt.

»Mach dir keine Sorgen, ich hab alles im Griff.« Er spießte mit einem spitzen Messer ein Stück Gruyere auf und schob es direkt in seinen Mund. »Köstlich, findet ihr nicht?«

»Dein junger Bluthund hat aber nichts zustande gebracht«, konstatierte der dritte Mann. Für seine 70 Jahre besaß er immer noch dichtes, mittlerweile jedoch grau gewordenes Haar. Er hielt sich gerade und sein hochgewachsener Körper war, bis auf einen leichten Bauchansatz, noch relativ schlank.

»Dieser Hölzle hat nicht lockergelassen. Und ich befürchte, er wird weiterhin keine Ruhe geben.«

»Wie geht's eigentlich deiner Frau?«, wechselte der Bürstenhaarschnitt das Thema.

»Elvira? Sie wird noch einige Zeit brauchen, um über all das hinwegzukommen. Aber ich habe den Eindruck, dass sie wie von einem Albtraum erlöst ist, jetzt, wo sie weiß, wer ihren Vater entführt und umgebracht hat. Nun kann sie endlich damit abschließen.«

Der Dicke nickte. »Das kann ich mir vorstellen. Grüß sie schön von mir. Die Hochzeit haben wir ja erst einmal verschoben, bis sie sich wieder besser fühlt.« Er angelte sich ein paar Weintrauben von der Platte, begann, die Trauben abzuzupfen und sie nacheinander zwischen seinen wulstigen Lippen verschwinden zu lassen. Er sah den Drahtigen an.

»Nun aber noch einmal kurz zurück zum eigentlichen Thema. Du hast gesagt, du hast alles im Griff. Was meinst du damit?«

Der Bürstenhaarschnitt zeigte sein Raubtiergrinsen. »Ich war gestern im Archiv und habe dafür gesorgt, dass dort mal wieder ordentlich aufgeräumt wird, wenn ihr versteht, was ich meine.«

Die drei alten Männer sahen sich lächelnd an, hoben die Gläser und prosteten sich zu.

»Auf uns. Mantel, Stock und Hut.« Ihr Geheimnis war sicher.

*

Einige Tage später saßen Hölzle und seine Kollegen abends im Garten von Markus Rotenboom, der zum Grillen eingeladen hatte. Ohne Anhang, hatte Markus gesagt, eine reine Männerrunde eben.

»Dieser Teschen hat's nicht geschafft, habe ich gehört«, sagte Markus gerade und schenkte sich ein Bier ein.

»Bei so einer Verletzung hast du auch schlechte Karten«, meinte Harry und säbelte munter an seinem blutigen Steak weiter, »so ein Bauchschuss ist schon 'ne üble Sache. Wenn du Glück hast, wurde die Aorta getroffen, dann geht's ganz schnell. Wenn es dir aber wie diesem Teschen geht und es sind die Därme zerfetzt und dein Bauch quillt förmlich über mit Sch…«

»Harry«, kam es warnend von Peter, »es reicht! Wir essen. Wenn du auf solche Themen stehst, dann iss in Zukunft mit Adlerblick zu Mittag.«

»Ja, ja, schon gut. Ich wollte ja nur sagen, dass dies kein schöner Tod war, auch wenn er ihn meiner Meinung nach verdient hat.« Etwas kleinlaut, aber nicht minder genussvoll schob Harry sein letztes Stück Fleisch in den Mund. »Ich glaub, ich brauch noch ein Hüftsteak.« Er stand auf und ging hinüber zum Grill, auf dem noch Würstchen und Steaks brutzelten.

»Warum bist du eigentlich so nachdenklich, Heiner? Wir haben den Stegmannmord und den Rosenbergfall aufgeklärt, die Stolze kommt hinter Gitter und Elvira Theuerholz ist, Gott sei Dank, nichts passiert. Mal abgesehen von dem Schock, den sie wegen der ganzen Geschichte erlitten hat«, wollte Peter wissen.

Hölzle atmete tief ein und antwortete: »Mir stinkt es gewaltig, dass wir nach wie vor nicht beweisen können, dass dieser Bombenanschlag damals vom Verfassungsschutz angeleiert worden ist. Ebenso wenig konnten wir klären, wie dieser Verein mit der Rosenberg-Entführung verbandelt war. Und so wie's aussieht, wird das auch so bleiben. Da hätte sich dieser Lackaffe erst gar nicht an Christiane ranmachen müssen.«

»Aber warum denn? Wir wissen doch, dass es offenbar Stegmann gewesen ist, der die Bombe platziert hat, und das auf Anweisung der damaligen Verfassungsschützer. Sie haben ihn auch dazu abkommandiert, das Lösegeld für Rosenberg zu übergeben, das er dann selbst eingesackt hat«, widersprach Dahnken und nahm sich noch eine weitere Portion von dem Griechischen Bauernsalat, den Markus' Freundin Sandra für die Männerrunde vorbereitet hatte.

Hölzle schüttelte den Kopf. »Das nützt uns alles nichts, die Akten sind nicht mehr auffindbar. Ganz plötzlich. Ich war gestern im Archiv und wollte mir das noch einmal alles anschauen. Ich kam zwar nicht in die Katakomben, Bruns ist ein Mann mit Prinzipien. Aber wie er mir mitteilte, waren die wohl sowieso schneller.« Er lächelte gequält.

Am Tisch war es still geworden und alle sahen Hölzle ungläubig an.

*

Ein heftiges Gewitter hatte dem Männerabend ein frühes Ende gesetzt und Hölzle machte sich auf den Heimweg. Der starke Regen hatte riesige Pfützen im Rinnstein hinterlassen und wenn man hindurchfuhr, spritzten große Wasserfontänen auf den Gehweg. Nachdenklich saß Hauptkommissar Heiner Hölzle in seinem Wagen, während die Scheibenwischer eintönig die Tropfen auf der Windschutzscheibe beiseitewischten. Trotz der entspannten Runde im Freundeskreis hatte ihn eine ausgeprägte Melancholie befallen und ihm war nicht nach den Flippers zumute. Seiner Stimmung angepasst, hatte er eine Queen-CD eingelegt, deren ›Who wants to live forever‹ seine Gefühle im Augenblick mehr ansprach. Plötzlich nahm Hölzle im Licht der Straßenlaternen zwei Männer vor einem Lokal wahr, die sich heftig gestikulierend unterhielten. Hölzle fuhr langsamer, um die Fußgänger nicht nasszuspritzen, doch dann erkannte er, um wen es sich handelte.

Schmink und Delano. Das war ein gefundenes Fressen für Hölzle und er gab Vollgas. Alle Melancholie war wie weggeblasen. Ein mächtiger Wasserschwall ergoss sich über die beiden Männer, als die Reifen durch die große Pfütze pflügten. In einem Anflug kindischer Freude reckte Hölzle die Faust, wie damals Boris Becker, als dieser sein erstes Wimbledon-Turnier gewonnen hatte. Und Queen vergoldete ihm seinen Triumph mit ›We are the champions‹. Heiner Hölzle grölte lautstark mit.

ENDE

Ein herzliches Dankeschön an Arlena, Ralf und Rico für ihre kritischen Anmerkungen. Ebenso vielen Dank an Kriminalhauptkommissar Jean-Pierre Kryger von der Polizei Bremen und Prof. Michael Birkholz vom Rechtsmedizinischen Institut Bremen. Ein großes DANKE gebührt unserer Lektorin Claudia Senghaas sowie Armin Gmeiner und den Mitarbeitern des Gmeiner-Verlags für die nette und unkomplizierte Zusammenarbeit.

Nachwort

Die RAF hat 34 unschuldige Menschen ermordet: Persönlichkeiten aus Politik, Wirtschaft oder Justiz und Menschen, die nicht im eigentlichen Sinne dem Feindbild der Terroristen entsprachen, darunter Polizisten, Fahrer, Personenschützer, Soldaten, Zöllner, Zivilisten.

Reue hat bis heute keiner der Täter gezeigt, weder die Mörder noch die, die nicht selbst den Tod Unschuldiger herbeigeführt haben. Insofern ist die Reaktion Irenes, am Ende des Romans ihre Tat zu bereuen, nicht der Realität entsprechend sondern dichterische Freiheit.

Nach wie vor gilt eisernes Schweigen in einer Terrorgruppe, die es längst nicht mehr gibt, und die nie wirklich ihre eigentlichen Ziele verbalisiert hat. Die Täter, die noch leben, haben sich den Rechtsstaat, den sie doch so sehr hassten und bekämpften, zunutze gemacht, um heute ein anderes Leben zu führen. Einige von ihnen scheuen sich nicht, jede Plattform, die ihnen die Medien bieten, zu betreten und auszunutzen.

Die heutigen Opfer – Töchter, Söhne, Ehegatten der Ermordeten – bleiben meist unbeachtet, ihre Fragen vielleicht für immer unbeantwortet: ›Warum mein Vater? Warum mein Mann?‹ Für die Hinterbliebenen vielleicht das Schlimmste von allem. Diesen Menschen gilt unser tiefes Mitgefühl.

Unsere Lesermagazine

2 x jährlich das Neueste aus der Gmeiner-Bibliothek

24 x 35 cm, 32 S., farbig; inkl. Büchermagazin »nicht nur« für Frauen

10 x 18 cm, 16 S., farbig

Alle Lesermagazine erhalten Sie in Ihrer Buchhandlung oder unter www.gmeiner-verlag.de.

GmeinerNewsletter

Neues aus der Welt der Gmeiner-Romane

Haben Sie schon unsere GmeinerNewsletter abonniert?

Monatlich erhalten Sie per E-Mail aktuelle Informationen aus der Welt der Krimis, der historischen Romane und der Frauenromane: Buchtipps, Berichte über Autoren und ihre Arbeit, Veranstaltungshinweise, neue Literaturseiten im Internet und interessante Neuigkeiten.

Die Anmeldung zu den GmeinerNewslettern ist ganz einfach. Direkt auf der Homepage des Gmeiner-Verlags (www.gmeiner-verlag.de) finden Sie das entsprechende Anmeldeformular.

Ihre Meinung ist gefragt!

Mitmachen und gewinnen

Wir möchten Ihnen mit unseren Romanen immer beste Unterhaltung bieten. Sie können uns dabei unterstützen, indem Sie uns Ihre Meinung zu den Gmeiner-Romanen sagen! Senden Sie eine E-Mail an gewinnspiel@gmeiner-verlag.de und teilen Sie uns mit, welches Buch Sie gelesen haben und wie es Ihnen gefallen hat. Alle Einsendungen nehmen automatisch am großen Jahresgewinnspiel mit attraktiven Buchpreisen teil.

GMEINER

Wir machen's spannend